KB186675

괜찮아, 괜찮아

어떤 인생 여행자가 보통의 너에게

괜찮아, 괜찮아

다빙(大冰) 지음
유소영 옮김

for book

너무 허탈해하지는 말자.

할 수 있다고 믿어도 좋다.

이 세상 어딘가에는

당신이 꿈꾸는 삶,

그런 인생을 살아가는 사람이

분명 있으니까.

엣사람들은 술을
'광약狂藥'이라 부르곤 했다.
때론 노래도 광약이 될 때가 있다.
광약은 마음을 다독인다.
그러니 병이 깊은 사람,
잠 못 이루는 사람이라면
마음껏 노래를 들어도 좋나.
미지근한 물 같은 하루하루가
광약으로 인해 봉오리를
활짝 피울지도 모를 일이니.

취하고 싶을 때는 많이 마셔야 한다.
노래를 불러야 할 때는 앉아만 있어서는 안 된다.
무미건조한 것은 세상이 아니라,
우리 스스로 신바람 나는 삶을
만들지 않기 때문일 수도 있다.

아직 청춘이라면 기억하라.
아주 열심히 잘못을 저지르는 삶,
이보다 더 멋있고, 더 의미 있는 일은 없다.

정 깊은 곳에서의 만남은
옛 친구처럼
쉽게 인연이 닿는다.
다만 이런 시간을
오래오래 유지하는 일,
이것이 어려울 뿐이다.
진정한 친구라면
10년 만에 다시 만난다 해도
어제 헤어진 것 같아야 한다.

'선의善意'가 있으면 운명에 대항할 힘을 가질 수 있다.

선량함은 천성적인 것일지 모르지만,
선의를 품는다는 것은 나의 선택이다.

평범한 사람들이 마음에 있는 생각을
행동으로 옮겼을 때
비로소 기적이 일어난다.
특별한 사람들이 이루어낸 것은
기적이라 부를 수 없다.
당신도 평범한 사람들의 방식으로
기적 같은 이야기 하나
만들어 볼 생각은 없는가?

죽기 전까지 우리는 아직 다 자라지 못한 어린아이다.
다 자랄 수도 없고, 성장을 멈추지도 않는다.
그래서 우리가 세상을 변화시키지 못한다 하더라도
세상의 뜻에 따라 변하거나 흔들리고 싶지는 않다.

인연은 깊을 수도, 가벼울 수도 있다.
이별해야 할 때 이별하고,
만나야 할 때 다시 만나는 것.
그 인연을 소중히 여기면 그만이다.
인연에 집착할 필요는 없다.
우리는 동행하는 것뿐이다.
멀지도 가깝지도 않게
서로가 함께하면
그것만으로도 행복하지 않은가.

무량무존無量無存, 할렐루야, 아미타불!
내 마음이 편안한 곳, 그곳이 집이다.

강호에서 왔으니 강호 이야기를 쓴다.
어디든 또 다른 강호, 또 다른 사람들,
또 다른 사회이며 또 다른 내 나라이다.
획일화된 길에서만 행복을 얻는 사람이라면
다른 사람들의 세상을 보는 것도 행복이다.
나는, 이 책이 당신에게
자아를 찾게 하는 고독한 여행이자
비슷한 사람들이 일구어낸 기적을
발견하는 선물이 되길 희망한다.

"걷다다 보면 다 지나갈 거야.
다만, 다시는 돌아갈 수 없을 뿐이지.
그러니까 너무 울지는 마.
괜찮아, 괜찮아!"

018

성장이란 어찌 보면 개개인의 인성이 완성되어가는 순간이다.

가야 할 길이 한없이 멀게 느껴질 때는
그냥 조금 천천히 가면 되는 거다.
마음은 한들한들, 발걸음은 느릿느릿.
그렇게 가자, 우리.
자꾸 조급해하지 말고.

정확해, 안전해, 라고 믿는
보편적인 길이 있다.
하지만 이 세상에
어찌 그토록 많은
표준 답안이 있다는 것일까.
과연 그 답안을
내 인생에도 적용할 수 있을까.
평범함이 진리라고?
말도 안 돼!
스스로를 멈춰 세우고,
초조해하고,
좌절도 하는 순간을
충분히 겪어야
진짜 답안을 만날 수 있을 거다.

마음은 생각을 따라 걷고,
몸은 인연을 따라 떠다닌다.
순간의 느낌보다는
삶을 바라보는 나의 태도가 먼저다.

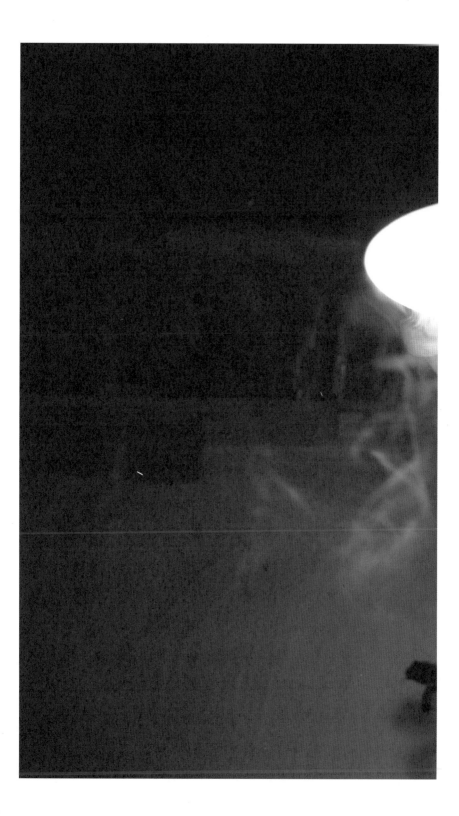

성공을 위해서만 살지는 않겠다는 것

나 같은 프리랜서 방송인은 여러 곳을 떠돌며 일하지만 그렇다고 맡는 프로그램마다 진정한 친구를 사귈 수 있는 것은 아니다. 일터에서 만난 사람들은 대부분 잠시 한곳에서 함께 일했던 동료 정도일 뿐, 프로그램이 막을 내리면 각자의 길을 간다.

다빙은 산둥 위성TV에서 1년 반 동안 「가성전기歌聲傳奇」라는 프로그램을 함께 진행했고, 이후 친구가 된 사람이다. 그 프로그램을 맡으면서 내가 얻은 가장 큰 수확이다.

그를 친구로 느낀 것은 무대 뒤 그리고 무대 앞에서 그와 나눈 이야기들 때문이다.

독서는 작가와의 대화다. 그의 책을 읽은 독자들 역시 당시의 나와 마찬가지로 다빙과 대화를 나눈 것일 테니, 그의 이야기를 다 듣고 나면 분명 다빙을 친구라고 여길 수 있게 되리라 믿는다.

많은 이들이 책에 적힌 다빙의 생활을 동경하겠지만, 과연 몇 명이나 과감하게 그런 생활을 즐길 수 있을까? 더구나 돈을 많이 벌어 이름을 날리고, 최소의 자본으로 최대의 이윤을 남기는 일이 꿈인 이 시대에 말이다. 마윈과 리카이푸李開復, 구글차이나 사장 역임, 장차오양張朝陽, 소후닷컴의 CEO, 리위춘李宇春, 중국 톱 여가수, 궈징밍郭敬明, 중국 베스트셀러 작가만이 인생의 모범답안이며, 다른 이들의 생활 방식은 모두 궁상맞고 빌어먹을 인생이라고 생각하는 사회가 아닌가.

그런 까닭에 다빙의 이 책은 사실 그의 청춘에 대한 기록일 뿐만 아니라, 소리 없는 저항이며 파렴치하고 따분할 정도로 물질에 대해 탐욕스러운 세상에 대한 저항이다. 설마 이 세상에 성공이 인생의 전부인 삶밖에 없겠는가. 책에 나오는 이런 생활은 존재할 수도 없고, 결코 즐거울 수도 없다고 누가 단정할 수 있을까.

스스로 어떤 방식의 삶을 선택하든 우리는 다빙과 이 책에서 나오는 친구들의 독특한 삶을 통해 세상의 신비와 아름다움, 인생의 풍부함과 다채로움을 느낄 수 있다. 설령 우리 스스로는 금사로 엮은 새장 안에 안주하고 있다 해도 푸른 하늘을 향해 자유롭게 날갯짓하는 새들을 본다면 그 찬란한 날갯짓에 환호를 보내는 것이 맞을 테니 말이다.

유랑 인생

다빙의 인생은 유랑이다.

그는 특이한 매력의 소유자다. 수많은 친구들 가운데 그보다 더 폭넓은 인생을 사는 사람이 없고, 그보다 더 많은 경험을 한 이도 없다. 최근 몇 년 동안 나는, 그의 이야기 속 주인공들을 만나면서 그들의 삶을 생생하게 느낄 수 있었다.

일단 이야기를 시작하면 다빙은 마치 속사포처럼, 강호의 기질을 듬뿍 담은 언사로 톡톡 튀는 방송인의 말솜씨를 뽐낸다. 그의 감동적인 이야기에서 나는 언제나 뜨겁게 삶을 사랑하는 그의 진심을 느낀다. 그는 충실한 생활인으로 독서와 서예, 미술, 미인, 걷기, 음악 같은 것들을 좋아한다. 손을 다쳐 피아노를 칠 수 없게 되자 손북을 치며 노래를 부르기 시작했다. 길거리에서, 여행길에서, 혼자 또는 사람들과 더불어 세상 이곳저곳에서 노래를 불렀다.

어느 해 가을, 그와 함께 거리에 앉아 노래를 팔았던 적이 있다. 그는 거리에 가득 모인 낯선 사람들을 향해 노래를 불렀다. 세상 어느 누가 달에는 푸른 풀이 없다고 했던가, 세상 어느 누가 태평양에서는 모닥불을 피울 수 없다 했던가, 어느 누가 세상 끝에 내 노래를 들은 사람이 없다 했던가?

우리 모두 리장麗江에 있는 '다빙의 소옥大冰的小屋'에서 밤부터 새벽까지 술을 마시다 취해 고꾸라졌지만 그만은 계속 꼿꼿하게 앉아 있었다.

다빙은 무한한 힘을 가진 사람 같다. 함께 모여 앉은 친구들의 손에서 손으로 기타가 옮겨지는 때가 되면 그는 북을 껴안고 살짝 고개를 숙인 채 눈을 감았다. 그러곤 이내 그의 손가락들이 너울너울 춤을 추었다. 모두가 그렇게 돌아가며 노래를 부르는 동안, 그의 북소리는 시종일관 멈추지 않았다.

소협의 강호처럼 살아보기

　다빙의 책을 펼치면 '은공恩公. 은인', '소협少俠. 청년 협객', '척장자踢場子. 무술 대결을 신청하다' 같은 표현들이 가득하다. 강호의 느낌 가득한 어휘들이 담긴 그의 책을 읽다 보면 단전에 슬그머니 열이 나면서 무기를 들고 그를 따라 의협심을 발휘하게 된다.

　다빙의 책은 그가 만든 강호의 세계다. 그곳에서는 만민이 평등하고, 선악이 분명하며, 선량하고 솔직하여 거짓이 없다. 이는 원래 세상의 기본 가치관인데도 웬일인지 현대 사회에서는 점차 그 모습이 사라지고 있다. 명예와 이익을 추구하며 행여 무슨 일이라도 일어나지 않을까 항상 조마조마해서 길가에 넘어진 사람을 향해 선뜻 팔 뻗을 용기마저 상실한 시대이기 때문이다.

　모르기는 해도 이런 점들 때문에 사람들이 다빙의 책을 좋아하는 것이라고 생각한다.

　사람들은 언제나 자기에겐 없는 뭔가를 가진 사람을 부러워한다. 이 세상에는 독특한 유형의 사람들이 살고 있다. 그들은 정기적인 출퇴근 생활과는 전혀 다른, 생동감 넘치는 삶을 산다. 그런가 하면 이와는 또 다른 유형도 있다. 출퇴근하는 일을 하면서도 유랑의 삶을 사는 사람들, 바로 다빙과 같은 이들이다.

진융金庸, 홍콩의 무협 소설 작가. 언론인은 자신의 글에서 나라와 백성을 위하는 자를 대협이라 했다. 그런데 다빙은 오히려 소협이기를 자처하는 것 같다. 범상치 않은 영예를 얻기보다는 정의를 실현하며 살고 싶어 하는 것 같다.

매일 저녁 그는 리장 '다빙의 소옥'에서 손님들에게 재미있는 이야기를 들려준다. 여기에 술을 곁들이고, 술기운에 절로 노래를 부르며 그는 자신의 강호에서 더덩실 흥겨워하고 있다.

괜찮아 …… 괜찮아

024　　**먼저 읽은 사람에게 듣다 1 | 방송인 황젠샹(黃健翔)**
　　　 성공을 위해서만 살지는 않겠다는 것

026　　**먼저 읽은 사람에게 듣다 2 | 가수 완샤오리(萬曉利)**
　　　 유랑 인생

028　　**먼저 읽은 사람에게 듣다 3 | 배낭족 샤오펑(小鵬)**
　　　 소협의 강호처럼 살아보기

차
례

034   다빙의 인연 1 | 민민이라는 여자
　　　　 착하지, 내가 쓰다듬어줄게

052   다빙의 인연 2 | 라오빙이라는 남자
　　　　 한 잔의 술, 한 잔의 위로

086   다빙의 인연 3 | 어떤 아가씨
　　　　 미안해, 미안해

106   다빙의 인연 4 | 다펑이라는 남자
　　　　 보통 친구

120   다빙의 인연 5 | 니커라는 여자
　　　　 울면 안 돼

152   다빙의 인연 6 | 아밍이라는 남자
　　　　 노래 부르는 이, 눈물 흘려선 안 돼요

192   다빙의 인연 7 | 더우더우와 그의 남자
　　　　 노래 듣는 이 눈물 흘리지 말아요

218   다빙의 인연 8 | 그 여자와 그 남자
　　　　 무터우와 마오마오

254   다빙의 인연 9 | 예즈와 그녀의 오랜 연인
　　　　 예즈 낭자 표류기

306   다빙의 인연 10 | 지난날의 나와 우리들, 그 청춘
　　　　 룽다 소년

320   다빙의 인연 11 | 아름다운 부부, 청쯔와 더우얼
　　　　 소소한 인과

372   다빙의 인연 12 | 창바오라는 개
　　　　 내 사제는 사람이 아니랍니다

392   글을 쓴 사람에게 듣다 | 저자 다빙(大冰)
　　　　 당신이 행복했으면 좋겠다

396   글을 옮긴 사람에게 듣다 | 역자 유소영
　　　　 진짜 티베트, 진짜 사람을 만났다

※ 일러두기
외래어는 모두 중국어 음을 따르는 것이
흐름이지만 이 책은 번역하다 보니 술집 이름과
다리, 거리 이름은 한자로 하는 것이 좋을 것 같아
한자음을 달았습니다.

1

다빙의 인연   민민이라는 여자

그때는 차마 쑥스러워 입을 열지 못했던
말들이 있었어.
이제 그런 말들을 내뱉을 용기가 생겼는데
나이는 이미 중년에 접어들고,
몸은 이렇게 먼 타향에 있구나.

해마다 설날, 나는 언제나 같은 문자를 받았다.
산더미처럼 쌓인 새해 인사 문자 가운데
짜차오민이 보낸 '오빠, 잘 지내'라는
짧은 문자가 늘 있었다.
이 짧은 문자에 장문의 회신을 보내고 싶었지만······
결국 언제나 '착하기도 하지!
머리 쓰다듬어줄게!' 하고
짧은 답장만 보냈을 뿐이다.

착하지, 내가 쓰다듬어줄게

당신 옆에도 이런 사람이 있지 않은가?
행인도 가족도 아닌, 그렇다고 연인도 배우자도 아닌 사람.
친구이면서 그냥 친구가 아닌, 그보다는 가족에 더 가까운 사람.
그렇다면 그가 바로 이번 생에,
당신 스스로를 위해 당신이 직접 선택한 가족이다.

1

나에게는 신기한 재주가 하나 있다. 아무리 깨끗한 방도 채 3일이 안 돼 뒤죽박죽으로 만들어놓는 재주다. 어찌 된 영문인지 나도 잘 모르겠지만 어쨌거나 뒤죽박죽 난장판이다. 물건이 모두 제자리를 벗어나 있다. 시계는 냉장고에 들어가 있고, 리모컨은 발이 달렸는지 어느새 변기 옆에 놓여 있다. 무더기로 쌓인 옷들은 참호를 연상케 하고, 소파는 외투들이 차지하는 바람에 한참을 기어 올라가야 겨우 자리를 잡고 앉을 수 있다.

나는 정리할 줄 모른다. 정리를 하면 할수록 엉망이 되고, 그렇게 반쯤 헤매다 보면 짜증이 난다. 차라리 모두 삽으로 퍼서 창밖으로 던져버리고 싶다.

가장 짜증 나는 순간은 외출 직전에 물건을 찾을 때다. 이리저리 뒤적거리기만 할 뿐, 바쁠수록 더 엉망진창이 되어버린다. 그러다 자칫 잘못해 트렁크에 걸려 넘어지기라도 하면 쌓여 있던 원고 더미가 눈시베리도 난 듯 쏟아져버린다. 잉크가 나무 바닥에 '픽' 하고 떨어지면서 벽 귀퉁이에 쌓아둔 흰 셔츠를 향해 포물선을 그리는 날에는……. 맙소사!

담배 한 개비를 꺼내 들었지만 아무리 뒤져도 라이터를 찾을 수가 없다. 답답해 죽을 것 같다. 혼자 사는 남자의 이렇듯 소소한 괴로움은 젊은 아가씨들의 생리통 정도에나 비유할 수 있을까. 그때마다 나는 유난히 짜차오민 생각이 나면서 코끝이 시큰해진다.

짜차오민은 누이동생이다. 아버지도, 어머니도 다르지만 친누이나 다름없는 아이다. 단발머리에 가슴이 절벽인 소녀. 성적 취향이 다소 애매한, 그러나 수려한 외모의 소유자다.

그 아이에겐 신통한 능력이 있다. 아무리 어지러운 방도 그 아이의 손길이 닿으면 순식간에 모델하우스처럼 깔끔하게 정리되었다. 모든 물건이 제자리를 찾고 양말까지 네모반듯하게 접힌 채 마치 줄을 맞춘 군인들처럼 색깔별로 나란히 서랍에 자리를 틀었다.

10년 전 우리는 같은 도시, 같은 TV 방송국에서 일했다. 그 애는 나를 오빠라고 불렀다. 나는 거의 반은 그 애의 스승이라 할 수 있기 때문에 그 애는 의무적으로 한 번씩 내 집안일을 해주었다. 그런데 집안일을 하며 계속해서 내게 욕을 퍼부었다.

그 애는 우리 집 예비 열쇠를 가지고 있었다. 수많은 일요일 아침, 나는 그 애의 핀잔 속에 잠에서 깼다. 그 애가 우산 꼭대기로 내 등을 찌르며 잔소리를 늘어놓았다.

"벗은 옷을 걸어두기라도 하면 피곤해서 죽어요? 계속 산처럼 쌓아두면 양복이 다 쪼글쪼글해지잖아요!"

그러다 조금 있으면 다시 폴짝거리며 달려와 소리를 질렀다.

"이봐 총각, 어디 좀 모자라는 거 아녜요? 쓰레기 버릴 때 쓰레기통도 같이 버리는 사람이 어디 있어요?"

내가 그 애를 애라고 생각하듯 그 애도 입으로만 오빠라고 했지, 속으로는 나를 나이만 처먹은 애로 생각하는 것 같았다.

037

짜차오민은 남부 출신 아가씨다. 키는 작아도 일을 시작했다 하면 동작이 날렵하고 솜씨가 뛰어났다. 그 애는 커다란 마스크를 쓰고 작은 슬리퍼를 끌며 부지런히 뛰어다녔다. 마치 미야자키 하야오의 애니메이션 주인공인 치히로 같았다.

당시는 아직 「센과 치히로」가 나오기 이전으로 시장에서 가장 인기 있는 드라마는 「유성화원流星花園」중국판 「꽃보다 남자」이었다. 쉬시위안徐熙媛, 타이완 여배우. 「꽃보다 남자」의 금잔디 역, 산차이은 중국의 소녀들을 감동시켰다. 드라마 속 쉬시위안, 아니 산차이는 극중에서 자신을 생명력이 강한 잡초에 비유했다. 짜차오민이 그 드라마를 시청한 후 잔뜩 흥분한 모습으로 내게 달려왔다.

"오빠, 여주인공 이름이 산차이야, 난 지차이산차이는 삼나무 새싹. 지차이는 냉이를 뜻한다라고 할까? 지차이도 잡초라고 할 수 있잖아."

"안 돼, 안 돼! 그게 뭐냐? 꼭 만두소 같잖아. 촌스럽게! 차라리 쇠비름이라고 하지? 소염 이뇨 작용이 있어서 당뇨병 치료에도 도움이 될 테니!"

그 애는 진지하게 고민하더니 닉네임을 '짜차오민'짜차오. 잡초으로 바꿨고, 그 후 10년 동안 닉네임을 바꾸지 않았다.

2

처음 짜차오민을 만났을 때 그 애는 아직 스물이 채 안 된 나이였다. 당시 나는 「햇살 가득한 급행 차도陽光快車道」라는 프로그램의 사회를 맡고 있었는데 그중 '햇살 소녀'라는 코너가 있었고, 짜차오민은 그 코너의 게스트 중 한 사람이었다. 당시 그 애는 중등사범학교를 졸업하고 유치원 교사로 근무하던 중이었다. 원래대로라면 그곳에서 십수 년을 잘 지내다가 부서장이 되었을지도 모르는데, 내 말 한마디에 창창한 앞길을 내팽개친 꼴이 되었다.

당시 아직 풋내기였던 나는 말솜씨가 부족한 덧에 그 애에게 질문할 차례가 되었을 때 대본대로 가지 못하고 그만 이렇게 즉흥적인 발언을 하고 말았다.

"직업은 직업이고 사업은 사업이지, 직업을 사업적 성취와 한데 묶어 이야기할 필요는 없죠. 업무를 자신의 유일한 중심 가치로 생각할 필요도 없고요. 일과 생활이 별개라고 생각하지 말아요. 등 따습고 배부른 생활도 괜찮지만 평생 한 가지 일에 매달려 산다면 너무 재미없지 않나요?"

그저 입에서 나오는 대로 지껄였을 뿐인데 그 애는 마치 엄청난 깨달음이라도 얻은 듯, 번갯불에 콩 볶아 먹듯 후다닥 돌아가 일을 처리한 후 초대형 트렁크를 들고 산둥으로 돌아왔다.

짜차오민은 자신의 꿈은 사실 묘령의 시절을 유치원에 바치다 어느새 갱년기 아줌마가 되어버리는 것이 아니라, TV 사회자가 되는 것이라고 했다.

"정말 감사해요. 그 말을 듣고 정신이 번쩍 들었어요. 끝까지 도와주실 거죠?"

"TV 사회자 되는 일이 밭에서 무 뽑아내듯 그렇게 간단한 일인 줄 알아? 어서 유치원으로 돌아가서 애들이나 봐!"

"가고 싶어도 못 가요, 벌써 사표 냈거든요."

유치한 사람들을 보긴 했지만 짜차오민 같은 애는 처음이었다. 인생의 인과응보를 믿었던 나는 내가 저지른 일은 당연히 내가 책임져야 한다는 생각에 몇몇 방송국 친구들을 불러 모아 일주일 동안 짜차오민을 교육시킨 후 방송국 공개 모집에 참가하도록 했다.

일을 도모하는 것은 사람이지만 결과는 하늘에 있다 했으니 내 할 도리를 했으면 그걸로 끝이었다. 시험 합격은 오로지 자신이 하기 나름일 것이다. 그런데 뜻밖에도 합격 통지서가 날아들었다. 그것도 제법 좋은 성적으로.

짜차오민은 처음부터 어린이팀에 배정되었다. 인턴을 거쳐 척

구한 날 편집실에 처박혀 녹화 테이프 편집을 하더니 결국 어린이 프로그램 사회자가 되어 한껏 높은 음정으로 아이들과 어울렸다. 짜차오민 자체가 어린애인 데다 유치원 선생님 출신이니 앙증맞게 아이들과 어울리는 데는 내공이 있었다. 그러나 신입은 신입인지라 때로 사회를 보다가 자주 NG를 냈다. 이렇게 NG가 일고여덟 번 계속되면 프로듀서가 나에게 달려와 고자질을 했고, 어김없이 내 입에서는 욕이 튀어나왔다.

욕을 먹을 때마다 그 애는 눈을 가늘게 뜨고 히죽거리며 산둥 사투리로 말했다.

"오라비, 오라비가 다 책임져야 하는 것 아닝교?"

책임은 무슨 빌어먹을 책임? 오라비는 무슨 얼어 죽을 놈의 오라비? 나는 얼굴을 찡그린 채 목소리를 낮춰 이렇게 말했다.

"그놈의 애교 좀 부리지 마. A컵도 안 되는 애송이는 애교 부릴 자격도 없어. 이렇게 계속 NG 내면 온 데로 돌려보낼 거야."

그럴 때마다 짜차오민은 이를 악물고 큰 소리로 맹세했다.

"오빠, 내게 실망하지 말아요. 꼭 열심히 노력해서 발육 성장하도록 노력하겠습니다!"

짜차오민은 실력이 쑥쑥 늘었다. 툭하면 새로 녹화한 프로그램 테이프를 들고 달려와 평가를 부탁한 다음, 작은 노트를 들고 일일이 내 말을 기록했다. 당시 한창때였던 나는 누군가 허심탄회하게 가르침을 청하는 상황을 즐겼던 것 같다. 언제나 거리낌 없이 자유분방하게 사방으로 침을 튀며 이야기를 늘어놓았다. 때론 이야기에 제동을 걸지 못하고 일상이나 감정, 이상 등을 장황하게 늘어놓으며 마치 내가 그 애의 인생 스승이나 된 양 떠들어댔다.

그 애 역시 바보처럼 언제나 이런 내 말을 경청했고, 또한 내가 최고의 남자 친구라도 되는 것처럼 온갖 잡다한 이야기까지 늘어놓으며 내 의견을 물었다. 하지만 어디 당당한 사내대장부가 시시콜콜 잡다한 여자 수다에 귀를 기울이겠는가. 때로 듣다, 듣다 짜증이 나면 나는 그 애의 목을 잡고 문밖으로 내쫓았다.

TV 방송국은 영특한 사람들이 모여드는 곳이다. 짜차오민이 바보처럼 남에게 잘 속다 보니 때로 내가 나설 수밖에 없는 상황도 생겼다. 언젠가 그 애가 어린애처럼 내 등 뒤에 숨어 머리를 반쯤 내밀고 손가락으로 누군가를 가리키며 말했다.

"저 사람이야. 저 사람이 나 괴롭혔어요."

짜차오민은 당시 월급이 보잘것없었기 때문에 돈이 떨어졌다 하면 조금도 주저하지 않고 내 사무실로 달려와 고기를 사달라고 졸랐다. 꼬마 아가씨가 고향을 등지고 멀리 타향에 와서 생고생을 자초하고 있다는 생각에 측은한 마음이 들었다. 나는 꼬치구이나 양갈비를 먹을 일이 있으면 짜차오민을 데리고 갔다.

그럴 때마다 짜차오민 역시 전혀 망설이지 않고 맥주를 벌컥벌컥 들이켰고, 양허리살구이를 최소 세 조각은 해치우는 바람에 나는 번번이 간이 콩알만 해졌다. 한번은 참다못한 내가 의미심장한 말투로 말했다.

"꼬마 아가씨, 양허리살을 아무리 먹어도 소용없어요. 힘이 난다고 어디 쓸 곳도 없고……."

멍하니 나를 바라보던 짜차오민의 얼굴 표정으로 볼 때 분명히 내 말뜻을 알아듣지 못한 모양이었다. 그 애는 그냥 바보처럼 이를 드러내며 나를 보고 즐거워할 뿐이었다.

나는 그때 잠시 예쁜 산림학과 여대생을 사귀고 있어서 때로 두 여자를 데리고 꼬치구이를 먹으러 갔다. 그 여대생이 고추 소스 병을 엎는 바람에 손수건을 꺼내 그녀의 손가락을 하나하나 닦아준 적이 있었다. 그 여대생이 내게 고마움의 표시로 키스해주었다. 립스틱을 바르고 다녔기 때문에 뺨에 붉은 립스틱 자국이 진하게 남았다.

짜차오민은 그 모습이 무지 부러웠던지 자기도 연애할 사람을 찾아 입술 자국을 남기겠다며 반년을 부르짖었지만 아무 소식이 없었다. 내가 아는 조건 좋은 남학생들을 소개시켜주기도 했다. 남학생들은 하나같이 짜차오민이 좋다고 했지만 그 애 맘에 든 사람은 하나도 없었다. 언젠가 우리 집 일을 도와주러 온 짜차오민에게 대체 어떤 남자를 좋아하냐고 물었다. 그랬더니 그 애는 고개를 갸우뚱 기울인 채 아무 말 없이 옷을 개며 성가시다는 듯 말했다.

"신경 꺼요."

3

그즈음 나는 티베트 남부에 위치한 라싸에 술집을 열었다. 프로그램 녹화가 끝나기만 하면 지난에서 티베트로 달려갔는데 거기에도 내 나름의 규칙이 있었다. 라싸에 돌아갈 때는 언제나 편도표만 끊었다. 지난에서 청두나 리장으로 간 다음 그곳에서부터 걷거나 히치하이킹을 했다. 가는 내내 노래를 팔거나 그림을 팔았다. 조금 고생스럽기는 했지만 재미가 이만저만이 아니었다. 어쨌거나 한쪽에서 번 돈을 다른 한쪽에 가서 쓰는 것도 귀찮았다. 없으면 없는 대로 살아가지 뭐. 이런 생각으로 길을 나서면 짧게는 보름, 길게는 3개월을 길에서 살았다. 더 길어질 때는 아예 짜차오민을 불러다 집 열쇠, 현금, 은행카드 같은 것을 모두 맡겼다.

산둥 출신들은 대부분 돈을 얼마나 벌든 간에 매달 정기적으로 부모님께 돈을 보내 마음을 표한다. 짜차오민은 내 은행카드의 비밀번호를 모두 알고 있었다. 나 대신 계좌 이체 이외에도 수도세, 전기세, 관리비를 내고 전화 통화료도 충전해줬다.

그뿐만이 아니었다. 나의 애완견인 '배추'도 함께 짜차오민에게 넘겼다. 배추는 짜차오민을 무척 따랐다. 나와 함께 있으면 사료밖에 주지 않지만 짜차오민은 고기에 버블티에 정기적으로 목욕도 시켜줬다.

베추는 목양견 콜리∞llie종으로 수깃이었다. 물고기자리에 태어났고, 성격은 누구하고도 적이 되지 않는 지극히 지조 없는 놈이었다. 매일 부끄러운 얼굴로 짜차오민과 한 침대에 붙어 서로 껴안고 잠을 잤다. 루저의 역습이 일어난 셈이다.

맨 처음 짜차오민에게 이 모든 것에 대한 인수인계를 할 땐 그야말로 난리법석이 났었다. 내가 짜차오민을 처음으로 울린 사건이었다.

호텔 문 앞 버스 정류장에서 만나기로 약속한 후 그 애에게 물건을 하나하나씩 건네줬다. 안둬짱취安多藏區의 설산에 갈 계획이었다. 짤랑짤랑, 피켈과 아이젠 등을 잔뜩 걸어놓은 8자 고리가 매달린 배낭을 메고 있었다.

짜차오민은 무심하게 물건을 받아 챙기는 것 같았지만 사실은 자꾸만 내 배낭을 힐끗거렸다. 그러더니 갑자기 물었다.

"오빠, 돈도 카드도 안 가지고 가면 배고플 때 어떻게 해요?"

"거리에서 노래 부르면 여비 정도는 벌 수 있어. 걱정 마. 굶어 죽지 않으니까."

그 애는 입을 실룩거렸다. 자유 여행에 대한 아무런 기본 지식도 없었던 짜차오민은 설산 등반이니 도보 여행이니 하는 소리를 듣고는 설산을 넘고 평원을 가로지르는 강행군을 상상했던 것 같다. 내가 매일 풀뿌리나 뜯어 먹고, 가죽 혁대나 삶아 먹는 걸로 여기는 게 분명했다.

"설산에 가면 얼어 죽지 않아요? 내복 바지는 입었어요?"

나는 황급히 차에 오르며 별생각 없이 말했다.

"내복 바지? 소용없어. 눈사태가 나면 사람을 송두리째 묻어버리거나 빙벽에서 거꾸로 떨어지면 완전히 박살 나버리니까."

이렇게 말하다 보니 그 애의 얼굴 표정이 점점 일그러지는 것이 눈에 들어왔다. 갑자기 손등으로 눈을 가리고 입을 삐죽거리면서 숨을 들이쉬는가 싶더니 '우~앙' 하고 울음을 터뜨렸다. 눈물이 주르륵 손가락 사이로 흘러내렸다. 나는 화들짝 놀라 말했다.

"제기랄, 울긴 왜 울어?"

그 애가 코맹맹이 소리를 내며 말했다.

"오빠, 죽으면 안 돼."

신기한 생각이 드는 한편 우스꽝스럽다는 생각을 하며 그 애를 달랬다.

"나 죽으면 배추 늙어 죽을 때까지 잘 돌봐줘야 돼. 알았지?"

그 애는 울다가 숨이 받쳐 콜록거리며 소리를 질렀다.

"싫어!"

나는 머리를 토닥이며 달랬다. 하지만 그럴수록 짜차오민의 울음소리는 점점 더 커졌고, 나중에는 화를 참다못해 발을 동동 굴렀다. 마치 생사의 이별이라도 앞둔 사람 같았다. 당시 짜차오민은 스무 살 아가씨였지만 울기 시작하니 완전히 어린애였다.

이후 생사 이별의 횟수가 늘고 조금씩 상황에 익숙해지면서 짜차오민은 더 이상 울지 않았지만, 또 다른 이상한 버릇이 생겼다. 짜차오민은 항상 내가 탄 버스를 향해 손을 흔들며 고함을 질렀다.

"오빠, 죽으면 안 돼! 살아서 돌아와야 해!"

그때마다 기사와 승객들이 입을 실룩거리며 웃었고, 나는 목을 잔뜩 움츠린 채 버스 의자 틈새에 푹 몸을 파묻었다.

4

무모한 행동 한 번쯤 해보지 않고 어른이 된 남자가 있을까? 나 역시 그랬다. 삶과 죽음에 대한 생각 자체가 없었다. 어떤 산, 어떤 길도 마다하지 않았다. 밤길을 걷다 귀신을 만날 때도 있고, 몇 차례 사고에 갈빗대가 두 번이나 부러졌으며, 손가락 몇 개에 장애가 생기기도 했다. 그러나 천한 몸이어서 목숨이 질겼을까. 혹시 티베트이 신들은 나를 데려가기조차 귀찮았던 게 아닐까.

왼쪽 엄지손가락 장애는 윈난에서 티베트로 가는 길에 생겼다. 낙석 때문에 몸 피할 곳을 찾아 달리다가 발을 헛딛는 바람에 낭떠러지 아래 굴러 떨어졌다. 다행히 은밀한 부분이 돌 틈에 끼는 바람에 절벽 아래 강으로 떨어지지 않고 목숨을 건질 수 있었다. 온몸에 멍이 들었지만 목숨에는 큰 지장이 없었다. 다만 왼손이 돌덩이에 찢기면서 인대가 끊어졌다.

나는 붕대를 감고 지난으로 돌아와 비행기에서 내리자마자 병원으로 달려갔다. 의사가 내 프로그램 시청자라 각별히 신경 써서 치료를 해줬다. 한참 동안 자세히 검사한 뒤에 의사가 말했다.

"차 있으면 팔아버려요. 앞으로 운전 못할 거예요."

그가 별일 아니라는 듯 진료카드를 써내려가면서 고개를 한쪽으로 기울이고 말했다.

"가족들에게 전화해서 입원 수속을 밟아요. 내일 회진하고 늦어도 모레는 수술을 해야 합니다."

하지만 부모님께 걱정을 끼칠 수는 없었다. 잠시 머뭇거리다 짜차오민에게 전화를 걸었다.

짜차오민은 잠옷 차림에 솜이불을 안고, 슬리퍼를 질질 끌면서 뛰어오더니 나를 보자마자 다짜고짜 욕을 퍼부었다. 의사 앞에서 내 머리를 내리치곤 다시 이불을 껴안은 채 이리저리 뛰어다니며 여러 가지 수속을 마쳤다. 나는 겸연쩍은 듯 물었다.

"은인님! 병원에 이불이 없는 것도 아닌데, 그 이불은 왜 껴안고 나타나셨을까?"

하지만 그 애는 상대하기도 싫다는 듯 흘겨보고는 나를 침대에 꼼짝 못하게 눕혔다. 병원 이불이 얇지도 않은데 한사코 그 두꺼운 솜이불을 병원 이불 위에 한 번 더 덮어주고, 그것도 모자라 모서리에 이불을 단단히 끼워 넣은 다음, 팔짱을 끼고 침대 가장자리에 걸터앉았다. 그렇게 저녁 내내 앉아 있다가 한밤중이 되자 내 다리

쪽에 고꾸라져 살짝 코를 골기 시작하더니 어느새 꿈을 꾸는지 작은 소리로 중얼거렸다.

"오빠, 죽지 마……."

일어나 앉아 몰래 담배를 물고 짜차오민을 가만히 바라봤다. 가벼운 크레졸 냄새가 풍기는 곳, 내 다리 한쪽에 조그만 꼬맹이 친구가 코를 골며 잠들어 있었다. 하얀색 단추, 작은 풀이 그려진 보송보송한 잠옷을 입고.

회진 시간에 짜차오민이 다시 한바탕 눈물을 뽑았다.

의사가 내린 수술 방법은 A안과 B안, 두 가지였다. 치료 효과는 똑같은데 B안이 A안보다 좀 더 고통스러운 대신 수술비가 절반밖에 되지 않았다. 나는 잠시 고민한 후 B안을 선택했다. 돈이 넉넉하지 못했다. 그런데 의사에게 B안으로 하겠다는 말을 하고 있을 때, 짜차오민이 끼어들더니 무조건 A안을 고집했고, 우리는 실랑이를 벌이기 시작했다.

"작작 좀 해요! 병 치료하는 일에 돈을 아껴요?"

짜차오민은 울 때 손등으로 눈을 가리는 습관이 있었다. 병실에 있던 의사와 간호사들 앞에서 그 애가 엉엉 울기 시작했다. 입장이 난처해진 나는 문을 박차고 나가려 했다. 의사가 나를 가로막으며 상황을 수습했다.

"됐어요. 동생이 이렇게까지 오빠 생각을 간절히 하는데……."

모르는 사람들 앞에서 당황한 나머지 얼굴이 벌겋게 달아올랐다. 짜차오민을 달래주고 싶었지만 그렇다고 대번에 안면을 바꿀 수도 없는 일이었다. 짜차오민에게도 화가 나고, 나한테도 마찬가지였다. 이러지도 저러지도 못한 채 나는 그냥 문을 박차고 밖으로 나갔다.

오후 내내 짜차오민은 얼굴을 드러내지 않았다. 밤이 되자 배가 고파 죽을 것만 같았다. 그때 저만치 보온통을 들고 오는 짜차오민이 눈에 들어왔다. 눈이 퉁퉁 부어 있었다. 짜차오민이 겁먹은 표정으로 내 앞에 보온통을 내밀며 말했다.

"오빠, 화내지 마요. 국수 가져왔어요."

토마토달걀국수였다. 김이 모락모락 피어오르는 보온통 안에 잘게 자른 토마토와 꽃송이 같은 달걀이 보였다. 복도에 쪼그려 앉아 후루룩거리며 면을 먹었다. 정말 맛있었다. 향긋했다. 뜨겁기는 또 얼마나 뜨거운지 눈물이 날 정도였다.

그날 이후, 나는 국수 먹을 일이 있으면 토마토달걀국수만 먹었다. 그렇게 맛있는 국수는 한 번도 먹어본 적이 없었다. 국수를 다 먹고 나서 열심히 그릇을 핥았다. 짜차오민이 내 옆에 쪼그리고 앉아 작은 소리로 말했다.

"오빠, 앞으로는 그렇게 사납게 굴지 말아요. 나도 안 그럴게."

"그래, 그래. 앞으로 너한테 사납게 구는 놈은 개새끼야."

나는 한 손을 빼내 그 애의 머리를 톡톡 친 다음, 찰랑거리는 단발머리를 헝클어뜨렸다.

결국 수술은 A안으로 결정되었고, 부족한 돈은 그 애가 대신 내주었다. 일한 지 몇 년 되지 않았지만, 새 옷 한 벌 사지 않고 차곡차곡 모은 돈이었다.

짜차오민은 매일 내 병상을 지켰다. 일이 아무리 바빠도 달려와 식사를 챙겼다. 결근을 밥 먹듯 하니 보너스는 아예 생각도 못했지만, 하루 세 끼 나의 밥은 소홀히 한 적이 없었다.

그녀 덕분에 나는 그저 입만 벌리고 손만 뻗으면 모든 것이 해결되었다. 대왕마마가 따로 없었다. 남들은 병원에 입원하면 살이 빠진다던데 나는 살이 포동포동 올라 얼굴이 순식간에 달덩이가 되었다.

5

완쾌하기까지는 꼬박 반년이 걸렸다. 나는 깁스를 떼어내자마자 라싸로 돌아갔다. 짜차오민이 예전처럼 배추를 끌고 나와 전송했고, 나 역시 모든 재산을 그 애에게 맡긴 뒤 정류장에서 이별했다.

나는 창문 너머로 짜차오민에게 손을 흔들며 바짝 신경이 곤두서서 그 애를 살폈다. 행여 또 "오빠, 죽지 마, 살아서 돌아와야 해!"라고 말할까 봐 걱정하면서.

그러나 짜차오민은 아무 말도 하지 않았다. 다만 바람이 그 애의 앞머리를 흩어놓았다. 그 애는 쪼그리고 앉아 배추의 머리를 껴안은 채 삐딱하게 고개를 들고 나를 바라봤다. 손가락 두 개를 얼굴 옆에 대고 V자를 만드는 것이 유행하기 시작한 해였다. 그 애가 나를 향해 웃으며 'V'를 그렸다. 그 모습이…… 바보 같았다.

그해 설에 짜차오민이 내게 메시지를 보냈다.

'오빠, 잘 지내.'

나는 티베트 북부 고원의 별빛 아래서 한참 동안 핸드폰을 들여다봤다. 그 후 매년 새해 첫날, 나는 똑같은 메시지를 받았고, 나는 이 짧은 메시지를 꽤 여러 해 동안 핸드폰에 저장했다.

나중에 짜차오민은 민들레 홀씨처럼 지난을 떠나 베이징으로 날아가더니 다시 남부로 갔다. 그리고 다시 또 호주의 브리즈번으로 날아가 중국어 방송국의 사회자가 되었다. 열애, 실연, 약혼 그리고 결별 후 창업을 시작해 문화 교류 분야에서 일했고, 연극도 했다. 이곳저곳 떠돌며 고군분투했다.

하지만 어디에 있든 매년 똑같은 메시지가 한 해도 빠짐없이 날아들었다. 여러 해 동안 설날이 되면 나는 그 짧은 문자에 대해 긴 문자로 답을 보내고 싶었지만 결국 언제나 '착하기도 하지! 머리 쓰다듬어줄게!'라는 문자를 보냈을 뿐이다.

다쥔, 「쓸쓸한 사랑가(孤單情歌)」

🎧 노래를 들을 수 있어요!

민민! 무슨 말을 해야 할지 모르겠네.

네가 날 오빠라고 부른 지도

11년이 되었구나.

내가 널 돌본 것이 아니라,

네가 날 아꼈던 세월이었지.

그때는 차마 쑥스러워서

입을 열지 못했던 말들이 있었어.

이제 그런 말들을 내뱉을 용기가 생겼는데

나이는 이미 중년에 접어들고

몸은 먼 타향에 있구나.

이제껏 네게 한 번도

'고맙다'란 말을 못한 것 같다.

이 몹쓸 놈의 자존심을 용서해주렴.

그땐 나도 어렸으니까…….

사실은 지금도 여전히 어린애야.

아마 평생 정신없고, 두서없고,

미덥지 않은 어린애 같을지도 몰라.

그래. 넌 늘 언제나, 고마워.

정말 많은 도시의 시골을 더너뗐고,

정말 예쁜 여자들이 끓여주는 국수를 먹어봤어.

그 여자들 모두 하나같이

너보다 가슴도 크고, 다리도 길었지만

너처럼 국수를 맛있게 끓이는 사람은 없었어.

뜨겁고 향긋한 토마토달걀국수 말이야.

섣날 그믐밤이다.

이제 몇 시간 뒤면 네가 보내는

새해 메시지를 받을 수 있겠구나.

지금 나는 윈난 리장에 있어.

술도 있고, 악기도 있고,

실내 가득 강호의 친구들이 들어차 있고.

그런데 넌? 잡초 같은 넌?

지금 넌 어디서 하늘거리고 있니?

잘 지내야 돼.

'착하기도 하지! 머리 쓰다듬어줄게!'

                              섣달 그믐날 리장에서, 다빙

2

다빙의 인연   라오빙이라는 남자

한 잔의 술,
한 잔의 위로

라오빙의 동의도 받지 않고 쓰는 글이니
라오빙이 나를 강에 빠뜨릴 수도 있다.
마음의 각오는 되어 있다. 하지만 다른 뜻은 없다.
회상이나 반성 같은 것의 의미가 퇴색된 이 시대에
누군가는 꼭 알아줬으면 하는 이야기이기 때문이다.
가슴 깊이 새겨주면 좋겠다는 사치스러운 열망도 없다.
그저 이런 이야기를 알릴 수 있다면 그것으로 족하다.
우리 인생도 결국은 역사처럼 기록되어야 한다.
얄팍한 내 식견으로 풀이하면,
역사란 '진실한 이야기'이다.
옳고 그름, 긍정이나 부정 같은 것은
백 년 후 우리 후손들이 알아서 판가름할 것이다.
나는 그저 생생하고 진실한 실제 이야기들을
쓰겠다고 생각했으니, 쓰면 그만이다.
라오빙이 나를 강으로 던지러 올 그 순간을 기다리며.

고된 여정을 위로해줄 한 잔의 술.
술보다 더 진한 이야기도 하나.
지금 내가 당신과 나누고 싶은 것들이다.

1

라오빙은 싸움이 시작되면 곧잘 소화기를 쓴다. 물론 철추를 휘두르듯 어깨를 내리친다면 어깨가 박살 날 것이고, 머리를 내리치면 맞은 자의 목숨이 날아갈 테니 소화기를 휘두르지는 않고, 그저 분사만 할 뿐이다.

스컹크가 아무리 지독하다 해도 ABC 분말소화기보다 지독하진 않을 것이다. 엄지손가락으로 살짝 누르면 '펑' 소리와 함께 허연 포말이 용트림을 하고, 상대방은 순식간에 눈사람이 되어 눈물 콧물을 한 바가지나 쏟아낸다.

한바탕 소화기를 분사한 후 라오빙은 몇 발짝 뒤로 물러나 기마자세를 취한다. 그러다가 상대방이 기침을 하면 기다렸다는 듯 얼굴에 대고 소화기를 발사한다. 그 분진은 순식간에 혀를 막고, 숨이 꽉 막힌 상대방은 바닥을 데굴데굴 구르게 마련이다.

공격당한 사람은 토악질을 해대느라 용서를 구할 기운도 없이 허넌 침반 실실 흘리며 석석 빈낭한 소리를 냈다. 그때쯤 라오빙은 한 번 더 소화기를 분사하면서 호되게 소리를 질렀다.

"또다시 술기운을 핑계로 미친 짓을 하면 혼구멍을 내줄 테니 그리 알아!"

소화기 분말이 흥건한 바닥에서는 몽실몽실 연기가 피어오르고, 그 가운데 위풍당당하게 서 있는 라오빙의 모습은 그야말로 중국 판 '터미네이터'였다. 나는 한쪽에 조용히 서서 혀를 내두르며 감탄을 금치 못했다.

라오빙은 훠탕火塘, 바닥을 파서 둘레를 벽돌로 쌓고 그 안에 불을 피운 형태. 중국 소수민족 지역에서 많이 볼 수 있다을 열고 구이를 팔았다. 야식 장사를 한 지 10년, 주로 술고래를 상대하는 장사였다. 가게 이름은 '노병소고老兵燒烤'로 한때 중국의 잡지들이 윈난 리장을 소개할 때 가장 가볼 만한 장소 열 곳 중 한 곳으로 선정하기도 했었다.

그의 가게 메뉴 중에서 유명한 요리는 닭날개숯불구이와 포일베이컨배추 요리다. 하지만 어떤 요리도 그의 가게에서 내놓는 청매주, 마카주, 앵두주를 능가할 메뉴는 없다. 사람 키 절반 정도 되는 10여 개의 커다란 술항아리 뚜껑을 여는 순간, 몸이 휘청거리고 혀가 시큼해지면서 입안에 침이 고인다. 누구든 술맛을 보고 싶은 충동을 참을 수 없어진다.

그의 가게에는 일반 술잔이 없다. 커다란 에나멜로 된 군용 그릇뿐이다. 100밀리리터의 술을 따라도 그릇 바닥에 찰랑거릴 뿐이어서 건배하기도 미안할 정도였다. 그런 상황이고 보니 손님 대부분은 멀쩡한 모습으로 가게에 들어왔다가도 나갈 때는 곤드레만드레 거나하게 취해 주먹질을 하기 십상이었다.

술은 대화를 이끌어내는 중매인이다. 매일 밤 라오빙의 가게에 술을 마시러 오는 손님들은 대부분 이미 술집 한두 곳을 거쳐 어느 정도 취기가 오른 상태였다. 불가에 앉아 붉게 타오르는 불을 쬐고 니면 취기기 얼근코 올리오면서 평소 괴묵허던 사람들도 만

수가 부쩍 늘었다.

자정이 되면 실내 광경은 그야말로 요지경 속이었다. 돈을 빌려주는 사람, 빌리는 사람, 술 마시다 싸움이 붙는 사람, 상대방 목을 잡고 술을 들이붓는 사람, 진정을 호소하는 사람, 다른 사람 손을 움켜잡고 속마음을 털어놓는 사람, 넉살 좋게 아가씨에게 말을 건네는 사람, 술기운에 자신의 외모나 능력을 자화자찬하는 사람, 끊임없이 알랑대는 사람, 제멋대로 지껄이는 냉소에도 화통하게 웃음을 터뜨리는 사람, 입을 한껏 벌리고 과장되게 웃는 바람에 이가 번쩍이는 사람 등등 별의별 군상들을 다 구경할 수 있었다.

말이 많아지다 보면 자연히 시비도 자주 일어나기 마련이어서 하루가 멀다 하고 싸움이 일어났다. 체면 때문에 생기는 일이 3할, 아니꼬운 말 한마디에 술병을 던지는 일은 보통이고, 험한 꼴로 육박전이 붙기도 했다. 알코올 기운에 몸놀림조차 건사하지 못해 호되게 얻어터지고 탁자 밑에 뻗어버리는 사람도 부지기수였다.

자기가 사는 도시에서는 애써 몸 사리던 사람들도 고성에만 오면 해방감을 맛보는지 술이 거나하게 취해 모두 자신이 무림 고수라도 된 양 행동하기 마련이었고, 사람이 많을수록 더욱 허세를 부렸다. 때로 측은한 생각이 들기도 했다. 어쩌면 그저 존재감을 드러내고 싶은 까닭이리라. 대부분의 싸움은 자신을 위한다기보다 다른 사람에게 보여주기 위해서다.

라오빙은 밀치락달치락하는 사소한 시비엔 나서는 법이 없었다. 자기들끼리 티격태격하도록 내버려두었다. 대신 그는 삽을 들고 탄불을 살피다가 이따금 불가에 놓아 따뜻해진 백주를 들어 낯익은 손님들에게 권할 뿐이었다. 그는 사소한 마찰을 일으키는 사람들은 소꿉장난이나 하는 어린애 취급했다.

물론 좀 더 거칠게 시비가 붙어도 별로 나서는 법이 없었다. 대신 '라초'가 알아서 나섰다. 라초는 모계사회의 전통을 따르는 모쒀족摩梭族 출신 여자로 루구 호숫가에서 자랐다. 외모는 웬만한 연예인보다 예쁘고 성격은 앙칼지다. 목소리가 크고 우렁찬 네나 기운도 어찌나 센지 가스관 두 개를 들고도 날아갈 듯이 걸었다. 주먹질과 발길질이 오가는 사람들 틈을 쐐기처럼 비집고 들어가 학이 날개를 펼친 것처럼 두 팔을 날리면 남정네들이 이내 비틀거렸다. 그러면 라초는 삿대질을 하며 다짜고짜 욕을 퍼부었다.

"아니, 나이가 몇인데…… 먹을 거면 조용히 처먹지 어디서 싸움질이에요? 집에서 엄마가 밥 먹을 때 싸움질하라고 가르쳤어요?"

그녀가 길고 가는 눈을 치켜뜨고 사람들을 차례대로 노려보며 한마디씩 욕을 내뱉으면 다 큰 어른들의 육박전도 순간, 꼬마들의 소동 정도로 막을 내렸다. 술주정뱅이들은 모두 겁쟁이가 되어 감히 소란을 피우지 못하고 멋쩍게 돌아앉았다. 어쩌다 한두 사람, 체면치레 좀 하느라 바로 싸움을 그치지 않고 중얼중얼 욕을 지껄이긴 해도 다시는 소리를 높이지 못했다.

옛사람들이 술을 '광약狂藥'이라 부른 것은 일리가 있다. 술에 취한 사람들은 그만큼 쉽게 발광하니 말이다. 인간은 자신의 감정을 어지간히 구속하며 살고 있지만, 술이 그 구속을 풀어주는 열쇠가 되는 것이다. 한밤의 라오빙 가게에 술 냄새가 진동하고, 각자의 술잔마다에서 그 열쇠가 쨍그랑거리면 도덕적이라는 말의 기준에도 한껏 아량이 베풀어진다.

그리고 술 한 잔이 더 들어가면 광적인 열정이 밀려든다. 거나하게 술에 취하면 아무 두려움 없이 옆 사람과 시비가 붙고, 이런 시비 속에 자신의 격을 높이려 한다. 혀가 꼬부라질 정도로 잔뜩 취기가 오르면 용기백배하여 친척도, 친구도 몰라볼 용기를 발휘해 깨진 맥주병을 휘두른다. 쉽게 말리기 어려운 상황이 되는 것이다. 그러면 이제 드디어 라오빙이 무대에 등장할 때다.

라오빙은 불만투성이에 안하무인이며 막무가내인 사람들을 제대로 치유했다. 입을 실룩거리며 성큼성큼 그들에게 다가가 펜치 같은 커다란 손으로 상대방의 손목을 잡아 문밖으로 내동댕이쳤다. 아무리 발버둥 쳐도 라오빙의 억센 손아귀를 벗어날 수 없었다. 간혹 라오빙을 향해 주먹을 날리는 이들도 있지만, 그 어떤 주먹도 그의 몸에 닿는 법이 없었다.

문밖으로 내동댕이쳐진 사람들은 찹쌀떡처럼 바닥에 철썩 달라붙은 채 아이고! 아이고! 한참 동안 비명을 지른 후에야 겨우 몸을 일으켰다. 그러면 일찌감치 그 옆에 계산기를 들고 쪼그려 앉아 있던 라초가 배시시 웃으며 말했다.

"계산하고 가야죠. 빚은 좋지 않습죠."

그러고 나서 이런 말도 곁들였다.

"아직 다 안 드셨는데 남은 건 포장해드릴까요? 음식물 낭비하는 건 좋지 않은데……."

하지만 사람들 중 몇몇은 그럴수록 더 과감해져 바닥에서 일어나 문을 향해 돌진했다. 그러나 곧이어 다시 엉덩이에 신발 자국을 선명하게 남기며 땅에 털썩 고꾸라졌다. 무슨 말로 변명한들 비쩍 마른 작은 노인에게 얻어맞는다는 것은 보통 체면 깎이는 일이 아니었다. 게다가 더 창피한 노릇은 주먹 한 번 제대로 날리지 못했다는 것이니 싸움이라고 말할 수도 없는 상황이었다. 그래서 모두들 꽤나 억울한 표정으로 엉덩이를 어루만지고 눈물을 글썽이며 멋쩍게 그곳을 떠났다.

그중에서도 소화기 분말 세례를 받는 사람들은 극소수에 불과했다. 라오빙은 그저 한 부류의 사람들에게나 이처럼 지독하게 본때를 보여줄 뿐이었다. 그런 자들은 대체적으로 비슷한 특징을 보였다. 말재간도 없는 사람들이 바닥에서 기어 일어나 대부분 문을 가로막고 고향 사투리를 동원해 협박을 가했다.

"너! 내가 누군지 알아? ××도 알고 ××도 알아! 상공, 세무, 소방, 공안…… 네깐 놈은 그냥 손봐줄 수 있어. ×새끼, 내일이면 이 가게도 끝장이야!"

아니면 전화를 걸어 사람을 부르는 자들도 있다.

"××, ×× 불러, 본때를 보여줄 테니!"

본때는 무슨! 아무리 기세등등한 이들도 결국 라오빙의 소화기 아래 모두 굴복하고 말았다. 눈물 콧물 범벅이 된 '눈사람'들은 바닥을 데굴데굴 구르며 꽁무니를 빼면서도 협박을 잊지 않았다.

"라오빙, 두고 봐…… 죽여버릴 거야!"

라오빙의 가게 '훠낭'은 나의 가게 '다빙의 소옥小屋, 작은 오두막의 뜻'과 마주하고 있다. 나는 때로 입구에 쪼그려 앉아 측은한 마음으로 눈사람이 된 이들을 구경했고, 때론 혼잣말로 참견도 했다.

"당신들 재주로는 저 사람 절대 못 죽여. AK47도 그를 못 죽였고, 미국의 M79 40밀리 총류탄 기관포도, 소련의 14.5밀리 중기관총도 그를 죽이지 못했어. 지뢰랑 부비트랩에도 까딱없었는데. 그의 귀 한 쪽, 두개골 한 조각이 지금도 인도차이나 반도 열대우림에 있는걸."

2

라오빙은 과거에 정찰대 부중대장으로 총알이 빗발치듯 쏟아지는 와중에 시체 더미를 헤치고 올라와 살아남은 노병이다. 1980년대 초 국경에서 그는 전투 영웅이었다. 나와 노병은 나이를 뛰어넘어 친구가 되었다. 나이로 따지면 그는 삼촌이 되고도 남을 연배지만, 우리는 오랫동안 호형호제하며 지내고 있다.

그는 평소 나를 '다빙 형제'라 불렀고, 기분이 좋으면 '새끼!', '새파랗게 젊어 죽지도 않는 새끼!'라고 불렀다. 오는 정이 있으면 가는 정이 있어야 한다고 하지 않았던가. 나는 술에 취하면 그를 '늙어 죽지도 않는 영감태기!'라고 불렀다.

우리가 이런 식으로 서로를 부르는 데는 다 이유가 있었다. 나는 큰일을 몇 번씩 당하면서도 구사일생으로 살아났고, 그 역시 사지에서 수도 없이 살아났기 때문이다. 나는 손가락 몇 개가 부러져 장애가 생겼고, 그는 귀 한 쪽이 달아나고 머리에도 상처를 입었다. 둘 다 모두 장애를 입고도 강인한 의지로 목숨을 부지한 사람으로, 하나는 '새파랗게 젊어 죽지도 않는 새끼!'이고 또 하나는 '늙어 죽지도 않는 영감태기!'이다.

리장 사람들은 누구나 그를 '라오빙 형'이라 부르며 존경해 마지않았다. 아마 대역무도하게 그를 '늙어 죽지도 않는 영감태기!'라고 부르는 사람은 나밖에 없을 것이다. 마찬가지로 리장 전체를 통틀어 나를 '술 취한 개'로 만들 수 있는 사람 역시 라오빙뿐이다.

나는 건방지고 오만한 인간이다. 술집을 열고 있긴 해도 가장 혐오하는 유형이 술판에서 호형호제하는 사람들이다. 나는 허세를 부리며 한 말을 자꾸만 무한반복하는 취한들의 말에 귀 기울여주는 법이 없다. 아무리 윗분들이 대거 자리를 틀고 앉아 있다 해도 열심히 술잔을 기울이는 법이 없으므로 술에 취하는 경우가 극히 드물다.

술을 좋아하지 않아서가 아니라 사람을 가리기 때문이다. 술은 그저 기분 좋을 때 라오빙 같은 오랜 친구와 함께 마실 뿐이다. 가게 문을 닫는 자정, 소란했던 거리가 고요를 되찾을 때면 자주 그가 다빙의 소옥 나무 문을 열고 머리를 들이밀며 혼잣말로 중얼거렸다.

"정말 이상해. 쇠고기구이, 오징어구이, 튀김만두에 앵두주까지 있는데 이 새파랗게 젊은 새끼는 왜 알아서 굴러오지 않고 꼭 귀찮게 부르러 오게 만드는 거야?"

그러면 나는 침이 잔뜩 고인 채 문을 닫고 냉큼 달려갔다. 앵두주다, 앵두주. 아! 미치겠다!

자정에 펼쳐지는 우리의 대작은 일반적으로 세 단계로 이루어졌다. 먼저 고기구이에 맥주를 마신 다음, 굴구이에 청매주나 앵두주 그리고 마지막으로 커다란 잔에 오래된 황주가 이어졌다.

　나는 이런 우리의 대작을 세 시대로 나눠 표현했다. 맥주는 청동시대, 청매주는 백은시대, 황주는 황금시대다. 청동시대에는 우리 모두 고기를 먹느라 여념이 없다. 지지직거리며 익어가는 쇠고기가 어찌나 뜨거운지 절로 얼굴이 일그러졌다. 그래도 열심히 먹어야 했다. 속을 든든히 채워야 했으니까. 그렇지 않으면 황금시대까지 버틸 재간이 없었다.

　그렇게 백은시대가 되면 우리는 생떼를 쓰며 소란을 피웠다. 라오빙은 왕샤오보王小波, 중국의 저명한 학자이자 작가. 주요 작품으로 『청동시대』, 『백은시대』, 『황금시대』 등 3부작이 있다의 책을 읽지 않았으니 아무리 설명해도 이해하지 못했다. 그는 나와 달리, 술을 마실 때 감정을 섞지 않았다. 그저 깔끔하게 '건배'를 외칠 뿐이었다.

　앵두주는 내가 제일 좋아하는 술이다. 배 속에 고기가 가득 차면 마음도 든든하고 그렇게 술잔이 오갔다. 술잔은 언제나 깨끗이 비워야 했고, 잔이 오가다 보면 마지막에는 술잔을 들고 탁자 위로 올라섰다. 술만 먹었다 하면 탁자 위로 올라가는 이 '어여쁜' 습관은 몇 년간 계속되었다. 탁자 위에 올라가면 노래를 부르거나 소리를 길게 뽑으며 고함을 지르는가 하면 가슴이 울컥해져 격앙된 마음에 글을 읊기도 하고, 북을 치며 욕을 퍼붓기도 했다. 때로는 격렬하게 국민 체조를 하기도 했다.

　흥이 오르면 라오빙까지 탁자로 잡아끌었다. 거절을 하면 나는 '라초가 무서워 탁자 위에 올라서지 못하는 것!'이라며 라오빙을 자극했다. 라오빙은 이런 내 수작을 견디지 못하고 결국 술항아리를 들고 탁자 위에 서서 나와 건배를 했다. 우리 발에 밟혀 깨져버린 접시가 허다했고, 탄불을 밟아 신발도 두 켤레나 태워먹었다. 그러면 여장부 라초가 라오빙을 방에서 내쫓아 소파에서 잠을 잔 적도 많았다.

　자정부터 시작된 나와 라오빙의 대작은 종종 날이 밝을 때까지 이어졌다. 술기운에 혀가 잔뜩 꼬부라져 장황하게 이야기를 늘어놓았다. 라오빙은 그나마 한쪽 남은 귀마저 어두웠기 때문에 그와 이야기를 나눌 때는 한껏 목청을 높여야 했다. 사정을 모르는 사람들은 내가 그와 말다툼을 하는 줄 알았을 것이다.

그렇지 않아도 사투리가 심한 그는 술까지 취하면 그야말로 외계어를 쏟아내는 듯했다. 평소에 그의 말을 알아들으려면 무척 힘들었는데 술기운이 돌면 이상하게 그의 말이 또렷하게 들렸다. 대개 나는 날이 완전히 밝지 않고 밤기운이 남아 있을 때, 술기운을 빌려 그의 입을 통해 띄엄띄엄 묵은 과거 이야기를 끄집어냈다.

평소 그는 과거 이야기를 꺼내고 싶어 하지 않았다. 정신이 말짱할 때 누군가 무심코 과거 그의 군대 이야기를 꺼내면 그는 싸늘하게 불쾌한 표정을 지었다. 상대방이 아무리 그를 존중해도, 또 알랑거리며 그를 치켜세워도 상대를 무시해버렸다. 서로 알고 지낸 지 여러 해가 지나 그의 성격을 잘 알고 있는 나는 일부러 아무리 취해도 넌지시 대화를 시도하기 전에 먼저 전술적인 우회를 잊지 않았다.

"커우린 산중국과 베트남 국경의 중국 쪽 산 전투가 파카 산중국 광시 장족 자치구 변두리 지역. 1980년 이곳을 점령한 베트남과 접전이 이루어졌다 전투보다 더 비참하지 않았었나, 어쨌었나……."

이렇게 얼렁뚱땅 말을 꺼내는 수법이 가장 잘 통했다. 그러면 그가 코웃음을 치며 손을 휘둘렀다.

"네까짓 놈이 뭘 안다고 그래?"

한번 말문이 트였다 하면 줄줄이 이야기가 터져 나왔다. 그는 잔을 들고 쟁반 위에 진을 쳤다. 석판으로 된 탁자가 모래 상자가 되어 전략적 구상을 펼쳤다 하면 수십 분 동안이나 이어졌다. 그가 이렇듯 장광설을 늘어놓을 때는 아무렇거나 "그때 형은 어느 고지에 있었어?" 같은 말 한마디만 끼워 넣으면 작전 완료였다. 그는 즉시 내가 꾸민 올가미에 걸려 벌겋게 달아오른 눈을 가늘게 뜨며 전투의 현장을 생생하게 그려주었다.

그는 내게 시선도 돌리지 않고 혼자만의 세계에 빠져들었다. 담담한 말투로 감정을 실지 않고 그저 묘사할 뿐이지만, 듣는 나는 가슴이 콩닥거리고 살이 부들부들 떨렸다.

3

라오빙은 1984년 초, 중월전쟁에 참전했다. 참전 당시 모두가 혈서를 쓸 때였다. 라오빙이 칼로 손가락을 그었는데 겨우 글자 하나를 쓰자마자 피가 응고되었다. 옆에 있던 전우가 응혈 작용이 그렇게 강력하니 마음대로 죽을 수도 없을 거라고 그를 놀려댔다. 그말이 예언이라도 된 듯, 라오빙은 빽빽한 혈소판 밀도 덕분에 목숨을 보전할 수 있었다.

당시 라오빙은 정찰 중대 부중대장으로 전 군대의 핵심 중의 핵심 요원이었다. 그는 원산 일선에서 마리포로부터 적후 400킬로미터까지 적진 깊숙이 뚫고 들어가는 데 앞장섰다. 정찰을 위해 그는 적군의 군장을 한 채 최단 근접 거리 2~3미터에서 적과 부딪쳤다. 언제든 상대를 죽이거나 죽임을 당할 마음의 준비를 해야만 했다.

숲 속에서 조우전이 벌어지는 경우가 비일비재했다. 1984년 6월 3일, 당시의 육박전은 그의 기억에 가장 깊숙이 각인되어 있는 전투였다. 양쪽 모두 군용 56검을 가지고 있었다. 라오빙은 오른쪽 다리를 찔렸고, 그는 상대의 숨통을 끊었다. 당시 전투에서 맞닥뜨린 적군은 특공대급의 정찰대원으로 개인 전투 능력이 뛰어났지만, 라오빙의 정찰 중대에 의해 부대 전원이 몰살했다.

라오빙은 매우 용맹한 군인이었다. 그는 커우린 산 전투 당시 대대로 위장하고 하루 밤낮 동안 고지를 지켰다. 지원 부대가 도중에 공격당하는 바람에 라오빙은 수하 병사 수십 명을 이끌고 상대편

대대의 파도식 공격을 줄줄이 격퇴했다.

전쟁터를 전전하길 수년, 라오빙은 74개의 고지를 경험했다. 정찰 임무는 힘겨웠다. 군량도, 후방 지원도 없이 아무 경험도 없는 상태에서 숲에 들어갔을 때는 병사 한 명당 기껏 배급이라고 건빵 다섯 개에 군용 캔 두 개가 고작이었다. 그 정도 군량으로는 며칠밖에 못 버텼다. 군량을 다 먹고 나면 뱀을 잡아먹었다. 온갖 벌레도 그냥 날것으로 먹었다.

모충을 먹을 때면 군용 방수포로 싸서 촛불로 모충의 까칠한 털을 태운 후 통째로 입에 쑤셔 넣었다. 모충을 씹으면 입안 가득 퍼지는 끈적끈적한 즙이 마치 산둥 요리에서 맛볼 수 있는 걸쭉한 녹말 물 같았다.

가장 흔히 먹은 벌레는 지렁이였다. 축축한 우림 지대에는 지렁이가 한도 끝도 없었다. 붉은색, 황색, 분홍색 등 색도 가지각색이었다. 지렁이에 손을 대면 우리 손의 염분기 때문에 지렁이가 그 순간 토할 것처럼 역겨운 끈끈한 액체를 분비했다. 도저히 목구멍 뒤로 넘기기가 힘들어 반드시 나뭇가지를 찾아 마치 돼지 대창을 뒤집듯 지렁이를 뒤집어 먹어야 했다.

어떤 색의 지렁이든 간에 속을 뒤집으면 마치 생돼지고기처럼 설백색이었다. 지렁이는 흙을 먹고 살기 때문에 일단 흙을 털어낸 후 눈을 꼭 감고 입속에 밀어 넣어 질근질근 씹은 후 목을 길게 빼고 꿀꺽 삼켰다. 그 맛이 마치 부식된 적색토를 씹는 것 같았다.

거주를 위해 선택한 동굴도 문제였다. 무척 습한 곳이어서 들어가기 전에는 반드시 옷을 벗어야 했다. 일단 습기가 몸에 퍼지면 살이 무르기 때문이었다. 습기가 최고조에 오를 때면 동굴 안은 50미터까지 물이 찼다. 그럴 때 동굴에 쪼그리고 앉아 있으면 습기가 뼛속에 스며들어 도저히 가려움을 참을 수가 없었다. 피가 날 때까지 긁어도 가려움증이 가시지 않는 바람에 그는 평생 후유증에 시달렸다.

이깃 밀고도 싱가신 존재가 또 있었나. 바로 말거머리나. 아무리 애를 써도 살 속으로 파고드는 말거머리는 잡아 뺄 수가 없었다. 잡아당기면 당길수록 말거머리는 살 속 더 깊숙이 파고들었다. 불로 태워 죽일 수도 없었다. 독이 있으므로 반절만 태워 죽일 경우 반절은 살 속에 남아 결국 살 전체를 썩게 만들기 때문이었다.

커우린 산, 파카 산, 바리허둥 산…… 라오빙의 두 팔에는 말거머리 흉터가 가득했다. 하지만 그 수로 치면 그가 죽인 사람보다 많지는 않을 것이다. 크고 작은 진지전과 조우전에서 그는 20여 명을 사살했다. 물론 이 숫자에 원거리에서 쏘아 죽인 사람은 포함되지 않는다. 참전한 지 1년 만에 라오빙은 부중대장에서 정찰 대대장 대행으로 지위가 올랐다. 당시 나이 스물서넛이었던 그는 이렇게 해서 수하에 열여덟에서 스무 살 정도의 병사 수백 명을 거느렸다.

그 수백 명의 젊은이들 대부분이 1985년 5월 28일 전투에서 목숨을 잃었다. 그날 그들은 월남군의 6월 반격에 대응하기 위해 적 후방 깊숙이 파고들어 화력 상태와 탄약 수량, 주둔지 교체 병력을 정찰했다. 정찰 임무를 완수하고 마리포로 복귀하던 중 국경선으로부터 겨우 48킬로미터 떨어진 지점에 이르렀을 때 갑자기 중화력으로 무장하고 매복해 있던 적이 그들을 기습했다.

상대방은 오랫동안 기습을 준비한 듯 라오빙의 병력을 삽시간에 둑 아래로 몰아넣고 포탄을 발사했다. 라오빙과 그의 정찰 대대 전체가 섬멸되기 일보 직전이었다. 총알이 빗발치듯 쏟아지는 가운데 라오빙은 결국 부하들에게 거수로 의견을 물었고, 그 결과에 따라 후방에 폭격을 요청했다. 정찰 대대를 중심으로 500미터 반경에 포탄이 투하되었다.

자폭 공격이었다. 그러자 월남의 중포도 라오빙 대대와 똑같은 방식으로 반격을 개시했다. 양군의 공격 수위가 계속해서 올라갔다. 이후 군사 전략가들은 당시 빗줄기처럼 쏟아졌던 포화를 역사서에 '5·28포격전'으로 기록했다.

아무 소리도 들리지 않았다. 포탄에 맞은 라오빙의 몸이 공중으로 튀어 올랐다. 다시 두 번째, 공중으로 솟구친 그의 몸뚱이는 포탄의 위력에 밀려 폐기 처리된 탱크 포신에 걸쳐졌다. 부하들은 모두 전멸했다. 오직 한 사람, 라오빙만 목숨을 건졌다.

살아날 목숨이 아니었다. 전투 현장을 정리하기 시작했을 때 사람들은 대대 전원이 사망했다고 생각했다. 그에게 아직 한 가닥 숨이 붙어 있다는 사실을 발견한 사람은 아무도 없었다. 다음 날 새벽이 되어서야 사람들은 그를 발견했다.

꼬박 두 달이 지난 후, 라오빙은 천 리 떨어진 쿤밍 육군 총의원에서 단 몇 분 의식이 돌아온 후 다시 혼수상태에 빠졌다. 당시 그의 상태는 다음과 같았다.

흉추 골절 4곳
요추 골절 2곳
좌측 갈비뼈 5개, 우측 갈비뼈 9개 골절
좌측 손목 골절
우측 귀 사라짐
우측 폐 상처 다수
우측 어깨 으스러짐
양쪽 눈 망막 화상
상하 앞니 실종, 두개골 변형
3cm 총알구멍 두 곳
전신 곳곳에 총알 파편 박힘

온몸이 박살 났는데도 라오빙의 생명줄은 끊어질 줄을 몰랐다. 그는 기적처럼 살아났다. 아마 그의 엄청난 응혈 시스템 때문일지도 모르고, 그게 아니라면 하늘이 암암리에 당시 전투를 증명해줄 생명을 하나쯤 남겨두고 싶어 했을 수도 있다. 부내원 선원이 선사하고 오직 그만 목숨을 건졌다.

'5·28포격전' 이후 7개월, 라오빙은 시도 때도 없이 기절했다가 깨어나기를 반복했고, 24차에 걸친 대수술 끝에 2급 장애 판정을 받았다. 의사들은 최선을 다해 그를 치료한 후 다음과 같은 결론을 내렸다.

"전신 마비, 평생 침대에서 살아야 합니다."

수술 후 혼미한 상태에 있던 그를 군위원회에서는 일등 공신으로 표창하고 평생 치료를 보장하며 연대장 대우를 해주기로 결정했다.

라오빙은 온몸이 마비된 채 꼼짝달싹 못하고 요양 병동에 누워 있었다. 1988년 8월 1일, 그는 죽을 때까지 자신이 받을 봉급을 '희망공정_{중국청년빌전기금위원회에서 1989년에 시작한 공익사업. 주요 활동으로 빈곤 지역 학생}

_{보조 및 교육 환경 개선 등을 꼽는다}'에 기부했다.

그가 말했다.

"이 돈을 써야 할 곳에 쓰세요."

라오빙에게 매달 주어지는 보상금은 1300위안이었다. 1988년 당시, 1300위안은 결코 적은 금액이 아니었다. 시간이 흐르면서 그 금액도 늘어났겠지만, 26년 동안 라오빙은 단 한 푼도 보상금을 건드리지 않고 수백만 위안을 모두 기부했다.

전우가 모두 죽고, 그 혼자 세상에 남았다. 그는 당연히 받아야 할 봉급을 단 한 푼도 받지 않았고, 뜨거운 피가 스민 그 돈을 쓰려고도 하지 않았다. 고집스럽게 그 돈을 모두 기부하기로 결정했다.

라오빙은 꼬박 4년 동안 전신 마비 상태로 지내다가 조금씩 상체의 힘을 회복했다. 우림 지대의 습기가 남겨준 가려움증이 조금씩 되살아났다. 어느 날 밤, 라오빙이 잠결에 견갑골 쪽 피부를 심하게 긁어대는 바람에 살이 터지면서 총알 파편이 나왔다. 정신이 몽롱한 가운데 그는 계속해서 파편을 꺼냈다. 침대보가 선혈로 낭자했다. 어쩌나 후벼 팠는지 등의 살이 다 문드러질 정도였다. 날이 밝아올 무렵, 그가 파낸 파편이 병뚜껑 하나를 가득 채울 정도였다.

기적이 일어났다. 라오빙은 정말 기적처럼 자리에서 일어났다. 요양원 사람들이 경악을 금치 못했다.

그리고 1년 후, 요양원 사람들은 다시 한 번 충격을 받았다. 라오빙이 달아난 것이었다. 국가가 당연히 평생을 책임져야 할 인물이었음에도 불구하고 그는 결사코 자신은 이미 건강을 회복했으므로 더 이상 자원을 차지하고 있을 수 없다고 말했다. 담을 넘었다. 그리고 목숨과 바꾼 모든 것을 거부했다. 명예도, 남은 생의 편안함도 모두 떨쳐버렸지만 조금도 개의치 않았다. 그는 8천 리 강산을 지나 빈손으로 홀로 아득히 먼 하늘 끝에 이르렀다.

라오빙이 사람들의 시야를 벗어난 지 여러 해가 흘렀다. 가족, 친구, 전우 어느 누구도 그가 어디에 숨었는지 알 수 없었다. 여러 해가 지난 뒤에 그의 고향 친구 하나가 우연히 한 음식점에 들어갔다가…… 그를 보았다.

당시 라오빙은 혼자 힘으로 또 다른 인생을 살고 있었다. 그는 그의 전우들에게서 얼마 떨어지지 않은 남부의 한 작은 도시를 골라 그곳에서 밥을 먹고, 잠을 자고, 술을 마시며, 조그만 가게를 열어 조용히 살고 있었다.

그 도시의 이름은 리장, 중국 서남부 윈난 가장자리에 위치한 곳이다.

4

라오빙은 가슴속에 참혹한 핏빛 세상을 품고 있었다. 사람들이 알아주든 말든 상관이 없었다. 그는 그렇게 윈난 서북쪽에 오랫동안 은거했다. 그의 과거를 아는 사람은 일나 되지 않았다.

예전에 한 언론인이 우연히 나와 같은 우연한 계기로 그의 이야기를 접하고, 군대에서의 그의 삶을 글로 옮겨 적었다. 라오빙의 친한 친구라 할 수 있던 상대는 자신이 글을 쓴 사실을 사전에 라오빙에게 알려주지 않았다. 뒤늦게 이 사실을 알게 된 라오빙은 상대를 찾아가 글이 발표되기 바로 직전에 노트북과 함께 그를 강에 빠뜨렸다.

그가 강에서 허우적거리며 고함을 질렀다.

"제기랄! 절교야! 빌어먹을 새끼, 대체 왜 그래?"

라오빙은 그를 거들떠보지도 않은 채 물가에 양반다리를 하고 앉아 담배를 피웠다. 설명할 것도 없었다. 라오빙은 완고했다. 형제들이 흘린 피를 대가로 재물을 탐하고 싶은 생각이 추호도 없었던 것이다.

나 역시 이 글에 대해 라오빙의 동의를 얻지 않았으니 언제든 강에 빠질 각오가 되어 있다. 다른 이유는 없다. 과거를 돌이켜 생각한다는 것이 무엇인지조차 모르는 이 시대에 후세 사람들이 꼭 알아야 할 이야기들이 있기 때문이다.

조정에 정사가 있으면 민간 역시 민초들의 역사가 있어야 마땅하다. 역사라는 게 무엇일까? 배움은 미천하지만 내 짧은 견해에 의하면, 역사란 진실한 이야기이다. 잘잘못은 나중에 후손들이 각자 알아서 판단할 일이다. 어쨌거나 우리의 이야기를 그냥 사라지게 둘 순 없는 일이다. 사람들에게는 그들에게 일어났던 생생하고 진실한 이야기들을 알 권리가 있다. 이 나라, 이 민족이 어떤 일을 겪었으며, 이후 어떻게 살아가고 있는지 결코 잊어서는 안 된다.

그냥 쓰면 그만이다.

그리고 라오빙을 기다렸다. 강에 던져질 마음의 준비를 하고.

라오빙은 외난 서북 땅에 은거한 후 고기구이를 생계 수단으로 삶을 꾸려갔다. 처음에는 길거리에서 장사를 시작했다. 나중에 종업원을 고용했는데 그가 바로 여사장이 된 라초다.

때로 여자는 참으로 신기한 존재다. 당신이 과거에 푸른 바다 같은 존재였든, 아니면 거칠게 일렁이던 파도 같은 존재였든, 그녀는 그녀를 만나기 전 당신 삶의 마침표가 되고, 그 후 당신의 인생을 열어주는 길잡이가 된다. 이 미스터리한 사안에 대해 라오빙과 라초의 이야기가 서로 달랐다.

'주혼走婚'이라는 것이 있다. 라초가 속한 마사족의 결혼 방식이다. 남녀가 자유롭게 만날 기회가 거의 없는 상황에서 춤이나 노래를 통해 상대방의 의중을 파악한 뒤 여자가 마음을 주면 약속한 날 밤에 여자의 집으로 찾아간다. 창문을 넘어 방으로 들어가 하룻밤을 지낸 뒤 날이 밝기 전에 대문으로 나가는 방식으로 짝을 정하는 혼례다.

라오빙은 맹세코 주혼에 의한 결합이었다고 말했다. 당시 라초가 음흉한 마음을 품고 그에게 루구 호숫가로 놀러 가자고 하더니, 밤에 몰래 그의 방으로 넘어와 그를 덮쳤다는 것. 라초의 힘이 얼마나 센지 순순히 라초의 뜻을 받아들일 수밖에 없었다고 했다.

그의 이야기에 라초는 가늘고 긴 눈을 치켜뜬 채 다부지게 소리를 질렀다.

"다빙, 저 사람 헛소리 듣지 말아요. 분명히 자기가 쫓아다녀놓고선! 얼마나 다짜고짜로 쫓아다녔는데. 고성에서 루구 호수까지 창피한 줄도 모르고, 어휴! 정말…… 결국 너무 쫓아다니는 바람에 지겨워서 그냥 결혼을 해줬더니 이제 와서 무슨!"

그러면 술에 취해 헤헤거리는 라오빙의 귀가 새빨갛게 달아올랐다.

라초는 모쒀인들은 노인을 공경하고 예를 중히 여긴다고 말하면서 라초와 함께 루구 호로 돌아가 새해를 맞이한 라오빙의 모습에 감동을 받았다고 털어놨다.

마을 풍습에 따르면, 세해 첫날 큰절을 해야 한다. 집안 어른들이 일렬로 나란히 서면 아랫사람들이 줄을 지어 한 사람씩 큰절을 올렸다. 한족과 마찬가지로 큰절을 하면 어른들은 그 자리에서 세뱃돈을 줬다. 돈은 많지 않다. 그냥 10위안, 20위안 정도 마음을 표하면 되는 일이었다. 중요한 것은 후손을 보호하고 감싸주는 윗사람들의 사랑이었다. 어른은 기꺼이 세뱃돈을 주고, 아랫사람들은 흥겹게 세뱃돈을 챙겼다.

새신랑 라오빙은 관례대로 큰절을 올렸다. 처음 큰절을 올리자 눈물이 왈칵 쏟아져 나올 것만 같았다.

윗사람들이 그에게 다른 사람보다 세 배나 더 많은 세뱃돈을 주었다. 차마 세뱃돈을 받지 못하는 그의 모습에 한 어른이 나서 억지로 돈을 쑤셔 넣었다. 자상한 아주머니 몇 명이 그의 손을 토닥거리며 루구 호 지역 말투로 말했다.

"아고! 당연히, 당연히 받아야지. 그렇게 빼지 말고…… 이렇게 나이도 많은데."

얼굴로만 보면 라오빙은 그 아주머니들과 같은 연배처럼 보였다. 라오빙이 미처 억울함을 삭이기도 전에 술자리가 시작되었다. 커다란 잔의 광당주35~40도의 모쒀족 전통주를 그릇에 담아 한 그릇을 다 비우면 또다시 한 그릇이 돌아왔다.

멀리서 온 손님이니 그에게 술을 권하는 사람이 많았다. 진한 감정이 술에 녹아들어 있었다. 그릇을 비우지 않으면 안 되는 일이었다. 그는 젓가락을 뻗기도 전에 아주머니들이 내미는 술에 녹초가 되었다. 밖으로 빠져나오려 애썼지만 사람들이 그의 옷깃을 움켜쥐고 끌어당겨 코를 잡고 술을 부었다. 이렇게 마신 술에 라오빙은 이틀 동안 취해 있었다.

광당주는 루구 호의 민속주다. 그 지역에서 전해 내려오는 속담에 의하면, 광당주 세 그릇이면 '광당퍄당' 소리를 내며 바닥에 나자빠진다고 했다.

라초는 라오빙과 결혼한 후 튼실한 아들을 낳았다. 이름은 자시, 당시 라오빙의 나이 쉰이었다. 아이가 태어난 지 만으로 한 달, 축하 자리에 축의금을 들고 참석했다. 라오빙이 젓가락으로 광당주를 찍어 자시에게 먹이는 모습을 라초가 곁에서 행복한 표정으로 지켜보고 있었다.

나는 자지러질 뻔했다. 아이에게 백주를 주다니, 정말 친부모 맞는 거야?

세 살이 되었을 때 자시는 벌써 거리를 제패했다. 온종일 거리를 쏘다니며 개나 고양이를 쫓아다니고 여자들을 놀리기도 했다. 아이는 한족과 모쒀족의 혼혈이라 정말 예뻤다. 특히 여성 관광객들이 감탄을 금치 못했다.

"와! 정말 귀여운 아이네?"

그럼 아이는 금세 상대방에게 손짓하면서 어리광을 피웠다.

"예쁜 누나…… 이리 와봐."

여자가 자리에 꿇어앉으면 아이는 재빨리 다가가 여자에게 뽀뽀를 했다. 그것도 뺨이 아니라 입술에 말이다. 그런데도 여자들은 화를 내기는커녕 아이를 끌어안고 볼을 비비며 '착하다'는 말을 연발하며 아이가 귀여워 어쩔 줄을 몰라 했다.

운이 좋을 때는 단 하루에 꽃같이 어여쁘고 보드라운 누나들 열 명 남짓에게 뽀뽀를 할 수도 있었다. 옆에서 아이 대신 여자들 수를 세던 나는 아이가 알미울 정도였다.

내가 말했다.

"나도 정말 귀여운데……."

하지만 사람들은 날 거들떠보지도 않았다.

자시가 착하다고? 무슨 소릴! 나는 이토록 장난기 가득한 아이를 본 적이 없었다. 아이는 아빠의 유전자를 그대로 물려받아 총싸움을 좋아했다. 걸핏하면 장난감 물총을 들고 '다빙의 소옥'을 질펀하게 적셨고, 때론 '수류탄'을 던지기도 했다. 아이의 '수류탄'은

디름 이닌 물 묻힌 진흙 덩이리였디. 철퍼덕 소리와 함께 자시의 수류탄이 몸에 철썩 달라붙으면 화가 끓어올라 미칠 지경이었다.

아이는 늘 차이다오에게 수류탄을 던졌다. 차이다오는 당시 다빙의 소옥의 자원봉사자다. 어린 자시에게 당해 기운이 다 빠진 차이다오는 꼬마가 고개를 들이밀었다 하면 곧바로 팔을 들어 올리며 항복했다. 그러나 항복을 해도 아이는 그를 향해 계속 수류탄을 던졌다.

하지만 약자를 놀리는 말썽쟁이 자시도 나는 감히 건드리지 못했다. 날 무서워했기 때문이다. 언젠가 녀석이 나를 향해 수류탄을 던졌다. 나는 두 말 않고 달려가 아이의 바지를 홀랑 벗긴 다음 비닐 끈으로 아이의 '꼬추'를 묶어버렸다. 아이는 엉덩이를 그대로 드러낸 채 와-앙 고함을 지르며 집으로 달아났다.

잠시 후 라오빙이 자시를 끌고 불쾌한 얼굴로 등장했다.

"새파랗게 젊어 죽지도 않는 새끼야! 어쩌자고 이렇게 꽁꽁 묶어놨어?"

나랑 라오빙이 허겁지겁 달려들어 한참 동안 난리법석을 떨고 나서야 끈을 풀 수 있었다. 한참을 묶어놨던 자시의 꼬추가 단단하게 곤추선 모습이 마치 커다란 땅콩 같았다. 라오빙이 꼬추를 튕기며 자랑스럽게 나를 흘겨봤다.

"이봐! 세 살짜리가 대단하지?"

경악을 금할 수가 없었다. 진심으로 라오빙의 유전인자를 우러를 뿐이었다.

나도 손으로 꼬추를 튕겨봤다. 그러자 찍, 하고 어린애 오줌이 튀어나왔다. 그 후 자시는 나만 보면 바짓가랑이를 잡고 도망가는 습관이 생겼다. 아이의 이런 습관은 여섯 살까지 계속되었다.

5

라오빙과는 사이가 좋았지만 나는 한때 그의 가게가 불법 업소라고 생각했다. 라오빙의 훠탕은 술값, 안주 값이 꽤 높았다. 리장 고성의 그 어떤 음식점보다 비싼 편이었다. 그런데 이상하게도 항상 대만원이었다. 손님들은 음식 가격이 비싸다고 구시렁대면서도 줄을 섰다. 라오빙은 마치 땅에서 줍듯 돈을 벌어들였다. 언젠가 그의 연 수입이 대충 얼마나 되는지 헤아려본 적이 있었다. 그리고 그 숫자에 깜짝 놀랐다. 부호는 아니었지만 소자산가 정도는 문제없을 것 같았다.

하지만 라오빙은 재산을 과시하지 않았고, 돈을 벌어도 쓰지 않았다. 옷차림에도 신경을 쓰지 않았다. 얼룩덜룩한 군복 바지는 한 번 입으면 1년 내내 갈아입는 법이 없었다. 탄불에 여기저기 적잖게 구멍이 나는 바람에 빨간 삼각팬티까지 비칠 정도였다.

그는 겨울에는 월동용 군복, 여름에는 군용 티셔츠를 입었다. 어찌나 오래되었는지 그 세월 동안 빨래를 해대는 사이 목 부분이 완전히 틀어져 있었다. 어깨와 가슴은 하얗게 바랬고, 천도 좋은 천이 아니라서 보푸라기가 생겨 팔을 들면 빠지직 정전기가 일었다.

더 이상 봐줄 수가 없었다. 나는 파란색 옥스퍼드 천으로 만든 수제 셔츠 하나를 선물했다. 그는 다 해진 군용 티셔츠 위에 내가 선물한 셔츠를 걸쳤다. 그 모습에 짜증이 나서 사흘 동안 그를 상대도 하지 않았다.

라오빙은 차도 사지 않고 하루 종일 낡은 전동 자전거를 타고 다녔다. 제법 역사깨나 있는 물건으로 전동 자전거 세계의 조상급이었다. 그는 전동 자전거에 장바구니를 달았다. 가끔 장 본 물건이 너무 많을 때는 등에도 플라스틱 광주리를 멨다. 앞에서 봐도, 뒤에서 봐도 영락없이 시장에 달걀을 팔러 나가는 농부 아저씨였다.

리장 역시 강호의 세계인 터라 그곳 역시 시비가 끊임없이 일어났다. 할 일 없는 일부 건달들은 쓸데없이 남의 말을 길 지껄었다. 라오빙의 가게 휘탕이 그토록 성황을 이루면서 사람들의 질투를 살 수밖에 없었고, 그런 이유로 그는 자주 리장 가십거리의 단골손님이 되었다.

라오빙이 필사적으로 돈을 버는 까닭은 온 가족이 이민을 가기 위한 것이라 말하는 사람도 있었고, 그 돈으로 나시 지역의 주택 여니 곳을 구입하여 이미 리장 객잔客棧 중국의 전통 여관 업계에 큰손이 되었다는 이도 있었다.

2009년 이후, 그룹 단위의 많은 프랜차이즈식 객잔이 리장에 입주했다. 대거 자산을 투입하여 집을 사들였다. 위치만 좋으면 금액 따위는 눈 하나 깜짝하지 않았다. 상업적 운영이 조금씩 리장 고성의 객잔 시장을 파먹으며 가격을 부풀릴 대로 부풀렸다.

시장이 받은 충격은 엄청났다. 수준에 상관없이 모든 객잔 시세가 급등하는 것은 피할 수 없는 일이었다. 가장 외진 곳에 위치한 문명촌을 예로 들면 당시 1년에 1만 위안 하던 집이 지금은 8만 위안을 줘도 손에 넣을 수가 없다. 이것도 그저 임대료일 뿐이다. 집을 임대해서 대충 인테리어를 한 후 장사를 며칠만 해도 양도비가 수십만 위안에 달하면서 엄청난 권리금을 챙길 수 있었다.

이런 식의 자금은 리스크가 크긴 하지만 일단 일을 벌이기가 쉽고, 투자 비용 대비 수익이 실로 유혹적이어서 많은 이들이 이런 수법으로 1, 2년 사이에 백만 자산을 축적하기도 했다. 객잔이란 자산은 리장 고성에서 변형이 가능한 현물 거래 상품이다. 객잔을 접수한 후 계속 양도할 수 있을지는 보장할 수 없는 일이다.

객잔 같은 부동산에 눈독을 들이지 않았던 내가 자랑스럽다. 내 주변 친구들은 모두 가난하고 자본도 없으니 이런 세태에 가슴 울렁거릴 일도 없었다. 오직 라오빙이 내 주변에서 유일하게 객잔을 운영하는 이였다.

사실 그는 소문처럼 큰돈이 있는 건 아니었다. 그는 손 큰 투기

꾼이 아니라 그저 대여섯 개의 객잔을 가지고 있을 뿐이었다. 객잔 하나가 수십만 위안 정도의 수익이 있다고 계산할 경우, 수백만 위안의 자산을 가지고 있는 것은 맞다.

그중 한 객잔에서 며칠을 지낸 적이 있었다. 불과 며칠이었지만 그새 객잔을 하겠다고 가격을 물어보는 이가 내가 본 사람만 네다섯 명이었다. 라오빙은 가격을 높게 불렀다. 가격 흥정에 있어서도 단 한 푼의 양보 없이 온갖 심리전을 동원해 독하고 세속적인 장사치의 얼굴과 언사를 보여주었다. 그의 모습이 낯설게 느껴졌다. 그런 그를 나는 더욱 부추겼다.

"대단해! 파이팅! 늙어서 쓸 돈 좀 많이 벌어봐!"

하지만 그는 웃기만 할 뿐 아무 말도 하지 않고 좌우를 살폈다.

그에게 돈 이야기를 하면 그는 귀머거리, 벙어리가 된 것처럼 아예 상대를 하지 않았다. 하지만 라오빙에게 실망했다는 표정을 드러낼 자격이 내겐 없었다. 세상 사람 어느 누가 돈을 싫어하겠는가? 훔친 것도, 빼앗은 것도 아니고 그저 서로 원해서 사고팔고, 좀 더 높은 가격을 받고 되판다는데 잘못이라 할 수는 없었다.

그저 나 혼자, 한때 영웅이었던 기개 넘치는 사람, 평생 봉급을 희망공정에 기부한 사람이 말년에 이렇게 180도 다른 모습으로 돈, 돈 하다니……. 사실 마음으로 쉽게 받아들일 수가 없었다. 아마 내가 라오빙에게 너무 심한 요구를 하고 있는 것일지도 모르고, 아니면 내가 아직 젊기 때문일지도 모른다는 생각이 들었다.

나는 핑곗거리를 만들어 라오빙의 객잔에서 주거지를 옮겼다.

몇 년 동안 나는 매년 리장에서 설을 보내는 습관이 생겼다. 옛 친구들도 많아 섣달 그믐날 저녁 식사는 네댓 군데를 돌아다녀야 했는데 일반적으로 마지막 식사는 스님과 함께했지만, 첫날 저녁 식사는 반드시 라오빙의 집에서 했다. 내가 늦게 가면 온 가족이 젓가락을 놓고 나를 기다렸다. 그러나 2013년 설 전야에는 라오빙

의 집에 가지 않았다. 그가 전화했지만 핑계를 대며 사양했다. 그
가 전화에 대고 한숨을 내쉬었다.

"이 자식…… 내일 아침에 새해 인사 오는 것 잊지 마. 아니면 세
뱃돈 없어."

라오빙은 매년 새해 첫날이 되면 내게 쑥쑥 성장하라는 기원을
담아 세뱃돈이 담긴 홍바오중국에서 축의금을 전달할 때 쓰는 빨간 봉투를 줬다.
다음 날 아침, 나는 라오빙에게 문자로 새해 인사를 했고, 홍바오
를 받으러 가지 않았다.

2013년은 정말 바쁜 한 해였다. 리장에도 몇 번밖에 가지 못했고,
간다 해도 후다닥 볼일만 보고 왔다. 그해에는 8월 1일에 단 한 번
라오빙과 술을 마셨는데, 설에 약속을 어긴 일에 대해서는 우리 둘
다 아무 말도 하지 않았다. 라오빙의 부동산 사업에 대해서도 나는
언급을 피했고, 그 역시 아무 말 하지 않았다.

2013년은 고성에 일이 많았던 한 해였다. 새 가게와 새 객잔이
우후죽순으로 생겨났다. 세월을 이겨내지 못한 낡은 집들에서 연
이어 화재가 발생했다. 시뻘겋게 타오르는 불길에 사람들은 간담
이 서늘했다. 고성의 소방대원들은 하루가 멀다 하게 긴장의 연속
이었다. 그러나 리장은 가게가 많아도 너무 많았다. 어느 구석에서
갑자기 사달이 벌어질지 모르는 일이었다.

나는 외지에서 전화를 걸었다. 친구들이 화재 현장의 상황을 자
세히 알려주었다. 어떤 불길은 그저 담배꽁초 하나 또는 노화된 전
깃줄 한 가닥 때문에 일어났다. 소식을 듣고 있으려니 온몸에 식은
땀이 흘렀다.

친구는 화재 발생의 우환을 없애기 위해 고성에서 불에 대한 규
제에 들어갔다고 말했다. 예전부터 집집마다 사용하던 화덕, 화로,
초 같은 것들이 모두 규제 대상이었다. 라오빙의 가게는 화덕 사용
이 특별히 허가되는 유일한 가게였는데 라오빙이 자진해서 개조
하겠다고 신청했다는 소식이 전해졌다. 그는 화덕 대신 전자레인

지를 들여놓았다. 이런 환경에 익숙지 않은 단골손님들의 발길이 뜸해지면서 장사는 예전 같지 않았다. 또 라오빙이 자기 소유의 집들을 모두 넘기고 큰돈을 챙겼다는 소식도 들었다. 모두들 라오빙이 곧 리장을 떠날 거라고 예상했다.

라오빙이 자진해서 화덕을 바꿨다는 얘기에 나는 조금 놀라긴 했지만 크게 신경 쓰지 않았다. 하지만 그가 리장을 떠날 수도 있다는 소문에는 마음이 괴로웠다. 이 늙은이가 한껏 돈을 벌었으니 떠나겠다고?

2014년 설, 리장으로 돌아간 나는 라오빙의 초대를 기다릴 것도 없이 그믐날 내 발로 달려갔다. 라오빙의 가게에는 낯선 사람들로 가득했다. 종업원들 모두 한결같이 키가 멀쑥하고 탄탄한 청년들로 바뀌어 식사가 마치 한바탕 전쟁을 치르는 것 같았다.

라오빙은 신바람이 나 있었다. 말끝마다 새끼를 연발하며 나를 불렀다. 그는 조롱박 가득 앵두주를 떠서 내게 따라주는 한편 라초에게 요리를 집어주라고 하면서 어렵게 구해온 게로 찜도 만들어주었다.

어렸을 때 해변에서 자랐기 때문에 해산물이라면 물리게 먹은 나였다. 이곳 윈난까지 와서 게를 먹을 필요는 없었다. 하지만 그는 한사코 내게 게를 먹였다.

라초는 홍사오러우_{진간장으로 달콤하게 맛을 낸 고기 요리} 요리법으로 게를 요리했고, 나는 그 요리를 먹느라 눈살을 다 찌푸렸다. 앵두주는 도수가 제법 높아서 순식간에 눈이 벌겋게 달아올랐다. 이렇게 맛있는 앵두주를 더 이상 못 먹게 된다니.

식탁에 접시가 가득 놓여 있어서 설 수가 없었다. 나는 라오빙 옆으로 다가가 그의 목을 끌어안고 술을 권했다. 말을 꺼내려 하는데 목부터 메었다.

"영감태기! 차마 떠나보낼 수가……."

주위에 있던 사람들이 순간 모두 짓거리던짓을 멈췄다. 리초기 이리둥절한 모습으로 내게 물었다.

"라오빙이 떠난다고 누가 그래요?"

내가 말했다.

"연극하지 말아요. 가지고 있던 집 다 팔았다면서요…… 어디로 튈지 누가 알아요."

라초가 허, 하고 웃더니 짝 소리가 날 정도로 손바닥을 쳤다.

"돈은 모두 공수표 됐어요."

라오빙은 큭큭거리고, 식탁에 모인 사람들은 모두 헤헤거리며 웃었다. 라오빙이 내 머리를 치며 말했다.

"새파랗게 젊어 죽지도 않는 새끼! ……사람도, 진지도 다 여기 있는데 빌어먹을! 내가 가긴 어딜 간다고 그래?"

라오빙은 훠탕 가게를 열어 번 돈으로 모두 객잔을 샀고, 그 객잔이 이제 수백만 위안의 현금이 되었다. 이 돈을 그는 말끔히 모두 소진해버렸다. 그는 퇴역한 소방대원들을 모집해 월급을 5000위안씩 주기로 하고 200만 위안을 들여 숙소를 지었다. 또 소화 장비를 사는 데 180만 위안을 쓴 후 1.5톤짜리 소방차를 네 대나 구입할 계획이었다. 리장에 은거한 여러 해 동안 그는 묵묵히 음식을 팔아 돈을 모으고, 묵묵히 객잔을 팔아 돈을 벌면서 한 푼 한 푼 자금을 모았던 것이다.

중월 전투에서 구사일생으로 목숨을 건진 지 29년째 되는 해에 그는 가산을 모두 털어 혼자의 힘으로 소방대를 만들었다. 전국에서 유일하게 단 한 사람의 힘으로 결성한 소방구조대였다.

그는 자신의 방식대로 이 세상을 지켜가려고 한다.

늙수그레하고 아둔한 모습으로 마치 낡은 깃대처럼 그는 언제나 과거의 세월 속에 우뚝 서 있었다. 오래전에 사라져버린 그 세월, 비록 사람들의 가치관은 획일적이었지만 소박하면서도 단순하게 봉사와 헌신을 숭상했다.

라오빙의 소방구조대는 무단위안, 스즈 산의 대형 화재 진압에 투입되었다. 그들과 리장 소방대원이 거의 동시에 도착하여 협력했다. 라오빙의 소방구조대는 지금까지 모두 10여 차례에 걸쳐 크고 작은 화재 진압에 투입되었다.

2014년, 라오빙의 소방대는 '윈난 성 민간 소방대 무술 대회'에서 단체 1등을 했다. 그의 대원들은 모두 퇴역한 노병들로 경험과 자질이 뛰어났다. 집결도 1등, 물 뿌리기도 1등을 하면서 행사에 참여한 사람들을 놀라게 했다.

라오빙을 놀라게 한 것은 비단 시합의 성과뿐만이 아니었다. 소식을 듣고 달려온 퇴역 장군들 역시 그에게는 충격이었다. 장군들은 공안부 쪽 사람들로 그중에는 라오빙과 같은 봉화 변경에서 전투에 참가한 사람도 있었다. 그들은 라오빙의 과거와 현재 모습에 감격하여 그 자리에서 선진 사례로 「인민공안보」와 「해방군보」에 중점 보도할 수 있도록 전보를 보냈다.

라오빙은 계속 완곡히 거절하며 술 한 잔에 천 마디 만 마디 말을 담았다. 그러나 장군들은 그보다 더 고집이 셌다. 반드시 선진 사례의 본보기로 자랑스러운 그의 이미지를 만방에 알려야 한다고 했다. 결국 라오빙은 화장실에 간다는 핑계로 달아나 핸드폰도 꺼버리고 다빙의 소옥에 몸을 피했다.

그날 다빙의 소옥에는 배낭족과 졸업 여행 온 대학생들이 묵고 있었다. 라오빙을 소개하자 그들은 예의 바르게 라오빙과 전쟁에 관한 이야기를 나누며 호기심 가득한 표정으로 물었다.

"1985년과 1986년에도 전쟁이 있었어요? 이미 개혁 개방이 되었던 시절 아닌가요?"

그들은 대부분 1980년과 1990년 이후에 태어난 세대였다. 그중에는 고향이 윈난 주변인 이들도 몇 있었다. 나는 좌불안석이었다. 식은땀이 다 흘렀다. 곁눈질로 자꾸만 라오빙의 눈치를 살폈다. 그는 담담하게 담배를 피웠다. 그런 물음에 이미 익숙해진 것 같았다.

hero라는 영어 단어를 옥스퍼드 사전에 찾아보면 아래와 같은 네 가지 뜻이 있다.

1. 초인적인 능력을 가지고 신령의 묵묵한 보호를 받는 사람.
2. 명성이 자자한 전사로 나라를 위해 싸웠던 사람.
3. 그 성과와 고귀한 품격 때문에 사람들의 존경을 받는 사람.
4. 시와 연극의 주인공.

그렇다면 이 시대의 아이들에게 라오빙을 어떻게 소개해야 할까? "지금 네 앞에 있는 라오빙이야말로 살아 있는 영웅이야"라고 말해도 괜찮을까? 손가락 사이사이가 새카만 라오빙, 술 냄새 풀풀 나는 라오빙, 옷에 기름때가 찌든 라오빙을……

그들이 어떤 반응을 보일지 확실치가 않다. 게다가 이런 소개를 할 자격이 내게 있는지도 모르겠다. 그를 알게 된 지 여러 해가 지났지만 사실은 라오빙의 진짜 이름도 모른다. 내가 아는 거라곤 그의 본적이 저장 성 주지이고, 1981년에 입대했으며, 귀가 멀어 2등급 장애를 가지고 있고, 술을 좋아하고, 인색하다는 것. 싸울 때 소화기를 애용한다는 것. 막강한 소방대를 신설했고, 라오빙 휘탕이라는 '불법 가게'를 운영한다는 것뿐이다.

6

스물이 갓 넘었을 때부터 서른네댓 살까지 사방을 쏘다녔지만 어디에 있든 8월 1일에는 가능한 한 리장으로 돌아왔다. 중요한 일이 있는 것도 아니고 그저 라오빙과 명절을 보내기 위해서였다.

그는 한 손에 백주가 가득 든 술잔을 들고, 한 손은 주먹을 불끈 쥔 채 노래 한 곡을 부르는 사이사이 고함을 쳤다.

"경······례!"

군대식 경례를 힘차게 올린 후 술 반 잔은 바닥에 뿌리고, 반 잔을 벌컥벌컥 들이켰다. 그렇게 한 잔, 또 한 잔 술잔이 이어졌다.

그날은 분명 라오빙이 술에 취해 추태를 부리는 날이며, 고성방가하는 날이며, 눈물 콧물을 모두 뽑는 날이다. 그는 사진이 걸린 벽 앞에 상을 차리고 향을 피운 후 반듯하게 서서 큰 소리로 노래를 불렀다. 「피로 물든 풍채」부터 「별빛 하늘을 바라보며」까지 이를 악물고, 고래고래 소리 지르며 듣는 이의 마음까지 부르르 떨릴 정도로 노래를 불렀다.

"내가 작별하여 다시는 돌아오지 않는다면, 넌 이해를 할지, 넌 알게 될지······."

매년 8월 1일이면 나는 언제나 그의 옆에 서서 술 따르는 일을 맡았다. 그날은 그가 술을 아무리 많이 마셔도 술에 취해 실성을 하든 말든 절대 그를 말리지 않았다. 한 해 동안 이렇듯 그가 미치는 날은 단 하루뿐이었다.

라오빙은 취하면 상반신이 중심을 잃고 흐느적거렸지만, 발만은 꼼짝도 하지 않고 군인다운 자세를 취하며 옴짝달싹하지 않았다. 마치 바닥에 뿌리를 내린 것 같았다. 그는 잔을 내밀며 말했다.

"자, 우리 형제와 술 한잔해."

소름이 끼치며 솜털이 일어섰다. 이유는 모르겠지만 정말 피로 얼룩진 옷을 걸친 사람들이 산처럼 내 앞에 우뚝 서 있는 것처럼 느껴졌다. 피가 머리로 솟구쳐 올라 한입에 술을 털어 넣으면 뜨거운 불길에 닿은 듯 눈이 화끈거렸다.

내가 말했다.

"제기랄, 대체 내가 무슨 관겐데 왜 내가 니들에게 술을 올려야 하는 건지······."

라오빙이 옆에서 울룩불룩 힘줄을 세우며 고함을 질렀다.

"다 마셔!"

이찌나 큰 소리로 고함을 실렀는지 이렇게 소리 지르던 라오빙의 몸이 휘청거리나 싶더니 그대로 바닥에 넘어졌다. 쿵~ 하고 넘어지는 소리에 벽이 다 부르르 떨릴 정도였다. 나는 양반다리를 하고 앉아 라오빙의 머리를 내 허벅지 위에 올려놨다. 그가 손과 발을 활짝 편 채 '대'자로 몸을 펼치고 마치 총에 맞은 것처럼 큰 소리로 신음했다. 그리고 신음이 잦아들면서 깊은 잠에 빠져들었다. 그 순간 평화의 시대가 찾아들었다.

나는 라오빙의 머리를 받쳤다. 화끈거릴 정도로 뜨겁고 묵직했다. 바닥에 엎질러진 술이 바지를 적시며 천천히 흘러갔다. 마치 피의 바다에 앉아 있는 것 같았다.

084

085   왕지양(王繼陽), 「산소가 모자란 바다(缺氧的海)」   🎧 노래를 들을 수 있어요!

3

다빙의 인연   어떤 아가씨

미
안
해,

미
안
해

그녀는 울면서 고함을 질렀다.

미안해, 미안해, 미안해…….

차우차우가 갑자기 바닥에 닿은 고개를 들어 올렸다.

뭔가를 느낀 것처럼 필사적으로 목에 힘을 주며

고개를 돌려 그녀를 쳐다보려 했다.

하지만 결국 고개를 돌리진 못했다.

백자 대야가 텅 비어 있었다.

오늘 그녀는 먹이를 줄 수가 없었다.

다른 사람에게든 혹은 자신에게든
그동안 당신은 얼마나 '미안'한 짓을 하고 살았을까?
시간이란 참으로 무정해서 당신이 아이든, 아이가 아니든
전혀 개의치 않는다.
당신이 조금 머뭇거리거나 시간을 끄는 동안,
이야기는 결말이 나고 만다.
당신이 미처 입 밖으로 꺼내지 못한
그 '미안'을 절대 되돌려주지도 않는다.
그 수많은 '미안'이 결국
두 번 다시 돌이킬 수 없는 일이 되고 만다.

1

한 마리 개로부터 이야기를 시작하련다. 중국이 원산지인 '차우차우'로 파란 혀에 머리가 크고 이름은 없는 비운의 개다.

두세 살 때 한 여행객이 자가운전으로 윈난 서북에 개를 데리고 왔다. 천진난만한 모습 덕분에 개는 사람들의 사랑을 받았다. 지나가는 사람들은 앞다퉈 개를 안으려 하거나 온갖 정체불명의 음식을 함부로 먹였다. 여주인은 순진한 건지, 멍청한 건지 자기 개는 편식을 하지 않는다고 흐뭇해하며 말도 안 되는 자부심을 가졌다. 그리고 걸핏하면 사람들이 주는 음식을 개에게 먹였다.

더구나 그 개는 주인보다도 더 자기주장이 없었다. 먹고 싶지 않아도 그냥 씹는 시늉을 했다. 그러면 여주인은 개의 아래턱을 쓰다듬으며 말했다.

"착하지, 어서 삼켜봐."

개는 음식을 물고 주인의 눈을 멍하니 바라보다 고개를 숙이고

는 애써 음식을 삼켰다. 차우차우는 그렇게 자기만의 방식으로 사랑을 표현하려 했다. 그러다가 결국 병이 났다. 처음에는 비틀거렸고 이어 혀를 길게 내뺀 채 계속 침을 흘렸다. 가슴이 모두 젖어 흙과 먼지가 달라붙는 바람에 털이 지저분하게 엉겨 붙었다.

나중에는 몸을 움직이지 못하고 길 가운데 쓰러졌다. 사람들이 발을 밟고 지나가도 깨갱거릴 힘조차 없었다. 당시 고성에는 동물병원이 없었다. 가장 가까운 곳이라고 해봤자 다리차땐에 있었다. 다리에서 리장까지 고속도로가 없어 차를 몰고 가려면 네 시간이 걸렸다.

개 주인은 곧바로 조치를 취했다.

개 주인은 떠나버렸다.

개 주인에게 차는 개보다 값진 것이었다.

차가 더러워지는 것이 싫은 그 깔끔한 주인은 두 번 다시 개를 품에 안지 않았다.

089

개 이야기를 계속해보려 한다.

어린 차우차우는 죽지 않았다. 흙의 운명이라 그런지 진흙 밭에 웅크리고 누워 부들부들 떨더니 며칠 후 자리를 털고 일어났다. 목숨은 부지했지만 제대로 걷지 못했고, 침을 질질 흘리고 다니는 것도 여전했다. 침인지 아니면 위액인지 모를 끈끈한 액체가 가슴팍을 적시고 털을 따라 바닥에 떨어졌다. 2~3미터 떨어진 곳에서도 시큼한 냄새를 맡을 수 있을 정도였다. 전에는 어딜 가나 사람들이 귀엽고 착하고 말 잘 듣는다고 예뻐하면서 서로 껴안지 못해 난리를 떨었는데 이젠 더 이상 아무도 거들떠보지 않았다.

맑은 대낮이면 차우차우는 길 한가운데 앉아 있었지만, 사람들은 그림자 취급을 했다. 걸레보다 더러운 떠돌이 개였기 때문이다. 억울함을 느끼면 개들도 '우, 우' 하고 울부짖는다. 그러나 차우차우는 그저 고개를 숙인 채 벽에 기대 멍하니 있을 뿐이었다. 고성의 개들은 대부분 햇빛을 좋아해서 혀를 길게 내놓은 채 길바닥에 늘어져 있었다. 그러나 차우차우만은 예외였다. 그늘진 담벼락 아래 오후 내내 얌전히 앉아 짖지도 않았고, 사람들에게 신경을 쓰지도 않았다.

차우차우에게도 마음은 있었다. 상처 받은 마음. 먹이가 필요했지만, 아무도 주지 않았다. 차우차우는 쓰레기를 뒤지기 시작했다.

리장 지역의 쓰레기차는 매일 오후 3시에 출동해 고성을 한 바퀴 돌며 쓰레기를 수거했다. 가는 곳마다 귀가 먹먹할 정도로 나시의 유행가가 흘러나왔다. 쓰레기차가 다가오기 전에 가게마다 크고 작은 쓰레기봉투를 갈모퉁이에 가득 쌓아놓았다. 차우차우는 극도로 배가 고프면 쓰레기봉투로 달려가 봉투를 물어뜯으려 했지만 돌아오는 것은 발길질뿐이었다.

그렇게 몇 년이 흘렀다. 차우차우가 수없이 가해지는 발길질을 감당하고, 수없이 많은 쓰레기로 배를 채워가면서.

2

그런데 어느 날부터 차우차우는 더 이상 쓰레기를 먹을 필요가 없게 되었다. 하늘에서 밥이 쏟아지기 시작한 것이다. 그것도 아가씨, 청초한 얼굴에 긴 머리와 하얀 이마에 무테안경을 쓴 아름다운 여자가 주는 밥이었다.

골목 입구에서 옷가게를 하는 여자는 말수가 적고 웃을 때의 모습이 참 상냥했다. 옷가게는 그런대로 장사가 잘되었지만 검소한 그녀는 신도시 아파트로 이주하지 않고, 가게 2층의 작은 방 하나에 살고 있었다. 어느 날, 그녀는 아래층 창문 아래 담벼락에 살고 있는 개 한 마리를 발견했다.

"세상에! 어떻게 이처럼 더러울 수가 있어…… 배 안 고파? 먹을 것 좀 줄게."

쪼그려 앉아 개에게 말을 건네는 사람은 정말 오래간만이었다. 차우차우는 담벼락 모퉁이로 몸을 쑤셔 넣고 숨을 몰아쉬면서 여자와 눈을 맞추지 못했다. 아가씨가 들고 있던 파이 한 조각을 잘라 내밀었다. 그렇게 조각을 나누는 손길이 이어졌다.

그 후 하루 두 끼, 여자는 자기가 먹는 것을 개에게 나눠 먹었다. 사과를 먹으면서 길을 가다가 개 앞을 지나치면 사과를 한 입 깨물어 개에게 주기도 했다. 개도 그 사과를 받아먹었다. 귤을 줘도 먹고, 배를 줘도 먹었다. 감자를 줘도 먹고, 옥수수를 줘도 먹었다.

여자가 개에게 먹이를 주기 시작하면서 차우차우는 쓰레기통과 작별했고, 온갖 발길질에서도 벗어날 수 있었다. 하지만 차우차우는 하늘이 내려준 선물 같은 여자에게 꼬리를 흔들지도, 그녀의 손을 핥지도 않았다. 언제나 적당한 거리를 유지했다.

원난 서북 지역은 한기가 가장 심할 때가 한겨울이 아닌 우기였다. 차디찬 빗물에 젖어 재채기를 몇 번 하면 그대로 독감에 걸렸다. 우기가 찾아온 어느 날 밤, 여자는 문득 차우차우가 비를 맞고 있을 거란 생각이 들었다. 그래서 창문을 열고 차우차우를 불렀다. 하지만 대답이 없었다.

빗물이 뚝뚝 떨어지고 있었고, 창밖은 어두컴컴했다. 잘 보이지도, 들리지도 않았다. 여자는 손전등을 들고 아래층으로 내려가 밖으로 나갔다. 차우차우는 잠이 들었는지 축축하게 젖은 몸으로 눈도 뜨지 않고 웅크리고 있었다. 보라색 우산을 천천히 펼쳐 덮어준 뒤 여자는 머리를 가리고 다시 집으로 들어섰다. 가슴속까지 서늘한 기운이 스며들었다. 그런데 고개를 돌려보니 언제 따라왔는지 차우차우가 그녀 뒤에 가만히 서 있었다.

"나랑 같이 집에 가고 싶어?"

차우차우는 여자의 시선을 피한 채 꼼짝하지 않고 앉아 있었다. 여자가 처마 밑으로 몸을 피하며 차우차우에게 손짓했다.

"이리 와, 어서!"

그러나 차우차우는 담벼락으로 다시 돌아갔다. 걱정이 되었지만 우산을 받쳐놓았으니 조금은 안심이라고 생각했다.

여자는 이 떠돌이 개를 길러야겠다는 생각이 들었다. 마당에 가지가 무성한 부겐빌레아 한 그루가 있었다. 그 나무 그늘 아래 개집을 놓으면 어떨까.

건물주에게 뜻을 전했다. 그는 나쁜 사람이 아니었지만, 떠돌이 개를 키우라고 선뜻 허락해줄 정도로 마냥 착하지는 않았다. 여자의 부탁을 완곡하게 거절하면서 대신 매일 주방에서 밥을 가져다 먹이는 것은 암묵적으로 허락했다.

여자는 채식주의자였지만 그날부터 차우차우는 고기도 먹고, 채소는 당연히 먹을 수 있게 되었다. 언젠가부터 먹이를 주면서 여자가 개의 머리를 쓰다듬었다. 차우차우는 움찔했지만 고개를 들지 않고, 계속 먹기만 했다. 먹는 동안은 숨을 거칠게 몰아쉬었다. 온몸이 바르르 떨릴 정도였다. 그렇게 시간이 흐르면서 둘은 조금씩 정이 들었다.

먹이를 주는 방식도 변했다. 처음에는 멀리서 차우차우 앞에 던져주다가 나중에는 먹을 것을 손가락 사이에 끼워 차우차우 앞에 내밀었다. 그러다가 손바닥 위에 올려놓고 차우차우 앞에 받쳐주었다.

차우차우가 짖는 것을 딱 두 번 봤다. 첫 번째는 길 가는 부부 한 쌍을 발견했을 때였다. 개가 짖으며 달려갔지만 부부 앞에 이르기도 전에 남자가 아내 앞을 가로막으면서 발길질을 날렸다. 차우차우는 억울한 듯 짖더니 다시 그 남자의 아내에게 달려갔다. 놀랍게도 꼬리를 흔들고 있었다. 남자의 아내가 흥분하며 소리를 질렀다.

"전에 그 개 아니에요? 세상에! 아직도 안 죽었네."

남자가 인상을 쓰면서 말했다.

"왜 이렇게 더러워졌어?"

남자의 말이 끝나기도 전에 차우차우는 마치 그 말을 알아듣기라도 깬 깃저럼 크게 짖기 시작했다. 갈수록 너 실세, 너 애설하게 짖었다. 차우차우는 부부를 에워싸고 빙빙 돌며 계속해서 울부짖었다. 마치 울고 있는 것 같아 듣는 이의 마음이 아팠다.

부부는 이런 상황이 난처한 듯 재빨리 몸을 돌려 자리를 뜨려 했다. 여자가 그들 앞으로 다가가 예의 바르게 물었다. 왜 개를 데려가지 않느냐고.

"더러워서 싫으세요? 그러면 제가 깨끗이 씻어드릴까요? 데려가세요. 더 이상 여기 버려두지 마세요, 네?"

개 주인이 미안한 표정으로 말했다.

"데려가고 싶어도 그럴 수가 없어요. 제가 임신을 해서요. 이제 떠돌이 개가 되었잖아요. 무슨 병에라도 걸렸는지 어떻게 알아요. 전염될지도 모르잖아요."

말문이 막혔다. 욕을 해주고 싶었다. 순간, 여자는 갑자기 무슨 기억이 난 듯 얼굴이 하얗게 질렸다. 그리고 빠른 걸음으로 멀어져 가는 부부를 빤히 바라봤다.

개는 부부를 쫓아가는 대신 길 한가운데 멍하니 서서 더 이상 짖지 않았다. 도망치듯 떠났던 그 아내는 그래도 조금 죄책감이 들었는지 저녁 식사 후 호텔에서 도자기로 된 작은 그릇을 가지고 나와 개 옆에 두었다. 송이찜닭이 들어 있었다. 부부가 먹고 남긴 음식이었다. 그러더니 이제 할 도리를 다했다는 듯 자리를 떴다. 밥그릇 하나로 미안한 마음을 모두 털어버린 것 같았다.

그 모습을 바라보던 여자가 한숨을 쉬며 혼잣말을 했다.

"어쨌거나 밥그릇은 생겼네. 불쌍한 차우차우."

그렇게 떠날 때까지 그녀는 차우차우와 거리를 두었다. 그 착한 개의 머리 한 번 쓰다듬어주지 않았다. '착한 아기'라고 부르며 한 껏 데리고 놀 때는 언제고 병이 들자 내버렸다. 그리고 지금, 두 번째로 그 착한 차우차우를 다시 버렸다.

다음 날, 여자는 조심스럽게 그릇에 먹이를 담아주었다. 마기은 차우차우가 고개를 박고 천천히 먹이를 씹었다. 여자는 쪼그려 앉아 차우차우를 바라봤다. 한참을 바라봤지만 별다른 이상은 보이지 않았다. 그저 마음이 아플 뿐이었다.

3

두 번째 울음소리를 들었다. 아가씨가 들은 차우차우의 마지막 울음소리이기도 했다.

꼬박 1년 동안 먹이를 주었지만 차우차우는 여전히 꼬리를 흔들지도 않았고, 여자의 손을 핥지도 않았다. 똑바로 쳐다보려 하지도 않았다. 하지만 여자와 차우차우 사이에는 암묵적인 약속 같은 게 생겼다. 언제부터인지 여자가 정오에 낮잠에서 일어나 창문을 열어보면 자기 쪽을 향해 차우차우가 고개를 들고 서 있었다. 하루, 이틀, 사흘, 맑은 날이나 비가 오는 날이나 언제나 똑같은 모습이었다.

여자는 조금 이상한 생각이 들었다. 하루는 일어나 몰래 커튼 뒤에 숨어 아래를 살폈다. 차우차우가 초조한 듯 제자리를 빙빙 돌았다. 무척 불안해하는 모습이었다. 마음이 시큰해져 재빨리 창문을 열고 차우차우를 향해 손짓했다.

"멍멍아, 멍멍아, 걱정 마. 나 여기 있어!"

차우차우는 펄쩍 뛸 것처럼 놀라는가 싶더니 자기감정을 숨기지 못하는 모습이 역력했다. 어느 겨울 오후, 눈부신 햇살을 사이에 두고 둘은 그렇게 서로를 바라봤다.

사람 하나와 개 한 마리.

하나는 위층에서, 하나는 아래층에서.

얼마 후 여자는 차우차우의 고통스러운 비명을 들었다. 사람들이 차우차우를 에워쌌다. 첫 번째 몽둥이가 차우차우의 허리를 때렸고, 두 번째 몽둥이가 코를 때렸다. 찬란한 햇살 아래, 개의 몸을 내리치고 있는 몽둥이질에서 먼지가 일었다. 차우차우는 안간힘을 쓰며 고개를 묻더니 고통스러운 듯 몸을 동그랗게 움츠렸다. 몽둥이를 잡은 사람이 익숙한 동작으로 개의 목을 비튼 후 다시 귀 뒤를 향해 몽둥이를 날렸다.

여자는 비명을 지르며 아래층으로 달려갔다. 비좁은 나무 계단을 황급히 달리느라 벽에 걸어둔 그림이 떨어졌다. 그림을 걸어두었던 못이 여자의 팔에 상처를 냈지만 아랑곳하지 않았다. 여자는 남자를 밀치며 뺨을 올려붙였다. 여자의 손자국이 제복을 입은 남자 얼굴에 벌겋게 남았다. 제복 차림의 사람들이 우르르 몰려와 여자의 팔을 뒤로 틀어쥐더니 화를 내며 소리 질렀다.

"왜 사람을 쳐!"

095

여자가 목이 터져라 고함을 질렀다.

"당신들은 왜 내 개를 때려요?"

예닐곱 개의 손가락이 그녀의 코를 향해 삿대질을 했다.

"당신 개라고? 그럼 왜 집으로 안 데리고 들어가?"

순간 여자는 말문이 막혔다. 가슴이 꽉 막히는가 싶더니 그간 쌓였던 울분이 그대로 터져 나왔다. 어찌나 서럽게 대성통곡을 했는지 목이 다 쉬어버렸다. 여자를 비틀어 제지했던 사람들은 어안이 벙벙해져서 여자의 팔을 풀어주고 바닥에 앉도록 내버려두었다. 그들이 말했다.

"울 것까지야 있나? 우리가 아가씨를 때린 것도 아닌데."

지나가던 사람이 다가와 그들을 말렸다.

"됐어요. 그만들 해요. 서로 자주 보는 사람들끼리. 더러운 개 한 마리 때문에 얼굴 찌푸리지 말고!"

여자가 행인의 옷소매를 잡아당기며 소리쳤다.

"깡아지 좀 구해주세요, 제발요."

행인이 한숨을 내쉬더니 조심스레 중재에 나섰다.

"이보쇼, 형씨들! 이 개가 사람을 문 것도 아닌데 그냥 살려둬도 괜찮지 않소?"

그러자 제복 차림의 남자가 되물었다.

"나중에 사람을 물면 그땐 당신이 책임질 거요?"

아가씨가 애원했다.

"죽이지 마세요. 제가 책임질게요. 제가 기른다니까요."

누군가 말했다.

"왜 일찌감치 말 안 하고 이제야 나서는 거야? 당신! 경고하겠어! 공무 방해하지 마!"

여자가 쉰 목소리로 대거리했다.

"떠돌이 개라고 꼭 죽어야 하는 법이라도 있어요? 그러고도 당신이 사람이에요?"

여자에게 욕을 먹은 사람이 화를 못 참고 몽둥이를 휘갈겼다. 몽둥이가 그대로 차우차우의 허리를 가격하더니 두 동강이 났다. 여자는 '악!' 비명을 질렀다. 심장이 다 무너지는 것 같았다. 사람들의 시선이 모두 개를 향했다.

차우차우가 몸을 들썩거리며 바닥에서 일어나려고 애를 썼다. 그러나 허리 아래는 더 이상 움직이지 않았다. 그저 두 앞발로 청석판을 긁어대며 자꾸만 앞으로 기어갔다. 사람들의 구두, 다리 위로 기어올랐다. 막무가내로 기어올랐다. 여자는 울고, 차우차우는 그렇게 기어갔다. 한순간 사방이 조용해졌다. 여자가 바닥에 무릎을 꿇고 앉아 두 팔을 벌렸다. 하지만 차우차우는 여자를 지나 차가운 담벼락 밑을 향해 기어갔다. 이 세상을 등진 채, 있는 힘껏 담벼락 모서리를 향해 자신을 몰아갔다.

갑자기 재채기 소리와 함께 거품 섞인 핏방울이 처음에는 벽에, 이어 차우차우의 몸과 하얀색 먹이 그릇에 튀었다. 길게 숨을 내쉬고 나선 꼼짝도 하지 않았다. 마치 잠이 든 것 같았다.

여자가 울며 고함을 질렀다.

"미안해, 미안해, 미안해……."

그러자 차우차우가 갑자기 고개를 번쩍 들어 올렸다. 뭔가 깨닫기라도 한 듯 필사적으로 목에 힘을 주며 여자를 돌아보려 했다. 다리도, 꼬리도 안간힘을 쓰고 있었다. 하지만 결국 고개를 돌리지는 못했다.

귀가 떨어져나갈 듯 거대한 굉음과 함께 쓰레기차가 다가왔다. 즐거운 모습의 여행객들 사이로 태양이 찬란하게 빛났다. 백자 그릇은 텅 비어 있었다. 여자는 더 이상 먹이를 줄 수 없었다.

4

2012년 연말의 어느 날 밤, 미친 듯이 머리를 풀어 헤친 여자 하나가 내 술집으로 들어와 앉았다. 그녀가 말했다.

"다빙 오빠, 내일 떠날 거예요. 아침 일찍 차예요. 다신 안 올 거예요."

왜 그렇게 급히 떠나는지 물었다.

"누굴 좀 만나려고요. 더 늦으면 안 될 것 같아서요."

나는 이별주로 청매주 한 잔을 따라주었다. 술 한 모금을 머금더니 그녀가 고개를 들었다. 눈물이 글썽거렸다. 나는 물었다.

"그 사람이 당신이 필요하다고 해요? 그렇죠?"

그녀가 고개를 끄덕이며 웃었다. 그렇게 웃으며 술을 마시고, 그렇게 웃으며 눈물을 훔쳤다.

"사실은 내가 그 사람이 필요해요. 그에게 미안하다는 말을 하러 가야 해요."

잔을 비운 그녀는 아직 결말이 나지 않은 이야기 하나를 들려주었다. 그날은 떠돌이 개 차우차우가 몽둥이에 맞아 죽은 날이었다.

5

그녀는 평범한 가정에서 태어났다. 2군으로 대학에 들어가 고향의 작은 도시에서 학교를 다녔기 때문에 기숙사 생활은 하지 않았다. 특별한 취미도 없고, 학교 친구들 외에 다른 친구도 없었다. 밥먹고, 산책하고, 공부하며 착실하게 소도시에서 성장했다. 여느 사람들과 다른 점이 있다면 집에 아빠와 오빠밖에 없다는 것이었다.

아빠와 오빠는 그녀를 무척 사랑했고, 사랑을 주는 방식도 남달랐다. 아버지는 전동 자전거로 매일 그녀를 통학시켰다. 시장을 지나다가 때때로 자전거를 세우고 닭튀김을 사주기도 했다. 하나뿐인 오빠는 키가 크고 잘생겼으며 언제나 그녀에게 모든 것을 양보했다. 엄마가 세상을 떠날 때, 아직 어렸던 그 여동생을 자신이 평생 돌봐주기로 마음먹었기 때문이었다.

대학생인 오빠는 성적이 우수해 장학금을 받았는데 그 돈으로 여동생의 쇼핑 목록들을 결제해주곤 했다. 그런데 졸업이 가까워도 전도유망한 일자리를 마련해줄 인맥이 없었고, 그 역시 그런 것을 기대하지 않은 데다 스스로도 이런 소도시에 박혀 살고 싶은 생각이 없었기 때문에 조금 더 큰 세상을 꿈꾸며 대학원 시험을 준비했다.

098

"오빠가 대학원생 되어서 돈 많이 버는 좋은 직업을 구할게. 그래서 너랑 아빠랑 여행 데리고 갈게. 우리, 그리스 산토리니 섬에 가자. 푸른 바다에 하얀 집들이 얼마나 예쁜지 몰라."

둘은 손가락을 걸고 약속했다. 입에 물고 있는 새알 초콜릿만큼이나 그녀의 마음도 행복했다.

당시는 청순한 매력보다 화려하게 생긴 얼굴이 환영받던 시대였다. 주변 사람들 눈에 그녀는 너무나 평범했기 때문에 그녀를 쫓아다니는 사람이 많지 않았다. 그렇게 자꾸만 세월이 가는 사이 대학을 졸업할 때까지도 첫 키스를 해보지 못했지만 그녀는 전혀 개

익히 않았다.

그녀의 인생에 먹구름이 몰려온 것은 막 대학을 졸업하고 나서였다. 아버지는 자신의 모든 인맥을 동원해 그녀에게 적당히 체면이 서는 관리직 자리를 찾아주었다. 그런데 오빠가 갑자기 심각한 우울증에 걸리면서 집안이 무너져 내렸다.

사건의 시작은 오빠가 처음으로 고등학교 동창회에 참석한 후부터였다. 3년째 세속해서 대학원 시험에 떨어졌던 오빠는 네 번째 대학원 시험을 위해 사력을 다하고 있던 중이었다. 친구들이 하도 끈질기게 동창회 참석을 권하는 바람에 오빠는 마지못해 참석했다.

모든 일은 예고 없이 벌어진다. 모임에 나갈 준비를 하는 오빠를 보며 그녀는 맛있는 것을 많이 싸 가지고 돌아오라고 당부했다. 오빠가 신발을 신다 말고 고개를 돌려 그녀를 바라봤다. 그런데 그 얼굴이 이상할 정도로 낯설었다.

오빠는 신발 끈을 매며 고개를 숙인 채 작은 소리로 말했다.

"오늘은 다른 사람들이 초대한 거야. 내가 돈을 내는 게 아니라고."

그녀가 여느 때처럼 농담으로 말했다.

"무슨 상관이야! 난 먹고 싶단 말이야! 오빠 친구들은 모두 직장인이거나 돈 많은 집 자식들이잖아. 그런 사람이 내는 것 좀 먹어도 되지 뭐!."

아빠가 오빠에게 50위안을 주며 택시를 타고 가라고 했다. 오빠는 돈을 받으려 하지 않았다.

"아버지 전동 자전거 타고 가면 돼요."

아무도 그날 모임에서 무슨 일이 일어났는지 알 수가 없었다.

한밤중에 오빠는 빈손으로 돌아왔다. 동생을 위해 아무것도 가져오지 않았다. 그는 여느 때처럼 조용히 자기의 작은 방으로 들어갔다.

다음 날, 그녀가 오빠 방문을 열고 들어갔을 때 비닥에는 온통 하얀 눈이 내려 있었다. 종이 부스러기가 잔뜩 쌓여 있었다. 교재와 책, 벽에 붙여놓았던 산토리니의 사진들이 갈기갈기 찢어져 있었다. 오빠는 그 종이 무덤 사이에 양반다리를 하고 앉아 있었다. 입가에 물집이 잡혀 있고 눈엔 핏발이 서 있었다.

그녀는 얼마나 놀라고 무서운지 입구에 멍하니 서서 옴짝달싹할 수가 없었다. 달려 들어가 오빠를 안을 엄두가 나지 않았다. 오빠는 말도 하지 않고, 눈도 마주치지 않았다. 그날부터 오빠는 더이상 여동생의 눈을 똑바로 바라보지 않았다.

어려서부터 그렇게 교육받았다. 열심히 노력해야 하고, 남들보다 뛰어나게 이름을 날려야 미래가 보장된다는 교육이었다. 기회는 균등한 것이어서 하늘은 끊임없이 노력한 사람에게 많은 기회를 준다는 식이었다. 세상의 모든 출발선이 평등하지 않다는 것을 알려주는 사람은 없었다. 그 어느 곳에서도 평범한 집안의 아이가 이 세상에서 성장할 수 있는 길이 얼마나 좁고, 기회는 또 얼마나 적은지 알려주는 곳이 없었다. 학교는 그에게 단 한 가지 방법밖에 가르쳐주지 않았다.

"열심히 공부해!"

세상은 누군가가 심리적으로 고통을 받든 말든 그저 단 두 가지만 이야기할 뿐이다. 잘못 가고 있다면 그것은 너의 노력이 부족하기 때문이라는 것, 그리고 왜 스스로의 운명을 받아들이지 못하느냐는 것.

오빠는 현실을 이해할 수 없었다. 도저히 운명을 받아들일 수 없었다. 그래서 결국 정신적인 질병을 얻고 말았지만 그럼에도 불구하고 그저, 심리적으로 너무 유약하다는 판단을 받았을 뿐이다.

6

재앙은 혼자 다니는 법이 없다고 했다. 오빠에 이어 아빠까지 병에 걸리고 말았다. 오빠에게 그런 일이 생긴 뒤, 가족들은 모두 입을 다물었다. 아빠는 고개를 숙인 채 병원과 집만 오갔다. 상심한 중년 남자는 우울한 기분을 속으로만 삭이려 했고, 그러다 보니 병이 되었다. 의사도, 아빠도 아무 말을 하지 않았다. 그녀는 그저 불치병일 거라고 추측만 할 뿐이었다. 멀쩡하던 한 집안이 그렇게 무너져버렸다.

더 이상 그녀에게 닭갈비를 사주는 사람도, 쇼핑 목록을 찾아 대신 결제해주는 사람도 없었다. 그저 날마다 보온통을 들고 아빠의 전동 자전거로 두 병원을 오가야 했다. 초췌해지는 건 한순간이었다. 눈살을 찌푸리고 다니는 날이 많아졌고, 뽀얀 이마에 주름이 생겼으며 더 이상 그녀에게 청초하다고 말해주는 이는 없었다.

오빠의 병세는 점점 악화되었다. 인지 능력이 끊임없이 낮아지고 장애가 점점 더 분명해졌다. 전기충격 치료ECT를 받은 후에도 의사는 낙관적인 대답을 주지 않았다. 오히려 오빠에게 정신분열 증세가 나타나기 시작했다고 말했다.

그러던 어느 날, 오빠를 간호하고 있을 때였다. 갑자기 오빠가 뜨거운 죽을 미친 듯이 침대에 뿌려대기 시작했다. 그녀가 말리려 하자 오히려 반격했다. 그녀의 뒤통수가 문 모서리에 부딪힐 때까지 오빠가 그녀의 얼굴을 계속 공격하는 바람에 뒤통수에 살구만 한 혹이 생겼다. 난생처음 겪는 일이었다. 아버지에게 전화를 걸어 잔뜩 겁먹은 목소리로 말했다.

"아빠, 우리는 언제쯤 좋아질 수 있을까?"

아버지는 수화기 너머로 한참 동안 아무 말도 하지 않았다. 그녀는 울면서 물었다.

"아빠, 좋았던 날이 다시 오기는 한까요?"

영원히 좋아지지 않을 것 같았다. 화학 치료가 실패한 후 아버지는 나날이 쇠약해져 병상에서 내려올 수도 없는 지경이 되었다. 식판에 남기는 음식이 날이 갈수록 많아졌다. 그리고 끝내 더 이상 밥이 필요 없는 날이 찾아왔다. 코에 관을 삽입했기 때문이었다. 하루하루 마음이 버거웠다. 아침에 일어나면 베갯잇이 축축하게 젖을 때가 많았다.

불교의 시간관에는 사겁四劫이라는 것이 있다. 성겁成劫, 주겁住劫, 괴겁壞劫, 공겁空劫이 그것이다. 사겁을 줄여 성주괴공成住壞空이라고도 부른다. 세계가 성립되는 지극히 긴 시간은 성겁이다. 머무르는 시간은 주겁, 파괴되는 시간은 괴겁, 파괴되어 아무것도 없는 상태가 지속되는 시간을 공겁이라고 부른다. 성주괴공…… 올 것은 오고, 갈 것은 가는 법이니 막는다고 해서 막아지는 것이 아니다. 잡는다고 해서 사라지지 않는 것도 아니다.

잠시 의식이 돌아왔을 때 아버지가 그녀를 침대 머리로 부르더니 나지막이 중얼거렸다.

"네 오빠, 그냥 가게 둬라. 너한테 짐이 되게 하지 말고."

고개를 숙였다. 뭐라고 대답해야 할까.

아버지는 그녀를 쳐다보며 한동안 아무 말도 하지 않았다. 그리고 마침내 가볍게 한숨을 내쉬더니 조용히 말했다.

"그래, 넌 여자니까……"

그리고 또다시 침묵이 흘렀다. 평범한 한 아버지가 그렇게 침묵 속에 세상을 떠났다.

그녀는 오빠에게 가서 옆 침대에 앉았다. 오빠는 머리가 많이 자라 있었고, 손목에 새로운 흉터가 나 있었다. 동생과는 여전히 눈을 맞추려 하지 않았다. 다른 누구의 눈도 바라보지 않았다. 그는 깨어 있었지만 마치 깊은 꿈속에 빠져들어 있는 것 같았다.

옷과 침대보 모두 줄무늬가 있었다. 격자무늬 창문도 같은 모양이고, 실내 가득 느껴지는 크레졸 냄새도 그런 것 같았다.

"아빠가 떠났어……. 우리는 언제쯤 다시 웃을 수 있을까?"

말없는 오빠를 두고 병원을 나왔다. 무슨 이유에서인지 다시 오빠를 보는 일이 두려웠다. 그 후 몇 번이나 병원 담벼락까지 갔다가 되돌아왔다. 아버지가 세상을 떠난 후 3년 동안 오빠를 보러 간 횟수는 단 네 번뿐이었다.

이제 운명의 롤러코스터는 천천히 속도를 줄여 점차 안정을 찾았다. 그녀는 혼자 남았다. 혼자 밥을 먹고, 출근하고, 산책하고, 이직을 하고, 친구를 사귀었다. 새로운 직장 동료들은 그녀에게 오빠가 있다는 사실을 알지 못했다. 친절한 친구들은 그녀에게 남자 친구도 소개해줬다. 소개팅을 할 때마다 몇 번이나 열렸던 입을 다시 다물었다. 사람들에게 정신병을 앓는 오빠가 있다는 사실을 알리고 싶지 않았다.

세월은 마음에 담긴 지난날을 깨끗이 지워주고, 눈가에 몇 가닥 주름을 만들어주었다. 돈을 조금 모았고, 여행을 좋아하게 되었다. 몇몇 도시와 시골을 돌아다녔다. 그렇게 돌고 돌다가 윈난 서북쪽 고성에 오게 되었다.

여기는 또 다른 세상이었다. 그녀의 출신 배경, 계급, 재산, 명성에 관심을 갖는 사람도 없었고, 과거 이야기를 묻는 사람도 없었다. 어차피 혼자였다. 이곳을 떠나지 않기로 결심했다. 지난 일을 묻지 않는 조그만 도시에 가게를 내고 열심히 장사를 하며 평범한 나날을 보냈다.

이따금 전동 자전거 뒷자리에 앉아 닭갈비를 먹던 날들이 생각났고, 손가락 걸고 약속했던 산토리니도 생각났고, 병원의 크레졸 냄새도 생각났다. 그리고 아버지가 임종 때 하신 말씀도 생각났다.

"그래, 넌 여자니까……."

그렇게 서서히 오빠는 지나간 시절의 깊지도 얕지도 않은 하나의 부호로 남았다. 점점 더 멀어지고, 점점 더 옅어져갔다. 그러다 한 마리 떠돌이 개를 만났다.

7

2012년 말 어느 오후, 나는 고성 오일가의 왕가장 골목을 지나
던 중이었다. 그들이 개를 때릴 때, 나도 현장에 있었다. 나는 그
개를 알고 있었다. 그 옆에서 엉엉 울고 있는 여자도 잘 아는 사람
이었다. 여자는 내 소매를 잡아당기며 애원했다.

"다빙 오빠, 개 좀 구해줘요. 제발요!"

나는 체면 때문에 손가락 하나를 움켜쥐었을 뿐, 사람들의 몽둥
이를 잡지는 못했다. 몽둥이가 개를 내리쳤다. 개가 계속해서 담벼
락 아래로 기어갔다. 여자가 울면서 고함을 질렀다. 미안해, 미안
해, 미안해…….

그녀와 함께 문명촌 채마밭에 떠돌이 개를 묻어준 후 우리 술집
에 와서 날이 밝을 때까지 그녀의 이야기를 들어주었다. 그날 밤,
여자는 다빙의 소옥에서 '상망어강호' 한 주전자를 마시면서 아직
결말이 나지 않은 이야기를 들려주었다. 그 이야기 속에 아버지와
오빠, 이제는 다 커버린 딸의 떠돌이 개 한 마리가 있었다.

"만나러 갈 사람이 있어요. 시간이 지나면 늦을지도 몰라요. 그
전에 미안하다고 말해야 해요."

날이 밝았다. 정류장까지 함께 짐을 들고 가서 표를 산 후 차에
올라 떠나가는 여자를 배웅했다. 그리고 다시는 그 여자를 만나지
못했다. 다만 나는 계속해서 여자가 남긴 이야기의 결말을 기다리
고 있었다.

1년 반이 지났다. 2014년, 블로그 하나를 봤다. 블로그 사진에 청
초한 모습의 여자가 온통 하얀 세상을 배경으로 서 있었다. 왼손에
는 검은 틀로 된 액자를 껴안고, 오른손으로는 한 남자의 팔을 잡
고 있었다. 가족사진이었다. 누이동생과 오빠, 천상의 아버지.

'끝났어. 끝났어. 괴로운 시간은 더 이상 없어.'

서로 의지하며 저마다의 미소를 짓고 있었다. 좋아졌어, 모두 좋

아졌어, 하면서.

　　미안하게도 이야기의 결말은 그게 아니었다. 2014년 4월 19일, 보슬비가 내리던 날. 나는 문자는 없고 사진만 있는 블로그를 클릭했다. 사진 속 그녀가 평온한 모습으로 카메라를 응시하고 있었다. 왼손으로 검은 테두리의 사진을 껴안고, 오른손으로 또 다른 검은 테두리의 사진을 들고 있었나. 푸른 바다와 푸른 하늘 그리고 하얀 집. 블로그의 사진은 산토리니에서 올린 것이었다.

　　묻고 싶다. '미안해'라는 말을 빚지고 살지는 않았는지.
　　시간은 무정하다. 당신이 아이든, 아이가 아니든 전혀 개의치 않는다. 당신이 조금 머뭇거리면서 시간을 끄는 동안, 이야기의 결말이 정해져버린다. 시간은 미처 입 밖으로 꺼내지 못했던 '미안'을 되돌려주지 않는다.
　　그래서 수많은 '미안'은 다시는 돌이킬 수가 없다.

　　사진 속의 그 여자가 과연 시간을 놓치지 않고 '미안해'라고 말할 수 있었는지는…… 모르겠다.

🎧 노래를 들을 수 있어요!

진쑹(新松),
「내가 돌아올 날을 기다리지 말아요(不要等我回来)」

루핑(路平),
「당신을 생각하는 밤(想你的夜)」

4

다빙의 인연 　다펑이라는 남자

어느 날 다펑大鵬, 본명 동청펑, 중국의 감독 겸 연기자이

하마터면 내 눈앞에서 저세상으로 갈 뻔했다.

현장에 있던 사람들 모두 어찌나 놀랐는지

모두 얼이 나가버렸다.

거대한 핑음이 오랫동안 이어졌다.

나는 마이크를 내던지고 무대에서 뛰어내려

사고를 낸 사람을 향해 달려갔다.

막 손이 올라가려는 순간,

무대 위에 꼼짝 못하고 얼어붙어 있던 다펑이

떨리는 음성으로 내게 고함을 질렀다.

"아니에요, 아니…… 괜찮아요."

그의 얼굴이 새하얗게 질려

금방이라도 울음을 터뜨릴 것 같은 표정이었다.

나는 순간적으로 눈이 시큰해졌다.

연예인으로 산다는 게 만만한 일이라고 누가 그랬던가.

보통 친구

보통 친구에 대한 이야기를 하려고 한다.
글 쓰는 일이란 마치 밥 짓는 일과 같으니
파도 좀 쓸어야 하고, 프라이팬도 달궈야 한다.
자, 그럼 슬슬 시작해보자.
먼저 600자로 서문을 열기로 한다.

1

사실 나는 연예계에 편견을 가지고 있는 사람이다. 연예계를 드나든 지 10여 년이 되었지만 친한 친구라고 할 만한 사람은 얼마되지 않는다. 사실대로 말하면 대부분 연예인들이 보여주는 몸에 밴 습성이 거북스럽기 때문이다.

보통 대부호의 집은 그 깊이가 바다 같다고 하는데, 그에 비하면 연예계의 깊이는 마리아나 해구와 같다. 해구 안이 온통 불순한 성질로 가득 차 있어서 마치 심해유처럼 아무리 끓여도 끓어오르질 않는다.

연예인들은 무대 위에서 화려한 모습과 함께 풍부한 감성을 선사하지만, 개인적으로 만났을 때도 같은 모습을 보여주는 것은 아니다. 스크린에서 긍정 에너지를 전해준다고 해서 그 자신 역시 긍정 에너지를 가졌다고 말할 수는 없다. 잘생겼다고 해서 반드시 좋은 사람인 것도 물론 아니다.

내 원칙은 매우 간단하다. 싫을 때는 상대하지 않으면 그만이다. 좋아하지도 않는 사람과 애써 잔을 주고받으며 마음을 나누지는 않는다.

물론 모든 일에 절대적인 것은 없으니 함께 자리해 술 한두 잔 나눌 사람은 있다. 많지는 않고, 그저 몇몇은 있다는 말이다. 그중에 동 씨 성을 가진 사람이 있는데 사람들은 그를 습관적으로 '다펑'이라고 불렀다. 그는 내 보통 친구다. 10년 전 초겨울 처음으로 다펑을 알게 되었다. 당시 그는 소후닷컴의 일과 함께 방송국 MC도 겸하고 있었다.

어느 날, 그가 내 프로그램에 게스트로 초청되었는데 마이크를 잡고 나를 향해 웃으며 말했다.

「배낭족背包族」이란 노래 들어본 적 있어요. 참 좋던데……."

당시 예능계에는 내가 유랑 가수라는 사실을 아는 사람이 매우 드물었다. 또 언더그라운드에서만 떠돌던 내 노래는 인터넷에 잘 올라오지도 않았다. 그저 티베트나 윈난 서북 지역에서 소수가 즐겨 듣던 노래였을 뿐이다. 그런데 다펑이라는 이름의 인터넷 방송 사회자가 내 노래를 들어본 적이 있다니 이상한 생각이 들었다.

나는 잠시 멈칫했다가 화제를 바꿨다. 친하지 않은 사람과 깊은 이야기를 나누고 싶지 않아서였다. 그 당시만 해도 나는 그 역시 한때 언더그라운드에서 음악을 했었다는 사실을 몰랐다. 그는 악기 연주도 하고 노래도 불렀다. 또 그가 탕구 부두에서 일일 노동자로 생활하며 유랑 가수보다 더 힘겨운 시간을 보냈었다는 사실도 알지 못했다.

당시 우리는 많은 이야기를 나누지 않았고, 프로그램이 끝나면 각자 집으로 향했다. 유일하게 인상적인 부분이 있다면 그가 헤어질 때 함께 일한 사람들 하나하나에게 매우 예의 바르게 인사하는 모습이었다. 우리는 전화번호도 주고받지 않았다. 그에게 별다른 흥미가 없었기 때문이다.

그를 다시 만난 것은 몇 년 뒤였다. 다평은 온라인에서 인기를 얻어 '세숫대야 방주'라는 별명을 얻었다. 그가 정식으로 TV 방송국 사회자가 된 후 처음 맡은 프로그램이 「또한 기쁘지 아니한가 不亦樂乎」였다. 내가 그 프로그램의 메인 MC였고, 그는 공동 사회자 중 한 사람이었다.

그 프로그램은 사회자가 5~6명. 다평은 원고에 가장 충실한 사회자로 큰 두각을 드러내지는 않았다. 종합 예능 프로그램 촬영 현장에서 가장 필요한 능력은 임기응변인데 MC 초년병인 그는 적응이 늦은 편이라 자주 말할 기회를 잡지 못했다.

아슬아슬했다. TV 종합 예능 녹화는 자연스럽게 흐름을 유도해 가는 능력이 가장 중요하다. 무엇보다 프로그램의 효과가 중요하기 때문에 득이 되지 않는 요소는 그대로 아웃이었다. 자기 자리를 찾지 못하면 몇 회가 지난 뒤에 인원 교체가 이루어질 것이므로, 그렇게 되면 나중에 그를 불러주는 제작팀도 없을 것이다.

그때만 해도 방송국에는 예능 프로그램이 한두 편쯤? 그 정도가 고작이었다. 게다가 사회자 지망생이 끊임없이 증가하는 바람에 이력서가 산더미처럼 쌓일 정도로 경쟁이 치열했다. 진심으로 신경 써주는 사람도 없으니 남을 것인지 떠날 것인지는 오직 자신의 능력에 따라 결정될 뿐이었다.

2

다평은 교체되지 않았다. 부지런하고 성실한 품성이 그의 단점을 커버해주었다. 그는 말솜씨가 뛰어나지 못한 대신 소통 능력이 탁월했기 때문에 궂은 역할을 기꺼이 도맡아 하면서 점차 발판을 굳혔다. 노트를 가져와 무대 위 사회자들의 금쪽같은 구절을 기록하고, 천천히 그 말들을 되새겼다. 언젠가 그의 노트를 본 적이 있는데 거기에는 내가 한 말도 섞여 있었나. 한 글자 한 글자 정성을 다해 기록되어 있었다.

"그렇게 기록해봤자 별 의미 없어. 현장에서는 순발력이 중요해. 말할 기회는 전광석화처럼 지나가니까. 게다가 한 번 나온 말이 또다시 유용하게 쓰인다는 보장도 없고 말이야."

내 말에 그가 고개를 끄덕이며 대답했다.

"그냥 적어두고 싶었어요. 나중에 꼭 쓸란 법은 없겠지만요……."

그는 이렇게 아둔한 방식으로 자신의 전문성을 가다듬었다. 그러더니 차츰 말도 많아졌고, 가끔 뜻밖의 표현을 하기도 했다. 덕분에 사회자들이 몇 차례 교체되는 와중에도 그는 계속해서 살아남았다.

중국의 종합 예능 프로그램에 한때 게임이 유행한 적이 있었다. 방송국에서는 시청률에만 급급하다 보니 시청자의 눈을 자극할 추태를 보여주는 데 열을 올렸다. 내 프로그램 역시 그런 추세를 벗어날 수 없었다. 당시 제법 오랫동안 지속된 게임 가운데 사람이 물속에 고개를 처박고 귤을 입으로 물어 꺼내는 놀이가 있었다.

커다란 어항에 물이 한가득 담겨 있었다. 귤이 물의 부력을 따라 오르락내리락하는 바람에 입으로 물기가 무척 힘들었다. 게임자들은 머리를 물속에 집어넣고 한참을 휘저어야 겨우 귤 하나를 물 수 있었다.

사회자들 중에서 이 게임에 참여하고 싶은 사람은 아무도 없었다. 물에 젖어 머리가 흐트러지는 모습이 싫은 사람도 있고, 메이크업이 지워질까 봐 꺼리는 사람도 있었다. 카메라 너머로 수백만 명의 시청자들이 보고 있으니 하기 싫다는 의사 표현을 분명하게 하지는 못한 채, 모두들 언제나 한동안 실랑이를 벌였다.

출연진이 그렇게 실랑이를 벌이다가 결국 다펑이 게임을 하게 되었다. 다펑이 두 눈을 질끈 감고 시작했다. 그의 모습에 현장 관객들은 금방이라도 숨이 넘어갈 것처럼 웃느라 정신이 없었다. 다평은 머리부터 바짓가랑이까지 흠씬 젖었다. 그의 표정이 궁금했지만, 물이 뚝뚝 떨어지는 바람에 제대로 살필 수가 없었다. 녹화가 끝난 뒤 그는 뜨거운 박수를 받았다. 그 후 해당 프로그램의 귤 건지기 게임은 대부분 다평이 맡게 되었다.

다시 말하면 그는 매번 녹화 때마다 완전히 망가진 모습을 연출함으로써 관객들에게 큰 웃음을 선사한 것이다. 그렇게 망측한 모습을 보여준 대가로 발판을 굳혔고, 프로그램이 끝날 때까지 잘리지 않았다. 덕분에 우리는 2년여 동안 거의 매주 만났다.

나는 매사에 느리고, 그는 말이 많지 않았기 때문에 함께 출연한 지 반년이 지나서야 우리는 조금씩 친해지기 시작했고, 그제야 나는 그가 여느 동료들과는 조금 다른 구석이 있다는 것을 발견했다.

언제부터인지 연예인들은 외출할 때 앞뒤로 사람들을 거느리고 다녔다. 큰 자리가 아닌데도 가는 곳마다 매니저를 대동했다. 하지만 그는 달랐다. 혼자 커다란 트렁크를 밀고 나타나 혼자 의상을 정리하고, 혼자 떠났다. 그에게 혼자 온 이유를 물어보면 자기 혼자 해도 아무 문제가 없는데 왜 거추장스럽게 일을 하느냐는 대답이 돌아왔다. 그런 그가 마음에 들었다. 그래서 더욱 각별히 생각하게 되었다.

아직도 머릿속에 깊이 각인된 사건이 하나 있다. 언젠가 방송국 분장실에 모여 식사할 때였다. 고기 요리 두 개, 탕 하나짜리 도시락이 나와야 하는데 매니저가 실수로 그에게는 반찬이 하나밖에 없는 통을 내밀었다. 그는 두 손으로 도시락을 받아 아무렇지도 않게 환한 표정으로 식사했다. 내가 나서서 바꿔주겠다고 하자, 괜히 번거롭게 하지 말라고 말했다. 옆에 있던 몇몇 게스트는 반찬이 너무 기름지다고 투덜대며 매니저에게 다른 도시락을 주문하기도 했는데 말이다.

당시 나는 일이 끝나면 가끔 다평과 작은 술집에 갔다. 그런데 아무리 이야기가 통해도 어쨌거나 직업상 만난 지인일 뿐이었다. 일에 대한 이야기를 몇 마디 나누고 나면 이내 대화가 끊겼다. 화제가 궁했다.

나의 또 다른 생활인 음악과 미술, 리장과 라싸에 대한 이야기를 할까 생각도 해봤지만 반응이 어떨지 확신할 수가 없었다. 나는 그냥 입을 다물었다. 그래서 우리는 말은 별로 하지 않고 열심히 음식만 먹었다. 마치 대학 동창 모임에 참석한 것 같은 기분이 들었다. 어색할 것도 없고, 일부러 분위기를 맞추려고 이야기를 만들어낼 필요도 없었다. 수수한 자리가 무척 편안하게 느껴졌다.

여섯 번째 식사 자리에서 그가 갑자기 내게 물었다.

"아직도 노래 만들어요?"

"음."

나는 이내 젓가락으로 탁자를 두드리며 박자를 맞췄다. 한번 노래가 나오자 멈출 수가 없었다. 그도 고기를 뜯으며 박자를 두드렸다. 그의 손에도 역시 젓가락 한 짝이 들려 있었다.

그는 자신이 건축대학 재학 중일 때 밴드에 들어갔던 이야기를 해주었고, 나는 그에게 내 유랑 가수 경력을 알려주었다. 그리고 나는 그가 프로그램 녹화로 받은 개런티를 한 푼도 쓰지 않고 아내에게 그대로 가져다준다는 사실도 그때 알았다. 동창이었다는 그의 아내는 그와 함께 타지에서 베이징으로 왔고, 둘이 함께 베이징에서 일을 했다. 그는 별일 아니라는 듯 가볍게 소소한 이야기들을 늘어놓았지만, 나는 그가 얼마나 힘들게 살아가는지를 짐작할 수 있었다.

베이징은 물가가 비싸서 거주하기가 쉽지 않은 곳이다. 아마도 얼굴은 저렇게 웃고 있지만 속으로는 이를 악물고 살고 있을 거란 생각이 들었다.

그러니까 당시 그의 목표는 생활이 아닌 생존, 그 자체였다.

3

함께 일한 지 1년 반이 된 어느 날, 하마터면 다펑이 내 앞에서 죽을 뻔한 일이 발생했다. 현장에서 쓰는 무대 도구에 문제가 생겨 와이어로 연결되어 있던 철제 선반이 그를 향해 떨어졌다. 다행히 하늘이 도왔는지 철제 선반 가운데 작은 공간이 있었다. 만약 10센티미터 정도만 뒤에 있었어도 그는 크게 변을 당했을 것이다.

현장에 있던 사람들 모두 어찌나 놀랐는지 얼이 나가버렸다. 거대한 굉음이 오랫동안 이어졌다. 나는 마이크를 내던지고 무대에서 뛰어내려 사고를 낸 사람을 향해 달려갔다. 막 손이 올라가려는 순간, 무대 위에 꼼짝 못하고 얼어붙어 있던 다펑이 떨리는 음성으로 고함을 질렀다.

"아니에요, 아니…… 괜찮아요."

그의 얼굴이 새하얗게 질려 금방이라도 울음을 터뜨릴 것 같은 표정이었다. 나는 순간적으로 눈이 시큰해졌다. 연예인으로 산다는 게 만만한 일이라고 누가 그랬던가.

그 소동을 겪고 나서 그의 놀란 가슴을 진정시켜주느라 술자리를 마련했다. 그가 내게 갓 태어난 딸애 사진을 보여주었다. 그의 핸드폰 화면에 아주 작은 아기가 눈을 감고 작은 입을 벌린 채 잠들어 있었다. 그가 말했다.

"아이에게 행복한 삶을 누리게 해줘야죠."

대단한 각오로 고집스럽게 일에만 열중하는 사람들도 긴장이 풀어지는 순간이 있기 마련이다. 다펑에겐 그런 순간을 선사하는 이가 바로 이 작은 꼬마 아가씨였던 셈이다.

그 후 여러 해가 지났다. 아마 그 꼬마 아가씨는 초등학교에 입학할 나이가 되었을 것이다. 오동통하고 착한 아이라고 했다.

근면하고 성실한 그의 모습에 대한 하늘의 보답이었을까. 몇 년 후, 그는 그토록 바라던 풍족한 생활을 할 수 있게 되었다. 고생 끝에 영화, 난년극에 출연하고, 설 특집 쇼에노 오르고, 책도 펴내면서 열렬한 박수를 받았다. 수억 명의 사람들이 그를 '루저' 취급하곤 했었으니…… 세속적인 기준으로 볼 때, 마침내 성공을 거둔 것이다.

사람이 인기를 얻으면 시비에 휘말릴 일이 많기 마련이다. 하지만 그는 이상하게도 스캔들이 거의 생기지 않았다. 제아무리 괴팍한 연예계 사람이라 해도 뒤에서 그의 욕을 하는 사람이 없었다. 대부분의 사람들이 다펑의 노력에 대해 이야기했고, 일도 사람도 흠잡을 게 없다며 칭찬을 아끼지 않았다.

사람이란 여러 가지 면이 있기 마련이다. 다펑과 그리 깊은 사이가 아니어서 다른 부분에 대한 이해가 깊다고는 할 수 없다. 그러나 내가 말할 수 있는 부분만 본다면 다펑은 확실히 비난할 것이 없는 사람이다. 좋은 사람이다.

다펑이 유명해졌기 때문에, 또 그와 돈독한 사이라서 그에 대한 글을 쓰는 것이 아니다. 나는 위험을 무릅쓰고 그를 도와줄 정도로 절친한 관계가 아니다. 우리는 지금도 그냥 보통 친구다. 만약 우리 연예계에도 친구가 존재한다면 말이다.

그에 대한 글을 쓰는 이유는 이런 보통 친구를 갖게 된 것이 행운이라고 생각되기 때문이다.

허튼소리가 많은 세상이다. 먹고살기 위해 고군분투하면서 위로는 부모나 연장자에게, 아래로는 친구 그리고 아내와 자식에게 언제나 떳떳하게 절도를 지킨다는 것은 매우 어려운 일이다. 주변에서 이런 사람을 만나기가 쉽지 않으니 말이다. 하지만 다펑이 바로 그런 사람 중 하나다. 이런 사람과 보통 친구 사이가 되었다니 정말 행복한 일이 아닌가.

최근 몇 년 동안 다펑을 만난 횟수가 손으로 꼽을 정도다. 그런데도 희한하게 사이가 멀어지지 않았다. 그가 책을 냈다. 한 권 사고, 또다시 한 권 사고, 시집에 갈 때마다 한 권씩 있다. 내가 책을 내고 발표회를 할 때면 그는 휴가를 내고 달려와 나를 도와주었다. 그리고 일이 끝나면 식사도 하지 않고 황급히 자기 일을 하러 갔다. 하지만 그에게 고맙다는 인사도 하지 않았다. 왜 그런지는 모르겠지만 꼭 말로 '고맙다'는 인사를 할 필요가 없다는 생각이 들었다.

내 보통 친구 중에 또 한 사람, 다리츠뎨에서 조용히 살아가는 팅샤가 있다. 어느 날, 팅샤가 이렇게 말한 적이 있다.

"보통 친구가 되는 건 어려워. 오늘 네가 하는 말과 행동이 그 사람 기분에 맞다거나 그 사람에게 이로우면 그도 널 좋아하고 네가 좋은 사람이라고 느끼겠지. 하지만 내일 너의 태도가 바뀌어서 그의 생각과 맞지 않는 부분이 생기거나 네가 그에게 나쁜 영향을 줄 만한 일을 한다면 그는 널 싫어하게 될 거야. 당연히 네가 안 좋은 사람이라고 느끼겠지. 세상일의 대부분이 그래. 사람들은 그저 자신이 만든 환각을 사랑하면서 사방에 이를 퍼뜨리고, 파괴하고 다시 거두어들이지."

116

팅샤의 말을 생각하며 주변을 둘러보니 절로 한숨이 나왔다. 정말 그랬다. 하지만 다펑과는 이런 일이 없었던 것 같다. 1년 중 어쩌다 함께 앉아 술잔을 기울일 기회가 있어도 언제나 똑같았다. 말도 많지 않았다. 별로 큰 변화도 없었다. 그저 우리 둘 모두 좀 더 늙었을 뿐이었다.

나는 그의 성공을 독려하지 않았고, 그 역시 나의 자유로운 생활을 간섭하려 들지 않았다. 우리 두 사람 모두 상대방이 진지하게 자신이 원하는 생활을 하고 있음을 잘 알았다.

그러면 족하지 않은가? 쓸데없이 말을 늘어놓는 것이 무슨 소용인가? 술 한잔 나누면서 식탁 위의 음식들을 함께 비우는 것. 바로 이것이 보통 친구 아닌가. 따지지 않고, 간섭하지 않고, 사양하지 않고, 억지 부리지 않는 것. 이것만으로도 이미 상대를 최고로 존중하는 것일 테니까.

4

'보통 친구', 이 네 글자에 대해 나는 이렇게 이해하고 있다.

길을 가다 우연히 만나면 서로 고개를 끄덕인다.

미소를 짓고 함께 나란히 걷는다.

헤어져야 할 때 헤어지고, 다시 만나야 할 때 만나는 것, 그것이 우리 인연의 깊이다.

넌 나의 보통 친구.

우리 관계가 물보다 더 담담할 것을, 술보다 더 진할 것을 바라지도 않는다.

인연을 귀하게 여기는 것은 좋지만 억지로 인연을 만들 필요는 없다.

그저 동행할 뿐이다.

멀지도 가깝지도 않게 서로를 벗 삼아 길을 가면, 그것만으로도 충분할 테니까.

다빙, 「나는 노래 부르고 싶지 않아(我不想唱)」  노래를 들을 수 있어요!

다빙의 인연 5 니 커 라 는 여 자

윤
면
안
돼

그녀가 문턱에 앉았다.
불빛이 뺨을 붉게 물들이며
세월이 바꿔놓은 그녀의 얼굴을 비추었다.
니커, 몬치치Monchhichi, 털북숭이 원숭이 인형 같은 니커,
아기 같았던 네 얼굴은 어디로 갔지?
어쩌다 네 눈가에 이렇게 주름이 생겼지?
취한 니커가 말했다.
"오빠, 나 안 울어요."
내가 말했다.
"착하지. 울면 안 돼. 울긴 왜 울어, 바보같이!"
그녀가 젖은 얼굴을 뒤로 젖히며 눈을 감고 내게 물었다.
"오빠, 우리 언제 라싸로 돌아가?"

오래 전, 난 유랑 가수였다.

걷고, 걷고, 걷고 또 걷고.

도시와 마을을 하나하나 지나 라싸에 이르러서야

나는 발걸음을 멈추고 마음속으로 이렇게 말했다.

'바로 여기야.'

나는 그곳에서 밥을 먹고, 잠을 자고, 술을 마시고, 노래를 불렀다.

꿈꾸던 세상을 만났다.

한 무리의 인종, 가족들 그리고 고향을 만났다.

그러나 훗날, 나는 그 세상과 그 사람들을 잃었다.

이제 내 곁에 남은 건 약간의 향수와 지나간 시간뿐이다.

괴로운 것은 없다.

다만, 다시는 돌아갈 수 없을 뿐이다.

물고기와 물줄기, 술과 술잔, 나와 나의 라싸여.

1

니커는 광둥 사람이다. 일본의 원숭이 인형 몬치치Monchhichi처럼 귀엽게 생겼다. 고급 일본어 통역사 출신으로, 중국어보다 일본어가 더 유창할 정도이다. 2000년 초, 혼자 배낭을 메고 티베트에 온 후 라싸에 정착해 가이드로 생활했다. 외국인 관광 가이드를 하는 동시에 라싸 셴쭈다오仙足島, 라싸 호수 안의 섬. 여름 일몰 풍경이 유명한 곳에서 작은 객잔을 열었으며 우리 술집에서 경리를 맡았다.

그해 그녀는 내 술집 카운터를 봤고, 나는 그녀가 운영하는 객잔의 손님이었다. 당시 셴쭈다오에는 객잔이 네 곳밖에 없었다. 니커의 객잔은 그중 하나였다. 따로 이름도 없었고, 문을 열면 라싸 호수가 보이는 집이었다. 맞은편 언덕은 봉우리마다 눈이 하얗게 쌓인 작은 산들이 에워싸고 있었다.

나는 한 무리 형제들과 니커의 객잔 1층에 머물렀다. 매일 그녀가 끓여주는 뭐라 이름 붙이기도 난감한 광둥 국물 요리를 먹었다.

니커는 나를 오빠라고 불렀다. 방을 쓰레기장으로 만들어놓는 나에게 전혀 화도 내지 않고, 이리저리 뛰어다니며 이불을 개고 탁자를 정리하기도 하고, 바닥에 엎드려 침대 밑에 내가 쑤셔넣은 술병과 이불을 꺼내기도 했다. 니커는 내 옷을 커다란 대야에 담은 뒤 마당에 쪼그려 앉아 빨래를 했고, 나는 그 옆에 쪼그려 앉아 어석어석 무를 씹어 먹었다.

니거는 정말 부지런했다. 내일 하루 일이 빡빡한데도 사람을 두지 않고 객잔 일을 혼자 감당했다. 아침이면 일찍 일어나 빨래부터 했다. 제 키만 한 침대보를 마치 놀이를 하듯 꽈배기 모양으로 비비 비틀어 짜고 혼자서 툭툭 물기를 털었다. 라싸는 햇살이 좋은 곳이다. 10시에 마당 가득 침대보를 널면 12시면 바짝 말랐다. 흰 침대보가 바람에 나풀거릴 때 그 안에 들어가 얼굴을 대면 햇살 냄새가 온몸을 휘감았다. 아무리 들이켜도 자꾸만 여운이 남는 냄새였다.

정말 기분이 좋았다. 매일 아침 눈을 뜰 때마다 맨 처음 하는 일이 마당 가득 널린 침대보로 달려가 냄새를 맡는 것이었다. 내가 뛰쳐나가면 니커가 나를 따라 달려와선 나지막한 소리로 말했다.

"오빠, 맨날 그렇게 팬티 바람으로 뛰어다녀야 해요? 손님들이 놀라요."

하지만 나는 그녀의 말에도 아랑곳없이 제멋대로 침대보를 껴안고 즐거워했다.

정말 손님들이 기겁한 적도 있었다. 그날따라 햇살이 정말 따사로웠다. 하얗게 휘날리는 침대보가 마치 자체 발광을 하는 것 같았다. 나는 한달음에 달려가 침대보를 꼭 껴안았다. 그 순간, 갑자기 날카로운 비명 소리가 내 포옹과 동시에 울려 퍼졌다. 난감하기 그지없었다. 손안에 몰랑몰랑한 물체가…… 침대보 뒤에 사람이 있었던 것이다.

니커는 라싸의 몇 안 되는 일본어 가이드여서 그녀의 객잔에는 일본 배낭족이 자주 들락거렸다. 나는 침대보 뒤에 있던 아가씨의 정체를 단번에 알았다.

"음, 일본 아가씨구먼."

당시엔 슈퍼맨 속옷이 유행이었고, 나도 그것을 입고 있었다. 아니나 다를까. 일본 아가씨가 침대보를 젖히더니 슈퍼맨에 놀랐는지 몸을 오싹거리며 연거푸 같은 말을 되풀이했다.

"스미마셍, 스미마셍."

그러더니 내게 깊숙이 고개를 조아리며 사죄했다.

나는 데굴데굴 굴러 방으로 돌아가 긴바지를 입고 나서 그녀에게 사과와 함께 막대 사탕을 사주었다. 내가 하는 말이 무슨 뜻인지 못 알아들은 듯 그녀는 멋쩍게 웃기만 하면서 다음 말을 잇지 못했다. 나는 니커에게 달려가 간단한 일본 말을 배워 A4용지 반절에 괴상망측한 일본어를 받아 적었다. 니커가 무슨 말을 가르쳐준 건지 내용도 모른 채 무조건 흉내를 냈다. 일본 아가씨가 웃었다. 내가 한마디 할 때마다 키득거렸다.

일본 아가씨는 처음엔 얼굴을 가리고 웃더니 나중에는 눈을 반짝거리며 날 빤히 바라보고 웃었다. 그녀의 웃음에 내 가슴이 자르르 저려왔다.

"야메테그만 거기까지!"

그냥 거기까지, 다음 이야기는 없다.

말이 통하지 않으니 더 이상 진전이 없었다.

여러 해가 지난 뒤 홍콩의 침사추이 동쪽을 걷던 나를 누군가 불렀다. 그 일본 아가씨였다. 중국어가 많이 늘어 있었다. 그녀는 자기 남편에게 나를 소개했다.

"이분이 예전에 날 포옹했어요."

도망가고 싶었지만 그럴 수가 없었다. 그녀의 남편이 내 손을 잡고 유난히 기쁜 얼굴로 악수를 했기 때문이다. 나는 그녀와 남편, 아들까지 데리고 반도 호텔에 가서 홍차를 마셨다. 남편이 당당하게 구문했고, 내가 돈을 냈다. 헤어길 때 이미 흰 아이의 엄마가 된 일본 여인은 대담하게 나를 꼭 껴안으며 말했다.

"또 봐요, 미스터 슈퍼맨!"

당시 스무 살이 갓 넘었던 나는 걸핏하면 늦잠을 잤다. 나의 아침은 언제나 12시였다. 함께 묵었던 얼빈즈는 12시 반, 레이즈는 1시였다. 레이즈의 이름은 '자오레이趙雷'로 가수이고 베이징에서 왔다. 어린 그를 정말 귀여워했던 니커는 언제나 나와 얼빈즈의 것보다 더 두꺼운 이불을 그에게 주었다. 자오레이가 일어나지 않으면 밥도 주지 않을 정도였다.

회족인 레이즈는 식사가 늘 불편했다. 매일 채소로만 된 덮밥을 먹었다. 이따금 레이즈의 그릇에 고기가 놓일 때도 있었는데 그러면 나는 씻지도 않은 채 젓가락을 들고 고깃덩어리를 향해 달려들었다. 옆 사람이 창피하다는 듯 손가락질을 했다. 하지만 고기 앞에서는 창피고 뭐고 가리지 않았다. 레이즈가 그릇을 들고 억울해하면 니커는 언제나 이렇게 말했다.

"착하지? 울지 말고…… 저 오빠가 아직 너무 어려서 그래. 네가 양보해."

그러면 레이즈는 고분고분 고기를 내주었다. 다만 고기 한 점을 빼앗길 때마다 "죽여버릴 거야"라고 중얼거리기는 했다.

레이즈는 라싸에만 오면 고산병에 시달렸는데 햇살을 쬐면 치유되었다. 조캉 사원大昭寺 광장의 햇살은 최고다. 그곳에서 햇살을 한 시간 쬐면 달걀 두 개를 먹은 것 같은 효과가 있다고 했다. 나는 매일 '달걀을 먹으러' 그를 데리고 조캉 사원에 갔다. 이렇게 보름만 계속하면 그의 얼굴에서 홍조가 사라지고, 마치 송화단松花蛋, 삭힌 오리 알 또는 달걀 음식처럼 새카매졌다. 지금 생각해보니 대체 멜라닌을 얼마나 빨아들였는지 모르겠다.

니커 역시 늘 우리를 데리고 햇살을 쬐러 갔다. 하지만 니커는 햇빛에 그은리는 것을 싫어하기 때문에 기이한 일광욕을 개발해

다. 매번 햇빛에 노출되기 전에 톈차甜茶 반병을 따뜻하게 마신 뒤 커다란 스카프로 머리를 돌돌 감고 담벼락 아래 바짝 붙어 졸기 시작했다.

나도 레이즈와 함께 시도해봤는데 찌는 더위에 온몸이 땀으로 흠뻑 젖었다. 니커는 그것을 일광 찜질 사우나라고 불렀다. 찜질 사우나가 끝나면 계속해서 톈차를 마셨다.

광밍 톈차 가게는 파운드로 계산해서 차를 팔았는데 보증금을 내면 보온병을 빌릴 수 있었다. 톈차는 커다란 솥에 바가지를 넣고 휘두르며 봉지 분유를 털어 넣었다. 분유 포장이 너무 허술해 어디서 들어온 물건인지 알 수도 없었다. 톈차는 보온병 하나에 가득 담아도 1.8위안밖에 하지 않았다. 그런데도 한 끼 식사에 버금가는 열량을 지닌 데다, 맛이 기가 막혔기 때문에 모두 앞다투어 톈차를 마시느라 정신이 없었다.

레이즈는 차를 따를 때도 예의를 따졌다. 잔이 비면 먼저 니커 다음에 나 그리고 자신의 것을 따랐다. 그러면 니커가 입이 마르도록 칭찬했다.

"세상에, 레이즈는 정말 좋은 남자야."

그럴 때마다 나는 당연히 동의한다는 표정으로 겸손하게 말했다.

"Lady first, gentleman last, handsome boy honest."

옆에 앉아 있던 영국 노인이 고개를 돌리며 물었다.

"What?"

2

그때는 모두 함께 단체 생활을 했다. 우리 술집도 줄곧 적자였고, 니커의 객잔도 돈을 벌지 못했다. 그래서 생활이 어려웠지만 그렇다고 절대 궁핍하진 않았다. 그때는 있는 사람이 돈을 썼고,

그깃을 당연하게 생각하며 모두들 같은 치마 밑에 살기를 원했다. 맹물을 마셔도 콜라 맛이 났고, 소면을 먹어도 파스타 같은 느낌? 그렇게 맛깔난 날들이었다.

가족이라 했으니 서로 관심을 갖는 것은 의무였다. 당시 우리가 가장 관심을 두고 있던 사람은 얼빈즈였다. 아니, 사실은 얼빈즈가 우리를 가장 걱정스럽게 했다.

얼빈즈는 우리 술집 농업자인 다빈즈의 친아우. 말이 거칠고 마치 골목 건달처럼 행동하는 데다 성질도 급하고, 한번 고집을 피웠다 하면 자기 형과도 육박전이 벌어졌다. 다빈즈는 원래 라싸 시내에 작은 집 하나를 세내어 그와 함께 살았다. 그런데 살다 보니 자기 힘으로는 도저히 제어가 안 되겠다 싶었던지 아예 내 곁에 비집고 들어와 훈육을 시키려 했다.

그는 나를 실갑게 대했다. 항상 내게 다가와 주미니를 뒤지며 말했다.

"형, 무화과 줄게."

"안 먹어."

"먹어, 먹어, 먹어."

그러면서 내 입에 쑤셔 넣었다. 정말 표현 그대로 내 이마를 누르고 쑤셔 넣었다. 하나도 아니었다. 입이 가득 찰 때까지, 마치 내 볼이 두꺼비처럼 될 때까지 쑤셔 넣었다.

좋은 뜻이라는 것을 안다. 하지만 입에 잔뜩 넣으면 어떻게 씹으란 말인가?

그는 니커에게도 실갑게 굴었다. 늘 니커를 칭찬했다. 니커가 빨래하고 있는 것을 보면 "우리 엄마처럼 착해"라고 칭찬했다. 이따금 음식을 할 때 기름을 몇 숟가락 더 넣으면 "우리 엄마 음식처럼 맛있어"라고 칭찬했으며, 니커가 새 옷을 입으면 "우리 엄마 몸매처럼 날씬해"라고 말했다.

그의 이런 칭찬에 한껏 기분이 들뜬 니커는 얼빈즈 엄마의 50세

생신 사진을 보여달라고 했다. 사진을 본 니커는 화가 나서 숨이 넘어갈 지경이었다.

얼빈즈는 샤오얼후라는 여자 친구를 사귀고 있었다. 음악대학에 다니는 그녀는 얼후중국 현악기로 호금의 일종 하나를 들고 세상을 돌아다 녔는데 여름방학 때는 라싸에 와서 아르바이트를 했다. 평범한 집 안 딸이었지만, 제법 씩씩하게 가난한 여행을 자처했다. 거리에 양 산을 받쳐 세우고 매일 네 시간 동안 얼후를 연주해 학비를 벌었다.

얼빈즈가 마치 무사처럼 달려가 시작을 알리는 구호를 외치면 샤오얼후가 곧바로 활을 당겨 강렬한 음악을 물 흐르듯 연주했다. 그렇게 두 사람이 서로 그윽한 눈빛으로 마주 보면 구경하던 외국 인들이 카메라 셔터를 눌러대곤 했다.

언젠가 얼빈즈가 그녀를 객잔에 초청해 식사한 적이 있었다. 그 는 흰 셔츠를 바지 속에 넣어 반듯하게 차려입고 나타났다. 그런 그를 놀리느라 식사 초대를 받았으면 꽃도 주고 선물도 가져와야 한다며 핀잔을 줬다. 그는 두말하지 않고 뛰어나가더니 잠시 후 아 름다운 코스모스를 한 아름 안고 돌아왔다. 샤오얼후는 행복에 겨 워 눈을 깜빡거렸다.

그런데 채 30분도 지나지 않아 주변에 사는 이웃들이 찾아와 예 의 바르게 노크하더니 말했다.

"저…… 꽃은 됐어요. 그냥 제가 선물 드린 걸로 할게요. 하지만 화분은 돌려주셨으면……."

샤오얼후는 감격에 겨워 어쩔 줄 몰라 했다. 얼빈즈가 담을 넘어 꽃을 훔쳐다 준 것이다. 너무 낭만적이지 않은가. 그녀가 그 자리 에서 얼빈즈에게 시집가겠다고 맹세하는 바람에 우리 모두 기절 할 뻔했었다.

여름방학이 끝날 무렵 샤오얼후와 얼빈즈는 생사 이별을 하는 사람처럼 한바탕 요란하게 작별한 후, 잔뜩 풀이 죽어서는 고향으로 돌아갔다. 떠나기 전, 샤오얼후는 일후에 달린 금속 상식을 얼빈즈에게 정표로 남겼다. 후에 그녀는 멀리 산 넘고 물 건너 오스트리아의 빈으로 유학을 떠났고, 둘은 다시는 만나지 못했다.

얼빈즈는 니커에게 그녀가 남기고 간 금속 장식을 목에 걸 수 있도록 끈을 달아달라고 졸라댔다. 니커가 얼빈즈에게 샤오얼후가 보고 싶은지 물어보자 그는 말꼬리를 돌리며 얼버무렸다.

"니커, 끈이 예쁘네. 우리 엄마처럼 솜씨가 좋아요."

니커는 솜씨가 좋았지만 말주변은 별로 없었다. 얼빈즈를 위로하고 싶은데도 적당한 말이 떠오르지 않았다. 그녀는 한바탕 선심쓰는 셈 치고 과감하게 집 전화에 국제전화를 개통했지만 얼빈즈는 한 번도 전화를 걸지 않았다.

얼빈즈는 예나 다름없이 매일 호들갑을 떨며 드나들었다. 그의 목에는 매일 그 기괴한 장식이 걸려 있었다. 듣자 하니 그가 받은 얼후 장식은 천근千斤이라고 했다.

3

여름에는 시원한 바람이 있고, 가을에는 달빛이 교교하다. 라싸의 생활은 단순하면서도 흥겨웠다. 마음에 걸리는 일도 없었다. 그저 하루하루가 호시절이었다.

라싸에 장기 거주하는 외지인 중에 '라퍄오拉漂, 티베트 문화를 체험하기 위해 라싸를 찾는 외지인'들은 생계를 위한 일을 했는데 니커는 객잔 운영 이외에 가이드도 겸했다. 당시 라싸를 찾는 외국인들 중에는 주머니가 가벼운 사람들이 많았다 그들은 『론리 플래닛Lonely Planet』 한 권을 의지해 세상을 돌아다녔다. 너나 할 것 없이 돈을 쓰는 데 인색해서 니커는 거의 반년 이상 가이드 일이 없었다.

어쩌다 단체 관광객이 들어오면 마치 복권에 당첨된 것처럼 기뻐했고, 그래서 그녀에게 단체 관광객 예약이 들어오면 객잔 전체에 환호성이 넘쳤다. 그러고는 모두들 아이디어를 내놓느라 떠들썩했다. 니커에게 테크 재킷을 입혀주는가 하면 군용 물통을 걸어주기도 했다. 모두 자기가 가지고 있는 물건 중에 가장 그럴싸한 것들을 니커를 위해 내놓았다.

나는 당시 내가 가지고 있던 것 중 가장 값나가는 에릭슨 핸드폰을 내놓았다. 우리는 주렁주렁 니커의 몸에 물건을 매달고 그녀를 밖으로 내몰았다. 그녀의 모습이 관광객보다 더 관광객 같았다. 그러면 그녀는 대문에 매달린 채 웃으며 소리를 질렀다.

"싫어! ……포탈라 궁에 가는 것뿐인데."

얼빈즈가 그녀를 안아 내던졌다. 그녀가 문 너머로 히죽거리며 구시렁댔다.

"미쳤어, 다들!"

포탈라 궁을 가는 데는 등산 스틱이 필요 없다. 포탈라 궁 입장권은 쯔진청紫禁城보다 비쌌기 때문에 우리 누구도 그 돈을 쓰려 하지 않았다. 니커는 우리 가운데 유일하게 포탈라 궁을 가본 사람이었다. 우리의 아이디어 덕분에 그녀의 가이드 깃발이 가장 특이했다. 에릭슨 핸드폰을 걸어놓은 등산 스틱이었다. 일본 주식회사의 아저씨들이 스틱 뒤를 따라갔다. 나중에 에릭슨이 소니에 인수된 것은 아마 니커 덕일지도 모르겠다.

당시 라싸에서 지내던 우리의 교통수단은 두 다리와 자전거뿐이었다. 이따금 인력거를 탔고, 정말 부득이할 때가 아닌 이상 택시를 이용하는 경우가 드물었다. 라싸는 택시비가 무척 비싸다. 베이징의 택시 기본요금이 7.5위안이었을 때 라싸는 10위안이었다. 사람들은 각자 자신의 도시에서는 꽤나 사회적 지위가 있는 이들이었지만, 라싸에 온 후에는 물질적 수요를 극도로 제한하는 생활을 했다. 자신이 얼마나 부자인지를 과시할 필요도 없었기 때문에 함부로 돈을 쓰지 않았다.

130

모두 택시를 질 타지 않고 아무리 먼 길이라노 _L서 전전히 설어가면 그만이라고 생각하는 듯했다. 마음이 느긋해지면서 애써 길을 서두를 필요도 없었다. 니커만 단 한 번, 택시를 탄 적이 있는 것 같다.

어느 날 오후, 니커가 한 마리 토끼처럼 내 앞에 깡충거리며 나타나더니 손바닥을 내밀며 택시비를 빌려달라고 했다. 얼마? 그녀는 "빨리! 빨리! 150"이라고 말했다. 나는 화들짝 놀랐다. 150위안이라면 티베트의 궁가 공항까지도 가겠는데? 물어보니 과연 그랬다. 니커가 인솔하던 단체 관광 손님 하나가 수동 카메라 렌즈 뚜껑을 놓고 가서 30분 내에 서둘러 공항에 가야 돌려줄 수 있다는 이야기였다.

손님이 그렇게 해달라고 요구했는지 물어봤다. 아니라고 했다. 손님이 택시비를 주겠다고 했는지 물어봤다.

"아이고, 오빠야! 이건 돈 문제가 아니잖아…… 내가 하고 싶어서 그러는 거야. 더하고 빼고 하는 산수 문제가 아니라니까!"

그녀의 고집을 꺾을 수가 없었다. 나는 그녀와 함께 궁가 공항으로 갔다. 미터기 숫자가 올라갈 때마다 가슴이 아팠다. 계산해보니 쇠고기가 열 근도 넘게 사라지고 있는 셈이었다.

렌즈 뚜껑을 놓고 간 사람은 오사카 아저씨였다. 우리는 입국심사대 너머로 렌즈 뚜껑을 넘겨줬다. 공항 공안이 다가와 우리를 내쫓았다. 하마터면 파출소에 갇히는 신세가 될 뻔했다.

돌아올 때는 택시비는커녕 공항버스비도 부족했다. 우리는 걸어서 라싸로 돌아왔다. 10리 정도를 걷다가 히치하이크를 했다.

기사분이 유머가 넘쳤다. 그가 우리를 놀렸다.

"산책들 하시나?"

나는 니커의 머리를 치며 대답했다.

"네! 배·가·터·져·죽·을·것·같·아·서·나·왔·어·요·산·책·하·러·요."

한 글자 한 글자 말할 때마다 머리를 한 대씩 쳤다.

렌즈 뚜껑을 놓고 갔던 그 오사카 아저씨는 나중에 우편으로 마네키네코손님이나 재물을 불러오는 행운의 상징으로 알려진 일본 고양이 인형를 사례로 보내왔다. 고양이를 옆으로 눕혔다가 똑바로 세웠다 하며 한참 난리를 피워도 내 돈 150위안은 나오지 않았다.

쇠고기 열 근인데…… 쇠고기 열 근!

4

나는 밤에 술집을 열고, 낮에는 거리에서 노래를 팔았다. 노래로 벌어들인 수입이 가끔 술집 영업보다 더 많았다. 오후에 노래 판 돈으로 술을 들여 밤에 술장사를 하면 다시 손해 보는 경우가 허다했다. 하지만 매일처럼 이런 일이 반복되니 이 또한 즐겁지 아니한가!

라싸에는 이상하게 시중에 동전이 별로 보이지 않았다. 그래서 악기 상자에 '마오毛. 중국 화폐 가운데 1위안 이하 단위. 0.1위안' 지폐가 많이 쌓였다. 그 때문에 우리는 거리에서 노래를 파는 사람들을 '마오 벌이'라고 불렀다.

조캉 사원 부근에는 오체투지의 자세로 경을 외우며 절을 하는 사람들이 많았다. 그들 곁을 지나는 행인들은 습관적으로 '마오' 지폐 한 장을 건네며 공양과 더불어 불가에 대한 존중을 표했다. 티베트 장족은 보시를 즐거움으로 삼는다. 사람들은 '보시'라는 두 글자를 마음에 새기고 이를 실천하는 삶에 가치를 두었는데 그 영향을 받아서인지 라싸에 장기 거주하는 외지인들은 항상 몸에 '마오'를 지니고 다녔다.

성지 순례에 나선 사람들은 스스로 먼저 돈을 요구하지 않는다. 대체로 먼저 손을 내미는 사람은 1년 내내 조캉 사원 주위를 맴도는 꼬마들이다. 이 아이들을 회없적인 꼬마 거지라고 부르기는 좀 그렇다. 그 아이들은 다만 작은 말뚝처럼 사람들 앞에 서서 앙증맞은 손을 내밀며 정의로운 말투로 이렇게 말한다.

"구치구치, 구치구치."

'구치구치'란 '조금만 주세요'란 뜻이다. 상대해주지 않으면 끊임없이 같은 말을 반복한다. 아예 대놓고 "마오즈민두마오짜리 돈이 없어"라고 말할 때까지는 말이나.

아이들을 떼놓기 위해서는 말투가 중요하다. 그런 아이들은 세게 나오는 사람 앞에서는 절대 한 발짝도 물러서지 않는다. 아이들을 화나게 하면 오히려 욕만 먹을 뿐이다. 아이들이 내뱉는 욕은 단 한 마디다.

"지지민두꼬추도 없어!"

사람들은 욕을 할 때 일반적으로 코를 향해 삿대질을 한다. 그러나 라싸의 아이들은 바짓가랑이를 가리키며 욕하기 때문에 욕을 먹으면 당황해서 온몸이 움찔거린다.

'민두'는 장족 표현으로 '없다'는 뜻. 나는 원래 때려죽여도 눈 하나 깜빡하지 않는다는 전갈자리 태생이다. 그러다 보니 아이들에게 '민두'라는 소리를 얼마나 많이 들었는지! 그렇게 세월이 흐르다 보니 꼬맹이들은 나만 보면 멀리서도 '지지민두'라고 고함을 쳤다. 그 순간마다 나는 엇박을 친 사람처럼 당황했는데 라싸에 온 지 얼마 안 된 예쁜 아가씨들은 '지지민두'가 내 이름인 줄 착각하곤 했다.

고원은 공기가 건조하다. 거리에서 일할 때 물을 조금밖에 마시지 않으면 노래를 몇 곡만 불러도 목이 바짝바짝 타들어갔다. 마음씨 좋은 니커는 매일 밤 내게 물을 가지고 달려왔다. 그리고 매번 병을 껴안고 배시시 웃으며 내 뒤에 앉아 노래 판 돈을 수거했다.

그녀는 자오레이가 부르는 노래를 제일 좋아했다. 자오레이는 라싸의 거리 스타였다. 그가 노래를 하면 '아자'라싸 장족어로 '누나 혹은 언니'의 의미, '푸무'아가씨들이 볼그레한 얼굴로 달려와 그를 에워쌌다. 하지만 고슴도치처럼 고집 센 자오레이는 자기가 부르고 싶은 노래만 부르지 사람들이 신청하는 노래는 잘 안 불렀다.

그런데 니커만큼은 예외였다. 그는 니커가 시키는 노래라면 서슴지 않고 불렀다. 오히려 니커가 그의 목이 상할까 걱정하며 매일 한 곡의 노래만 신청했는데 한 곡을 신청해도 그는 세 곡을 불렀다. 아무리 말려도 듣지 않았다.

자오레이는 니커를 '누나'라 불렀고, 니커 앞에서는 정말 착한 아이가 되었다.

자오레이에겐 또 다른 누나가 있었다. 해외로 시집갔다는 그 누나는 그를 무척 예뻐했다고 한다. 그가 그 누나를 위해 지은 노래가 있었다.

누나가 이곳의 달을 볼 수 있으면 얼마나 좋을까. 134
나는 달이 환하게 웃는 작은 거리에 살고 있다네…….

누나, 이곳은 모든 게 좋아요.
내가 얼마나 아이 같은지 누나가 알아야 하는데.
요즘 내 삶에는 사랑이 사라졌어요, 얼마나 쓸쓸한지 몰라요.
그래도 걱정할 필요 없어요.

누나 있는 그곳의 하늘에는 태양이 항상 높이 솟아 있는지.
항상 웃으며 입을 맞추고 포옹하는 외국인들이
정말 좋아 보여요
벌써 두 아이의 마음속에 가장 아름다운 엄마가 되었네요.
집안의 갈등에도 먼저 양보하는 현명한 아내가 되었네요.

피곤할 때면 해변에 나가 조용한 시간을 가져봐요.

어느 날 누나가 돌아와 베이징에 살 수 있다면
얼마나 좋을까요.
전화에 대고 고민을 이야기하고 싶진 않다는 것을
알고 있어요.
*Don't worry*란 말과 함께 바보처럼 웃으며
모든 것이 좋다고 말하겠지요.
모든 것이 좋다고, 모든 것이 좋냐고.

자오레이는 어려서부터 고단한 삶을 살았다. 아주 어릴 때부터 혼자 삶을 꾸려야 했다. 기뻐도 함께 나눌 사람이 없었고, 억울해도 혼자 마음을 달래야 했다. 베이징은 너무 컸다. 세상 물정에 환한 사람들은 자기 생각만 했다. 그를 골탕 먹이는 사람은 많았지만 그를 아끼는 사람은 드물었다. 그는 자신에게 잘해주는 사람은 마음 깊숙한 곳, 자신의 음악 가장 깊은 곳에 간직했다.

아마 자오레이의 노래 속에 등장하는 누나는 그에게 정말 친절한 사람이었을 것이다.

나는 그 누나를 본 적이 없다. 그저 라싸 거리에서 그가 목청을 높여 노래 부를 때, 그 뒤에 실밥이 나간 내복을 드러낸 채 앉아 있는 니커를 봤을 뿐이다. 니커는 잠시 옷자락을 바라보다가 몰래 몸을 돌려 살며시 눈가의 눈물을 닦았다.

니커 역시 멀리 이국 타향에 있는 누나처럼 진정으로 그를 아꼈다. 사람을 아낄 줄 아는 아가씨는 모두 좋은 아가씨이다.

5

오후에는 노래를 팔고 밤에는 술집을 열었다. 술집 이름은 '부유 파浮游吧'로 『시경』 조풍曹風 부유蜉蝣에서 따온 이름이다.

여러 해가 지난 뒤 누군가 부유파야말로 라싸의 한 시대를 대표한 곳이라고 말한 적이 있다. 그때 '부유파'는 아빈관 옆 골목 귀퉁이에 자리했다. 영어 이름은 'For You Bar.' 이 영문 때문에 부유파는 가난한 외국인 여행자들의 사랑을 받았다. 아마도 그들은 이 이름이 무척 낭만적이라고 생각했던 것 같다. 그래서 간판 아래 늘 남학생들이 여학생들에게, 또는 남학생이 남학생에게 고백하는 모습을 볼 수 있었다.

나는 어려서부터 미술을 좋아했다. 그에 비해 영어 수업 시간에는 결석을 밥 먹듯 하는 바람에 영어 실력이 형편없었다. 알파벳이 24개인지 26개인지도 헷갈릴 정도였다. 그런 내가 술집 장사를 한다고 니커에게 가서 영어를 속성으로 가르쳐달라고 부탁했다.

니커는 정말 대단하다. 내게 손님 접대용으로 영어 단어 네 개를 가르쳐줬다. Coffee? Beer? Whiskey? Tea? 실용적이고, 직접적이고, 한 치의 오차도 없으며, 사용하기 편해 지금까지도 활용 만점이다.

니커는 당시 부유파에서 수납을 맡았다. 착한 외모 덕분에 우리 술집의 마스코트로 누구나 그녀와 어울리고 싶어 했다. 사람들이 장난을 걸면 니커는 항상 즐거워하며 얼굴에 함박웃음을 피웠다. 내가 말했다.

"그렇게 잘 웃으면 얼굴에 주름 생겨. 나중에 시집도 못 가고 처박혀 있으면 어떡하려고?"

니커가 당황하며 손으로 얼굴을 감싸더니 이내 다시 함박꽃을 피웠다.

"주름 같은 것 상관하지 않는 사람들이 있을지도 모르죠."

원래 착한 아가씨들은 늑대를 만나기 마련이다. 니커 역시 예외는 아니었다. 니커는 인간쓰레기 같은 남자를 사랑했다. 상대는 양다리를 걸치는 최상위 쓰레기였다.

먹도 다섯 가지 종류가 있듯이 탕아도 탕아 나름이다. 강호를 떠도는 사람들 중 일부는 그런 생활을 오래 하다 보면 인종의 습성이 몸에 배기 마련이다. 입만 열었다 하면 강호의 의리 어쩌고 하면서 순식간에 얼굴을 바꾸고 헛소리를 한다. 이런 자들은 종종 쉽게 자기를 감춘 채, 마치 거미처럼 서서히 거미줄을 친 다음 어느 순간 갑자기 튀어나와 사람들을 해친다.

니커는 그 쓰레기 같은 남자를 사랑하게 되었을 때 그가 다른 지역에 이미 애인이 있다는 사실을 몰랐다. 상대는 아무 말도 하지 않다가 니커가 사랑에 빠진 뒤에야 슬그머니 그 사실을 털어놓았다. 그는 자기 애인이 중병에 걸렸고, 그래서 이별을 준비하고 있다고 해명했다. 정말 가관이 아닌가. 그는 이렇게 말하곤 했다.

"니커, 정말 널 사랑해. 영원히 너와 함께하고 싶어. 우리 장래를 위해 중요치 않은 그깟 일들은 그냥 내버려둘래?"

니커가 차마 자기와 헤어지지 못할 것이라고 확신한 듯 양다리를 걸친 자기를 모른 척해달라고 했다. 그리고 시간이 모든 것을 해결해줄 것이라고 했다.

사실 니커는 첫 번째 사랑에서 이렇게 영문도 모른 채 삼각관계의 주인공이 되어버렸다. 그때 그 인간쓰레기는 타지에 있는 애인과 전화를 하거나 문자를 보낼 때도 니커에게 별 신경을 쓰지 않았다. 니커는 정말 단순한 아이였다. 평생 누구와 얼굴을 붉히거나 싸워본 적이 없었다. 그런 니커인지라 불쌍하게도 그 인간쓰레기를 좋아하면서 억울해도 억울하다는 말을 하지 못했다. 한번 정을 주면 물불 가리지 않는 그녀는 대신, 감정이 북받치면 위험천만하게 술로 슬픔을 달랬다.

그녀는 천식을 앓고 있었다. 라싸 맥주 두 병이면 거의 죽기 일보 직전이었다. 전전긍긍하며 니커를 겨우 회복시키기 무섭게 그녀는 다시 손님이 적을 때면 사람 없는 구석에 혼자 앉아 병을 부둥켜안고 쇼크 상태가 될 때까지 술을 마셨다. 술이 깨면 아무 말도 하지 않았다. 그저 자제하지 못해 과음하고 말았다면서 서둘러 침대보를 빨고 가이드 일을 하고 회계 업무를 봤다.

바보 같은 니커는 모든 것을 혼자 감당할 뿐, 옆 사람에게 부탁하는 법이 없었다. 당시 우리는 그저 니커가 심리적으로 무슨 문제가 있다는 것만 알았을 뿐, 구체적인 이유를 알지 못했다. 하지만 진심으로 그녀를 걱정했다.

6

우리는 거의 24시간 동안 붙어 다녔지만 니커는 예외였다. 연애하는 반년 동안 니커는 거의 매일 어디론가 잠시 사라졌다 돌아왔는데, 말할 필요도 없이 데이트를 하러 나간 것이었다.

하루는 니커의 통화 내용을 우연히 듣게 되었다. 니커는 두 손으로 수화기를 막은 채 소곤소곤 말했다.

"화 좀 내지 말래요? 그냥 좀 더 있고 싶었던 거라고요. 다른 뜻은 없었어요. 좋아요, 내가 잘못했어요. 그러니까 화 좀 그만 내요."

데이트 시간은 매번 일정하지 않았다. 때로는 30분, 때로는 네댓 시간 만에 돌아왔다. 내 나름대로 그 안에 담긴 규칙을 생각해봤다. 30분 안에 돌아온 날은 니커가 입을 삐죽거리며 아무 말도 하지 않았다. 말할 것도 없이 데이트하다가 화나는 일이 있었던 게 분명했다. 귀가 시간이 늦으면 늦을수록 니커의 기분은 좋았다.

책임감이 강한 니커는 연애를 하면서도 업무 시간을 어긴 적이 없었다. 매일 밤 영업이 시작될 때면 어김없이 모습을 드러냈다. 그런데 어느 날, 나간 지 한참이 되었는데도 돌아오지 않고 심지어 밤에도 출근하지 않았다. 오후에 나가더니 한밤중이 되어도 모습이 보이지 않았다. 일을 마치고 객잔에 돌아가서야 뭔가 잘못되었다는 느낌이 들었다. 대문 옆 니커의 방에서 흐느끼는 소리가 새어 나왔다.

나와 얼빈즈가 문을 두드렸다. 그러나 아무리 두드려도 문을 열어주지 않았다. 나보다 성질 급한 얼빈즈가 작은 나무 문을 박차고 들어갔다. 니커가 바닥에 앉아 눈을 감은 채 울고 있었다. 얼마나 울었는지 눈이 퉁퉁 부어 뜰 수가 없을 정도였다.

앞으로 다가가 니커를 안는 순간 니커의 뺨에 새겨진 선명한 손자국을 발견했다. 어찌나 화가 나는지 몸이 부들부들 떨렸다.

"누구 짓이야?"

얼마나 울었는지 이미 정신이 반쯤 나간 상태로 니커가 머리를 흔들며 얼버무렸다.

"내, 내가 잘못해서 넘어졌어요."

자기가 넘어져서 얼굴에 따귀 자국이 났다고?

"그놈이 때렸어? 어서 말해!"

아무리 물어도 대답을 피하며 그저 울기만 했다. 도무지 입을 열려고 하지 않았다. 물수건으로 얼굴을 닦아주었다. 니커는 고분고분 얼굴을 대주었다. 뺨을 닦자마자 니커의 얼굴에서 다시 눈물이 흘러내렸다. 붉게 부어오른 얼굴이 마치 복숭아 같았다.

"니커, 우선 좀 자. 우리 내일 다시 말하자. 필요하면 말만 해. 우리가 다 해줄게."

폭력으로 문제를 해결할 수는 없지만 어쨌거나 화를 풀 수는 있었다. 니커가 말만 하면 그날 밤으로 달려가 그 쓰레기 같은 인간을 라싸에서 쫓아낼 생각이었다. 한사코 입을 다문 채 눈물만 줄줄 흘리던 니커는 내가 방에서 나가려 하자 겨우 입을 열었다.

"오빠."

"응?"

"오빠네 방에 불 끄지 말아줄래?"

우리는 날이 밝을 때까지 불을 끄지 않았다. 어렴풋이 니커 방에서 훌쩍거리는 소리가 흘러나왔다. 니커는 꼬박 이틀을 침대에 누워 있었다.

셋째 날, 그 인간 말종이 술집 문을 벌컥 열고 들어와 다짜고짜 물었다.

"어이! 니커 말이에요, 내 전화 왜 안 받아요? 싸우자마자 사라져 가지고…… 여자란! 정말 짜증 나는 족속이야!"

그전까지 우리는 니커의 체면을 생각해 그래도 인간 말종을 점잖게 대했었다. 술을 마시러 와도 돈을 받지 않았고, 이따금 호형호제하기도 했다. 인간 말종은 우리와 니커의 관계를 알고 있었고, 우리가 그녀 때문에 자신을 가깝게 대해준다는 것을 알고 평소 별로 말을 가리지 않았다.

우리는 라싸에 생활을 하러 온 거지 시비를 만들러 온 것이 아니었다. 술집을 운영하며 좋은 분위기 속에 돈을 벌었고, 그래서 말이 좀 거친 사람을 만나도 한 걸음 물러나 화기애애하게 이야기를 나누었다. 그러다 보니 인간 말종은 우리를 그저 악기나 다루고 노래나 부르는 나약한 청년들인 줄 알았던 것 같다.

그의 실수였다. 우리는 건달들이었다. 내가 스탠드바를 뛰어넘기 전에 얼빈즈가 한발 앞서 얼굴에 미소를 지으며 그를 맞았다. 그의 발길질에 인간 말종이 계단에 벌러덩 나자빠졌다. 그는 우습게 여겼던 사람들에게 얻어맞고 우리 술집에서 아빈관 입구까지 길바닥을 데굴데굴 굴러갔다.

어찌 된 일인지 낱낱이 열거하지 않아도 알 일이다. 인간 말종은 바지에 오줌을 지리고 앞니가 하나 부러졌다. 얼빈즈는 베이징 퉁저우 출신이다. 라싸에 오기 전엔 도시 관리부에서 일했었다. 우리는 경찰에 신고했다. 그러나 경찰이 오기도 전에 인간 말종은 줄행랑을 쳤고, 사건은 그걸로 마무리되었다.

나중에 안 사실이지만, 그 인간 말종이 데이트를 할 때 계약서 한 통을 들고 나와 니커에게 108자 문서에 서명하라면서 '객잔의 반을 자기에게 넘기면 전 애인과의 관계를 정리하고 오로지 니커와 함께하겠다'는 교환 조건을 제시했다고 한다. 니커는 자기 귀를 의심했다. 니커가 쓴웃음을 지으며 물었다.

"날 사랑하긴 해요?"

인간 말종이 말했다.

"사랑하지. 항상 사랑하고 있어."

니커가 계약서를 받아 들고 말했다.

"날 더 이상 사랑하지 않는다면 내게 일찍 알려줄래요?"

"무슨 헛소리를 하는 거야? 내가 널 왜 안 사랑해? 어서 빨리 서명해. 내 사랑!"

그가 양다리를 걸치고 있을 때도 니커는 참았다. 자신이 얼마나 인내심을 발휘하고 있는지 그가 알고 있다 생각했고, 그가 양심을 되찾는 날까지 참을 수 있다는 환상에 빠졌다. 그가 양심 없는 사람이라곤 상상하지 못했다. 하지만 모든 환상과 기대는 웃음거리가 되었다.

141   니커는 계약서를 갈기갈기 찢어 인도에 뿌렸다. 인간 말종은 깜짝 놀라는 눈치였다. 니커를 정복했다고 생각했는데! 놀라움이 순식간에 분노와 수치로 변했다. 그가 손을 들어 니커의 뺨을 갈겼다. 여자의 외모가 시드는 데 10년이 걸린다면 남자의 가치가 추락하는 것은 한순간이다.

니커는 울지도 않았고, 소동을 피우지도 않았다. 심지어 그에게 눈길도 주지 않았다. 니커는 몸을 돌려 한 걸음씩 야무지게 발걸음을 내디디며 돌아왔다. 그리고 방문을 닫고 나서야 통곡하기 시작했다. 처음으로 한 사람을 사랑했다. 그전까지 니커의 세상은 정말 단순했다. 한 번도 엄청난 상처에 가슴이 미어지듯 아팠던 적이 없었다.

착한 아가씨들은 늑대를 만난 후에야 면역력을 갖게 된다고 한다. 면역력이 생긴다는 것은 좋은 일이다. 하지만 늑대가 남긴 어두운 그림자는 어찌한단 말인가?

사건이 있은 후 우리는 한동안 니커의 상태를 걱정했다. 니커를 데리고 축구도 하러 가고, 산을 올라가 세라 사원色拉寺. 라싸 북부에 있는 겔룩파 6대 사원 중 하나에 몰래 잠입하기도 했다. 비 오듯 땀을 흘리고 나면 신진대사를 통해 이물질을 빼낼 수도 있을지 모르고, 독경 소리에 깨달음을 구할 수 있을지도 모르기 때문이다.

니커는 착하게 우리 옆을 따라왔다. 별다른 이상 징후는 보이지 않았다. 전과 비교할 때 말이 조금 줄어들었을 뿐.

희희낙락 흥겨웠던 니커는 어디로 갔을까? 니커가 좀 더 빨리 나아졌으면 좋겠다고 생각했다. 우리는 객잔의 '낡은 것을 몰아냄으로써' 인간 말종의 흔적을 없애려고 노력했다. 여기저기서 찾아낸 자질구레한 흔적들이 반 포대였다. 니커가 그에게 짜준 목도리 반쪽, 그를 위해 만든 핸드폰 주머니, 그의 사진…… 또 그가 니커에게 준 유일한 물건인 잔까지. 잔 위에는 '나는 일생에 한 번 당신에게 길을 물어보았으니'란 글귀가 적혀 있었다.

하필이면 이 세상 하고많은 여자 중에 이 바보 같은 아가씨에게 그런 걸 물어봤는지! 나는 냅다 잔을 걷어차 깨버렸다. 그러느라 괜히 발만 아팠다.

7

니커의 회복 속도는 내가 상상했던 것보다 빨랐다. 얼마 지나지 않아 다시 아침마다 퍽, 퍽 침대보 터는 소리가 마당에 울려 퍼지기 시작했다. 나는 언제나처럼 팬티만 입고 뛰어나가 침대보를 품고 냄새를 맡았다. 니커 역시 언제나처럼 마당에서 나를 내쫓았다.

나는 한때 니커와 안쯔 사이에 다리를 놓아주려 했다. 안쯔 역시 셴쭈다오에 살았다. 그가 객잔을 열기 위해 빌린 집은 어찌 된 일인지 무료 거주 시설이 되어 거실까지 잠자는 사람들로 가득 찼다. 모두 친구와 친구의 친구 그리고 전국 각지에서 모여든 친구의 친구들이 있다. 밥값을 지불하는 손님은 하나도 없었다. 분위기를 낸다며 거실에 텐트를 치고 자는 친구들도 있었다. 가난했던 그들은 물질에 대한 욕구도 그리 크지 않아 달랑 침낭 하나 들고 세상을 떠돌고 있었다.

순수한 청년 안쯔는 그런 친구들을 정말 잘 대해줬다. 돈도 별로 없었지만 세상을 떠도는 유랑자들에게 공짜로 처마를 제공하는 데 인색하지 않았다. 그는 의리를 중요하게 생각했다. 그는 센쭈다오의 단비 같은 사람이었다.

주방장은 안쯔였다. 그는 꿀렁거리는 커다란 솥을 지키고 서서 가져온 것은 뭐든 솥 안에 집어넣은 뒤 한 움큼씩 고춧가루를 뿌렸다. 쓰촨 출신인 그는 요리 솜씨가 꽤 좋았다. 매 끼니마다 냄비 한가득 '마라'라고 불리는, 얼얼하게 매운 잡탕을 끓였다. 그러면 사람들은 냄비 바닥까지 핥을 정도로 음식을 싹싹 비웠다.

우리는 자주 밥을 얻어먹으러 갔고, 기이한 조합의 음식을 먹었다. 돼지고기토마토가지찜, 땅콩감자강낭콩, 쇠고기귀리고수약모밀편자탕······.

우리는 뭘 먹어도 맛이 있어 좋았고, 그는 뭘 만들어도 기분이 좋았다. 그렇게 반사회적인 기이한 요리 식재료를 조합할 수 있는 사람은 세상에 그밖에 없었다.

안쯔는 키가 멀쑥하면서 깨끗한 외모에 쾌활하고 지식 수준이 높은, 매력적인 문학청년의 전형이었다. 그는 조그만 신문사에서 일하며 사회 뉴스나 칼럼, 잡문을 썼는데, 기사 분량에 따라 원고료를 받았다. 하지만 라싸 같은 작은 지역에 뉴스거리가 뭐 그리 많겠는가? 하루 종일 뛰어다녀도 기삿거리 하나 건지지 못할 때가 많았다.

안쯔는 방법이 없으면 객잔 사람들을 물고 늘어져 영혼의 닭고기 수프나 인생의 감동을 함께 엮어 지면을 채웠다. 하지만 그의 객잔에 머무는 사람들은 대부분 지나치게 '초월적인' 존재들이어

서 그는 늘 니커의 객잔으로 달려와 중론을 모으며 기사 작성을
위한 에너지를 얻었다.

　당시 객잔에 기숙하던 친구들은 모두 젊은 청년들이라 사회적
경력이랄 것이 없었다. 그런 그들로부터 정보를 얻어 쓴 글에서는
캠퍼스 문학도의 티가 그대로 묻어났다. 그들이 와자지껄 떠드는
이야기를 들으며 안쯔는 묵묵히 내용을 정리했다. 안쯔는 다 큰 어
린애 같았다. 글을 정리하고 나면 문학청년의 대표 주자라도 된 듯
잔뜩 도취하여 스스로 자부심을 가지고 크게 낭독했다.

　속세에 잔뜩 물들어 흰 셔츠를 휘날리며 종횡무진하던 그 시절
의 나는, 그가 자기 글을 읽는 내내 테트리스를 했다. 그런데 니커
의 순정은 안쯔보다 과하면 과했지 결코 덜하지 않았다. 안쯔의 낭
송은 니커에게 최고의 선물이었다.

　낌새가 이상야릇하다 싶어 객잔 사람들을 모아놓고 그 두 사람
을 위해 기회를 만들어줬다. 아직도 순정을 간직한 소년 소녀인지
라 절대 자발적으로 연인이 될 '선수'들이 아니었다. 아마 다른 사
람들이 밀어주지 않으면 몇백 년이 지난다 해도 인연의 끈이 이어
질 희망은 없을 것이다.

　니커의 객잔에는 여성용 자전거가 한 대 있었다. 우리는 합심하
여 주입 밸브를 뽑아버리고 타이어도 펑크 내고, 안장도 떼어내 숨
겨버렸다. 우리 모두 함께 쓰던 교통수단이라 애석했지만 니커를
위한 일이니 참을 수밖에 없었다.

　우리의 예상은 적중했다. 자전거가 그 모양이 되자 니커는 자전
거가 필요할 때면 안쯔에게 갔다. 책을 빌리다가도 연분이 생긴다
고 하지 않았던가? 자전거를 빌리다 보면 아름다운 이야기가 꽃을
피울지도 모를 일이다.

　역시! 아름다운 이야기는 순식간에 만들어졌다. 어느 날 니커가
장을 보러 가야 한다고 했다. 우리는 어르고 달래 세수도 시키고,
머리도 빗도록 한 다음, 잔잔한 꽃무늬 치마를 입혀 안쯔에게 자전

거를 빌리러 기도록 誘도했다. 그리고는 모두 입구에 오종종 보여 흐뭇하게 손을 흔들며 니커를 전송했다. 니커는 왜 우리가 그렇게 요란법석을 떠는지 의아한 표정이었다.

니커는 15분도 채 안 돼 객잔으로 돌아왔다. 이상한 생각이 들었다. 어떻게 된 거지? 안쯔가 자전거를 안 빌려준 건가?

니커가 어수룩한 모습으로 말했다.

"응. 안 빌려줬어요."

아이고! 이게 어찌 돌아가는 상황이람?

"우리 집 자전거가 고장 났다고 하니까 자기 자전거를 줬어요."

"자전거를 줘?"

그래, 주면 준 거지. 우리는 니커를 추궁했다.

"그다음엔? 그래서 뭐라고 했는데?"

니커가 말했다.

"그래서 우리 집에 공기펌프도 없다고 했어요."

우리는 계속 캐물었다.

"그러고 나서는? 그러고 나선 그가 뭐라고 했는데?"

니커가 어리벙벙한 모습으로 다시 입을 열었다.

"……공기펌프도 줬어요."

안쯔의 자전거는 구닥다리였다. 다리가 짧은 니커가 고작 100미터쯤 타고 가는 동안 서너 번은 비틀거렸다. 결국 우리는 일주일이 지났을 때, 그녀를 대신해 안쯔에게 자전거를 돌려줬다.

니커와 안쯔는 더 이상 아무 진전이 없었다. 둘 사이의 인연은 거기까지인가 보았다. 그래도 안쯔 집에 수시로 밥을 얻어먹으러 갔고, 안쯔는 여전히 우리 객잔을 방문해 인생의 모든 감각을 엮어 기삿거리를 만드느라 분주했다. 그렇게 사람들의 감성적인 스토리를 글로 엮고 나면 그는 큰 소리로 낭독했다.

안쯔의 소식을 듣지 못한 지 오랜 세월이 흘렀다. 6년? 7년? 정확히 기억할 수가 없다. 들리는 소문에 의하면, 펑두의는 소도시에 정착하여 끓어오르는 감성을 자제한 채 아내를 얻고, 아들을 낳고, 생계 수단으로 글을 쓰고 있다고 한다.

잘 지내는지 궁금하다. 못 만난 지 여러 해가 지났다. 그가 조금 그립다.

8

그리움이 필요한 사람들은 많다. 어디에나 있다. 세상사 역시 늘 좋은 날만 있는 것은 아니다. 2008년 3월 14일, 우리는 사방으로 흩어졌다. 나는 허둥지둥 지난에서 라싸로 돌아왔다. 중국의 반을 가로질러 청두에서 발걸음을 멈춘 나는, 더 이상 앞으로 나아갈 수가 없었다. 많은 이들이 청두까지 갔고, 니커도 그 틈에 있었다.

니커는 관항자寬巷子, 중국 청두 시내 청대 옛 거리 입구에 서서 내 팔을 잡았다. 어찌나 세게 잡았는지 뾰족한 손톱이 살을 파고들었다. 니커가 울었다.

"오빠! 집이 없어졌어요."

내가 말했다.

"빌어먹을! 왜 울어! 울면 안 돼!"

"우리가 사는 곳이 바로 집이야."

한 달 후, 청두에 새 집을 마련했다. '회回'자형 주상복합 건물이었고, '천애왕사天涯往事, '아득히 먼 그곳에서의 옛일'이라는 뜻'라는 이름을 붙였다. 그 옆 가게는 여왕벌이라는 뜻의 '봉후蜂后'였다.

나는 니커를 위해 벽에 그림을 그렸다. 니커의 캐리커처 옆에 내 모습도 그렸다. 그런데 갑자기 뭘 더 그려야 될지 떠오르지 않았다. 고개를 돌려보니 니커가 스탠드에 서서 잔을 닦고 있었고, 갤상추키명상 음악으로 유명한 티베트 여가수의 가락이 커다란 로프트에 울려 퍼지고 있었다. 드넓은 공간에는 오직 우리 둘뿐이었다.

입구에 시시 딤배를 피웠다. 사람들이 느릿느릿 옆을 지나가고, 중국식 샤부샤부 식당인 '팡마란 훠궈'에서는 음식 냄새가 났다. 빽빽하게 들어찬 그 가게에서는 외상燰桑. 티베트에서 제의를 올릴 때 피우는 연기로, 송백나무 가지를 태워 만든다 냄새도 맡을 수 없었고, 나의 라싸 강도 보이지 않았다.

결국 천애왕사 개업 둘째 날, 나는 북방으로 돌아왔다. 떠나기 전, 니커가 밥을 해주었다. 쇠고기찜과 쇠고기볶음이었다. 식탁 가득 고기였다. 뺏어 먹으려고 덤비는 사람도 없었다.

나를 전송하기 위해 계단 앞까지 나오던 니커가 갑자기 발걸음을 멈췄다.

"오빠, 언제 라싸에 돌아와?"

나는 계단 끝에 서서 뒤로 돌아 손가락으로 그녀를 가리키며 말했다.

"울면 안 돼."

니커가 애써 차오르는 숨을 진정시켰다. 어쨌거나 눈물은 흘리지 않았다. 대신 위층에 서서 아래를 향해 소리쳤다.

"오빠, 나 보러 청두에 자주 와요!"

그러나 청두로 니커를 만나러 갈 수 없었다. 한 달 후, 5·12대지진이 발생했다. 새로 개업했던 천애왕사는 재건의 시기를 버틸 수 없었다. 순식간에 그곳은 이름 그대로 '지난 일'이 되어 수많은 지나간 일과 더불어 하나의 과거가 되었다. 지진 이후, 니커는 빈 행낭을 걸머지고 광둥으로 돌아가 NEC일본전기에서 일본어 통역으로 회사 생활을 시작했다.

그 후 몇 년 동안 니커는 지난으로 나를 보러 왔고, 나는 광둥으로 그녀를 보러갔다. 2008, 2009, 2010, 2011, 2012, 2013, 2014. 니커, 얼빈즈, 자오레이 등 몇 명을 제외하면 당시 한 처마 밑에 살던 가족 대부분의 소식이 끊겼다.

얼빈즈 역시 지난으로 나를 보러 온 적이 있었다. 그는 베이징으로 돌아간 후 결혼해서 아들을 낳았다. 술배가 볼록 나온 모습이 완전히 중년이었다. 샤오얼후 이야기를 하자, 그는 취기 오른 얼굴을 가리며 껄껄 웃었다.

자오레이와는 제법 여러 번 만났다. 그는 특유의 까칠한 성격을 죽이지 않았고, 기타도 놓지 않았다. 순회공연을 할 때 지난을 지나갔고, 라싸도 지나간 적이 있다고 했다. 세월이 너무 빨리 흘러갔다. 니커는 단 한 번도 그 두 사람을 다시 만나지 못했다.

9

2013년 섣달 그믐밤, 니커가 설을 쉬러 나를 찾아왔다. 우리는 함께 리장의 고성에서 만두를 빚었다. 그곳에는 나의 또 다른 세상이 있었고, 그곳에 또 다른 족속이 살았다. 사람들 모두 니커를 좋아했다.

우리는 술을 마시고, 연주를 하고, 노래를 불렀다. 얼마나 고함을 질렀던지 목이 쉴 정도였다. 12시 종이 칠 때 폭죽을 터뜨렸다. 온 세상이 기쁨으로 넘치는 가운데 요란한 폭죽 소리가 울려 퍼졌다. 술에 취했다. 사람들이 세뱃돈을 주고받았다. 니커에게 세뱃돈을 주고 머리를 두드리며 기분이 어떤지 물어봤다. 리장이 맘에 드는지, 이곳에 남을 생각은 없는지도 물었다.

그녀가 문턱에 앉았다. 불빛이 뺨을 붉게 물들이며 세월이 바꿔놓은 얼굴 윤곽을 비추었다. 니커, 몬치치 같은 니커, 아기 같았던 네 얼굴은 어디로 갔지? 어쩌다 네 눈가에 이렇게 주름이 생겼지? 취한 니커가 말했다.

"오빠, 나 안 울어요."

내가 말했다.

"울면 안 돼. 울긴 왜 울어, 바보같이!"

그녀가 젖은 얼굴을 뒤로 젖히며 눈을 감고 내게 물었다.

"오빠, 우리 언제 라싸로 돌아가?"

섣달 그믐밤의 리장, 하늘 가득 불꽃이 피었다. 나는 가만히 그녀를 안고 등을 토닥거렸다.

"니커, 저것 봐, 정말 멋진 불꽃이지? 니커, 사실 나 아무도 몰래 라싸에 돌아간 적이 있었어. 2010년 서른 살 생일날, 눈을 뜨자마자 너무 그리워서. 오직 라싸 생각뿐이었어."

한시도 지체할 수가 없었다. 더 이상 미룰 수가 없었다. 세수도 하지 않고 그길로 공항으로 뛰어가 도시 세 곳을 돌고 돌아 라싸 궁가 공항에 도착했다. 다시 그곳에 서자 울먹울먹 말이 나오지 않았다. 안으로 계속 걸어가자 조캉 사원의 법륜 금정이 점점 더 분명히 모습을 드러냈다. 그 순간 나는 고향이 가까워져서 가슴이 먹먹해진 아이처럼 뜨거운 광장에 엎드려 깊이 머리를 조아렸다. 괴로움에 눈물이 비 오듯 쏟아졌다.

총을 든 무장 경찰이 다가와 나를 쫓아냈다.

"비켜요, 비켜. 여기 누워 있지 말고."

택시를 타고 센쭈다오로 향했다. 객잔이 빽빽하게 들어차 있었지만 내가 아는 간판은 하나도 없었다. 핸드폰 주소록을 뒤져 하나씩 모두에게 전화를 걸어봤다. 없는 번호, 없는 번호, 통화 중…… 없어, 모두 다 사라졌어. 괴로웠다. 열일곱 강호를 떠돌던 시절부터 시작해 십수 년 만에 처음으로 사고무친이 된 느낌이 들었다. 가지 못하는 곳은 없었다. 다만 더 이상 돌아갈 곳이 없을 뿐이었다.

2년 후 나는 인연의 끈으로 불, 법, 승 삼보에 귀의하여 선종 임제종의 재가 제자가 되었다. 귀의한 그날, 나는 준제보살상 앞에서 이렇게 말했다.

"과거 저지른 죄업은 모두 끝도 시작도 알 수 없는 탐욕貪慾·진에瞋恚·우치愚癡의 세 가지 번뇌에서 말미암는 것이니……"

나는 어리석은痴 존재일까, 탐욕스러운貪 존재일까?

하루빨리 모든 법法, dharma을 깨닫고 미련스러운 생각을 떨쳐버릴 수 있길 바란다.

큰스님은 내게 연기론緣起論, 삼라만상은 독립적인 실체로 존재하는 것이 아니라 서로 의지하고 상생하면서 연기적으로 존재한다고 생각하는 불교의 교리 체계에 대한 설법을 해줄 때마다 온갖 다르마는 모두 공空이며 오직 인과만 존재한다면서 집념을 내려놓는 만큼 지혜가 생길 것이라고 했다.

'그러나 사부님, 전 집념이 너무 강해서 마치 실 가닥처럼, 수많은 산맥처럼 끊임없이 이어져 있습니다. 저는 근기根器, 근본적인 바탕가 너무 미천합니다.'

지금까지도 나는 형제들과 함께했던 라싸 시절을 벗어나지 못한다. 그들은 내 가족, 내 종족이다. 소중한 옛 시절이 그립기만 하다. 이 세상 인연이 여기까지라면 내생에 다시 인간으로 태어나 나도, 당신도, 이 세상도 안녕 무사하길 기원한다. 나는 약관의 나이에 그들과 다시 티베트에서 만나 순진무구하게 아무 생각 없이 한 종족, 한 가족이 되어 서로를 의지하며 라싸에 살고 싶다.

🎧 노래를 들을 수 있어요!

다빙,
「조캉 사원 광장에서 햇살을 쬐다
(在大昭寺廣場曬太陽)」

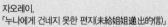

자오레이,
「누나에게 건네지 못한 편지(未給姐姐遞出的信)」

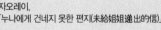

자오레이, 「그림(畵)」

다빙의 인연 6 아밍이라는 남자

노래 부르는 이,
눈물 흘려선 안 돼요

우리는 알고 있다, 세상이 공평하지 않다는 것을.

사람들은 저마다 시작이 다르고, 갈 길이 다르고,

경험도 다르고, 운명도 다르다.

운명을 받아들이는 사람도, 운명을 따르는 사람도,

운명을 거스르거나 혹은 운명을 가지고 노는 사람도

희망과 절망을 번갈아 느끼며 순식간에

일생을 흘려보낸다.

오래 참고 기다린다고 행복이 찾아오는 것은 아니다.

부단히 노력했다고 성공하는 것도 아니다.

어떤 사람은 쉽게 얻을 수 있는 것들이

나에게는 한낱 꿈일 수도 있다.

하지만 어느 누가 당신에게

꿈을 꿀 권리조차 없다고 말할 수 있을까.

오래전, 나는 음악 하는 몇몇 친구들과 함께 기타와 손북,
돔브라dombra, 만돌린과 비슷한 카자흐스탄 민속 악기를 메고
노래를 부르면서 시베이로 향했다.
가는 길에 그들은 놀랍도록 아름다운 목소리로 노래하는
할머니를 만났고, 할머니의 흙벽돌집을 빌려 하룻밤 묵었다.
할머니가 감자를 구워줬다. TV도, 라디오도 심지어 전등도 없었다.
사람들이 모닥불을 에워싸고 돌아가며 노래를 불렀다.
말이 별로 없는 할머니는 감자를 굽거나 혹은 노래를 불러줬다.
사람들의 악기를 어루만지기도 했다.
할머니는 혼자 살았다. 황량한 들판에서 평생 노래를 불렀다.
살면서 처음으로 이렇게 많은 청중 앞에서 노래하게 되었다고 했다.
다음 날 오후, 작별 인사를 하고 얼마 지나지 않아
할머니가 벌겋게 달아오른 얼굴로 쫓아왔다.
그러고는 아이처럼 우물쭈물하다 겨우 입을 열었다.
"노래 부르는 양반들, 모두들 뭘 해먹고 살아요?"
망망한 황야를 벗어난 적이 없던 노인이
겨우 용기를 내어 던진 질문이었다.   154
그녀는 이미 늙어버린 자신을 위해,

혹은 그 옛날 젊었던 자신을 향해 이런 질문을 던졌다.
바짝 긴장하여 의혹에 찬 모습으로 조마조마하며
마치 물으면 안 될 말을 꺼내듯 조심스럽게 묻고 있었다.
서너 명의 남자들은 살벌하게 내리쬐는 태양 아래
아무 말도 하지 못한 채 눈물을 흘렸다.
당황한 노인이 손을 내저었다.
"울지 말아요. 내 안 물어볼게, 안 물어볼게요."

나는 그 물음을 다시 많은 가수들에게 던졌다.
"노래 부르는 양반들, 모두 뭘 먹고 살아요?
만약 할머니가 묻는다면 뭐라고 대답했을 것 같아?"
100명이면 100명, 모두 답이 달랐다.
그중에는 베이징 공인 체육관에서 음악회를 열고
100만 팬들 앞에서 노래한 이도 있었고,
음악 축제 무대에 올라 전국 순회공연을 한 이도 있었다.
나이트클럽에서 노래하는 사람, 작은 밴드에서 노래하는 사람,
지하도에서 노래를 파는 사람도 있었다.
마지막 대답이 가장 특별했다.

1

린창, 윈난 서북쪽의 작은 도시로 북회귀선 선상에 위치해 있으며 아열대 기후로 찻잎, 바나나, 사탕수수 등을 생산하는 곳이다. 마지막으로 그 질문에 대한 답을 해준 친구 아밍이 태어난 곳이다.

부모와 살았던 잠깐 동안의 어린 시절, 아밍은 별로 사랑을 받지 못했다. 형편이 쪼들려 아밍을 키울 수 없었던 부모는 돌이 지나고 젖을 떼자마자 아밍을 외할머니 댁에 맡겼다. 외할아버지와 외할머니는 아밍을 각별히 사랑했다.

아밍은 외갓집에서 일곱 살까지 살다가 원래 마을로 돌아와 초등학교에 입학했다. 그런데 한 학기 공부를 마쳤을 때 집이 아수라장이 되었다. 도박벽이 심한 아버지가 그나마 있는 가산을 모두 탕진했다. 어머니가 죽어버리겠다고 협박했지만, 아버지는 조금도 습관을 고치려 하지 않았고 그의 가족은 이렇게 해서 뿔뿔이 흩어져버렸다.

아밍은 입학한 지 한 학기 만에 초등학교를 그만두었다. 글자를 익히기도 전에 어머니는 그를 다시 외갓집으로 보냈다. 그러나 외할아버지, 외할머니는 이미 많이 연로한 데다 병이 들어 더 이상 힘든 육체노동을 할 수가 없었다. 아밍네는 외삼촌 둘이 밭에 나가 일하는 것으로 생계를 이어가야 했기 때문에 그야말로 겨우 연명만 하는 수준이었다.

엎친 데 덮친 격으로 무지한 두 외삼촌은 가난이 극에 달하자 무모하게 강도 짓을 하다가 감옥에 들어갔다. 이때부터 아밍은 외할아버지와 외할머니를 부양하기 시작했다. 이제 겨우 탁자 정도밖에 키가 자라지 않았을 때였다.

일가의 가장 중요한 재산은 소 한 마리와 돼지 한 마리, 닭과 오리 10여 마리가 고작이었다. 매일 아침 7시에 일어나면 아침 식사 후 소를 멀리 산언덕까지 끌고 가 방목했다. 소가 풀을 뜯고 있을 내 아밍은 습한 산간 평지에서 돼지 믹일 풀을 뜯었다. 제대로 먹지 못해 알도 낳지 못하는 오리와 닭을 팔아 생필품을 샀다. 두 노인이 먹을 고기가 없자, 아밍은 가슴이 아팠다. 그래서 가끔 돼지 먹일 풀을 뜯고 나면 계단식 논에 나가 물새를 잡았다.

물새는 고기가 많이 안 나왔다. 털을 뽑고 배를 가르고 나면 먹을 수 있는 것은 날개 두 개와 다리 두 개뿐이었다. 젓가락이 왔다 갔다 분주했다. 외할아버지, 외할머니 그릇에서 다시 아밍 그릇으로, 그리고 다시 두 노인네 그릇으로 향했다. 어두운 불빛 아래 세 식구가 이렇게 양보만 할 뿐, 별로 말을 하지 않았다.

산골짜기는 고요했다. 풀벌레 소리, 물새 소리만 가득한 곳에서 친구를 사귈 수가 없었던 아밍은 일찍 자신과 대화하는 법을 배웠다. 그는 자기 자신에게 노래를 불러주었다. 그냥 흥얼흥얼, 수많은 노랫가락을 혼자 익혔다. 노랫소리가 점점 더 커졌다. 들판에 사람은 없었다. 소가 조용히 풀을 뜯고 있었다. 아밍의 유일한 청중이었다. 아밍은 부르고 또 불러 목소리를 연마했다.

열다섯 살, 아밍의 키는 170센티미터가 되었다. 그는 외할아버지, 외할머니와 함께 마을의 한 농가에 가서 모내기를 했다. 저녁에 일을 마칠 무렵, 처음으로 5위안을 벌었다. 더 이상 어린아이가 아닌 성인의 값을 쳐주었다.

그는 신바람이 나서 이제 자신이 많이 컸다는 생각이 들었다. 그런 생각이 든 건 비단 그 혼자뿐만이 아니었다. 도박귀신 아버지가 아밍을 찾아왔다. 아버지는 외갓집에 있는 그를 온갖 감언이설로 꼬드겨 다시 집으로 데려왔다. 아들의 노동력이 절실했던 것이다.

집으로 돌아온 아밍은 엉망이 된 집과 볼품없는 가구를 보고 망연자실했다. 바닥에 엎드려 숙제하던 남동생이 고개를 쳐들었다. 낯선 형제 둘은 서로를 마주 볼 뿐 아무 말이 없었다. 동생이 다가오더니 그의 호주머니를 뒤지며 먹을 것을 찾았다. 아밍은 멍하니 서서 동생이 하는 대로 가만히 내버려뒀다.

저녁 무렵, 먼지와 흙으로 범벅이 된 청년 하나가 들어섰다. 일
터에서 돌아온 형이었다. 형은 그를 똑바로 보지도 않고 그의 이름
을 한 번 부르더니 더 이상 아무 말도 하지 않았다. 아밍은 애써 기
억을 더듬었다. 가슴이 두근거렸다. 왜 아무리 애를 써도 형 이름
이 생각나질 않지?

한 가족이 둘러앉아 밥을 먹었다. 외갓집과 달리 아무도 그의 그
릇에 반찬을 집어주지 않았다. 조금만 젓가락을 늦게 뻗어도 그릇
에는 아무것도 남지 않았다. 아밍은 자기가 떠난 후 외할아버지,
외할머니가 물새 고기를 더 이상 먹을 수 없을 거라는 생각이 들
자 가슴을 쓸어내렸다.

밥상머리에서 아버지와 형은 아밍의 일자리 이야기를 했다. 아
밍에게 선택권은 없었다. 이만큼 컸으니 돈을 버는 것은 당연하다
는 식이었다.

며칠 후 아버지와 형은 아밍을 데리고 건축 현장에 나가 잡일을
시켰다. 벽돌을 나르고 모래를 치는 데 기술 따윈 필요 없었다. 아
직 어린 아밍은 요령을 피울 줄 몰랐다. 그는 열심히 일했고, 임금
은 하루 5위안에서 15위안으로 올랐다. 이렇게 반년을 일하고 나
니 손에 굳은살이 박였다.

2000년 1월 1일 밤, 건축 현장에서 야근을 하며 새 천 년을 맞이
했다. 형과 노동자들이 다가와 입에 물고 있던 담배를 권하며 말
했다.

"새해네. 새로운 세기야."

아밍은 초등학교를 반년밖에 다니지 않았으므로 새로운 세기라
는 것이 뭘 의미하는지 알 수가 없었다.

멀리서 폭죽이 터지며 밤하늘을 밝혔다. 건축 현장은 소음이 컸
기 때문에 먼 곳에서 터뜨리는 폭죽 소리는 들리지 않았다. 아밍은
갑자기 흥분되었다.

"명절인데 노래 하나 불러줄게요."

158

노동자들이 어이없다는 듯 바라보았고, 청은 그냥 피쉭 웃더니 그 자리를 떴다. 그럼에도 불구하고 입을 떼어 노래를 불렀지만 쿠릉, 하고 돌아가는 레미콘 소리에 그의 노래는 묻혀버렸다. 그는 노래를 멈추고 담배를 피웠다. 콜록거리느라 손수레도 잡을 수가 없었다. 그때가 열다섯 살, 어린 나이였다.

2

열다섯 살 때 처음 잡일을 맡았던 아밍은 열일곱이 되자 미장이가 되었다. 어느 날, 아버지가 멀리 떨어진 작업장에서 일하기를 권했다. 하루 임금을 25~30위안 정도 받을 수 있다고 했다. 아밍의 의견은 묻지도 않고, 짐을 싸서 다른 노동자 친구의 차에 태웠다.

차는 꼬박 이틀을 달려 엄청나게 더운 곳에 이르렀다. 미얀마였다. 아밍 일행이 있던 작업장은 미얀마 동북부의, 그 유명한 '골든 트라이앵글' 지역이었다.

그곳은 와 자치구Wa state, 미얀마 제2특구에 속하는 지역으로 고향보다 더 빈곤하고 낙후된 곳이었다. 그리 크지 않은 그 도시에는 골목 몇 개를 지날 때마다 작은 도박장이 나타났고, 도박장 주위에 서 있는 미얀마 여자들이 밤낮없이 남자들을 불렀다. 1회 10위안! 그 중 누군가 아밍의 팔을 잡으며 말했다. 5위안도 괜찮아, 하면서.

미얀마에 처음 왔을 때 작업반장이 경고했다.

"이곳은 법률이 중국과 다르니 절대 도둑질하지 마! 도둑질을 하면 평생 구금을 당하거나 그 자리에서 총살이야!"

아밍은 그 말이 그저 경고성 허풍이라 생각했다. 그런데 한 노동자가 가게에 담배 두 개비 돈을 외상으로 남겼다가 이를 갚지 않자, 지역의 무장 세력이 실탄이 들어 있는 총을 들이대며 그를 잡아갔고, 이후 그의 소식을 아는 사람은 아무도 없었다.

작업반장이 이번 공사는 이곳 정부의 군인 학교를 건설하는 것이며 여기에 기숙사, 축구장, 식당, 교실, 욕실, 무기고 및 지하 감옥이 부대 시설로 추가된다고 말했다. 군인 학교 부지는 마을에서 10여 킬로미터 떨어진 깊은 산속에 위치해 있었다. 마을에서 사흘을 머무른 후 아밍은 트랙터를 타고 한적한 현장에 이르렀다.

봄이 되자 길가에 빨간빛, 자줏빛, 흰빛의 꽃이 무더기로 피어나 깊은 산속 풍경을 수놓았다. 아밍은 자기도 모르게 꽃을 향해 손을 뻗었다. 같은 차에 타고 있던 사람이 말했다.

"예쁘지? 양귀비야."

바람이 불자 꽃향기가 순식간에 산골짜기를 가득 메웠다. 아밍은 손을 움츠리고 숨을 멈췄다. 심장이 방망이질을 했다. 고향에 마약을 하는 사람이 많았다. 그중 어느 누구도 끝이 좋은 사람은 없었다. 동료가 웃었다. 사람들 모두 그가 이미 스무 살이 넘은 줄로 알고 있었다. 그가 아직 만 18세도 되지 못했다는 것을 아는 사람은 아무도 없었다.

간이 막사가 완성되고, 순식간에 공사가 시작되었다. 미얀마는 정말 더웠다. 작업 종료 전 한두 시간이 가장 견디기 힘들었다. 위胃가 비면 자기 몸을 갉아먹기 마련이다. 경련이 일고 통증이 심해졌다. 하루 노동을 마치고 저녁 식사를 할 때 아밍은 탁자에 채소 하나가 더 있는 것을 발견했다. 동료들 대부분이 처음 보는 음식이라 손을 대려 하지 않았다. 그중 나이 든 동료 하나가 젓가락을 집어 입에 넣더니 말했다.

"이거 양귀비 싹이네!"

그가 아무렇지 않게 먹는 것을 보고 아밍도 양귀비 싹을 조금 집어 입에 넣고 오물거렸다. 그런대로 맛이 괜찮았다. 나이 든 사람들이 말했다.

"먹어, 괜찮아."

그가 손짓하며 말했다.

"더 크면 먹을 수가 없어. 독성이 생겨서 중독될 수 있거든."

양귀비 싹을 씹던 아밍은 이해되지 않았다. 어린 싹에는 없던 독성이 자란 후에 어떻게 생기는지를.

그곳의 여름은 정말 견디기 힘들었다. 강렬한 자외선에 원시림의 습기가 계곡을 가득 채우면서 마치 피부 한 층을 벗겨버릴 것처럼 후텁지근했다. 잠들기 전, 사람들은 욕을 쏟아내며 햇빛에 까맣게 다버린 동료들의 등 피부 껍질을 벗겨주었다. 이어지는 여러 날 밤, 사람들은 엎드리거나 옆으로 돌아누워 잘 수밖에 없었다. 때로 한밤중에 갑자기 괴성을 들을 때가 있었다. 누군가 꿈결에 몸을 뒤집다가 등이 바닥에 닿은 게 분명했다.

군인 학교 부지 공사를 마치자마자 그 유명한 미얀마의 우기가 시삭되었다. 우기는 마치 재채기처럼 다가왔다. 비가 정말 괴이하게 내렸다. 한바탕 폭우가 쏟아지고 나면 금세 태양이 이글거렸다. 우기가 유난히 길게 느껴졌다. 할 일이 없었기 때문이다. 비가 내릴 때는 공사를 진행할 수 없었으므로 노동자들은 천막에 모여 술을 마시거나 도박을 했다.

아밍은 도박할 밑천이 없었고, 악취 나는 사람들 틈에 섞여 성적 농담을 주고받기는 더더욱 싫었다. 그는 아예 삿갓을 쓰고, 도롱이를 걸친 채 인근 숲에 나가 산나물을 캐며 큰 소리로 노래를 불렀다. 아밍의 노래를 듣는 청중은 빗물, 나무 아니면 버섯뿐이었다. 사람은 그림자도 찾아볼 수 없었다.

우기는 야생 버섯이 자라는 계절이다. 그곳의 야생 버섯은 종류가 40~50개나 되었지만 식용할 수 있는 것은 10여 종에 불과했다. 다행히 방목할 때의 경험 덕분에 아밍은 각종 야생 버섯을 식별할 수 있었다. 식용이 가능한 것, 약용 버섯, 독이 있는 것 모두 한눈에 구분이 가능했다.

우기가 찾아온 미얀마에서 아밍은 묘하게도 어린 시절 방목하며 노래 부르던 시간을 되찾을 수 있었다. 그렇게 숲을 찾아가 노래 부르는 즐거움이 일상이 되었다. 그는 비만 왔다 하면 후다닥 밖으로 뛰쳐나가 작업장 인부 전체가 한 끼 먹을 수 있는 야생 버섯을 캐왔고, 운이 좋을 때는 계종鷄樅도 채취할 수 있었다. 계종은 야생 버섯 가운데 맛이 가장 좋고, 가장 비쌌다. 계종 한 근이면 돼지고기 세 근과 맞먹었다.

계종의 생장에 얽힌 이야기도 신기하다. 아밍은 어려서부터 이에 관한 이야기를 잘 알고 있었다.

7월이 되어 뇌우가 몰아치는 밤이면 어린 시절의 아밍은 한껏 흥분되었다. 다음 날 아침이 되면 외할아버지는 그를 데리고 산으로 계종을 찾으러 갔다. 할아버지 세대가 전하는 전설에 따르면, 계종은 번갯불의 힘으로 태어나는 정령이기 때문에 뇌우가 지난 후에야 땅을 뚫고 나온다 했다.

정말 낭만적인 이야기다. 마치 하늘의 신이 선사하는 버섯처럼 느껴졌다. 그러나 사실은 이렇게 낭만적이지만은 않을 수도 있다. 정확히 말하면 계종의 생장은 흰개미와 관련 있다. 계종이 자라는 토층에는 개미굴이 있기 마련이다. 경험 많은 버섯 채취자들은 계종을 캘 때 개미집을 건드리지 않으려고 무척 조심했다. 그래야 다음 뇌우가 찾아왔을 때 같은 자리에서 다시 계종이 자라기 때문이다.

외할아버지와 아밍은 언제나 계종이 자라는 날짜와 지점을 기록해두었고, 그 기록이 쌓이다 보니 매년 적잖은 수입을 거둘 수 있었다. 외할아버지는 늘 이렇게 말했다.

"많이 캐서 돈 벌면 차곡차곡 쌓아두었다가 우리 아밍 색시 얻을 때 써야지."

미얀마의 계종도 원난 것과 별 차이가 없었다. 비가 오는 숲 속에서 계종을 캐고 노래를 부르다 보면 외할아버지와 외할머니가 떠올라 마음과 몸이 모두 촉촉해졌다. 그래서 때로 아밍은 그대로 멈춰 선 채 눈물을 흘렸다.

3

비가 내리기를 며칠, 도무지 날이 갤 기미가 보이지 않으면 아밍은 10여 리를 걸어 마을에 갔다. 큰길가의 양귀비가 어떤 것은 활짝 피어 있고, 어떤 것은 열매를 맺기도 했다. 때로 비바람에 이리저리 쓰러져 있는 것을 보면서 아밍은 양귀비의 개화기가 얼마나 되는지 감을 잡을 수가 없었다.

계속되는 빗줄기에 도로는 진흙탕이 되었다. 때로 산이 무너지기도 했고, 돌이나 흙이 씻겨 내려오기도 했다. 탱크 말고는 다른 교통수단이 없었다. 신발에 황토흙이 덕지덕지 붙어 걸음을 떼기가 여간 힘든 것이 아니었다. 아밍은 신발을 벗어 손에 들고 아예 맨발로 걸었다.

마을에는 2000여 가구가 살았다. 와족佤族, 다이족傣族, 미엔족緬族에 돈을 벌기 위해 이주해온 중국인들도 있었다. 와족과 다이족은 중국에도 있기 때문에 낯설지 않았다. 그러나 미엔족은 조금 낯설었다. 그들의 피부색은 와족보다 더 검고, 말도 알아들을 수가 없었다. 재미있는 점은 이곳이 분명 외국인데도 지역 사람들 대부분이 윈난 방언으로 의사소통을 하고, 중국어가 공식 언어이며, 핸드폰도 중국 핸드폰 신호로 받고, 걸 수도 있다는 것이었다.

마을에는 초등학교가 하나 있었다. 중국어 선생님은 윈난에서 초빙된 분이었다. 초등학교 학벌이면 이곳에서 선생님을 할 수 있고, 제법 존경을 받았다. 아밍은 아쉬웠다. 초등학교를 반년밖에 못 다닌 일이 못내 안타까웠다.

마을에는 진료소도 몇 곳 있었다. 모두 중국인이 운영하는 곳이었다. 의료적으로 높은 수준을 갖춘 곳은 아니고 그저 주로 감기 같은 질병을 치료해주었지만 단 하나, 필수적인 기술은 바로 이 지역에서 유행하는 '파바이發擺' 치료술이었다. 열대우림은 대기 중의 병독이 심하고 발병 속도가 빨라 쉽게 사망에 이를 수 있다. 아밍은 병에 걸린 동료를 데리고 치료받으러 간 적이 있었고, 그곳에서 직접 죽음의 문턱에서 가까스로 살아난 환자의 모습을 생생하게 목격했다.

마을에는 4, 5층짜리 여관도 몇 곳 있었다. 주로 이곳을 지나는 상인이나 도박장, 성매매업소를 찾는 손님들이 이용했다. 여관에 장기 투숙하는 성매매 종사자들은 극소수였다. 여자들은 대부분 도박장 뒤쪽에 있는 석면 타일로 세운 간이 막사에 살았고, 그곳에서 손님을 맞았다. 그중에는 꽤 예쁜 중국인 여자들도 있었다. 어떤 이유로 왔든 여자들은 죽을 때까지 그곳에서 벗어나지 못한 채 손님을 받았다.

마을에는 영상실도 서너 곳 있었다. 아밍에게 10리 길을 걷게 만드는 원동력이었다. 영상실에서는 주로 홍콩과 타이완의 전쟁 영화나 무협 드라마를 상영했는데, 20~30명 정도의 관객을 수용할 수 있었다. 입장권은 2위안으로, 입장권을 산 후 들어가서 나오지만 않으면 오후부터 새벽까지 계속 영화를 볼 수 있었다.

아밍이 영상실을 찾는 이유는 영화에 삽입된 음악 때문이었다. 그는 언제나 귀를 쫑긋 세우고 눈을 크게 뜬 채, 정신을 집중해 한 글자 한 글자 최선을 다해 가사를 기억했다. 그리고 그 노래를 만들고 부른 사람들의 이름을 눈여겨보았다. 이따금 주인이 영상의 앞뒤를 끊어버릴 때도 있었는데 그러면 아밍은 달려가 애원했다. 그럴 때마다 주인은 까맣고 비쩍 마른 젊은이를 바라보며 출연자 이름을 왜 보려 하는지 이해하지 못했다.

그는 드문드문 나오는 음표에 빠져들었다. 세상에 어떻게 저리 신기한 사람들이 많을까? 이처럼 좋은 곡들은 대체 어떻게 만드는 걸까? 어쩌면 이렇게 노래를 잘할 수 있을까? 분명 학교를 다녔을 거야. 부모, 가족들은 분명히 저 사람들이 노래 부를 때 미소를 지으며 귀 기울이겠지. 당시 영상 대부분이 자막 처리가 되어 있었기 때문에 아밍은 영상을 보면서 자연스레 자막으로 눈길이 갔고, 홍콩과 타이완 영화 덕분에 엉겁결에 수많은 번체자적자 중국에서 간체자와 상대하여 부르는 말를 배웠다. 결국 윈난 린창 시골 아이 아밍의 언어 교육은 미얀마의 영상실에서 이루어진 셈이었다.

아밍의 생리나 위생 교육도 역시 미얀마에서 완성되었다. 새벽이면 영상실에 관객이 가장 많이 모여들었다. 주인은 홍콩의 3류 영화를 주로 상영했지만, 때로는 포르노 영화도 상영했다. 모두 일본산이었다.

포르노 영화를 보러 오는 사람은 대부분 막노동자들이었다. 사람들은 숨을 참고 스크린에서 흘러나오는 신음 소리 하나하나를 놓치지 않으려고 애썼다. 어떤 이들은 목을 길게 뺀 채 꼼짝하지 않았고, 또 손을 바짓가랑이 속에 집어넣고 꼼지락거리는 사람들도 있었다. 하루 종일 영상을 본 아밍은 그즈음이면 깊은 잠에 빠졌다. 하지만 일부 3류 영화에도 삽입곡이 꽤 많았는데 그럴 땐 꿈결에서도 눈을 번쩍 떴다.

아밍은 이곳에서 꼬박 1년을 생활하면서 그의 삶에 있어 첫 번째 경이로운 즐거움을 만끽했다. 하늘이 그에게 내려준 선물이었다.

어느 날 낮, 아밍은 일을 하다 소변이 급해 손에 묻은 시멘트 먼지도 씻을 새 없이 옆에 있는 풀숲으로 달려갔다. 막 볼일을 보려 할 때 풀숲에서 뭔가 반짝거리는 것을 발견했다. 볼일을 보며 가까이 다가가보니 워크맨이 떨어져 있었다.

사방을 둘러봤다. 아무도 없었다. 고개를 숙여 자세히 들여다보니 때가 꼬질꼬질 묻어 있는 모양새가 버려진 지 오래된 것 같았다. 아밍은 이 보물덩어리를 주워 들고 작업장에 가져와 살펴봤다. 워크맨 안에는 테이프가 들어 있었다. 신기하게 연일 계속된 빗줄기에도 불구하고 기기가 돌아갔다. 워크맨을 돌려보니 미얀마 노래가 흘러나왔다. 아마 미얀마 사람들이 부근을 산책하다 실수로 풀숲에 떨어뜨린 것 같았다.

작업장은 무척 외진 곳에 있었다. 라디오 신호가 잡히지 않아 워크맨의 라디오 기능은 아예 쓸모가 없었다. 테이프만 들을 수 있었다. 아밍은 자신이 가장 좋아하는 옷을 잘라 워크맨 주머니를 만든 다음, 하늘이 내려준 보물단지를 안고 마을로 걸어갔다.

품에 보물단지를 안고 있으니 마치 축지법을 쓰듯 단걸음에 목적지에 도착했다. 마침 시골 장터가 열리고 있었다. 고향 마을과 마찬가지로 5일에 한 번씩 장이 섰다. 산촌에 사는 사람들이 사방 팔방에서 이곳으로 몰려들어 판을 펼쳤다.

거래 물품은 다양했다. 각종 산나물, 저렴한 일용 잡화, 과일, 채소 그리고 사냥꾼들이 잡은 사냥감들이었다. 전에 장터에 올 때 아밍은 사냥꾼들이 포획한 각종 야생동물을 구경했다. 문착소목 사슴과에 속하는 포유류, 천산갑, 꿩, 뱀, 원숭이, 앵무새에 이름도 모르는 동물들이 많았다. 그러나 이번에는 녹음테이프를 파는 후난 사람을 찾아다녔다. 그 사람은 예전에 아밍을 내쫓은 적이 있었다.

후난 사람 노점의 커다란 스피커에서 귀가 쩌렁쩌렁 울릴 정도로 각종 유행가가 울려 퍼졌다. 아밍은 스피커 앞에서 몇 시간을 꼼짝하지 않았다. 후난 사람이 소리를 질렀다.

"안 살 거면 멀리 떨어져. 사람이 말야, 생각이 좀 있어야지! 여기 와서 마냥 음악만 듣고 있지 말고."

아밍이 눈웃음을 쳤다.

"조금만 듣게 해줘요. 그렇다고 물건이 닳는 것도 아니잖아요."

후난 사람이 허리에 손을 얹고 아밍을 바라보더니 잠시 후 그를 밀쳐냈다. 아밍은 휘청거렸지만 노점 주인을 탓하지 않았다. 고향을 등지고 떠나 이곳에 온 사람 가운데 행복하게 지내는 이들이 몇 명이나 되겠는가?

옛 생활과는 비교할 수 없는 일이었다.

아밍은 바닥 노점에서 가지각색의 노래 테이프를 한 무더기 골랐고, 가지고 있던 돈을 모두 썼다. 열여덟이 될 때까지 아밍이 가장 행복한 순간이었다. 이런 행복을 함께 나눌 사람이 없었다. 그는 고개를 들어 후난 사람을 향해 바보처럼 웃었다. 후난 사람이 잠시 그를 바라보더니 이어폰 하나를 선물했다.

워크맨이 생기고 나서 아밍의 생활은 달라졌다. 막사로 돌아오면 매일 노래를 들었다. 워크맨을 베개 밑에 숨겼다. 방수포 한 겹을 걷어내고, 다시 비닐 한 겹을 걷어내면 옷을 잘라 만든 주머니 안에 워크맨이 들어 있었다. 어찌나 열심히 닦았는지 번쩍번쩍 광택이 났다.

이어폰을 꽂고 음악이 흘러드는 순간, 온몸의 피가 빠르게 흐르기 시작하고 순간적으로 몇 초 동안 호흡이 멈췄다. 너무 편안했다. 그 순간 막사는 궁전이 되었다. 아밍은 숨을 죽이고 테이프에 귀를 기울였다. 음악이 들리기 시작하면 지독한 열대 모기의 공격도 잊어버렸다. 귀에는 이어폰이 꽂혀 있고, 다리에는 모기의 날카로운 주둥이가 꽂혔다. 두 가지의 전혀 다른 끝이 날을 세워 열여덟 살 아밍의 인생을 자극했다. 그렇게 아밍의 불면의 밤은 시작되었다.

자정이 되면 아밍은 워크맨을 받들고 대나무 창 앞에 서서 아득히 먼 곳, 칠흑 같은 숲 속을 바라봤다. 귓속에 울려 퍼지는 가사를 따라 한없이 마음이 출렁거렸다. 이미 성년이 되었다. 눈과 귀, 코와 입 모든 곳이 완벽했다. 비록 학교를 다니지 못해 배움의 끈은 짧고, 연애도 못해보고, 좋은 친구도 사귀어보지 못했지만 다른 이들이 가지고 있는 감성을 모두 갖고 있었다.

하지만 어두운 밤이 찾아오면 외로움이 커져갔다. 목 놓아 울고 싶었다. 워크맨에서 흘러나오는 처량한 가사를 음미하며 지금의 자신을 생각했다. 이렇게 시멘트를 섞고, 벽돌을 나르고, 철근을 자르면서 평생을 살아야 하는가? 평생 이렇게 살 수밖에 없단 말인가? 테이프에 소리를 담을 수 있는 가수들은 모두들 어떻게 먹고 살았을까? 아! 얼마나 황홀할까? 노래 부르는 일이 직업이라면! 노래를 부르면서 돈을 벌 수 있다면! 어떻게 해야 나도 그들처럼 평생 노래를 부르며 살아갈 수 있을까?

동료들은 모두 잠이 들었다. 시금털털한 악취가 실내에 가득하고, 곤히 잠든 그들의 코 고는 소리에 섞여 윙윙 모깃소리가 들렸다. 분노로 뒤범벅이 된 어떤 힘이 아밍의 가슴 밑바닥에서 꿈틀거렸다. 그는 테이프 안에 들어 있는 가사를 꺼내 워크맨의 노랫소리와 한 글자 한 글자 대조하며 글자를 익혔다. 교과서도 선생님도 없었다. 테이프 안에 담긴 노래가 바로 교과서이고 선생님이었다. 돌로 대나무 벽에 획을 그었다. 돌과 대나무 벽이 종이와 펜이었다.

그다음 우기가 찾아왔을 때 한쪽 벽의 대나무가 모두 하얗게 변해 있었다. 아밍 때문이었다. 기억을 하느라 수없이 쓰고 또 썼다. 아밍은 이제 워크맨을 들으며 노래 가사를 읽을 필요가 없었다. 수십 개의 테이프, 수백 개의 노래 가사를 모두 적는 데 전혀 지장이 없었다.

168

동료들은 별생각 없이 그를 바라봤다. 카드놀이를 하는 사람, 도박하는 사람, 잠자는 사람 가운데 그 어느 누구도 다른 말이 없었다. 마치 바람에 흔들리는 풀들이 숲에서 먹이를 찾고 있는 동물 한 마리를 지켜보는 것 같았다.

4

공사가 거의 막바지에 이르렀을 때 아밍은 지하 감옥 건설에 투입되었다. 지하 감옥은 산간 평지 가장 낮은 곳에 건설되었다. 사방이 낭떠러지였고 관목이 우거져 있었다. 터를 닦는 데만 일주일 넘게 걸렸다. 채석팀이 거대한 바위들을 수도 없이 폭파해 트랙터로 실어 날랐다. 4인 1조가 되어 엄지손가락 크기만 한 쇠사슬로 바위를 묶은 후 지정된 장소까지 날랐다. 해진 옷을 입은 아밍의 어깨에 굳은살이 박혔다. 거대한 바위에 짓이겨지는 비람에 이밍의 어깨가 비뚤어졌다.

두 달이 지나자 지하 감옥의 틀이 완성되었다. 아밍은 직경 10미터, 깊이 15미터의 지하 감옥 바닥에 서서 고개를 들고 하늘을 바라봤다. 순간, 오싹하고 소름이 끼쳤다. 사방의 벽이 미끌미끌했다. 땅 밑을 흐르는 지하 수맥에서 한기가 스멀스멀 올라왔다. 작은 소리도 커다란 울림으로 되돌아왔다. 정말 이 감옥에 평생 갇히는 누군가가 있단 말인가?

그는 지하 감옥을 기어 올라왔다. 단 한 순간도 그곳에 머물고 싶지 않았다. 그는 하루빨리 공사가 끝나 임금을 받으면 이곳을 떠나고 싶었다. 하지만 작업반장은 놓아주려 하지 않았다. 공사가 아직 끝나지 않았다면서 아밍에게 겁을 줬다.

"지금 도망가면 잡아와서 저기 처넣을 거다!"

농담이었지만 가슴이 철렁했다.

다시 한 달 남짓 걸려 지하 감옥 위쪽에 감옥 전체를 감싸는 보루를 만들었다. 지하 감옥으로 통하는 입구는 겨우 직경 50센티미터 정도의 구멍뿐이었다. 밖에서는 지하 감옥의 존재를 알아차릴 수 없도록 설계한 구조였다. 사람이 그 안에서 썩어 문드러져도 누구 하나 알 길이 없었다.

드디어 공사가 끝났다. 누가 이곳에 던져질지 모를 일이었다.

아밍은 임금 일부를 받았다. 마을에 나가본 지 오래였다. 수중에 돈이 생기자 그는 후다닥 테이프를 사러 갔다. 후난 사람은 더 이상 테이프를 팔지 않았다. 대신 노점에 네댓 개의 기타를 걸어놓고 팔았다.

아밍은 기타를 본 적이 있었다. 외할아버지, 외할머니 마을의 한 부잣집에 기타가 하나 있었다. 마을 사람들은 그것을 '커다란 조롱박'이라고 불렀다. 그 집에는 기타를 치는 사람이 없었다. 그저 벽에 장식으로만 걸어놓고 아무도 건드리지 못하게 했다.

아밍은 기타 소리가 낯설지 않았다. 수십 개의 테이프 덕분에 그는 이미 기타의 음색을 사랑하게 되었다. 아밍은 생애 첫 번째 악기인 기타를 샀다. 170위안, 그의 일주일 치 임금이었다. 태어나서 지금까지 자신에게 준 가장 값진 선물이었다. 후난 사람이 돈을 받으며 갸우뚱거렸다.

"비싸지 않아?"

그는 비싸다고 생각하지 않았다.

"어떻게 비쌀 수가 있겠어요? 170위안으로 희망을 얻었는데."

기타 줄을 퉁겨보니 워크맨에서 나오는 소리와 전혀 달랐다. 마치 낡은 철사를 퉁기는 것 같아 듣기 싫었다. 그는 며칠 동안 끙끙 앓으며 생각했지만 도무지 이유를 알 수가 없었다. 후난 사람이 자기에게 망가진 기타를 판 건 아닌지 의심이 갔다. 그는 기타를 메고 후난 사람에게 따지러 갔다. 후난 사람이 그에게 욕을 퍼부었다.

"개지랄을 떨고 있네. 화음도 몰라? 기타는 튜닝을 한 다음에야 연주하는 것도 몰랐어?"

후난 사람이 튜닝해준 기타를 퉁겨본 아밍은 그제야 희색이 돌았다. 녹음기에서 나오는 음색과 똑같은 소리가 나왔다. 후난 사람이 그를 한참 동안 비웃더니 『기타 입문 교정』을 그에게 던지면서 아밍에게 말했다.

"연습을 할 거면 잘해. 고생스러워도 절대 포기하지 말고! 그래야 나중에 그걸로 밥 먹고 살지!"

아밍은 숨이 가빠졌다. 음악으로 밥을 먹고 살 수 있다니! 테이프에 나오는 가수들처럼? 그는 기타를 부둥켜안았다. 마치 하늘로 오르는 사다리를 껴안은 것 같았다. 후난 사람이 귀찮다는 듯 그를 쫓아냈다. 책값은 받지 않았다.

공사는 끝났지만 임금 대부분은 결산해주지 않았다. 기타를 연습하며 임금이 지불되길 기다렸지만 임금은 계속 미뤄졌다. 두 달 후 아밍은 또 다른 작업팀에 합류하여 푸반이라는 마을로 향했다.

그곳에 전선을 놓는 일이었다.

이 마을에는 대략 100~200가구가 살았다. 산을 등지고 형성된 마을은 앞에 작은 시내가 흐르고 강가에는 논밭이 자리했다. 가을에 접어들어 벼 수확이 끝난 터라 밭 사이에는 농가에서 소를 먹이려고 쌓아둔 짚더미가 여기저기 놓여 있었다. 물소 몇 마리가 밭 사이를 어슬렁거리고 때로 백로 몇 마리가 물소 뒤를 따라 천천히 거닐었다. 이처럼 평온한 풍경은 기타를 연주하기에 안성맞춤이었다.

아밍은 작업이 없는 시간이면 강가에 앉아 기타 연습을 했다. 교재를 손에 받치고, 기타를 무릎에 걸친 채 날이 어두워지는 것도, 그렇게 연습하다 새벽이 밝아오는 것도 몰랐다. 물소가 그와 함께 했고 이따금 백로들이 날아왔다. 모두 그를 무서워하지 않았다. 간혹 그의 곁을 지나가던 마을 사람들이 한참 동안 발을 멈추고 그의 연주에 귀를 기울였다.

기본적인 기타 화음을 모두 파악한 그는 경쾌한 기타 소리에 맞춰 가볍게 노래를 불렀다. 물소가 꼬리를 흔들며 조용히 그의 노래를 들었다. 수증기가 피어올라 이슬이 맺혔다. 그의 옷이 촉촉하게 젖었다.

200~300년의 역사를 지닌 이 마을의 주민은 모두 다이족이었다. 마을 중앙에 사찰이 하나 있었는데 아밍의 주거지는 바로 이 사찰 근처였다. 다이족의 전통 대나무 가옥으로 1층에는 승려들이 쓰는 장작이 쌓여 있었다. 2층은 원래 승려들이 잡다한 물건들을 보관하던 곳이었는데 지금은 노동자들의 임시 주거 공간으로 제공되었다.

잠이 별로 없는 아밍은 가끔 한밤중에 일어나 대나무 울타리 옆에서 기타 연습을 했다. 마을 전체가 잠든 가운데 사찰에만 촛불 몇 개가 타올랐다. 승려들의 목어 소리가 규칙적으로 울려 퍼졌다. 마치 박자를 맞추는 것 같았다. 낮에는 노동을 하고, 밤에는 기타를 쳤다.

거의 석 달 사이에 마을 집집마다 전기가 들어갔다. 마을 사람들은 노동자들을 살갑게 대했다. 아밍은 점차 이 마을이 친숙하게 느껴졌다. 열대우림 지역의 현장, 지하 감옥을 건설할 때와는 천양지차였다.

공사가 끝나 헤어질 때가 되자 마을 촌장인 옌가가 마을 사람들을 동원해 직접 빚은 발효주를 내왔다. 통역은 마을 어른이 노동자들에게 무척 고마워하고 있으며, 혹시 이 중에 결혼을 안 한 청년들이 있는지, 그렇다면 마을 처자들을 신부로 내주겠다고 전했다.

촌장이 말했다.

"그 노래 잘 부르는 청년, 맘에 들던데."

촌장 옌가가 마을 사람 모두를 이끌고 사찰 밖 커다란 용수나무 아래에서 노동자들을 배웅했다. 그가 아밍에게 말했다.

"우리를 위해 노래 한 곡 불러주시오."

이렇게 해서 아밍의 첫 번째 연주가 시작되었다. 수백 명의 사람들이 두 손을 마주 잡고 웃음 띤 얼굴로 그를 바라봤다.

그는 바짝 긴장했다. 노래를 반도 부르기도 전에 기타 줄 두 개가 끊어졌다. 그는 안절부절 벌겋게 달아오른 얼굴로 그 자리에 서서 기타 연습을 더 잘한 후 꼭 다시 돌아와 노래를 불러주겠다고 약속했다.

촌장과 마을 사람들이 웃으며 손뼉을 쳤다. "좋아, 좋아."

전기 선로 보수 공사는 계속되었다. 한 달 후, 아밍은 군인 학교 부근의 시로 다시 돌아왔다. 군인 학교 건설 임금은 여전히 해결이 안 된 상태였다. 중학교 입학시험에 떨어진 아밍의 동생도 이곳으로 왔다. 아밍은 동생과 이 작은 시에서 잡일을 하며 힘겹게 생계를 유지했다.

이렇게 1년이 지났고, 마침내 군인 학교 임금이 해결되었다.

그해 골든트라이앵글 지역은 정세가 매우 불안했다. 정부군과 반정부군 사이에 수시로 무장 충돌이 발생했고, 상황은 매우 심각했다.

지역 무장 세력은 온갖 방법을 동원해 노동자들 가운데 인원을 선발하여 병력을 보충했다. 이곳 생활에 익숙해진 아밍이었지만 총을 메고 살인을 하고 싶지 않았다. 그는 기타를 메고 워크맨을 가슴에 품은 채 황급히 베트남 국경을 넘었다. 열일곱에서 열아홉 살까지 그는 육체노동으로 돈을 벌면서 기타를 연습했고, 글자 수천 개를 혼자 익혔다. 또 수백 곡의 노래를 귀가 물러 터지도록 들으며 그 험난한 땅에서 꼬박 3년이란 세월을 보냈다.

5

귀국 후 아밍은 옷가게에서 판매 점원 일을 시작했다. 다른 이유는 없었다. 오직 그곳에서만 하루 종일 음악을 들을 수 있었고, 부르고 싶은 노래를 부를 수 있었다.

처음엔 옷을 팔다가 나중에는 신발을 팔았다. 동료들은 그를 두려워했다. 이 청년은 왜 이렇게 이상하지? 물건을 팔지 않을 때는 그저 걸상에 멍하니 앉아 있었고, 사람들과 잡담을 나누거나 농담을 주고받지도 않았다. 그들은 아밍이 멍하니 앉아 있을 때 노래를 듣고 있다는 사실을, 또 머릿속으로는 가사 한 구절 한 구절 모두 분해해서 곱씹고 있다는 사실을 알지 못했다.

그는 한 칸짜리 집을 얻어 퇴근 후 집에 가면 기타를 연습했다. 연습이 계속되면서 실력이 늘기 시작했다. 여러 가지 장르도 이해하게 되었다. 일반 대중음악 이외에 마이너리티 음악, 레전드급 록 음악인 블루스, 레게, 블루그래스bluegrass music에다 민요도 알게 되었다.

그는 민요를 좋아했다. 시끄럽지 않고, 아무리 들어도 지겹지 않왔다. 마치 뭔가를 호소하고 있는 것 같았다. 이제 아밍은 창작을 시작했다. 자신이 노랫말을 쓰고, 곡을 붙이고, 노래를 불렀다. 관중도, 배움을 같이하는 이도, 칭찬이나 비판을 하는 이도, 그의 작품이나 노래를 평가할 기준도 없었다. 그는 자신의 곡이 쓸 만한지 알 수가 없었다. 테이프 안에 담긴 가수들의 삶은 그에게 아직 요원한 일이었다. 그는 일정한 시간에 출퇴근하는 작은 가게의 점원일 뿐이었다. 음악으로 먹고사는 길은 여전히 찾을 수가 없었다.

옷가게에서 일한 지 2년 남짓, 아밍은 일을 그만두고 말로만 듣던 북쪽 대도시에 뛰어들기로 결정했다.

그 이전에 그는 먼저 중국과 미얀마 국경 지대에 있는 소도시 멍딩의 한 농장주 밑에서 바나나 심는 일을 시작했다. 달리 방법이 없었다. 바깥 세계는 너무 낯설었다. 우선 스스로를 방어할 힘과 여비를 마련해야 했다. 우회적인 방법을 동원할 필요가 있었다.

뚱보 농장주는 교활했다. 그는 4만여 평의 밭에 바나나를 심은 뒤 이 밭을 4등분하여 네 가구에 관리를 맡겼다. 그는 수확을 할 때 바나나 1킬로그램당 0.7위안을 각 관리자들에게 주기로 약속하였고, 바나나를 심는 동안은 먼저 매달 각 세대에 생활비를 700위안씩 준 후 바나나 수확기에 이자를 결산할 때 이를 공제하겠다고 했다.

아밍은 잔뜩 기대에 부풀어 그중 한 부분을 할당받았다. 1만 평이 조금 넘었다. 바나나 2000여 그루를 심었다. 수확량이 많을 경우 의식주 걱정 없이 바깥 세계에서 3년은 버틸 수 있는 돈이었다. 그는 신바람이 나서 계약을 맺었다.

멍딩은 기후 조건이 바나나 재배에 안성맞춤이었다. 이곳 연평균 기온이 얼마나 높은지 가히 짐작하고도 남음이 있었다. 아밍이 막이 농장에 왔을 때 4만여 평의 땅은 막 벼 수확을 끝낸 후였다. 트랙터가 수많은 바나나 묘목을 실어 날랐다. 40~50명의 일꾼들이 일주일 넘게 땀을 흘린 후에야 모두 심을 수 있었다.

그 후 아밍은 바나나 재배에 대한 모든 책임을 짊어졌다. 지역 민공民工들과 마찬가지로 그 역시 막사에 살았다. 바나나는 빨리 자랐다. 두 달이 채 못 돼 허리 높이까지 자랐다.

바나나 재배는 건축 현장에서 일하는 것보다 훨씬 더 고달팠다. 정신적·육체적 노동 강도가 매우 센 작업이라 매일 기타 연습을 할 시간이 없었다. 그러나 아밍은 작업이 끝난 뒤 어렵게 시간을 내어 기타 연주의 감을 잃지 않도록 연습했다. 때로 너무나 피곤한 날이면 기타를 치다가 그대로 안고 잠이 들었다. 그는 예전이나 지금이나 다름없이 늘 혼자였다. 그저 유일한 친구라면 샤오창뿐이었다.

샤오창의 가족은 아밍 옆집에 살았다. 그 집 역시 또 다른 바나나 재배지 한 몫을 할당받았다. 샤오창 집은 엉망진창이었다. 영화로 찍는다 해도 그 한심한 내막을 다 담지 못할 정도였다. 샤오창의 아버지는 주정뱅이에다 게을러서 한 번도 정상적으로 직업을 가져본 적이 없었다. 여자도 세 번이나 바뀌었다.

첫 여자는 생활이 얼마나 고달팠는지 샤오창의 형을 낳고 다른 남자와 정분이 나서 야반도주를 했다. 두 번째 여자가 바로 샤오창의 엄마인데, 샤오창이 여덟 살 때 세상을 떠났다. 너무 가난해서 병을 치료할 돈이 없었으므로 집 침대에서 죽음을 맞이했다. 세 번째는 미얀마 여자였다. 샤오창의 남동생을 낳고 미얀마로 도망쳐 다시는 돌아오지 않았다.

열네 살 샤오창은 키가 작았다. 심한 발육부전이었고, 학교 문턱도 밟아본 적이 없었다. 그는 매일 낡은 쪼리를 신은 채 커다란 플라스틱 통을 들고 바나나 나무에 비료를 주었다. 통은 크고 키는 작다 보니 통을 들어 올리지 못하고 끌고 다녔다.

샤오창의 아버지는 술에 취해 일터에 나가지 못하는 때가 다반사였다. 때론 인사불성으로 취해 밭에 고꾸라져 있었다. 아무리 끌어당겨도 죽은 돼지처럼 꿈쩍하지 않았다. 자기 구토물 위에 누워 있는 그의 몸 위로 개미들이 기어올랐다. 샤오창의 남동생은 이제 겨우 예닐곱 살이라 아직 철이 들지 않았고, 형은 스무 살이 넘었는데도 할 일 없이 여기저기 싸돌아다녔다. 이런 판국이니 이 집의 노동은 모두 샤오창의 몫이었다.

샤오창은 선택의 여지가 없었다. 그저 운명을 받아들여 매일 밥을 먹고, 잠을 자고, 일을 하느라 제대로 클 시간도 없었다. 아밍은 그에게서 어릴 적 자신의 모습을 보았다. 그럴 때마다 울분이 끓어올라, 가끔 샤오창의 일을 도와주었다.

샤오창은 엄마가 없었다. 다른 사람에게 감동받았을 때 어떻게 반응해야 하는지 배운 적이 없었다. 그는 그저 이를 훤히 드러내며 아밍을 향해 웃었다. 이렇게 시간이 흐르면서 두 사람은 많이 친숙해졌다.

어느 날 밤, 아밍이 안에서 기타를 치며 노래하고 있을 때 샤오창이 문을 열고 들어와 옆에 앉더니 넋을 잃고 그를 바라봤다. 한 곡이 끝나자 샤오창은 숭배에 가까운 눈빛으로 아밍을 바라보며 기타 배우는 게 어려운지 물었다.

아밍이 말했다.

"어려울 게 뭐 있어? 손만 움직일 수 있으면 내가 가르쳐줄게."

아밍이 그에게 기타를 건넸다. 하지만 샤오창은 잽싸게 두 손을 등 뒤로 숨겼다. 아밍이 그의 손을 힘껏 잡아당겼다. 순간 아밍은 깜짝 놀랐다. 이게 열네 살짜리 아이의 손이라니! 온통 굳은살이 박인 샤오창의 손은 마치 발뒤꿈치처럼 두꺼웠다. 거칠고 둔탁한 손가락은 하나같이 살이 트고 본래 살색을 도저히 알아볼 수 없을 정도로 더러웠다. 반창고 한쪽을 들어 올렸지만 차마 반창고를 벗길 수 없었다. 손톱이 살에 파고들었고, 손톱의 조반월은 아예 찾아볼 수도 없었다.

샤오창이 쑥스러운 듯 말했다.

"기타 더럽히지 않게 가서 손 씻고 올게요."

아밍은 시선을 돌린 채 잠시 말을 잃었다. 샤오창은 자기 덩치에 지나치게 큰 커다란 쪼리를 신고 있었다. 그는 화제를 돌려 쪼리가 아버지 것인지 물어봤다. 샤오창은 지난번 시장에 갔을 때 샀는데, 나중에 커서도 신을 수 있도록 일부러 큰 것을 산 거라고 말했다. 아밍 역시 고생을 안 해본 것은 아니었지만 아무리 애써도 눈물을 참을 수가 없었다.

샤오창이 갑자기 입을 열었다.

"빨리 자라서 일을 많이 하고 싶어요. 그래서 돈도 많이 벌고…… 그럼 더 이상 맞지도 않을 거예요. 형을 봐요. 이렇게 다 컸으니 얼마나 좋아……."

아밍은 후에 「샤오창」이란 곡을 썼다.

> 그에겐 꿈이 있었지.
> 하룻밤 사이에 크는 꿈, 왜 그런 꿈을 꾸는지 물었지.
> 그 애는 커서 아무 곳이나 날아가고 싶다고 말했어.
> 잎이 떨어져도 걱정하지 않을 곳으로.
> 그는 말했지, 어서 자라고 싶다고.
> 그는 말했지, 자라기만 하면……

아밍은 샤오창에게 반년 동안 기타를 가르쳤다.

바나나가 3미터 정도 자랐을 때 샤오창 가족은 농장에서 쫓겨났다. 이유는 간단했다. 아버지가 늘 술에 취해 일을 하지 않아 관리 소홀로 바나나 생장을 그르쳤다는 것이다. 농장주가 그의 관리 자격을 박탈했다. 어느 날, 시장에 간 아밍은 길가에서 우연히 샤오창을 만났다. 샤오창은 한 농가에서 오리 사육 일을 거들고 있었다. 오리는 200여 마리였다. 일이 너무 고되어 아밍에게 기타 배울 시간이 없다고 했다. 헤어질 때 샤오창이 말했다.

"사람들이 그러는데 기타 치고 노래 부르는 건 다 쓸데없는 일이래요, 먹고사는 데 전혀 도움이 안 된대요."

아밍은 자기도 모르게 그의 말을 반박했다.

"아냐, 먹고살 수 있어!"

샤오창이 그를 바라보며 이를 드러내고 웃더니 손을 흔들고는 가버렸다.

그 후 아밍은 다시는 그를 보지 못했다. 누군가 멍딩 거리에서 쓰레기를 줍는 모습을 봤다는 사람도 있고, 다른 바나나 농장에서 일하는 것을 봤다는 사람도 있었다. 또 국경을 넘어 총을 메고 총알받이 병사가 되었다는 소문도 들려왔다.

6

드디어 바나나에 꽃이 피었다. 푸른 봉오리가 가지 끝에 삐죽 모습을 내밀더니 하루가 다르게 열매가 아래로 처졌다. 아밍의 작업량도 덩달아 점점 더 많아졌다. 3일에 한 번씩 약을 주고, 5일에 한 번씩 비료를 줘야 했다. 또 과실 무게 때문에 기울어지거나 쓰러지지 않게 나무 한 그루마다 3미터 정도 팔뚝처럼 굵은 지지대를 받쳐줘야 했다. 밤에 기타를 칠 때면 그는 이따금 샤오창의 말이 떠올랐다.

'노래를 부르는 건 쓸데없는 일이래요, 먹고사는 데 전혀 도움이 안 된대요.'

그는 초조해지기 시작했다. 바나나 농장이 마치 짐승 우리처럼 그를 가두고 있는 것 같았다. 우리의 철창은 눈으로 볼 수 있는 건 아니지만 끊을 수 있는 것도 아니었다. 일은 점점 더 힘들었다. 때로 너무 지치고 짜증이 났다. 아밍은 바나나를 마구 발로 차거나, 강물에 뛰어들어 조용히 눈을 감은 채 한참 동안 물 밖으로 나오지 않았다.

머리를 감싸고 생각했다. 이 세상에는 내 또래의 사람들이 많아. 그중에는 분명 기타 치고 노래 부르는 일을 사랑하는 사람도 많을 거야. 그 사람들 모두 이런 생활을 할까? 그들은 어떻게 살아갈까? 내가 기타 연주에 걸맞지 않은 사람일까? 내가 원하는 게 너무 많은 건 아닌가? 아무리 머리가 터지도록 생각했지만 답을 알 수가 없었다. 강물이 차가웠다. 하지만 고민덩어리로 달아오른 그의 머리를 식혀주진 못했다.

맞은편 언덕 태족 사람들의 수박밭 역시 온통 노란색 꽃으로 물들어 있었다. 낮에 강에 와서 목욕을 하는 다이족 사람들이 하루가 다르게 늘어났다. 강은 3, 4미터 폭으로 바닥이 훤히 들여다보일 정도로 맑았다. 강바닥은 모두 가는 모래인데 간혹 자갈들이 섞여 있었다. 강의 양쪽 언덕에는 푸른 관음죽이 빽빽하게 자라났다.

이 지역 태족 사람들은 오래전부터 이 강에서 목욕을 했다. 날이 더워지면 무리를 지어 목욕하는데 나이가 많게는 50~60세에서 적게는 대여섯 살짜리 어린아이들도 있었다. 멱을 감을 때 아이들은 모두 발가벗고, 성인 남자들은 팬티만 입고 목욕을 했으며, 여인들은 다이족 전통 치마를 입었다. 남녀노소 할 것 없이 웃통을 벗은 사람들이 상쾌한 바람이 불어오는 달 밝은 밤에 떠들썩하게 물장난을 쳤다. 그들의 웃음소리가 멀리까지 전해졌다.

아밍은 일손을 멈추고 한참 동안 넋 나간 듯 그들을 바라봤다. 그리고 기타를 꺼내 튕기기 시작했다. 물소리에 기타 소리가 어우러지면서 그는 삼매경에 빠져들었다. 기타를 튕기던 그의 입에서 절로 노래가 흘러나왔다. 가사는 없었다. 그냥 즉흥적으로 흥얼거렸다. 마치 길고 긴 탄식처럼 느껴지기도 하고, 커다란 신음 소리 같기도 했다.

노래 한 곡이 끝나자 마음이 훨씬 가벼워졌다. 그는 기타를 내려놓고 계속 일을 했다. 그날 밤, 막 침대에 들려고 할 때 갑자기 예닐곱 대의 오토바이 소리가 들려왔다. 소리는 점점 더 가까워지더니 막사 입구에서 멈췄다. 시끄러운 기계음과 남녀들의 대화 소리에 아밍은 멍하니 자리에서 일어나 앉았다. 변경 지역에 사는 사람들은 사납기로 유명했다. 외지에서 들어온 사람들과 수시로 시비가 붙었다. 아밍은 자신이 무슨 잘못이라도 저지른 것은 아닌가 걱정하며 문을 열었다.

막 문을 나가려 할 때 태족 청년 하나가 다가왔다. 벌어진 옷소매 사이로 울룩불룩한 근육이 엿보였다.

그가 어색한 중국어로 물었다.

"낮에 강가에서 노래 부른 사람이 당신이오?"

아밍은 뒷걸음질을 쳤다.

"왜 그러는 겁니까?"

태족 청년의 얼굴에 함박꽃이 피더니 아밍의 손을 잡고 자기 이름을 옌밍이라고 소개했다. 낮에 강가에서 목욕할 때 아밍의 연주를 들었는데 너무 좋아서 마을 친구들과 함께 노래를 들으러 왔다고 말했다.

아밍은 그제야 안도의 한숨을 내쉬고 그들을 안으로 들였다. 10여 명의 남녀 청년들이 다이족 고유의 쌀술과 시큼하고 매운 간식거리를 가지고 들어왔다. 술이 몇 잔 들어가자 아밍은 마음이 활짝 펴지면서 거침없이 기타 연주를 시작했다.

순식간에 친구들이 생겼다. 이후 그들은 거의 매일 찾아와 아밍과 함께 기타를 치며 노래를 불렀다. 아밍의 기타 연주와 노래에 푹 빠진 그들은 끊임없이 아밍에게 연주와 노래를 부탁했다. 다시 한 곡 더 해봐. 한 곡만 더해줘.

눈 깜짝할 사이에 살수절물 뿌리기 축제. 중국 소수민족인 다이족과 태국, 미얀마 일부 민족의 최대 명절이 다가오고, 강 언덕의 수박도 무르익었다. 태족 청년 옌밍과 그의 친구들이 아밍을 초대했다.

낮이 되자 마을 사람들이 사찰의 커다란 용수나무 아래 모여들었다. 석가모니에 대한 예불을 마친 후 사람들은 사찰 창고에서 1년에 단 한 번 사용하는 상각象腳鼓를 날라다 치고, 태족 의상을 입은 소녀들이 공작춤을 추기 시작했다.

살수절 행사가 본격적으로 시작되자 사람들은 서로 물을 뿌리며 행운을 빌었다. 아밍은 손님이라 첫 번째로 온몸이 흠씬 물에 젖었다. 그는 온몸이 젖은 채 기타를 안고 한 곡 한 곡 사람들을 위해 노래를 불렀다. 순식간에 기타에 물이 반이나 찼다. 기타 소리가 이상해졌다.

그러나 아밍은 어찌나 즐거운지 기타 걱정은 잊은 채 입을 다물지 못했다. 눈과 귀를 모두 동원해도 그의 기쁨을 다 표현할 수 없었다. 사람들이 모두 그를 향해 웃고 있었다. 그날 하루 만에 어린 시절부터 지금까지 그가 누릴 수 없었던 즐거움이 모두 채워지는 듯했다. 그야말로 아밍이 맞은 진정한 첫 번째 명절이었다.

밤이 되자 옌밍의 뜰에 친구들이 몰려들었다. 태족 음식이 한 상가득 차려졌다. 그는 어려서부터 반찬이 네 가지 이상 되는 저녁 식사를 해본 적이 없었다. 바나나 농장에서 일하는 동안 생활비를 벌 수 있었지만, 워낙 소박한 생활에 익숙했기 때문에 매일 먹는 것이라고는 공심채와 양배추뿐이었다. 그렇게 대충 하루 세 끼를 채우다가 갑자기 풍성한 저녁 식탁을 대하자 도무지 눈을 둘 데가 없었다.

그는 자기 허벅지를 힘껏 꼬집었다. 절대 쪽팔리게 행동하면 안돼, 절대……. 그런데 아무리 다짐해도 자꾸만 침이 흘러내리는 것을 참을 수가 없었다.

옌밍 아버지가 축복의 말을 전한 후 아밍이 코를 박고 음식을 먹기 시작했다. 어찌나 게걸스레 먹는지 입안의 음식을 채 삼키기도 전에 자꾸만 젓가락질을 했다. 사람들 보기가 민망해진 그는 아예 고개를 숙인 채 배를 채우기에 급급했다. 마치 식탁 가득 차려진 음식으로 마음속의 허전함을 메워버리려고 맘먹은 것 같았다

한참을 맛있게 먹고 있는데 갑자기 등에 서늘한 기운이 느껴졌다.

영문을 알 수가 없었다. 사람들이 모두 그를 이상한 눈빛으로 바라보더니 갑자기 웃기 시작했다. 아밍은 입안 가득 음식이 담겨 있어 볼이 터질 것 같은 모습으로 뒤를 돌아봤다. 한 아름다운 태족 여자아이가 입을 가린 채 웃고 있었다. 그 아이의 손에 들린 대나무 바가지에서 물이 떨어지고 있었다. 옌밍의 아버지가 자리에서 일어나더니 축하주를 들었다.

"젊은이! 자, 한잔하지. 오늘 자네가 가장 행복한 사람이네!"

태족 마을의 전통에 따르면, 사람들이 모두 바라보는 가운데 여자가 남자에게 물을 뿌리면, 그것은 사모한다는 의미였다. 만약 남자도 마음이 있으면 그 자리에서 천생연분 인연이 맺어졌다.

물을 뿌린 아가씨가 뺨이 볼그레하게 물든 얼굴로 아밍을 쳐다봤다. 좁은 통치마에 가는 허리가 눈에 띄었다.

아밍은 얼이 나가 황망히 그 자리를 도망쳤다. 옌밍이 오토바이로 아밍을 막사까지 바래다줬다. 그는 오토바이 뒷자리에 앉아 옌밍에게 물었다.

"나처럼 가난하고 못생긴 사람을 그 아가씨가 왜 좋아하지?"

옌밍이 말했다.

"어떻게 안 좋아할 수가 있어? 너처럼 노래 잘 부르는 사람을……."

그러고 나선 입맛을 다시며 한숨을 쉬었다.

"정말 아까워. 그 여자애가 물을 뿌리면 너도 답으로 물을 뿌려야 했는데. 이렇게 도망쳐버렸으니 기회를 놓친 거지. 이걸로 끝이야, 가망이 없어. 우리 마을에서 제일 예쁜 여자애였는데. 크크! 이 바보! 후회막급이지?"

7

바나나 농사가 대풍을 이루어 바나나가 줄줄이 차에 실려 나갔다. 한 달 넘게 수확한 후 대충 일단락을 맺었다. 어느 날 밤, 농장주가 임금을 계산하겠다며 아밍의 막사를 찾아왔다. 능글맞은 농장주는 매우 능숙한 솜씨로 그를 착취했다. 그는 당당하게 전에 없던 각박한 조항을 내밀었다.

예를 들어 생장기에 해충 때문에 썩은 바나나, 과실이 맺혔을 때 태풍에 쓰러진 바나나 등 불가항력적인 손실에 대한 배상을 모두 아밍에게 떠넘겼다. 그렇게 이것저것 다 빼고 나니 아밍이 예상한 임금의 반이 줄었다. 게다가 그것도 다음 바나나 성숙기에나 결산할 수 있다고 했다.

아밍은 농장주의 처사가 못마땅해서 당장이라도 떠나고 싶었지만 계약이 문제였다. 농장주가 소송을 걸겠다고 위협하는 바람에 선택의 여지가 없었다. 그는 억울했지만 계속 바나나 농장에 남아 있을 수밖에 없었다. 스무 살이 넘도록 중국 변경 지역에서 바닥 생활을 하는 그에게 자신의 권리를 어떻게 보호할 수 있는지 가르쳐주는 사람은 아무도 없었다. 그가 할 수 있는 일이라곤 다시 이런 천재나 인재 없이 농장주가 선심을 베풀어주길 기도하는 것뿐이었다.

농장주는 그에게 약간의 돈을 던져준 후 엉덩이를 툭툭 털고 일어나 나가버렸다. 양심의 가책이라곤 전혀 느끼지 않는 모습이었다. 막사를 나가던 그가 귀퉁이에 놓인 기타를 가리키며 말했다.

"세월 좋네……."

아밍은 이를 바득바득 갈았다. 이 가는 소리가 들릴 정도였다.

바나나는 생장기에 뿌리 부분에서 새싹이 수없이 올라온다. 바나나를 딴 후 주 기둥을 베고 생장이 가장 좋은 줄기를 남겨야 한다. 그래야 다시 어린 싹부터 나무를 키우는 번거로운 작업을 할 필요가 없었다. 아밍이 겨우겨우 화를 삭이며 바나나 숲에서 주 기둥을 베어낼 때 미얀마 정부군과 미얀마 코캉 특구 펑캬신 부대의 접전이 벌어졌다. 펑캬신은 골든트라이앵글 지역에서 '전쟁의 신'이라 불리던 반군 지도자였지만 당시는 이미 나이가 많이 든 데다 전쟁을 시작한 지 너무 오래되어 장군도 병사도 모두 나태해진 상태였다. 펑캬신의 부대는 며칠 지나지 않아 미얀마 정부군에 대패했고, 펑캬신마저 행방이 묘연했다.

미얀마 정부군은 내친김에 병력을 부근의 와 자치구에 배치했고, 아밍이 당시 군인 학교를 지었던 곳까지 탱크를 몰고 갔다.

와 자치구 군대와 미얀마 정부군은 그곳에서 며칠을 대치했다. 소식에 따르면, 여러 차례 회담을 벌인 끝에 겨우 사태를 안정시켰다고 한다. 아밍은 마을의 영상실을 떠올리며 일찍 그곳을 떠난 것이 천만다행이라 생각했다.

전쟁이 시작되자 난민들은 중국 국경 지대로 피란을 갔다. 중국 정부는 간이 막사를 지어 그들을 지정된 곳에 이주시켰다. 여자들의 절망에 가득 찬 눈빛, 울고불고 난리법석인 아이들의 모습이 처량하기 그지없었다.

아밍은 수소문한 끝에 자신에게 테이프와 기타를 팔았던 후난 사람이 총에 맞아 죽었다는 소식을 들었다. 그는 당시 후난 사람이 준 『기타 입문 교정』을 아직도 가지고 있었다. 겉장이 다 헐어 투명 반창고로 겨우 붙여둔 상태였다.

이어폰도 가지고 있었지만 당시 숲에서 주웠던 워크맨이 고장났기 때문에 이어폰을 쓸 곳이 없었다.

후난 사람도 예전에는 기타를 치며 노래하던 가수였다고 한다. 자기 마을에서는 한때 이름을 날리기도 했는데 중년 이후 어쩌다 미얀마의 와 자치구로 흘러들어와 테이프와 기타를 팔며 생계를 유지했다는 소문이었다. 타국에서 객사한 사람은 시신도 고향으로 돌아가기 힘들었을 테니 아마도 양귀비 꽃밭에 대충 묻혔을 것이다.

아밍은 원보元寶, 중국 역대 왕조 화폐의 일종으로, 제사 때 은박지로 가짜 원보를 만들어 올린다와 초를 사서 후난 사람을 위한 제를 올렸다. 접시에 바나나를 담고 기타를 옆에 두었다. 아밍은 아직도 그의 걸쭉한 후난 말투를 기억했다.

"병신 새끼, 기타에 화음 넣는 것도 몰라?"

"연습을 할 거면 잘해. 고생스러워도 질내 포기하지 말고! 그래야 나중에 그걸로 밥 먹고 살지!"

아밍은 이튿날 멍딩의 바나나 농장을 떠났다. 임금은 받지 않았다. 등에 멘 기타 말고는 아무것도 없었다. 아밍은 고향 집으로 돌아가지 않았다. 그는 북쪽을 향해 유랑을 떠났다. 걸어가며 노래를 불렀다. 그렇게 노래를 부르며 수년이 흘렀다.

185

8

어느 해 어느 날 밤, 윈난 리장 다옌 고성에 있는 다빙의 소옥. 소박한 술잔을 기울이며 오랜 친구들이 화로에 둘러앉아 조용히 노래를 부르고 이야기를 나누었다. 그 자리에는 유랑 가수 다쥔, 여행자 밴드 장즈, 탈옥자 루펑, 리장 북의 대가 다쑹 등 많은 사람들이 있었다.

다쑹은 손북을 치고, 장즈는 돔브라를 연주하며 사람들에게 신곡을 들려주었다. 당시 장즈가 부른 노래는 한때 사람들의 애창곡이 된 「유랑자」였다.

난 당신을 몰라요. 마치 이제껏 나 자신을 몰랐던 것처럼.

그래서 끊임없이 길을 걸어요. 그래서 끊임없이 찾고 있어요.

태양이 떴다가 또 지고 있어요. 애인이 왔다가 또 떠나가요.
그래서 끊임없이 걷고 있어요. 그래서 끊임없이 찾고 있어요.

다빙의 소옥 문밖에 두 사람이 서서 조용히 노래를 듣다가 곡이 끝난 뒤에야 문을 밀고 들어섰다. 다쑹의 제자인 펑관 그리고 장발을 치렁치렁 어깨까지 기른 새카맣고 삐쩍 마른 남자였다.

나는 펑관이 맘에 들었다. 소박한 젊은이였다. 그는 린창 출신으로 의지가 매우 강했다. 리장에 온 후 손북 가게에서 직원으로 일하며 다쑹에게 타악 연주를 배워 난징 예술대학에 입학했다.

다음 날 대학 입학을 위해 난징으로 떠나는 펑관이 우리를 보러 왔다. 그가 옆에 있는 장발의 새카만 청년을 소개했다.

"아밍이라고, 고향 친구예요. 어렸을 때 건설 현장에서 같이 일했어요. 이 친구도 가수예요. 유랑하고 있는데 오늘 리장에 들어왔어요. 부두까지 작별 인사를 하러 같이 가려고요."

다빙의 소옥은 유랑 가수들의 본거지였다. 일단 가게 문을 들어서면 한 식구나 마찬가지로 맘껏 술을 마시며 노래를 불렀다. 널리 가난한 이들을 보호해줄 능력이 내겐 없다. 그저 같은 길을 가는 사람들이 모여 잠시 몸 하나 녹이며 잠시 쉬어갈 작은 역참을 제공할 뿐이다. 나는 유랑 가수 아밍에게 술 한 그릇을 건네며 노래를 한 곡 청했다.

아밍은 무척 겸손하게 한참을 거절하고 나서야 기타를 안았다.

그리고 「청춘 만세」라는 노래를 불렀다.

한순간의 청춘은 마치 담배 한 대 같은 것,
어느새 자신도 모르는 사이에 불이 붙어요
아름다운 청춘은 마치 술 한 잔 같은 것,
술에 취했다가 깨어나니 벌써 백발이 되었네.
하지만 후회하지 않아, 이미 한 번 보여준걸,

후회할 이유는 없어. 누구나 한 번이걸.

청춘 만세, 난 널 위해 잔을 비우리.

청춘 만세, 나는 널 위해 취하리.

청춘 만세, 난 언제나 너와 함께할 거야.

청춘 만세, 다시 뒤돌아봐도 시들지 않았네

아밍이 노래를 다 부르고 나자 한참 동안 아무도 말이 없었다. 내가 물었다.

"직접 쓴 거예요?"

그가 겸연쩍은 표정을 지으며 윈난 방언으로 대답했다.

"공부한 적은 없어요. 그냥 막 쓴 건데……."

장즈가 끼어들었다.

"좋은데?"

다쥔과 다쑹이 눈빛을 교환하면서 고개를 끄덕였다. 루핑이 아밍에게 담배 한 개비를 건네며 그의 어깨를 도닥였다.

"가사가 정말 맘에 들어."

나는 윈난 말로 말했다.

"형제, 앞으로 언제든 와. 술 한잔 줄게."

아밍이 점잖게 술잔을 받아 한 바퀴 돌리더니 단숨에 들이켰다.

모두 여섯 줄의 현 위에서 살아가는 사람들이었다. 서로의 거리를 가까이 당기는 데는 노래 한 곡이면 족했다.

이렇게 해서 나는 아밍을 알게 되었다.

아밍은 리장 술집에서 노래하는 일을 찾았다. 보통 사람들과 다른 그의 노래와 창법에 사람들은 술잔을 들고 멍하니 바라보며 줄줄 눈물을 흘렸다. 하지만 술집 주인은 그와의 계약을 점잖게 끝냈다. 너무 무거운 노래 때문에 손님들 기분이 가라앉아 매출에 영향을 준다는 이유로.

아밍은 아무 말 없이 계속 다른 술집 일을 찾았다. 고성에는 술집이 800곳 정도 있었는데 그렇게 일을 찾아 전전했지만, 그를 받아주는 곳은 '38호'라는 이름의 술집 한 곳뿐이었다.

38호는 다빙의 소옥에서 멀지 않은 곳에 위치한 매우 특이한 곳이었다. 주인 아타이는 기인이었다. 그림 그리는 사람 가운데 노래를 제일 잘하고, 노래 부르는 사람 가운데 그림을 제일 잘 그리는 사람이라고 자칭했다. 술에 취하면 흥이 나서 시를 짓는데 그 시를 자기 술집에서 읽는 것이 아니라 꼭 우리 다빙의 소옥에 와서 낭송했다. 흥이 더 오르면 바지를 벗고 시를 읽는데 마치 위진시대 죽림칠현이 되살아난 듯 기개가 넘쳤다.

아타이는 사람을 볼 줄 알았다. 아밍은 38호 술집에 몇 년을 머물렀다. 매일 밤 1시에 일이 끝났는데 퇴근 후면 다빙의 소옥을 찾아왔다. 그에게 술을 주면 조용히 술을 마시고, 기타를 주면 느릿느릿 노래를 불렀다. 그렇게 여러 해 동안 그는 매일 우리를 찾아왔다. 말은 많지 않았다. 한번 오면 30분 정도 앉아 있다가 예의 바르게 작별 인사를 하고 달빛을 밟으며 돌아갔다.

188

아밍은 10위안을 주고 작은 토종 강아지를 샀다. 그리고 그 강아지에게 페이홍이라는 이름을 지어주었다. 페이홍은 그가 주는 대로 잘 먹었다. 페이홍은 사람과 성정이 잘 통하는 강아지였다. 자란 후에는 매일 그의 곁을 따라다녔다. 한밤중에 그가 다빙의 소옥 문을 열면 페이홍이 먼저 들어와 익숙하게 자리에 뛰어오른 다음 몸을 웅크리고 꼬리를 말아 넣었다.

아밍은 내향적인 성격이어서 친구가 많지 않았다. 그는 페이홍을 정말 좋아해서 형제나 친구처럼 대했다. 페이홍 역시 아밍처럼 차갑고 도도했지만 주인을 지키는 일에 있어서는 단연 최고였다. 리장은 밤이 되면 술에 취한 미치광이들이 출몰한다. 아밍은 자주 밤길을 다녔기 때문에 몇 번이나 시비에 휘말렸다. 그때마다 페이홍이 달려들어 상대를 향해 위협적으로 으르렁거렸다. 아밍에게 욕을 하면 페이홍이 발목을 물었고, 주먹이라도 쓰는 사람에겐 상

대의 목을 겨냥해 달려드는 통에 몇 번이나 위험한 순간을 넘겼는
지 모른다.

페이홍은 이름값을 하는지, 거리 전체의 그 어느 개도 감히 페이
홍에게 달려들지 못했다. 그러면서 페이홍은 아밍의 수호자가 되
어 24시간 동안 그를 따라다녔다. 사람 하나와 개 한 마리가 앞뒤
로 고성을 거니는 모습은 점차 하나의 유명한 볼거리가 되었다.

어느 날 밤, 나는 아밍에게 물었다.

"리장을 떠나면 페이홍은 누구에게 주고 갈 거야?"

생각지도 못한 답이 그의 입에서 흘러나왔다.

"어디든 데리고 갈 거예요. 베이징에 갈 때도 데려갈 거예요."

내가 말했다.

"아밍은 포부가 크군. 베이징에 가서 뭐할 건데? 계속 노래 부를
거야?"

"네. 이왕 부를 거 유명해져야죠."

"기백이 있네. 잘해봐. 하루빨리 이름도 날리고, 돈도 많이 벌어
대가가 되어야지."

아밍이 웃으며 말했다.

"제 팔자에 무슨! 그저 노래로 먹고살 수 있으면, 평생 부를 수만
있다면 그걸로 족해요."

"그게 자네 삶의 이상이야?"

그가 진지하게 머리를 끄덕였다.

오래전, 나는 음악 하는 몇몇 친구들과 함께 기타와 손북, 돔브
라를 메고 노래를 부르면서 시베이로 향했다. 가는 길에 그들은 놀
랍도록 아름다운 목소리로 노래하는 할머니를 만났고, 할머니의
흙벽돌집을 빌려 하룻밤 묵었다.

할머니가 감자를 구워줬다. TV도, 라디오도 심지어 전등도 없었
다. 사람들이 모닥불을 에워싸고 돌아가며 노래를 불렀다. 말이 별
로 없는 할머니는 감자를 굽거나 혹은 노래를 불러줬다. 사람들의

악기를 어루만지기도 했다. 할머니는 혼자 살았다. 황량한 들판에서 평생 노래를 불렀다. 살면서 처음으로 이렇게 많은 청중 앞에서 노래하게 되었다고 했다.

다음 날 오후, 작별 인사를 하고 얼마 지나지 않아 할머니가 벌겋게 달아오른 얼굴로 쫓아왔다. 그러고는 아이처럼 우물쭈물하다 겨우 입을 열었다.

"노래 부르는 양반들, 모두들 뭘 해먹고 살아요?"

망망한 황야를 벗어난 적이 없던 노인이 겨우 용기를 내어 던진 질문이었다.

나는 백 번째로 그 질문을 아밍에게 던졌다.

"그 자리에 있었으면 할머니에게 뭐라고 대답했을 것 같아?"

아밍은 내 질문에 대답하지 않았다.

다빙의 소옥은 고요했다. 바닥에 빈 술병이 널브러져 있고 페이홍은 잠들어 있었다. 배가 오르락내리락했다. 손님은 모두 나가고 나와 아밍만 남았다. 아밍의 표정에 아무런 변화가 없었다. 잠시 조용히 있던 그가 천천히 다른 이야기 하나를 들려줬다. 추적추적 비가 내리는 골든트라이앵글, 멍딩의 바나나 농장, 21세기의 건축 현장 등에 관한 미완의 이야기였다.

190

찢어지게 가난한 자의 정처 없는 유랑, 막연한 기대, 문득 다가오는 희망과 절망 그리고 기타 하나와 정말 노래를 부르고 싶은 아이의 이야기였다. 그 아이의 가장 큰 소망은 그저 한평생 노래를 부르고 싶고, 또 그 노래로 먹고사는 것이었다.

그가 그 소망을 이루었는지는 아직 미지수다.

그날 밤, 아밍은 이야기를 마치고 내게 한 가지 질문을 던졌다.

그가 던진 질문에 마음이 아팠다.

그가 쭈볏대며 물었다.

"형, 나처럼 노래를 부르는 가난한 아이는 어떻게 먹고살아야 하죠?"

내가 무슨 말을 할 수 있었을까.

그저 술을 가득 따라줄 수밖에.

기타 줄을 튜닝했다.

아밍, 날이 아직 이르네. 노래 한 곡 더 부르게.

🎧 노래를 들을 수 있어요!

여행자 밴드 장즈(張智), 「유랑자」

아밍, 「청춘 만세」

7

다빙의 인연   더우더우와 그의 남자

시간은 덧없이 흘러 눈 깜짝할 사이에
여러 해가 지났다.
누군가 다빙의 소옥은 리장의 깃발과 같아
절대 쓰러질 수 없다고 했다.
물론 그렇게 무너져버릴 수 없었다.
내게 다빙의 소옥이 그저 작은 술집에
불과하겠는가?
그곳은 수행의 도장이자 내 종족의 나라다.
설사 어느 날 내가 가난에 찌들어 살길이
막막해진다 해도 정자나 피를 팔아서라도
이 작은 다빙의 소옥을 지킬 것이다.
그래야 할 이유, 아주 오래된 이유가 하나 있다.

노래 듣는 이 눈물 흘리지 말아요

당신은 얼마나 많은 이별을 겪었는가?
지난 이별은 어느 해 어느 달이었던가?
누가 먼저 등을 보였는가?
떠나는 그 사람은 뒤를 돌아보았는가?
마지막으로 당신에게 깊은 눈길을 보냈는가?
그리고 당신은 아직도 그를 생각하는가?
옛사람이 그랬지.
날이 저물고 술이 깨어보니 사람은 이미 떠나가고,
하늘 가득 비바람이 서쪽 누각에 내리고 있다고.
옛사람이 그랬지.
그 후로 아름다운 밤에 대한 기대는 사라져버렸다고.
밝은 달이 서쪽 누각으로 지든 말든 마음이 떠나버렸다고.
옛사람이 또한 이렇게 말했지.
말없이 서쪽 누각에 올라……
옛사람이 말하고 싶었던 것은 서쪽 누각이 아니라
이별의 슬픔이었다.
사랑이 깊지 않으면 사바세계에 태어남도 없고,
슬픔이 깊지 않으면 서쪽 누각에 오르지도 않는다.
넋이 나간 듯 실의에 빠지니 이별보다 더 심한 상처는 없다.
원한과 증오가 쌓여 괴롭고,
구하지만 얻지 못해 실의에 빠지며
사랑하지만 이별하니 고통스럽다.
사람들은 저마다 일생 동안 여러 차례 이별을 통해
마음이 찢어지는 슬픔을 겪는다.
사람들은 저마다 마음속에 서쪽 누각을 하나씩 지니고 있다.
나는 아주 특별한 이별을 지켜본 적이 있다.
또한 아주 특별한 서쪽 누각 한 곳을 지나친 적이 있다.

194

1

'리장'에 대해 말하면서 아름다운 만남을 이야기하진 말자. 당시 리장은 아름다운 만남의 땅이 아니었다.

대석교를 건너 소석교에 이르면 그 앞으로 가로등 하나 없는 길이 이어졌다. 부겐빌레아 꽃향기가 거리를 가득 메우고 흘러간 시간들이 딤벼락 구석진 모서리에 점점이 자리해 아무리 살금살금 걸어도 발소리가 들리는, 그만큼 고요한 곳이었다. 떠돌이 개가 처마 밑에 웅크려 앉아 발을 핥고, 커다란 얼룩 고양이가 쥐를 쫓으며 청석판 위를 '갈지자'로 뛰어다녔다. 멀리서 손전등 불빛이 빙글빙글 원을 그리며 길목을 비쳤다. 어쩌다 이곳을 찾은 관광객이 한가롭게 산책하는 모습도 보였다. 오일가는 적막에 싸여 있었다. 가게 하나 없는 이곳의 모습은 그 끝 문명촌까지 이어져 고요하기 그지없었다.

나와 루핑 모두 고요한 이곳 분위기를 좋아했고, 그래서 각기 길 끝에 작은 훠탕 가게를 열었다. 훠탕은 매우 특이한 작은 술집이다. 좌석도 무대도 없이 그저 조용히 불 옆에 모여앉아 따뜻한 청매주가 담긴 육중한 도기 그릇을 주거니 받거니 돌렸다.

그는 기타도 돌렸다. 가볍게 이야기 나누듯 그가 연주하는 민요는 모두 자신이 직접 만든 곡이었다.

일반 관광객들은 일부러 이곳을 찾지 않기 때문에 이곳에 들르는 사람은 대부분 우연히 작은 골목을 지나는 개인 여행객들이었다. 골목 입구에 이른 그들은 노랫소리를 따라 이곳까지 왔다가 끼익, 낡은 나무 문을 밀고 들어와 말없이 자리에 앉았다. 그리고 조용히 술을 마시며 노래를 불렀다. 그때는 SNS 전성시대가 아니었기 때문에 고개를 숙이고 모바일 게임을 하는 이도 없었다.

사방가四方街. 윈난 고성의 중심 거리의 술집에는 여자를 사귀는 데 네 가지 불문율이 있었다. 자발적으로 행동하지 말 것, 거절하지 말 것,

195

책임지지 말 것, 체면 깎이는 행동을 하지 말 것! 이렇게 네 가지였다.

손님 접대에도 마찬가지로 네 가지 불문율이 있었다. 직업과 이름을 묻지 않을 것, 노래 부를 때는 잡담하지 말 것, 잡담할 때는 노래 부르지 말 것!

휘탕 술집을 찾은 손님들이 대부분 청매주 한 잔에 한참을 앉아 있곤 했는데 우리는 이런 손님을 좋아했다. 그들은 매우 진지하게 노래를 들었다.

루펑의 휘탕 이름은 'D조'였다. 청석 벽돌로 된 문짝이 있는 집이었다. 나의 가게 이름은 '다빙의 소옥'으로 담벼락이 황토 벽돌이었다.

다빙의 소옥에서 일어난 이야기들은 아마 책 세 권으로 엮어도 다하지 못할 것이다. 유목 민요가 여기서 탄생했고, 26번째 우리 가게 봉사자가 이곳에서 자신의 인생 노선을 바꿨다. 셀 수 없을 정도로 많은 사람들과 노래 부르는 이들이 이곳을 찾았다. 장취안張佺, 가수. 시베이 민간 음악의 영향을 많이 받았다이 이곳에서 구현口弦, 소수민족 악기을 연주하고, 리즈李智, 영화감독와 우쥔더吳俊德, 신장 출신의 가수 등이 돔브라를 연주했다. 완샤오리萬曉利, 민요 가수는 이곳에서 술에 취해 기타를 치며 소리도 내지 못한 채 울먹거렸다. 속세의 사람들도 이때만큼은 잡다한 세상 이야기를 하지 않았다. 이따금 한가로운 이들이 술에 취해 주정을 부리기도 했지만.

낙후 지역의 지원 교사로 자원봉사를 하던 차이다오는 다빙의 소옥에서 일할 때 이런 노래를 쓴 적이 있다.

「다빙의 소옥」

달빛 서서히 차 떠오르면
담배꽁초를 던지고 가만히 숨을 내쉬네.

한 여자가 떠난 자리 쓸쓸한 뒷모습만 남아 있네.

잔잔한 꽃무늬 치마…….

어두운 불빛 아래

쌍희 담배 한 개비에 불을 붙이고,

바닥에는 빈 술병만.

한 남자가 들어오네

검은색 코트를 걸친 그 남자 얼굴에 수염이 가득하네.

　(……)

사람들 모두 흩어지며 문고리 소리 청명하게 들리면

'다빙의 소옥', 고요에 잠기네

너와 나 두 사람 모두 침묵이 흐르고

'다빙의 소옥', 모든 게 고요한 가운데 세상에 나와 함께하네.

'다빙의 소옥', 사람들은 떠나가는데 우리는

여전히 이곳에…….

　세월은 덧없이 흘러 순식간에 여러 해가 지나는 동안 방세는 네 자리에서 다섯 자리 숫자가 되었고, 리장의 '민요 휘탕'은 점점 인기를 잃어갔다. 당시 100곳이 넘었던 민요 휘탕이 있었지만 지금은 유일하게 우리 가게 한 곳만 남았다.

　다빙의 소옥은 마지막 민요 휘탕이다. 마이크도, 음향 장치도 필요 없었다. 그곳에서는 오로지 자작곡 민요만 울려 퍼졌다.

　누군가 다빙의 소옥은 리장의 깃발과 같은 곳이니 쓰러질 수 없다고 했다. 당연히 그런 일은 없다. 내게 어찌 이곳이 작은 술집에 불과하겠는가. 이곳은 수행의 도장이며 우리 종족의 나라다. 그 어느 날 찢어지게 가난한 순간이 온다 해도 정자를 기부하고 피를 팔아서라도 이 작은 다빙의 소옥을 지킬 것이다.

　사실 불가 제자의 한 사람인 내가 이런 집착을 가져서는 안 되지만, 내게는 이곳을 지키고 보호해야 할 아홉 가지 이유가 있다,

노랫말에 나오는 잔꽃무늬 치마를 입은 여자 이야기부터 해볼까 한다. 그 여자의 이름은 더우더우. 내가 본 여자 중에서 가장 얼굴이 뽀얗고 그림처럼 아름다웠다.

더우더우의 낯빛은 투명할 정도로 하얗다. 단 한 점의 어둠도 허용하지 않을 것 같은 순백의 얼굴. 손을 뻗으면 손 마디마디에 백옥 같은 윤기가 흐른다. 그녀의 머리가 단발인지 장발인지는 알 수가 없다. 실내, 실외를 불문하고 늘 모자를 쓰고 있었기 때문이다.

그녀는 항상 웃는 얼굴이었고 가녀린 목소리로 느릿느릿 말했다. 자연스럽게 예의가 묻어났다. 어느 날, 노래를 마친 내게 그녀가 물었다.

"그건 무슨 노래예요?"

"몽골어로 부르는 「울란바토르의 밤」이에요."

그녀가 눈썹을 치켜 올리며 실눈을 뜨고 말했다.

"정말 황홀해요…… 중국어 버전도 있어요?"

당시 더우더우는 불가에 앉아 남자 어깨에 머리를 기대고 있었다. 깜빡거리는 불빛으로 두 사람 주변에 금빛 테두리가 만들어졌다. 그녀는 남자 손바닥에 대고 가만히 박자를 맞췄다. 기타 선율을 온몸으로 느끼며 두 사람이 살며시 눈을 감았다.

198

> (……)
>
> 광야에서 불어오는 바람이여, 조금만 느리게 가요
> 침묵으로 당신에게 전하고 싶어요. 술에 취했어요.
> 먼 곳을 향해 날아가는 구름, 조금만 느리게 가요.
> 달려가 당신에게 전하고 싶어요, 난 고개를 돌리지 않아요
> (……)

남자의 두 눈에 살짝 눈물이 비치며 반짝이는가 싶더니 잠시 후 잦아들었다. 더우더우는 그를 '다수大樹'라고 불렀다. 마치 '다수大叔

큰삼촌'를 부르는 것처럼 들렸다. 남자는 싱가포르 사람으로 마흔이 조금 넘어 보였다.

나와 루펑 두 사람 모두 다수에게 왠지 모를 호감을 느꼈다. 노래에 감동할 줄 아는 사람이었다. 얼굴은 온화했고, 손은 두꺼웠다. 그는 마치 단 한 순간도 그녀 곁을 떠나기 아쉬워하는 것처럼 보였다. 그녀를 끌어안고 있거나, 자기에게 기대게 하거나, 그것도 아니면 그녀의 손을 자기 손바닥에 올려놓거나……. 마치 그녀가 한 마리 참새처럼 금방이라도 푸른 구름을 향해 날아올라 그의 곁을 떠나버릴 것같이 행동했다.

그녀는 그에게 기대는 것을 좋아했다. 다수는 정말 커다란 나무라도 된 것처럼 그녀의 과거와 미래 모두를 받쳐줄 것 같았다.

2

그들은 다빙의 소옥을 좋아했다. 걸핏하면 들어왔고, 한번 앉았다 하면 밤새도록 시간을 보냈다.

당시 다빙의 소옥을 찾는 사람들은 반이 손님, 반은 가수였다. 아니, 가수가 손님보다 많을 때가 허다했다. 유랑 가수들은 기타를 메고, 달빛을 밟으며 들어섰다. 땅콩을 가지고 오는 사람, 술병을 품에 안고 오는 사람도 있었다. 시와 술의 흥취가 여섯 줄 기타에 실렸다. 기타 줄이 리듬을 타기 시작하면 민요가 마치 물이 흐르는 것처럼 문틈을 통해 밖으로 흘러나갔다.

진쑹의 노래는 고달프고, 샤오즈의 노래는 덧없는 세월을 완벽하게 담고 있었으며, 다쥔의 노래는 따뜻하고, 내 노래는 폼에 죽고 폼에 살며, 차이다오의 노래는 이상하게도 온갖 아드레날린 냄새가 났다.

당시 차이다오는 닝랑 산간 지대의 이족彝族 마을에서 지원 교사 생활을 시작한 후였다. 다빙의 소옥에서 자원봉사를 할 때는 기본적으로 먹고 자는 일상이 보장되었지만 지원 교사로 투입된 후에는 경제적으로 보장될 만한 수입원이 사라졌기 때문에 나는 몇 주에 한 번씩 그를 리장으로 부른 다음, 다빙의 소옥 수입 일부를 그의 생활비로 제공했다.

차이다오에게 처음 노래를 부르라고 부추긴 사람은 나였다. 나는 그의 뼛속 깊숙한 곳에 짱짱한 뭔가가 버티고 있다는 느낌을 받았다. 여기에 음악이 더해지면 특이한 작품이 탄생할 거라고 생각했다. 그는 내 건의대로 지원 교사 생활과 함께 노래를 썼고 후에 자기 민요 전집을 제작했다. 매번 리장으로 돌아올 때마다 모두 거리에 서서 노래를 팔며 CD 판촉 행사를 벌였다. CD를 판 돈으로 아이들에게 고기를 사줄 작정이었다.

지독한 가난뱅이인 그는 가사는 직접 손으로 쓰고, 겉포장도 크라프트지를 잘라 만들었기 때문에 어떤 CD 박스는 정사각형인 데 비해 어찌나 비뚤한지 해적판보다 더 어설픈 것도 많았다. 그러다 보니 그의 CD를 사려는 사람이 거의 없었다.

한 박스를 모두 팔아봐야 고기 100그램 살 돈도 되지 않았다. 차이다오는 이로 인해 한때 심한 충격을 받아 우울한 심정을 떨쳐버리지 못했다.

어느 날, 거리에 나갔던 차이다오가 다빙의 소옥에 돌아왔다. 그가 잔뜩 풀이 죽어 구석 자리에 고개를 박고 앉았다. 매상이 어떤지 물어보자 그는 쓴웃음을 짓더니 매우 진지하게 물었다.

"형, 정말 내가 노래 부를 자격이 있다고 생각해요?"

"CD 좀 안 팔린 것 가지고 뭘 그렇게까지 고민해?"

사람들 앞에서 더 이상 말을 잇기가 난처해진 나는 그에게 맥주 한 병을 건넸고, 술을 좋아하는 차이다오는 맥주를 보자마자 눈이 반짝거렸다. 맥주 한 병을 다 마신 그가 다시 한 병을 가져다 마시더니 금세 술에 취했다. 술을 다 마신 차이다오는 기분이 좋아졌는지 생글생글 웃는 얼굴로 기타를 가져와 튕기기 시작했다. 그리고 소리 높여 말했다.

"이어서 제가 자작곡 민요를 들려드리겠습……."

"됐어. 혀가 집 나간 지 오랜데, 노래는 무슨 노래?"

그는 내 말에도 아랑곳없이 반드시 노래를 부르고야 말겠다는 의지를 불태우며 혀 꼬부라진 소리로 말했다.

"오늘 저녁이 내 자작곡 고별 무대예요. 다시는 내가 만든 노래 부르지 않을 거예요. 다음부터는 사람들이 신청하는 노래만 부를 거라고요."

그가 노래 두 곡 반을 불렀을 때 기타 줄이 세 개나 나가버렸다. 그는 기타를 안고 잠이 들었다. 잠시 후엔 돼지 새끼처럼 쿨쿨 잠을 자기 시작했다.

아직 팔팔한 차이다오를 어린애처럼 생각했던 사람들은 이런 모습을 보고도 탓하지 않았다. 술 마실 사람은 마시고, 노래 부를 사람은 노래를 불렀다. 나는 자리에서 일어나 차이다오를 소파에 눕혔다. 술을 마신 사람은 마치 곰처럼 무겁다 하지 않았는가. 나는 한참을 끙끙거리며 가까스로 그를 소파에 눕혔다. 어찌나 힘이 들었는지 헉헉 숨을 몰아쉬었다. 그렇게 헐떡이고 있을 때 더우더우가 말했다.

"차이다오 CD 열 장 주세요."

나는 깜짝 놀라 말했다.

"열 장이라고요?"

옆에 있던 다수가 돈지갑을 꺼내 주자 더우더우가 돈을 세며 가만히 속삭였다.

"오해하지 마세요. 정말 작품이 좋아서 그래요. 정말 아름다워요. 포기하지 말아야 해요. 우리도 돈 많은 사람은 아니에요…… 우선 열 장만 주실래요?"

그녀는 내 손에 돈을 쏟아 넣으며 말했다.

"내일 차이다오 선생님이 일어나시면 사인을 받을 수 있을까요?"

차이다오는 카펫에 엎드려 계속 코를 골고 침을 흘리며 자고 있었다. 보푸라기가 일어난 해군 셔츠에서 바다 비린내가 났다. 아무리 봐도 다른 사람을 위해 사인을 해줄 관상은 아니었다.

아마도 차이다오 평생 처음으로 남에게 사인을 해주었을 것이다. 그는 마커펜 하나를 빌려와 신문지에 한참 동안 자기 이름을 연습했다. 그는 숨도 제대로 쉬지 못한 채 CD에 꾹꾹 눌러가며 사인을 했다. 그 모습이 너무나 근엄했다. 마치 정전 협정서에 사인을 하는 것 같았다.

더우더우가 CD를 받아 들며 말했다.

"차이다오 선생님, 선생님 노래가 정말 좋아요. 발음이 좀 이상하긴 하지만 선생님 노래는 정감이 넘쳐요. 파이팅!"

그때까지 그에게 이런 찬사를 보낸 사람은 없었다. 우리 형제들은 함께 있을 때 남에 대한 평가를 하지 않았다. 아마도 차이다오가 자신의 음악을 인정받은 첫 번째 순간이었을 것이다.

곁에서 그들의 이런 모습을 지켜보고 있으려니 절로 신바람이 났다. 차이다오 '선생님'은 마치 칭찬을 받은 초등학생처럼 귀가 벌겋게 달아올랐다. 그는 애써 표정을 숨기며 담담한 표정을 지으려고 애썼지만 아무리 애를 써도 입을 다물 수가 없었다. 숨기기에는 차이다오 '선생님'의 앞니가 너무 컸다.

그 후 차이다오는 자신에 찬 모습으로 거리 공연을 했다. 판매량은 여전히 저조했지만 자작곡을 더 이상 포기하겠다는 식의 말은 하지 않았다. 그의 자신감은 꽤 여러 해 동안 계속되었다. 그는 「중국 달인 쇼」 무대에 서서 당당하게 이렇게 말했다.

"내가 노래를 부른 것은 아이들에게 고기를 사 먹이기 위해서였습니다."

차이다오는 연달아 자작곡 앨범을 두 장이나 냈다. 모두 지원 교사로 일하는 틈틈이 쓴 곡들이었다. 그의 솜씨는 날이 갈수록 일취월장했다. 그의 팬들도 생겼고, 이후 적잖은 젊은이들에게 큰 영향을 주었다.

차이다오에게 노래를 만들어보라고 권한 사람은 나였지만 그에게 처음으로 믿음을 준 사람은 더우더우와 다수였다. 그들이 없었다면 결실을 맺지 못했을 것이다.

때로 선의의 손길 한 번은 언뜻 보기에 매우 사소하게 보여도 값진 역할을 할 때가 많다. CD를 샀을 때 더우더우와 다수가 정말 차이다오의 노래를 좋아했는지는 알 수 없다.

더우더우와 다수는 다쥔을 도와 CD를 팔기도 했다.

다쥔은 우리의 무라오족仫佬族. 중국 소수민족의 하나. 주로 광시 지역에 분포함 형제다. 수염이 많고, 음악에 관한 한 반미치광이로 제법 관록이 붙은 유랑 가수다. 나는 애매모호한 친구는 사귀고 싶지 않다. 그래서인지 내가 형제라고 생각하는 사람들은 대부분 조금 모자란 듯 순박한 사람이 많았는데 다쥔은 그중에서도 손꼽히는 인재였다. 그런 그가 당시 어처구니없는 일을 저질렀다. 그동안 모은 16만 위안을 모두 털어 앨범 한 장을 만든 것이다.

앨범 이름은 '풍우정심風雨情深'. 플라스틱 케이스, 반짝이는 까만 CD가 훌륭했고, 편곡이나 녹음까지도 직업 가수들의 앨범 못지않았다. 하지만 16만 위안이라니! 꼭 그렇게까지 할 필요가 있었을까? 망조가 들었다고 족히 30분 넘게 호통을 쳤다.

"그냥 1만 위안에서 2만 위안 정도로 DEMO 테이프나 만들면 될 것 아냐? 그렇게 가산을 모두 털어가면서 모험할 필요가 있어? 이렇게 함부로 써도 되는 돈이 어디 있다고 그래? 50위안에 CD 한 장 팔면 3200장을 팔아야 본전이야. 리장이 매일 화창한 날이 될 거라고 장담할 수 있어? 여긴 반년이 우기야. 도시관리부에서 단속한답시고 기타라도 몰수하러 나올 때 CD 몰수당하지 않을 자신

있어? 그렇다고 음악 인기 순위 차트에 올리거나 상을 타려고 하지도 않잖아. 그럼 네가 밀어 넣은 16만 위안은 그대로 공수표가 돼서 훨훨 날아가버리는 거 아니냐고⋯⋯."

나는 욕을 하고, 다췐은 욕을 먹으면서도 배시시 웃으며 차를 마셨다. 그리고 말했다.

"하지만 그건 내 노래잖아."

나는 지금도 그 눈빛을 말로 표현할 수가 없다. 마치 그는 빨간 완장을 찬 사람이고 나는 바닥에 침을 뱉은 사람 같았다.

새 음반이 나온 후 다췐은 계속 거리에서 노래를 부르며 생계를 이어갔다. 돈이 모이면 두 번째 음반을 낼 계획이었다. 심지어 세 번째 음반 표지까지 이미 다른 사람에게 부탁해 그려놓은 상태였다.

나는 투입 산출 비율을 계산해봤다. 내가 아는 재무관리사들의 모습이 떠올랐다. 그런 악독한 재무관리 수단 없이 다췐은 자기 자신에게 못된 짓을 한 것이 분명했다. 하지만 사실대로 말하면 다췐의 노래는 정말 훌륭했다. 그는 그만의 독특한 음색과 분위기를 가지고 있었다. 전형적인 '훈남'의 음악이었다.

다췐은 분위기가 매우 독특했다. 거리에서 노래할 때도 전혀 비굴하지 않았다. 당신이 박수를 치면 그는 만면에 미소를 지으며 자연스럽게 행동했다. 돈을 거둘 때도 당연한 것을 받는 사람처럼 당당했다.

"제 음악을 사랑해주셔서 감사합니다. 제 음반? 아주 훌륭합니다. 어떤 컴퓨터에서도 작동이 가능하고요⋯⋯."

이런 말을 들을 때마다 나는 남몰래 가슴이 타들어갔다. 눈앞으로 까마귀 한 마리가 꼬리에 16만 위안이란 팻말을 달고 까악, 까악 지나가는 것 같았다.

다췐은 매번 자기 음반은 질이 좋다고 강조했다. 비교적 진지한 손님은 현장에서 검증해달라고 요구하는 사람도 있었다. 5분의 1 정도가 그랬다. 검증해줄 방법이 없을 때면 상대는 음반을 사지 않겠다 했고, 돈을 냈다가두 돌려받았다. 음반 판매에 미치는 영향이 심각했다. 내가 홍보 멘트를 좀 바꿔보라고 했지만 그는 내 말을 들으려 하지 않고 계속 자기 음반은 어떤 컴퓨터에서도 들을 수 있다는 표현을 고집했다. 하지만 대로변 어디서 컴퓨터를 구해온단 말인가?

그런데 뜻밖에 컴퓨터가 등장했다. 어느 날부터인지 다쿤이 거리 공연을 할 때면 더우더우와 다수가 현장에 모습을 드러냈다. 다수는 그의 노트북을 등에 메고 한 장 한 장 음반을 사는 사람들에게 정말 음반이 제대로 소리가 나는지 검증해주었다. 그리고 더우더우는 그 옆에 앉아 꼼꼼하게 케이스를 열었다가 다시 포장해주었다.

사람은 참 이상한 동물이다. 그전에는 다섯 사람당 한 명꼴로 테스트를 해달라고 하더니 도구가 나타나자 거의 모든 사람이 이를 요구했다. 다수는 매일 컴퓨터를 100퍼센트 충전해서 거리로 가지고 나왔고, 덕분에 일주일도 채 되지 못해 CD롬 드라이브가 망가졌다.

다쿤이 미안한 마음에 두 사람에게 식사를 대접하겠다고 했지만 그들은 미소만 지으며 식사 초대를 거절했다. 그리고 다음 날 새 드라이브를 가지고 나타나 그를 도와줬다.

우리 일행 모두 미안한 마음을 말로 다할 수가 없었다. 우리는 입이 닳도록 그를 설득해 결국 자리를 마련했다. 식사 자리에서 술잔을 주거니 받거니 하며 즐겁게 이야기를 나누었는데 우리가 잠시 한눈을 파는 사이! 더우더우와 다수가 몰래 계산을 마쳤다.

3

더우더우와 다수가 리장에서 얼마나 있었는지 정확히 기억나지 않는다. 아마 한 달 조금 넘었던 것 같다. 우리는 손님으로 왔던 그들과 이런 사연으로 친구가 되었다.

그들이 리장을 떠나기 전 마지막 날 밤, 더우더우가 녹음 펜 한 자루를 가져와 손에 올려놓고 노래를 녹음했다. 다수가 손바닥으로 살며시 그녀의 손을 받쳐주었다.

별것 아닌 이런 사소한 모습에 나는 오히려 큰 감동을 받았다. 노래가 끝난 후 다시 나는 그들을 위해 「울란바토르의 밤」을 몽골어 버전과 중국어 버전으로 불러주었다. 기타와 손북도 없이 6분을 불렀다.

타향을 떠도는 그대 어디에 있는가.
타향을 떠도는 그대 어디에 있는가.
내 배가 아픈 걸 당신은 알 거야.
화염을 넘는 새야, 떠나지 마.
오늘 밤 미친 이가 한 사람이 아니란 걸 알 거야.
울란바토르의 밤, 너무도 고요한, 너무도 고요한.
가만히 노래를 불러, 그 노래 따라 가만히 바람이 쫓아와.
울란바토르의 밤, 너무도 고요한, 너무도 고요한,
너무도 고요한.
노래 듣는 그대 눈물 흘리지 마
(……)

206

순간 다수의 몸이 부르르 떨리는 것처럼 느껴졌다. 그는 자세를 고쳐 앉았다. 빈 술잔이 부딪쳐 쓰러졌다. 내가 정말 좋아하는 노래였다. 당시 내가 부른 노래가 만족스러웠기 때문에 그들에게 이메일 주소를 주면서 녹음한 노래 파일을 보내달라고 부탁했다.

더우더우가 미소를 지으며 고개를 끄덕이더니 일어나 두 팔을 벌리고 말했다.

"한번 안아도 돼요?"

그녀가 아래턱을 내 어깨에 얹으며 살며시 내 뒤통수를 토닥거렸다.

"당신이랑 다빙의 소옥이 있어서 정말 행복했어요. 고마워요."

내가 말했다.

"남사스럽게…… 다음에 언제 또 리장에 올 거예요?"

더우더우는 가볍게 웃기만 할 뿐 내 질문에 대한 대답 대신 혼잣말로 중얼거렸다.

"정말 좋은 곳이에요. 앞으로도 계속되어야죠."

그녀가 작별 인사는 하지 않고 다수의 손을 잡은 채 다빙의 소옥을 나갔다. 그녀가 내게 남긴 마지막 인상은 밤바람에 살랑거리는 잔무늬 치마였다.

한 달 후 나는 음원 파일과 함께 문자 메시지를 받았다. 메시지는 짧았다.

'노래 파일 첨부해요. 당신의 「울란바토르의 밤」을 다시 한 번 듣고 싶네요.'

주변머리 없는 나 역시 짧은 말로 답신을 보냈다.

'잘 받았습니다. 고맙습니다. 인연이 있으면 다시 또 보겠지요. 바이!'

작별은 그저 작별일 뿐이다. 그리고 다시는 더우더우를 만나지 못했다.

어느 핸가 손님 중에 시안에서 온 사람이 있었다. 그 손님은 들어서자마자 호들갑스럽게 실내를 뛰어다니며 소리쳤다.

"우리 시안의 술집과 완전히 판박이네!"

조금 이상한 생각이 들었지만 나는 크게 염두에 두지 않았다.

다빙의 소옥의 전신은 예전 리장 고성에서 유일하게 존재했던 꽃가게였다. 술집으로 변신한 후 땅을 3척이나 더 파헤쳐 반지하를 만들었다. 사방 흙벽에 벽돌을 엇갈려 쌓아 만든, 리장에서 유일무이한 소옥과 판박이인 곳이 어떻게 천 리 밖 시안에도 있단 말인가?

게다가 시안의 술집에도 양초 탑이 있다고 했다. 어떻게 우리 집처럼 큰 양초 탑이 그곳에도 있단 말인가? 다빙의 소옥에 있는 50센티미터 정도 높이의 양초 탑은 몇 년 동안 수도 없이 촛농이 흘러내리면서 만들어졌기 때문이다.

시안 손님이 말했다.

"정말이에요. 정말 똑같아요. 벽도 똑같고, 양초도 똑같고, 거짓말이 아니라고요."

내가 말했다.

"얌전히 맥주나 마셔요. 그만 떠드시고……."

그 후 1, 2년 동안 몇몇 사람들이 내게 똑같은 말을 했다. 모두 시안 사람들이었다. 그들은 한결같이 맹세한다는 투로 말했다.

"틀림없어요. 그 술집, 여기 소옥하고 똑같다니까요."

나는 그들에게 술집 주인이 누군지 물어봤다. 부부라고 하는 사람도 있고, 남자 사장만 있지 안주인은 없다고 말하는 사람도 있었다. 남자 사장이 싱가포르 사람 같다고 말했다.

싱가포르 사람? 혹시 다수? 하지만 다수가 사장이라면 더우더우가 없을 리 없다.

당시 리장은 수년 전과 판연히 다른 모습이었다. 오일가의 술집이 점점 더 늘어나는 대신 더우더우와 다수처럼 조용히 노래 듣는 손님들은 점점 더 줄어들었다. 만나지 못한 채 여러 해가 지나는 동안 아주 조금, 문득 그들이 그리웠다. 나는 더우더우의 이메일 주소를 뒤져 메일을 보냈다.

'새로 빚은 청매주를 그리운 사람들과 함께 마시고 싶네요. 다수

아 함께 다빙의 소옥에 와요. 두 사람에게 「울란바도르의 밤」에 내한 빚도 갚아야 하고.'

메일을 보내고 3일째 되는 날, 한 남자가 다빙의 소옥 문을 열고 들어왔다. 그리고 싱가포르 억양의 중국어로 말했다.

"다빙, 청매주 한잔 줘요."

나는 껄껄 웃으며 달려가 그를 껴안았다.

"다수, 다수 맞죠?"

나는 그를 잡아당겨 자리에 앉혔다. 청매주를 가득 따라 두 손으로 술잔을 건네며 그를 자세히 들여다봤다. 늙었네, 정말 늙었어. 귀밑머리가 하얗게 세어 있었다.

나는 내 술잔에도 술을 따르며 그에게 물었다.

"다수, 왜 혼자 왔어요? 더우더우는요?"

그는 술잔을 든 채 가만히 나를 바라봤다.

"더우더우는 이제 없어요."

4

더우더우와 다수의 리장 여행은 그녀 일생의 마지막 여행이었다. 그들은 처음에 서로 다른 곳에 살던 상태에서 연애를 시작했다. 다수는 광저우에서 일했고, 더우더우는 프리랜서로 시안에 거주했다. 두 사람의 인연은 한 결혼 소개 사이트에서 시작되었다. 옆에서 볼 때 이야기의 시작은 그리 낭만적이지 않았다. 그들이 가장 좋은 나이에 서로를 만난 건 아니었으므로. 더우더우가 다수를 처음 만난 것은 서른이 다 되어서였고, 다수는 이미 불혹의 나이가 지난 때였다.

다수는 어려서부터 집안의 자랑이었다. 싱가포르에서 대학을 마치고 미국에서 MBA 석사를 취득한 후 여러 나라를 돌며 전문 경영직을 맡았다. 그렇게 중년이 되었을 때 광저우의 유명한 외국 기업에 재무 담당 이사로 스카우트되었다. 더우더우를 만나기 전, 그는 대부분의 정력을 사업에 쏟아부었고 당연히 생활의 중심은 업무였다.

둘 다 감성이 늦게 무르익은 사람들이었다. 상대방을 만나기 전까지 두 사람은 마치 약속이나 한 듯 서로가 나타나기를 기다린 것 같았다. 어설픈 감정보다는 제대로 된 감정을 느끼길 바라며 청춘의 막바지에 이르렀다. 그렇게 서로를 만났다. 둘의 감정은 그어떤 연인보다 뜨거웠다. 그들의 작은 불씨는 서서히 타오르며 3년 동안 지속되었다. 3년 동안 비록 떨어져 있을 때가 많았지만 그들의 사랑은 나날이 무르익었다.

더우더우는 당시 머리카락이 1미터나 되었기 때문에 뒷모습이 마치 떠도는 구름처럼 느껴졌었다. 시를 쓰고, 그림을 그리고, 여행을 사랑하며 장편소설을 출간한 예술가였다. 세속적 삶의 한가운데 한 마리 학처럼 고고하게 서 있었다. 그녀의 예술 세계는 애써 조작해서 만들어내는 작품들과는 본질적으로 달랐다. 그녀에게서는 세속적 느낌이 풍기지 않았다. 마치 고서에 등장하는 여자같았다.

하늘이 어찌 이처럼 투명한 여인을 오래도록 이승에 머물게 하겠는가? 경박한 기운이 순식간에 모든 것을 뒤집어놓는 이 세상, 이런 힘을 부리는 교활하면서도 위대한 신령들의 기운을 어렴풋이 느낄 때가 있지 않은가?

2008년 11월 18일, 더우더우는 암 말기 판정을 받았다. 병은 아무런 전조 증상 없이 갑자기 다가왔다. 너무 늦게 발견되었기 때문에 치료가 불가능했다. 그때부터 그녀의 생명은 카운트다운에 들어갔다.

더우더우는 무너지지 않았다. 혼자서 하룻밤을 꼬박 조용히 앉아 자신에게 닥친 현실을 담담히 받아들였다. 그녀는 다수에게 전

하루를 걸어 자신이 병을 있는 그대로 알려주었다.

"다수! 치료할 수 있는 확률이 '제로'래요. 진지하게 생각해봤어요. 우리 헤어져요."

더우더우는 단호했다. 상황이 이 정도이니 운명을 받아들일 수밖에 없지만 다른 사람까지 끌어들이고 싶진 않았다. 다수의 행복을 자신의 손으로 무너뜨리고 싶지 않았다.

2000킬로미터를 사이에 두고 울려 퍼지는 그녀의 목소리는 또렷하고 냉정했다.

"다수! 이미 젊은 나이가 아니잖아요. 나 때문에 시간을 낭비하지 말아요. 미안해요. 당신과 함께할 수 없어서요. 이 생애에 당신이 내게 준 사랑, 너무나 고마워요."

그녀는 평온한 어투로 말을 마쳤다. 전화 저편의 다수가 흐느꼈다. 더우더우가 말했다.

211 "우리, 현실을 똑바로 봐요. 고통은 짧을수록 좋아요."

이렇게 말하다 보니 더우더우까지 눈물이 났다. 그녀는 모질게 마음먹고 전화를 끊은 후 더 이상 그의 전화를 받지 않았다.

그와 동시간. 광저우 거리에서는 행인들이 눈물로 범벅이 되어 길을 걷고 있는 한 중년 남자를 호기심 어린 눈초리로 힐끗거렸다. 그는 아이처럼 울먹이며 계속해서 전화를 걸었다.

11월 링난 지역은 날씨가 따뜻하고 습했다. 여섯 시간 후, 다수는 반팔 차림 그대로 시안으로 날아갔다.

겨울 초입인데도 반팔 차림의 그는 전혀 추위를 느낄 수가 없었다. 그의 마음속에는 오로지 단 한 가지 생각뿐이었다. 빨리, 좀 더 빨리, 되도록 빨리 그녀 곁으로 가야 해.

다수가 문을 두드렸다. 또다시 눈물이 쉴 새 없이 흘러내렸다. 더우더우가 문을 열었다. 그녀는 잠시 멍하니 그를 바라보다가 재빨리 문을 닫았다. '쾅' 하고 문이 닫히는 순간, 그때까지 차분하고 냉정한 상태를 유지하던 그녀는 그대로 무너지고 말았다.

5

한 달 후, 다수는 광저우 직장에 사표를 내고 시안으로 이사했다. 사업에 있어 황금기였다. 경력과 명성, 사회적 지위, 고액의 연봉…… 그는 이 모든 것을 버리고 불혹의 나이에 스무 살 청년보다 더 막무가내로 오직 그녀만을 원했다.

다수는 다시 문을 두드리지 않았다. 더우더우는 이미 입원한 후였다. 그는 백방으로 수소문한 끝에 드디어 그녀의 병상 앞에 모습을 드러냈다. 2009년 6월 28일, 두 사람은 시안에서 결혼식을 올렸다. 상황은 아주 간단히 정리되었다. 죽음의 신이 당신에게 마지막 종점을 알려주었지만 사랑하는 이가 곁에서 "내가 당신과 끝까지 함께할 거예요"라고 말한 것이다. 그 순간부터 그 길은 더 이상 험난하지 않았다.

더우더우의 상황은 하루가 다르게 악화되었다. 날로 창백하고 쇠약해졌다. 의사의 당부에 따라 병원에 입원해 요양하기로 했다. 다수는 하루 24시간 그녀 곁을 지켰다. 병원 생활은 단조로웠다. 두 사람은 그리 많은 말을 하지 않았다. 그저 대부분의 시간, 서로 상대를 바라보고 또 바라봤다. 입가에 그리고 눈가에 절로 웃음이 번졌다.

기적이 일어날 리 없다는 것을 모든 사람이 알았다. 그러나 다수는 아직도 희망이 있는 것처럼 열심히 그녀를 간호했다.

어느 날, 다수가 그녀가 먹을 과일을 깎고 있었다. 더우더우가 등 뒤에서 다수의 허리를 안았다.

"다수! 아직 걸을 수 있을 때 우리 여행 가요."

더우더우 생의 마지막 여행지는 리장이었다. 더우더우는 이미 쇠약해질 대로 쇠약해져서 오래 앉아 있으면 현기증이 났다. 조금이라도 빨리 걸으면 숨이 가빴기 때문에 다수는 그녀가 기댈 수 있도록 부축했다. 두 사람은 옥룡설산 앞에서 바람을 쐬었다. 휘탕에 앉아 노래를 불렀다. 불빛이 사람들의 얼굴을 발갛게 물들였다. 그러나 그녀의 창백한 얼굴만은 물들일 수가 없었다.

기타 소리가 청명하게 울려 퍼지는 사이, 그녀가 그의 귓가에 대고 말했다.

"정말 좋아요, 다수! 이 세상에는 아름다운 것들이 정말 많아요. 우리 저 사람을 위해 앨범을 좀 사주는 것 어때요?"

떠나기 전날 밤, 그녀는 2009년 다빙의 소옥에 서서 말했다.

"정말 좋은 곳이야. 계속 문을 열었으면 좋겠어."

그녀는 다수의 손을 잡고 다빙의 소옥을 나와 달빛을 밟으며 걸었다. 잔꽃무늬 치마가 살랑였다. 그녀가 그의 손을 잡고 흔들흔들 길을 걸었다. 그녀가 속삭였다.

"다수, 내가 좋아지길 계속 기원했죠? 난들 그러고 싶은 생각이 없었겠어요? 하지만 희망이 클수록 실망도 커요. 난 정말 그러고 싶지 않아요. 내 말 들어요, 응? 시안에 돌아가면 더 이상 치료는 기대하지 말아요."

그녀가 발걸음을 멈추고 그의 어깨를 끌어당겼다.

"당신이 그랬죠. 내가 떠난 뒤에도 잘 살겠다고요. 하지만 난 지금부터 당신이 좋은 시간을 보내면 좋겠어요. 그리고 계속 잘 살았으면 좋겠어요. 그렇게 해줄래요? 대답해요. 이 세상에 이렇게 아름다운 것들이 많은데, 내 몫까지 다 즐겨줘요."

시안으로 돌아간 더우더우는 화학 치료를 받았다. 폭포수 같던 긴 머리카락도 사라지고, 체중은 35킬로그램까지 줄었다. 암으로 인한 극심한 통증을 위해 마약성 진통제까지 복용했다. 통증이 잠시 가라앉는 사이, 그녀는 다수의 손을 잡고 농담을 했다.

"리장에선 괜찮았는데 돌아오자마자 이렇게 아픈 걸 보면 거기서 돌아오지 말 걸 그랬어요."

더우더우나 다수 역시 지금 상황으로는 더 이상 중국 대륙의 반을 건너 윈난까지 갈 수 없다는 것을 잘 알고 있었다. 의사는 이미

암세포가 온몸에 퍼져 언제든 운명할 수 있음을 암시했다.

시간이 많지 않았다. 그들은 조용히 사방을 둘러보고, 다시 묵묵히 서로를 바라봤다. 다수가 갑자기 입을 열었다.

"더우더우, 그럼 우리가 리장을 만들면 되지."

회사를 그만둔 후 다수는 더 이상 고액의 수입을 얻을 곳이 없었다. 고가의 치료비 때문에 두 사람은 저금까지 해약했다. 그는 남은 돈을 가지고 15평 정도 되는 집을 빌렸다. 다빙의 소옥 모양대로 휘탕을 만들고 '그곳은 리장那是麗江'이라는 이름을 붙였다.

구조도, 분위기도, 음악도, 벽도, 촛대도 똑같았다. 문밖은 차도 사람도 많은 시안이었지만, 문 안쪽은 촛불이 흔들리는 리장이었다. 더우더우는 마지막 순간을 그곳 휘탕에서 보냈다. 마지막 날, 다수는 더우더우에게 15평짜리 리장을 선사했다.

6

다수가 리장을 다녀간 후 몇 년간 나는 몇 차례 시안을 지나갈 일이 있었다. 그때마다 나는 '그곳은 리장'으로 그를 보러 갔다. '그곳은 리장'은 시안의 서원문書院門 옆 골목에 위치해 있다. 팻말이 거꾸로 걸려 있다. 더우더우가 떠난 후 다수는 세심하게 그곳의 모든 것을 관리했다.

다수는 낙담한 채 풀이 죽어 있진 않았다. 그저 담담하게 그리움을 안고 살았다. 다수의 본명은 옌량수, 싱가포르 사람이다. 그는 시안에 머물면서 지금까지도 그 술집을 지키고 있다. 아니, 영원히 그곳에 있을 것이다.

다수는 약속대로 자신의 생활을 잘 꾸리고 있다. 하늘에 있는 더우더우가 볼 수 있다면 분명 웃음을 머금은 채 그를 보고 있을 것이다. 더우더우는 생전에 장기 기증에 서명했다. 장기 기증에 지원한 산시 성陝西省 첫 번째 사람이다. 그녀는 일기에 다음과 같이 썼다.

> 난 암에 걸렸다. 내 신체 중 사용이 가능한 기관은 각막밖에 없다.
>
> 하지만 다른 기관은 의학 기관에 연구용으로 제공할 수 있을 것이다.
>
> 그럼 내 몸도 조금 쓸모가 있겠지.
>
> 그저 한 줌의 재가 되는 것보다는 의미가 있을 것이다.

더우더우는 시베이 대학 신문방송학과를 졸업한 후 2010년 10월 22일에 세상을 떠났다. 그녀의 본명은 루린제다. 운명은 그녀에게 불공평했지만 그녀는 줄곧 자신의 방식대로 자신이 속한 세상을 선하게 대했다.

나는 당시 더우더우가 녹음 펜으로 녹음한 「올란바토르의 밤」을 일체 편집 없이 그대로 내 민요 앨범 CD에 수록했다. 4분 22초 부분에는 다수가 빈 술병을 넘어뜨리는 바람에 쨍그랑 소리도 들어 있다.

나는 지금도 이따금 다빙의 소옥에서 「올란바토르의 밤」을 부른다. 옆 사람이 이해하든 못하든 나는 이 노래를 부를 때면 언제나 실내에서 다른 잡소리가 나지 않게 불을 꺼달라고 한다. 입을 여는 사람은 그 즉시 퇴장이다. 옛 친구의 경청을 방해하지나 않을까 싶어 나는 이 노래를 부를 때면 언제나 도도하다.

더우더우, 난 당신이 다빙의 소옥을 지나갔다는 것을 안다. 다만 우리는 음양의 두 세계로 나뉘어 있을 뿐이다. 나는 속세의 눈으로 보기 때문에 당신을 볼 수 없지만 당신은 분명 내가 부르는 노래를 듣고 있겠지. 다시 다빙의 소옥을 지날 때면 들어와 앉게. 사람이 많다면 모두 조금씩 당겨 앉으면 그뿐, 그렇게 해야 따뜻하니까. 그 당시처럼 촛불을 둘러싸고 앉아 기타를 치고, 다쵠, 루핑, 차이다오, 진쑹까지 돌아가며 노래를 부르는 거야.

다쵠은 두 아이의 아빠가 되었지만 여전히 매일 노래를 팔아 번 돈으로 아내를 위해 꽃무늬 치마를 사준다. 그는 전과 다름없이 매일 저녁 다빙의 소옥에 들른다. 차이다오 역시 예의 그 해군 셔츠를 입고 닝랑의 이족 초등학교 이후 다시 더거 현의 장족 초등학교 건설을 돕기 시작했다. 그는 현재 지원 교사 가운데 노래를 가장 잘하는 선생이다.

나는 여전하다. 출가도 하지 않고, 부에노스아이레스에 가지도 않았다. 천성도, 성질도 고치지 않았다. 나를 좋아하는 사람도, 나를 싫어하는 사람도 예전과 마찬가지로 많다. 굳이 변화를 말하라고 하면 딱 하나를 들 수 있다. 이유는 모르겠지만 최근 몇 년 사이 갈수록 자꾸만 옛일을 회상한다는 것이다. 늙은 탓일까?

그때 당신은 말했었다.

"정말 좋은 곳이에요. 계속 문을 열었으면 좋겠어요."

나는 지금도 그 말을 기억한다.

🎧 노래를 들을 수 있어요!

차이다오, 「다빙의 소옥」

다빙, 「울란바토르의 밤」

다방의 인연 8 그 여자와 그 남자

마오마오가 무터우의 손을 쥐며
내게 말했다.
"5년 전 어느 날, 그녀와 함께 거리로
산책을 나갔었어.
신발 끈이 풀렸는데 그걸 본 그녀가
자연스럽게 무릎을 꿇고 앉아
내 신발 끈을 매주었지.
나는 깜짝 놀라 고개를 돌리고
주위를 살폈어.
그때 이 세계에는 우리에게
관심을 갖는 사람이 없었거든.
우리는 그냥 지극히 평범한 남자와 여자였어.
난 나 자신에게 말했어. 이 여자야,
이 여자랑 결혼해!"

무터우와 마오마오

무터우와 마오마오.
2007년 여름, 샤먼에 있었나요?
가오치 공항에서 이상한 여자를 만나지 못했나요?
바이청 해변에서 이상한 남자를 만나지는 않았나요?

1

밤 12시 마안산, 길거리 포장마차. 마오마오가 무터우의 손을 쥐며 내게 말했다.

"5년 전 어느 날, 그녀와 함께 거리로 산책을 나갔었어. 신발 끈이 풀렸는데 이걸 본 그녀가 자연스럽게 무릎을 꿇고 앉아 내 신발 끈을 매주었지. 나는 깜짝 놀라 고개를 돌리고 주위를 살폈어. 그때 이 세계에는 우리에게 관심을 갖는 사람이 없었거든. 우리는 그냥 지극히 평범한 남자와 여자였어. 난 나 자신에게 말했어. 이 여자야, 이 여자랑 결혼해!"

무터우가 '아야!' 하고 살짝 소리를 지르더니 입을 삐죽거리며 말했다.

"마오마오, 아프단 말이야."

그러나 마오마오는 손을 놓지 않았다. 벌써 조금 취한 모양이다. 그가 해맑게 웃는 얼굴로 무터우를 가리키며 내게 말했다.

"나이 여보!"

내가 말했다.

"그래, 네 거야. 아무도 안 뺏어가."

그의 눈이 금세 휘둥그레지더니 혀 꼬부라진 목소리로 눈을 흘기며 소리를 질렀다.

"누구든 뺏어가면 죽여버릴 거야."

내가 말했다.

"죽여, 죽이라고!"

내 오랜 벗 마오마오는 조금 특별한 친구다. 사회적인 명칭 한두마디로 설명하기에는 부족한 친구다. 가수도 하고, 술집도 열고, 패션 일도 하고, 호텔도 하고, 기타도 치고, 돔브라도 치고, 배낭여행도 가고, 자가운전을 하며 여행을 떠나기도 한다. 내 명함도 그리 간단하지는 않지만, 그는 나보다 이름 붙일 것이 훨씬 더 많다. 어쨌거나 이상야릇한 친구다.

이상야릇할 뿐만 아니라, 생긴 것도 사납다. 머리는 반삭에 어깨는 넓고, 금목걸이를 하고 다니는 모습에서는 사악함이 풍긴다. 걸음걸이도 꼭 중국 배우 황치우성黃秋生이 열연한 홍흥다비가洪興大飛哥 같다. 웃는 모습 또한 악역 표정 그대로다.

그런 이미지로 인해 많은 이들이 그가 좋은 사람인지 아닌지를 판가름하지 못하는 통에 대부분 그를 경원시할 뿐이다. 그런데 그는 이런 자기를 잘 모른다. 걸핏하면 나와 이야기를 나눌 때마다 이렇게 말한다.

"우리 문예 청년들은……."

나는 마음속으로 '제발 이 친구야. 그놈의 금목걸이 좀 빼고 문화예술을 지껄이면 안 되나?'라고 말한다.

어느 날, 완곡하게 말했다.

"우리 30대 강호 손님더러 제발 자칭 '문예 청년'이라고 하지 말라고 좀 말해줄래? '문예 청년'이란 말은 벌써 말장난 좋아하는 인터넷 유저들 때문에 갈기갈기 해부되어 이제 그렇게 부르는 건 욕이나 마찬가지란 말이야."

그가 눈살을 찌푸리며 내게 물었다.

"하지만 문학과 예술이 좋은 걸 어떡해?"

나는 꾹 참으며 묵묵히 말했다.

"그럼 그냥 문맹文氓, 문단의 깡패 정도로 해줘. 문맹文盲 아니고! 맹氓은 백성이란 뜻이잖아. 이 정도의 겸손쯤은 갖춰야지!"

그가 고개를 끄덕이며 그러겠다고 대답했다. 그리고 새로운 친구를 만날 때마다 날 가리키며 사람들에게 이렇게 소개했다.

"여긴 다빙, 유명한 '문맹'이야⋯⋯."

나는 비로소 난징에 사는 사람들이 왜 사람들을 향해 '바보 B'라고 욕하는지 알 것 같았다.

사실 마오마오는 문학예술에 대한 집착만 빼면 다른 부분은 지극히 정상이었다. 게다가 그는 매우 의리 있는 남자다. 강호에 위험한 일이 벌어지면 누구보다 먼저 등장했다. 돈이면 돈, 사람이면 사람, 몸을 사리지 않으면서도 사태가 일단락되면 홀연 사라져서 사람들이 온정을 되갚을 기회를 주지 않았다.

2013년 하반기, 나는 약속대로 내 돈으로 경비를 대며 중국 곳곳, 수많은 도시의 학교를 방문해 순회강연을 했다. 상하이 역에 갔을 때는 짐이 너무 무거워 차량과 기사가 필요했다. 나는 렌터카를 이용하느라 돈을 쓰고 싶지 않아 SNS를 통해 소식을 뿌렸다. 인복이 있었는지 반나절 만에 8~9명의 상하이 친구들이 차를 빌려주겠다고 나섰다. 그런데 유감스럽게도 차만 마련했을 뿐, 기사까지는 조달하지 못했다. 모두 바쁘다고 했다. 하고 있는 일까지 내팽개쳐가며 접대해줄 수는 없었다.

나는 왼손 엄지손가락에 장애가 있기 때문에 운전을 할 수가 없다. 한참 고민하고 있을 때 마오마오로부터 전화가 왔다. 원래부터 표현에 거리낌이 없는 그는 단도직입적으로 몇 마디 한 후 전화를 끊었다.

"다른 친구와의 약속은 다 밀어둘게. 내가 차 가지고 데리러 가지. 내일 우리 만날 곳이나 알려줘. 시간도 알려주고! 됐지? 그럼 끊는다!"

마오마오는 사람들과 이야기할 때 명령조로 표현하며 거절을 용납하지 않있다. 나는 이런 그의 말투를 좋아헀다. 다음 날, 나는 여유로운 마음으로 그를 만나러 나갔다. 그의 차를 본 나는 깜짝 놀랐다. 차가 어쩌면 이렇게 더러울 수 있지? 그는 꿀꺽꿀꺽 레드불Red Bull, 에너지 드링크을 마시면서 아무렇지도 않은 듯 말했다.

"샤먼에서 출발했는데 비가 내렸어. 상하이 들어오기 전에는 바람이 불었고. 너랑 약속한 시간 늦을까 봐 세차할 여유가 없었어."

태풍철이었다. 장장 1000킬로미터를 비바람을 헤치며 달려온 것이었다. 옛날 사람들이나 할 수 있는 일이었다. 약속을 천금처럼 생각하며 천 리를 달려왔다니.

행사가 계속 이어졌기 때문에 그는 상하이에서 나를 태우고 다시 항저우로 갔다. 내가 기획한 '백성백교창료회百城百校暢聊會, 다빙의 전국 순회강연 이름'는 모두 자비로 했기 때문에 경제적으로 매우 빠듯했다. 그는 이런 내 처지를 알고 여비를 줄여주기 위해 기꺼이 기사 노릇을 마다하지 않았다. 그리고 상하이에서 항저우, 항저우에서 닝보, 닝보에서 난징, 난징에서 청두, 청두에서 충칭까지 동행해주었다.

게다가 보름이나 멀고 먼 길을 달리는 동안, 땡전 한 푼 내 돈을 쓰지 못하게 했다. 때로 통행료라도 내려 하면 그는 내 팔을 밀치며 말했다.

"아껴둬. 돈도 별로 없으면서!"

형제 같은 사이에 고맙다는 말은 할 필요가 없었다. 하지만 돈은 둘째치고 그처럼 많은 시간을 빼앗았다는 생각에 너무 미안했다.

그때 마오마오가 말했다.

"시간은 어떻게 써야 하는 건데? 의미 있는 일에 써야 하잖아? 우리가 지금 하는 일이 의미 없는 일이라는 거야? 말해봐."

내가 말했다.

"있다고 할 수 있겠지."

그러자 그럼 된 일 아니냐고 그가 말했다.

"내가 뭐 바라는 게 있는 것도 아니고, 네가 나에게 빚진 게 있는 것도 아니고, 괜히 멋쩍어할 필요 없어. 의미가 있으면 된 것 아니야?"

"……."

십수 년 동안 방송을 했다는 사람이 마오마오 한 사람 설득하지 못하다니! 정말 자격이 없는 것 같았다. 그의 앞에서는 내 논리가 도무지 통하질 않았다.

상하이에서 충칭까지 가는 동안 마오마오가 보여준 놀라운 행동은 모두 '의미'와 관계가 있었다. 일정을 소화하면서 나는 마오마오를 그저 기사 노릇만 하도록 두고 싶지 않았다. 나는 매번 강연 말미에 그를 무대로 불러 노래를 부르게 했다. 그는 원래 뛰어난 연주가 겸 가수이다. 무대에 대해 겁도 없을 뿐만 아니라 분위기를 띄우는 데도 능력이 출중했다. 그가 처음 오른 무대는 푸단대학이었다. 그는 무대에 오르자마자 이렇게 말했다.

"내가 무대에 올라와 몇 곡 뽑는 건 모두 다빙의 목을 쉬게 하기 위해서입니다. 박수 칠 필요는 없습니다. 난 용접공 출신입니다. 대학 문턱에도 가본 적이 없어요. 이처럼 품격 있는 장소에서 노래를 부르게 되었으니 그야말로 영광이지요. 부르려면 좀 더 의미 있는 노래를, 그것도 잘 불러야 하고…… 또 여러분도 잘 들어야 비로소 의미가 있습니다."

사람들이 모두 박장대소하며 흥미로운 눈길로 그를 지켜봤다. 그가 기타 줄을 훑더니 저우원핑의 「중국 아이中國孩子」를 부르기 시작했다 허스키에 나지막한 음새이 매우 독특했다. 마치 부드러운 솔로 사람의 마음을 훑는 것 같아 절로 마음이 가라앉았다. 상하이에서 난징까지, 다시 화둥에서 파촉 지역까지 그렇게 사람의 마음을 훑으며 노래를 불렀다. 그가 부르는 노래들은 모두, 그가 불러야만 제맛이 나는 곡들이다.

마오마오와 나는 심미적 관점이 매우 흡사하다. 우리 두 사람 모두 장중하면서도 영성이 넘치는 노래를 즐겼다. 민요는 시적 감성이 풍부한 장르이다. 『장지 시편藏地詩篇』, 『아커싸이 시리즈阿克塞系列組詩』는 내가 가장 좋아하는 시집들이다. 모두 장쯔쉬안張子選의 시로, 평생 경모해 마지않는 작품들이다.

좋은 것은 좋은 친구와 함께 나누어야 한다. 수년 전 나는 마오마오에게 장쯔쉬안의 시를 추천했다. 그는 읽자마자 장쯔쉬안의 시에 빠져들었고, 장쯔쉬안의 「양 치는 아가씨牧羊姑娘」란 시에 곡을 붙였다. 나와 함께 각지의 학교를 순례하면서 그는 깊숙이 넣어두었던 이 노래들을 꺼내 꽤 여러 차례 불렀다.

그는 매번 이 노래를 부르기 전 주절주절 작가에 대한 소개를 늘어놓았다. 그럴 때마다 나는 그가 행여 장쯔쉬안까지 '문맹문화 건달'으로 소개하지 않을까 조마조마했다.

마오마오는 표준말이 정말 서툴렀다. 난징 억양이 심한데도 자신은 아는지 모르는지 아랑곳하지 않았다. 그가 작가 소개를 마친 후 먼저 시를 한 차례 낭독했다.

어찌하리, 청해는 푸르고, 인간 세상에는 내가 망쳐버린 세월이 있으니
어찌하리, 황해는 누렇고, 천하에는 당신이 마구 쏟아놓은 노래가 있으니
어찌하리, 일원산의 밤 보살은 묵묵히 장엄한 얼굴을 하고
어찌하리, 당신은 나를 엉뚱한 곳에 윤회해두었구려

어찌하리, 당신이 양을 치고 있는 것은 알지만 어느 산에 있는지를 모르니

어찌하리, 당신이 세상에 있지만 어느 길에 있는지를 알지 못하니

어찌하리, 산장위안ㅌ江源. 창장 강, 황허, 란찬 강의 발원지로 해발 4000여 미터에 위치한다의 좋은 시절이 그냥 흘러가버리니

어찌하리, 나와 너 언제 다시 인간 세상에서 만난단 말인가

마오마오는 이렇게 시를 낭독한 뒤에 노래를 불렀다. 노래 솜씨가 정말 기가 막혔다. 사람들이 박수를 치면 그는 득의양양한 웃음을 지었다. 애써 자신의 마음을 감추려 하지도 않았다.

이렇듯 시원하게 웃고 나서 그는 또한 화룡점정을 잊지 않았다. 그가 장내에 모인 사람들을 향해 다시 말했다.

"잘했지요? 이런 의미 있는 시가를 많이 들어야 합니다."

나는 진땀이 흘렀다. 제기랄, 정말 겸손이란 걸 모르는 친구였다. 마오마오가 노래 부를 때 나는 장내의 조명과 음을 담당하면서 객석에 앉은 사람들에게 핸드폰의 손전등 앱을 켜도록 했다. 사람들은 내 말이 끝나기 무섭게 고개를 숙이고 핸드폰을 조작했다. 처음에는 반딧불 같던 불빛이 이어 마치 어화漁火 가득한 대피항을 보는 듯했다.

커다란 강당이 드넓은 초원처럼 장관을 이루었다.

어찌하리, 청해는 푸른데

무대에는 그대가 쏟아놓은 노래가 있으니

인간 세상에 내가 망쳐버린 세월이 있으니

2

여러 가지 명함으로 활동하는 만큼, 나의 강연 내용은 범위가 매우 넓다. 그중 일부는 여행에 관한 것들도 있지만, 내가 사람들에게 알리고 싶은 것은 평범한 여행관이 아니었다.

여행의 매력을 부인하지는 않는다. 여행은 비타민이다. 모든 사람에게 필요하지만 그렇다고 만병통치약노 아니다. 여행을 통해 현실을 도피하면 근본적으로 현실적인 문제를 해결할 수 없다. 그렇기 때문에 맹목적으로 떠나고, 맹목적으로 사직이나 자퇴를 하고 떠나는 여행은 결사반대다. 오로지 한마음으로 세상을 누비는 것, 오로지 한마음으로 평범한 출퇴근 생활을 하는 것과 무슨 차이가 있겠는가?

정말 잘났다면 일과 여행의 균형을 맞추는 것이 맞다. 다원화된 생활을 알아야 다람쥐 쳇바퀴 도는 듯한 삶도 잘 꾸려갈 수 있다.

안타깝게도 일부 독자들은 시중에 파는 여행서에 너무 깊이 세뇌된 탓에 내 이런 논리를 받아들이려 하지 않는다. 그 덕분에 토론 때는 한바탕 논쟁이 벌어지기도 했다.

나는 스스로 언변이 뛰어나다는 자부심을 가지고 있기 때문에 일반 강연에서 참을성 있게 하나하나 구체적으로 따져가며 설전을 벌인다. 그러나 대학에서 강연할 때면 자리가 자리인 만큼 나보다 열 살도 더 어린 친구들과 논쟁을 벌이는 게 쉽지 않다.

선한 자는 언변에 능하지 않고, 언변에 능한 자는 선하지 않다고 했다. 꺼리는 부분이 있다 보면 종종 난처한 상황이 발생할 때도 있었다.

언젠가 한 친구가 손을 들고 다음과 같이 말했다.

"다빙 삼촌, 삼촌이 말한 다원화된 삶 속에서의 균형이라는 말은 비현실적인 가설이라고 생각합니다. 그런 실례는 찾아볼 수 없어요. 사람들의 능력과 정력은 모두 한계가 있잖아요. 일상의 스트레스가 이처럼 많은데 어떻게 일과 여행의 균형을 맞출 수 있어요? 전 차라리 떠나고 싶을 때 떠나는 게 좋다고 생각해요. 일단 떠나고 보는 거죠. 아직 젊으니까요, 제게는 젊음이라는 자산이 있으니까요."

나는 마이크를 잡고 쓴웃음을 지었다. 그리고 머릿속으로 생각했다. '이봐, 친애하는 학생! 그렇게 오직 한마음으로만 떠난다면 뭘 믿고 다시 돌아올 건데?' 그러면서 어떻게 대답할까, 머리를 굴리고 있을 때였다. 누군가 마이크를 빼앗아갔다. 고개를 돌려보니 마오마오였다. 그가 눈살을 찌푸리며 그 학생에게 말했다.

"이런 철딱서니 없기는! 언제 철들래?"

장내에 있던 사람들이 모두 어리둥절한 표정을 지었다. 그는 조금도 주저하지 않고 무대에 서더니 당당하게 입을 열었다.

"학생은 젊지. 자본이 있어. 그렇다고 함부로 쓰면 되겠어? 합리적인 자산을 관리할 수 있는데 왜 함부로 쓰지? 달걀을 꼭 한 바구니에 넣어야 해? 꼭 사직하거나 자퇴하고 유랑을 떠나야 여행이야? 여행 말고 아무것도 신경 쓰지 않는다면 결국 나중에는 공허밖에 남는 것이 없어."

228

그가 자기 코를 가리키며 말했다.

"내가 바로 산증인이지!"

사람들이 눈을 껌뻑이며 그의 경험담이 펼쳐지길 기다렸다. 그가 제시해줄 반면교사의 삶이란 과연 무엇일까 하고. 그런데 그의 입에서 나온 말은 전혀 예상 밖이었다.

"일과 여행을 균형적으로 실행에 옮기는 사람이 없다는 말을 하려는 건가? 내가 올해 서른이 좀 넘었는데 지난 10년 동안 매년 3분의 1을 여행에 썼고, 나머지 시간은 죽도록 열심히 일했어. 공장도 짓고, 패션 브랜드도 만들고, 내 호텔도 짓고, 기가 막히게 예쁜 마누라도 얻고, 게다가 샤먼과 난징에 내 집도 마련했고…… 편협한 생각을 버려. 네가 할 수 없는 일이라고 해서 다른 사람도 할 수 없다고 생각하지 마"

2천여 명 앞에서 거침없이 재산 자랑을 하다니! 정말 걱정스럽기 이를 데가 없었다. 하지만 마오마오의 힘이 얼마나 센지 나는 마이크를 빼앗아올 수가 없었다. 그가 이어 말했다.

"나는 '푸얼다이富二代, 자수성가한 중국인 부자 1세대를 부모로 둔 2세대'도 아니야. 모두 내 손으로 직접 이룬 거라고. 난 배낭족이기도 해. 하지만 여행한다고 해서 내 일에 영향을 준 적도 없어. 마찬가지로 내 여행이 일에 방해된 적도 없고. 여행이란 게 뭐지? 일과 똑같은 거야. 밥 먹고, 잠자고, 똥 싸는 일 같은 것 말이야. 그저 행복지수를 높여줄 뿐이지. 그걸 그렇게 극단적으로 생각해야겠어?"

그가 갑자기 손을 뻗어 나를 가리키며 사람들에게 물었다.

"여러분은 다빙을 끝내주는 여행자라고 생각합니까?"

사람들이 고개를 끄덕였다. 당황스러웠다. 왜 갑자기 나를 물고 들어가? 날 반면교사로 삼겠다는 건가? 마오마오가 말했다.

"다빙에게 물어봐요. 사회자에 술집 주인, 가수, 작가, 그 어떤 것이 저 사람의 여행에 영향을 주었는지 말입니다. 이렇게 오랫동안 여행하는 동안 그가 언제 사직한 적이 있습니까? 그저 유랑만 하겠다고 생각한 적이 있는 줄 압니까? 세상에는 목적을 이루는 수단이 아주 많습니다. 정말 여행을 좋아한다면 왜 사명감을 가지고 여행을 떠나지 않습니까? 왜 먼저 균형을 맞춰보려고 시도하지 않습니까?"

마오마오는 그날 무대에서 지독한 난징 말투로 장장 10분 동안 이야기를 늘어놓은 후에야 마이크를 놓았다. 행사가 끝나고 학생들끼리 나누는 이야기에 귀 기울이던 나는 실소를 금할 수가 없었다. 한 여학생이 말했다.

"정말 말 잘해. 자주 여행 가는 사람들은 내공이 있나 봐. 우리도 여행 가자."

다른 여학생이 말했다.

"그러게, 진짜 그래. 우리도 여행 가자. 자퇴는 하지 말고…… 다음 주 수업이 뭐지? 그냥 땡땡이치지 뭐!"

3

전국을 돌며 이 행사를 치른 2013년은 내가 마오마오와 가장 오랜 시간을 함께한 해였다. 마오마오와의 동행은 즐거운 일이었다. 문득 생각지도 않은 엉뚱한 말을 지껄이는 그가 무척 재미있게 느껴졌다.

그는 매번 차를 멈추고 쉬면서 간식을 먹을 때나 주유할 때 아내에게 전화를 걸어서는 우물쭈물 "여보, 나 ×××에 왔어. 잘 왔어"라고 말한 후 전화를 끊었다. 잘 있다는 전화를 하는 장소가 때로 여행 안내소일 경우도 많았다.

강연이 끝난 후에도 마찬가지였다. 그의 말은 매우 간단하면서도 요지가 모두 들어 있었다.

"여보, 오늘 강연 끝났어. 우리 돌아가 쉬려고. 오늘 노래 잘 불렀어. 다빙 연설도 의미가 있었고."

이렇게 말한 다음 헤헤거리며 후다닥 전화를 끊었다.

나는 호기심이 일었다. 아내를 얼마나 무서워하기에 이렇게 자발적으로 행적을 일일이 보고하는 것일까. 하루에 거의 열 번은 전화하는 것 같았다. 마오마오는 심하게 치사했다. 내가 노총각인 걸 뻔히 알면서도 늘 전화를 끊고 나면 행복에 겨워 탄성을 지르며 신바람이 나서 자랑을 늘어놓았다.

"이봐, 자상하게 돌봐주는 짝이 있어야 좋은 거라고."

내가 말했다.

"작작 좀 해. 배불리 먹고 남몰래 딸꾹질하면 뭐라고 할 사람이 없지만 사람들 앞에서 이 쑤시는 건 잘못된 행동이야."

그는 매우 슬픈 표정으로 나를 힐끗 바라보더니 자기 상의와 바지를 번갈아 가리켰다.

"이 옷들은 전부 우리 마누라가 직접 만들어준 거야. 편안하고 멋있어."

그런 다음 다시 내 옷을 가리켰다.

"그건 타오바오에서 산 거잖아."

"뭘 그렇게까지! 그렇게 확대해석할 필요가 있을까? 너랑 나랑 그런 걸 비교해서 뭘 할 건데? 유치원에서 누가 가져온 과일이 더 큰지 가리는 것도 아니고! 세상에 마누라 있는 사람은 많지만 너처럼 매일같이 소중한 마누라 이야기를 입에 달고 다니는 사람은 없지 않겠어?"

마오마오가 반박했다.

"그건 다르지. 우리 마누라는 여느 사람이랑 근본적으로 다르거든."

'왜? 네 마누라는 팔이 여섯 개에 다리가 여덟 개라도 된대? 현모양처의 표본이라도 돼?'

이렇게 말하고 싶었지만 나는 그냥 입을 다물었다. 아무리 말씨름을 한다 해도 괜히 트집을 잡아 기분 나쁘게 할 필요는 없었다.

사실 마오마오의 아내가 정말 괜찮은 사람이기는 했다. 마오마오의 아내는 이름이 '무터우'로 샤먼 사람이다. 객가족客家族 아가씨로 대갓집 규수와 같은 면모를 지니고 있었다. 해외 유학파 출신의 패션 디자이너인 그녀는 직업이면 직업, 집안일이면 집안일 모두 최선을 다했다. 능력은 물론이고 덕과 지혜, 미모와 체력을 모두 지닌 인물이었다. 외모도 성격처럼 훌륭해서 중매인들이 문지방이 닳도록 드나들었지만 한사코 선을 보지 않겠다고 우긴 최고의 신붓감이기도 했다.

어쨌거나 도무지 단점을 찾을 수 없었다. 어쨌거나 마오마오와는 같은 부류의 사람이 아니었다. 차이가 나도 너무 났다. 품종으로 치면 하나는 순수 혈통의 우수한 명견이고, 하나는 시장 통의 야생 나귀라고 할 수 있었다.

제기랄! 이렇게 너무 다른 두 사람이 어떻게 짝이 되었을까?

지프차를 타고 고속도로를 질주하면서 방송이 지겨워 CD를 튼 적이 있었다. 나도, 차도 지쳐 있던 때였다. 내가 말했다.

"마오마오, 우리 이야기나 좀 하자. 의미 있는 말 좀 해봐."

"좋아. 음, 의미 있는 이야기라…… 무슨 이야기를 할까?"

"너랑 네 와이프 이야기. 어떻게 네가 그런 아내를 얻게 되었는 지 신기하다고 생각했거든."

그가 피식 웃더니 흐뭇하고 행복한 표정만 가득 지은 채 대답을 하지 않았다. 그러더니 거만한 태도로 말했다.

"우리 와이프가 날 쫓아다닌 거지."

"헛소리……."

그가 브레이크를 밟았다. 하마터면 앞 유리에 부딪혀 혹이 날 뻔 했다. 나는 황급히 안전벨트를 매면서 소리를 질렀다.

"이게 의미 있는 거야?"

이렇게 해서 마오마오와 무터우의 연애 이야기는 계속 수수께 끼로 남게 되었다.

마오마오를 처음 만났을 때 그 옆에는 이미 무터우가 있었다. 그 들은 언제나 껌딱지처럼 서로 붙어 다녔다. 둘은 하늘에서 내려온 사람들 같았다. 그들이 어디서 왔는지, 전에 무엇을 했는지 아는 사람이 아무도 없었다. 그저 그가 워낙 시베이 지역에 발을 들여놓 은 지 얼마 되지 않아 화로구이집을 열었고 그곳 이름을 '모옥毛屋' 이라 한 것만 알고 있을 뿐이었다. '모옥'은 다빙의 소옥보다 좀 더 심오한 것 같아 나는 습관적으로 모옥을 '모방毛房'이라 불렀다.

모옥은 다빙의 소옥보다는 작았지만 규칙은 더 까다로웠다. 진 한 먹으로 '말을 하면 노래를 부르지 말고, 노래를 부르면 말을 하 지 않는다'라고 쓴 커다란 종이가 눈에 가장 잘 띄는 곳에 붙어 있었다.

손님들은 모두 조심스럽게 술잔을 들고 숨도 크게 쉬지 못하면서 노래를 들었다. 마오마오는 노래를 맡았고, 무터우는 술을 내오고 돈 받는 역할을 했다. 가슴을 훑는 듯한 마오마오의 소리 때문에 종종 그의 노래를 듣다가 머저리처럼 우는 사람들이 있었다. 그러면 무터우는 묵묵히 손수건을 건네고 때로 손님이 너무 심하게 울면 그 사람 콧물을 닦아주기도 했다. 휴지가 아니라 손수건, 그것도 무터우가 직접 만든 손수건이었다.

무터우는 정말 대단한 여자였다. 당시 모옥 휘탕 옆에 작은 옷가게를 내고 자신이 디자인해 만든 옷을 팔았다. 옷은 매우 분위기가 있었다. 순면 아니면 마 제품으로 아무리 살이 찌고 근육질인 여자가 입어도 마치 싼마오三毛, 중국 현대 문학을 대표하는 여성 작가처럼 하늘거렸다.

마오마오는 하이쯔海子의 「9월」이라는 곡을 자주 들었는데 그래서 가게 이름을 '목두마미木頭馬尾'라 지었다. 「9월」 가사에 "하나는 무터우木頭, 하나는 마웨이馬尾라고 하는……" 부분이 있었기 때문이다. 마웨이는 역시 일종의 모토, 즉 털이기 때문에 적절하게 모두 연결되는 이름이었다.

마오마오는 강호의 기질이 센 편이라, 뜻이 잘 맞는 사람을 만나면 곧잘 술값도 안 받고 옷도 공짜로 줬다. 그는 낮에는 늘 기타를 치며 가게 입구에 앉아 노래를 부르면서 손님들에게 말했다.

"정말 맘에 들면 이 옷 그냥 드릴게요."

손님들은 정말 옷을 달라 했고, 그도 정말 옷을 주었다. 때로 오후 한나절 동안 가게 옷 반절을 거저 주기도 했다. 아무리 많이 줘도 무터우는 아까워하지 않았다. 아니, 오히려 이런 그의 행동을 즐기는 것 같았다.

마오마오와 무터우는 나를 처음 알게 되었을 때에도 자기가 디자인한 옷을 주었다. 무터우가 단추를 채워주며 말했다.

"마오마오가 당신과 형제가 되었으니 두 사람을 위해 디자인이 같은 옷을 하나씩 줘야 맞겠네요."

부드러운 무터우의 목소리에 듣는 사람의 마음까지 달달해졌다. 나는 환한 얼굴로 거울을 비춰봤다. 웬일인지 『수호전』이 생각났다. 건달이든 호걸이든 서로 만나 기쁨이 넘칠 때에도 상대방에게 호들갑을 떨며 서로 옷을 만들어주지 않았던가.

정말 고풍스럽다. 또 다른 의미에서의 포택형제袍澤兄弟, 생사의 어려움을 함께한 전우라 생각하니 참으로 흥미로웠다.

4

당시 마오마오는 늘 기타를 메고 우리 다빙의 소옥에 와서 노래를 불렀고, 나는 조그만 '손북'을 메고 그의 모옥을 찾아가 함께 어울렸다. 음악에 관한 한 마음이 통하는지 기타와 손북의 리듬이 어우러지면 한 박자도 서로 어긋남이 없었다.

다빙의 소옥과 마오마오의 모옥은 자작곡을 연주하는 리장 고성의 마지막 남은 훠탕 술집이었다. 사람이란 원래 끼리끼리 만났을 때 잘 어울리기 마련이다. 그러나 안타깝게도 매년 우리가 함께 모일 수 있는 시간은 한두 달뿐이었다.

마오마오와 무터우 부부는 리장 고성에서 가게를 하고 있는 사람들과 달리, 그곳에 상주하지 않았다. 또 매번 머물다 가는 시간이 휴가를 길게 잡는 일반 사람들보다도 길지 않았다. 그렇게 짧은 기간을 보내고 나면 그들은 리장을 떠났다.

나는 나 자신도 가게 주인 같지 않은 주인이라 생각하고 있었는데 그 둘은 나보다 더 심했다. 사람들은 이제나저제나 '목두마미'가 문을 열기만 목이 빠져라 기다렸고, 그러다가 문이 열리면 들어와 물건을 싹쓸이해갔다. 대개 문을 연 지 일주일도 지나지 않아 물건이 텅 비는 바람에 옆에 있는 옷가게 주인들이 야 올리 할 정도였다.

옆 가게 주인이 내게 구시렁거렸다.

"시장 규칙에 어긋나, 이건 너무 심해."

그가 말했다.

"저 집 옷이 대체 어디가 좋아? 실루엣도 그렇다 할 게 없고, 장식도 없고. 밋밋한 것이 치마는 크고 윗옷은 작은데 왜 저렇게 잘 팔리는 거야?"

나는 옆 가게 주인에게 품격이나 디자인에 대해 설명할 길이 없었다. 옆 가게 주인은 이우義烏, 저장 성에 위치한 전 세계 최대의 소상품 시장의 알록달록한 케이프 코트로 돈을 번 사람이었다. 가게가 마치 염료 통을 모아놓은 듯 알록달록했다.

리장에는 한때 알록달록한 케이프가 유행이었다. 여자 여행객들 모두 화학섬유로 만든 화려한 케이프를 걸치고 다녔다. 내 기억에 이처럼 화려한 케이프가 7~8년 동안은 유행했던 것 같다. 목두마미의 우아하고 소박한 패션이 등장한 후에야 고성 여자 여행객들의 집단 패션이 물갈이되었다. 무터우는 좋은 일이라고 말했다.

"전체적으로 심미적 감각이 좋아진 거죠."

나는 그녀의 의견에 대해 가타부타 말하고 싶지 않다. 심미라는 것은 옷이나 모자처럼 간단한 것에만 그치는 게 아니리라. 화려한 케이프를 걸치거나 목두마미의 옷을 입거나 음악은 늘 같은 것을 듣고 있으니 말이다. 무엇을 입든 간에 한결같이 SNS에 열광하고 있으니!

나랑 마오마오는 이 문제에 대해 이야기를 나눈 적이 있었다. 마오마오가 말했다.

"심미든 아니든 알아서 뭘 해? 그런 게 내 마누라도 아닌데 왜 신경을 써? 그리고 너! 넌 마누라가 있는 것도 아닌데 그런 데 관심을 가져서 뭐해?"

아내가 없는 것이 내 잘못인가? 아내가 없으면 심미감도 없단 말인가? 슬프고 분하고…….

"그래, 그래 맞아, 내가 그딴 것에 관심 가져서 뭐하겠어? 그냥 너희 부부에게나 관심을 가져보지. 여기 올 때 말고 1년 내내 어디 가는 거야?"

마오마오의 대답은 시원시원했다.

"마누라랑 함께 놀러 가지."

"어디로 놀러 가는데?"

그는 어디든 간다고 말하더니 손가락을 동원해 지역을 하나씩 손꼽았다.

"둥베이에서 타이베이까지 자가용을 끌고 가기도 하고, 배낭여행을 가기도 하고……."

내가 슬쩍 물었다.

"매일 그렇게 마누라랑 있으면 안 지겨워?"

그가 그 즉시 주책없이 무터우를 불러 자기 가슴에 그녀의 손을 얹더니 재수 없게 말했다.

"지겨우면 진짜 사랑하는 게 아니지. 사랑하면 영원히 질리지 않아."

무터우가 물었다.

"누가 우리더러 싫증 나지 않는지 물어요? 때려줘요!"

"잠깐! 그런데 둘이 놀기만 하면 뭘로 먹고 살아?"

무터우가 말했다.

"우리 각자 일이 있잖아요, 보통 사람들처럼 출퇴근하는 일이 아니어서 그렇지. 그리고 우리 계속 가게 운영하잖아요? 좋아하는 곳에 가면 거기서 조그만 가게 하나 열고 집도 만들고……. 그렇게 최근 몇 년 동안 가게를 일고여덟 곳이나 만들었어요. 가는 곳마다 잠시 머물면서 장사도 하고, 일도 하고 그리고 놀면서 다음 장소로 가고. 매년 이렇게 놀면서 일하면서 중국을 한 바퀴 '먹고' 돌아다니죠."

마오마오가 고개를 갸우뚱하며 무터우에게 말했다.

"다빙 이 친구는 정말 멍청해. 우리가 맨날 놀기만 하고 일은 안 하는 줄 아나 봐?"

무터우가 상냥하게 대답했다.

"그러게요. 우리 남편이 얼마나 열심히 힘들게 일하는지도 모르고! 때려줘요."

마오마오가 뿌듯한 얼굴로 고개를 끄덕였다.

"우리가 뭐 다른 사람한테 보여주려고 사나? 우리가 일이랑 생활을 잘 조절하면서 우리 길을 가면 되지. 남들은 지껄이고 싶은 대로 맘대로 지껄이라고 내버려둬."

'남들'이라 함은 날 가리키는 말인가? 내가 뭐랬다고? 내가 누굴 건드렸다고 그래? 완전히 졌다! 나는 주먹 쥔 손을 맞잡고 그들을 향해 깊숙이 절을 했다.

나중에야 나는 무터우가 한 말이 거짓이 아님을 알았다. 다른 것은 차치하고라도 목두마미만 해도 다른 사람들이 생각하는 것보다 훨씬 더 장사가 잘되었다. 나는 그들이 윈난 시베이에만 가게가 있는 줄 알았는데 알고 보니 저우장 쑤 성에 위치한, 중국의 베네치아라 불리는 물의 도시에도 가게가 있었다. 다른 분점은 일일이 소개하지 않기로 한다. 내 마음을 별로 드러내고 싶지가 않아서다. 일일이 광고해서 수고비를 받을 것도 아니고, 관심 있는 분들은 사이트를 찾아보기 바란다.

정말 두 부부의 패션 디자인에 관심이 있다면 바이두 중국 포털 사이트에서 양지마 중국 가수를 검색해보면 그녀가 경연에 참가했을 때 입은 옷들이 나온다. 그것도 무터우 가게의 옷들이다.

학교를 돌며 강연할 때, 목두마미는 또 다른 가게를 준비 중이었다. 그런데도 마오마오는 하고 있던 일을 내팽개치고 나를 위해 운전을 해주었다. 내가 시간을 많이 뺏은 셈이다. 하지만 그는 아무런 생색도 내지 않았다. 그래서 나 역시 그의 호의를 그냥 감사히 받아들였다.

나중에야 나는 무터우가 날 도와주라고 했다는 사실을 알았다. 처음 SNS에서 소식을 본 무터우가 마오마오에게 말했다.

"지금 다빙이 누군가의 도움이 필요하대요. 당신이랑 형제라며! 그러니 도와주고 싶으면 빨리 가봐요."

그녀는 마오마오에게 한 가지 당부를 하며 나에게도 이 말을 전하라고 했다.

"두 사람 잘 놀아요. 싸우지 말고."

두 사람 나이를 합하면 70이 넘는데 싸우다니? 누굴 어린애로 아나? 나도 이미 30대다. 눈으로 보고 귀로 들은 부부들의 이야기가 적지 않다. 하지만 이렇게 기특할 정도로 아름다운 부부의 이야기는 한 번도 들어본 적이 없었다.

무터우는 좋은 아내다. 그녀는 '공간'이라는 말을 일반 사람과는 다르게 해석했다.

238

결혼해서 이렇게 살 수 있다면, 모든 아내들이 이렇게 남편에게 말할 수 있다면 어느 누가 결혼하지 않겠는가? 어느 놈이 매일 혼자 타오바오나 검색하면서 양말 하나까지 타오바오에서 사겠는가? 그래, 인정한다. 마오마오가 무터우 덕분에 한껏 성장하고 있을 때, 난 조금 부러운 마음이 들었다. 많이는 아니다. 그냥 조금 부러웠을 뿐이다.

나는 마오마오와 무터우가 함께 살기까지 분명 어떤 신비한 계기가 있었을 것이라 생각했다. 그 계기가 무엇이었는지 정말 알고 싶었다. 전국 학교 순회강연이 끝난 후, 나는 마안산으로 마오마오 부부를 찾아갔다. 마오마오에게 실컷 술을 먹인 다음 하고 싶은 말이 있었다. 그와 그의 아내는 입에서 나오는 대로 자신들이 자라온 이야기를 한 무더기 늘어놓았지만 그들의 만남에 대해서는 한사코 이야기를 꺼내려 하지 않았다.

필름이 끊어질 때까지 술을 마셨는데도 대체 이처럼 전처 어울리지 않는 두 사람이 어떻게 부부가 되었는지는 끝내 밝혀낼 수가 없었다.

마오마오는 끊임없이 똑같은 말만 계속했다.

"우리의 결합은 정말 의미가 있어."

"그러니까 정확히 이야기해달라는 거야. 대체 구체적으로 무슨 의미가 있다는 거야?"

마오마오는 뜸만 잔뜩 들이고 말을 하지 않았다. 무터우 역시 말을 하지 않았다.

5

마오마오는 청소년 때 세 번 가출한 적이 있었다. 그는 창장 강 옆 작은 현성에서 태어나 병기 공장 노동자로 일하던 형의 집에서 자랐다. 한창 말썽을 부리던 시절, 아버지가 동원할 수 있는 방법은 단 한 가지뿐이었다.

거꾸로 매달아놓고 때리기.

정말 거꾸로 매달렸고, 정말 지독하게 맞았고, 정말 그런 독재가 따로 없었다. 그의 부모는 교육을 많이 받지 못했기 때문에 어떤 식으로 아이를 양육해야 하는지 잘 몰랐다. 아이가 곁에 있든 말든 전혀 신경 쓰지 않고 부부싸움을 했기 때문에 그는 부모의 싸움을 끊임없이 보며 자랐다.

아이들에 대한 교육은 결국 부모가 가장 큰 문제다. 이런 가정환경에서 자란 아이는 대부분 성격이 괴팍하고 자존심이 강하다. 마오마오는 너무 어렸기 때문에 가족에 대한 분노와 불만을 어떻게 다스려야 할지 몰랐다. 그의 머릿속엔 오직 한 가지 생각뿐이었다. 어서 빨리 자라서 언제나 싸움이 끊이지 않는 이 집구석을 떠나야지 하는 것.

마오마오가 처음 가출을 시도한 것은 열 살 때였다. 한바탕 싸움을 한 부모는 서로 앞서거니 뒤서거니 문을 박차고 나갔다. 그는 엄마 호주머니에서 50위안을 꺼내 행선지도 알 수 없는 버스에 올랐다. 버스가 창장 강 둑을 따라 덜컹덜컹 달려갔다.

첫날 밤은 안칭 시 버스 정류장에서 잤다. 어찌나 무서운지 눈에 잘 띄지 않는 구석에서 몰래 운동화 속에 50위안을 숨겨놓고 웅크린 채 잠을 청했다. 피곤했던 그는 깊은 잠에 빠져들었다. 다음 날 일어나보니 운동화는 그대로였지만 운동화 속에 감춰둔 50위안은 이미 사라지고 없었다.

처음으로 대도시에 온 아이는 그저 모든 것이 놀랍고 당황스러웠다. 정류장 입구에 얼뜨기처럼 서 있는데 뒤쫓아온 엄마가 그의 귀를 잡아당겼다. 마오마오는 엄마에게 귀를 잡힌 채 질질 집으로 끌려갔다.

두 번째 가출을 한 때는 여름이었다. 며칠을 떠돌아다니다가 렌화호라는 곳에 이르렀다. 사람들이 제법 많이 수영을 하고 있었다. 수영을 하고 싶었지만 튜브가 없었다. 그는 손에 잡히는 대로 스티로폼 하나를 잡아 호수로 향했다. 정신을 차리고 보니 젊은 연인 한 쌍이 그의 뺨을 때리며 다급하게 그를 깨우고 있었고 주위에 사람들이 한가득 몰려 있었다. 어떻게 그런 위험한 짓을! 하마터면 물에 빠져 죽을 뻔했잖아!

또 두려움이 몰려왔다. 집에 가고 싶었다. 그는 뛰는 가슴을 부여잡고 무임승차를 해서 집으로 돌아왔다. 아버지는 불같이 화를 내며 그가 변명할 틈도 없이 사다리에 거꾸로 매달고 흠씬 두들겨 팼다.

세 번째로 가출했을 때 그는 아예 안칭에서 배를 타고 장시의 펑쩌 현으로 갔다. 그는 그곳에서 청년 몇 명을 만났다. 그들은 마오마오에게 일을 소개시켜주겠다면서 사장에게 데려갔다. 사장은 여러 차례 마오마오의 손을 살펴보더니 옆 사람에게 직은 목소리로 말했다.

"쓸 만하겠는데?"

그들은 뜨거운 물과 비누를 가져다 마오마오에게 물에 비누를 풀어 물장난을 하도록 했다소매치기를 훈련시키는 첫 번째 방법이다. 눈치 빠른 마오마오는 화장실에 간다는 핑계를 대고 집 뒤 작은 채마밭을 돌아 부슬비를 맞으며 그길로 10여 리를 날려 안칭으로 가는 배에 올랐다.

긴장이 풀리자 슬슬 피곤과 굶주림이 몰려왔다. 그는 선창 복도 의자에 쓰러졌다. 마음씨 좋은 할머니 한 분이 동전으로 그의 등을 훑기 시작했다. 등에 수도 없이 핏자국이 생긴 후에야 겨우 정신을 차렸다. 몇 년이 지난 후에야 그는 할머니가 과사刮痧, 중의학에서의 민간 요법. 동전이나 숟가락, 사발 등에 기름을 묻혀 환자의 목, 가슴, 등 따위를 긁어 몸 안의 염증을 없애는 치료법로 자신의 목숨을 살렸다는 사실을 알게 되었다.

그는 도둑이 되지 않고, 선창에서 죽지도 않은 채 풀이 죽어 집으로 돌아왔다. 또다시 거꾸로 매달려 개처럼 두들겨 맞았다. 맞은 부분이 손가락 마디 하나만큼 부풀어 올랐다.

마오마오가 그렇게 매번 가출을 시도하고 거꾸로 매달려 두들겨 맞던 시절, 무터우라는 아가씨는 천 리 밖에서 그와는 전혀 다른 삶을 살았다.

무터우는 또래 친구들보다 훨씬 더 행복했다. 그녀는 부모님의 사랑과 보살핌 속에 성장했다. 예의 바르고 영리한 무터우는 어렸을 때부터 이미 사람을 아끼고 사랑하는 방법을 배웠다. 그녀는 주말마다 할머니를 만나러 갔는데, 그때마다 책가방에서 자기가 한 주 동안 아껴두었던 맛있는 음식을 할머니 앞에 내밀며 말했다.

"이거 엄마가 할머니 가져다 드리래요."

초등학교 때부터 매일 밤, 아버지는 이런 딸과 함께 공부했고,

엄마는 옆에 앉아 스웨터를 짰다. 엄마는 무터우에게 뜨개질을 가르쳐주었고 언제나 무터우의 솜씨를 칭찬했다. 모녀는 서로 머리를 맞대고 아빠의 스웨터를 디자인한 다음, 한 사람이 한 쪽씩 복잡한 문양을 넣어 소매를 완성했다. 아빠와 엄마는 그녀 앞에서 얼굴을 붉힌 적이 없었다.

어느 여름방학 저녁 무렵, 아빠와 엄마가 방문을 닫고 한참 동안 이야기를 나누더니 문을 열고 나와 무터우에게 말했다.

"아니야, 아무 일도. 아빠 엄마가 이야기를 좀 하느라고……."

나중에 세월이 흐른 후에야 무터우는 당시 한 동료가 직장에 아이를 데리고 왔는데 장난이 심한 그 아이가 엄마의 뜨개바늘에 눈이 찔려 엄청난 돈을 배상했어야 했다는 사실을 알게 되었다.

고등학교 3학년이던 그해에 아빠가 무터우에게 군인 학교에 갈 생각인지 물었다.

"물론이죠."

어릴 때부터 그녀의 꿈이었다. 군복을 입으면 얼마나 멋있을까? 체력 테스트, 시험 등 거의 반년 동안 법석을 떨었다. 마지막으로 시에 내려온 할당 정원은 단 한 명뿐이었다. 시장의 딸이 입학 통지서를 받았다.

무터우는 이미 받아놓은 군복을 부둥켜안고 방에서 하루 종일 울었다. 엄마가 아무리 달래도 소용이 없었다. 그녀가 태어나서 처음으로 받은 마음의 상처였다. 어찌나 괴로운지 외출도 하지 않았을 정도였다. 엄마가 문을 닫더니 그녀의 허리를 껴안은 채 귓가에 대고 살짝 속삭였다.

"그만 울래? 계속 울면 자신이 무능력하다고 아빠가 자책하게 돼. 아빠 너무 괴롭게 하지 말자."

무터우는 금세 울음을 멈췄다. 그녀는 아빠에게 가서 어깨에 기대며 말했다.

"아빠, 이제 됐어요. 군인 학교 못 가도 상관없어요. 대학에 갈 수도 있잖아요."

아빠가 말했다.

"우리 무터우는 어쩌면 이렇게 속이 깊을까?"

엄마가 웃으며 거들었다.

"그럼요. 우리 무터우가 세상에서 제일 착하죠."

다음 해 여름, 무터우는 베이징 복장대학과 후난 재경대학으로부터 합격 통지서를 받았다. 아빠와 엄마가 함께 그녀를 베이징까지 데리고 가서 등록했다. 아빠는 일부러 스웨터를 가져가 사람들 앞에서 자랑했다.

"이것 봐요. 우리 무터우는 아주 어려서부터 옷을 만들 줄 알았다니까요."

무터우가 대학 시험을 봤을 때 마오마오는 막 기술공업학교를 졸업했다. 평화로운 시대에는 전쟁이 필요 없다. 국가는 군수 공장 여러 곳을 해체했다. 그는 부모를 따라 쭝양에서 다른 소도시인 마안산으로 이주했다.

그는 사람들로부터 사랑을 받지 못했다. 키는 작았지만 싸움은 정말 잘했다. 잘못을 저지르면 아버지는 여전히 그를 때리려고 했다. 마치 이런 식의 체벌이야말로 가장 효과 있는 방법이라고 생각하는 것 같았다. 그와 이야기를 나누는 사람은 없었다. 그는 자기 자신과 소통하는 수밖에 없었다. 그는 나무로 만든 기타를 가지고 놀기 시작했다. 음악은 쓸쓸한 아이에게 최고의 벗이었다. 기타가 바로 그의 벗이었다.

괴팍한 마오마오는 기술학교에서 아크 용접 기술을 배웠다. 아버지의 뜻은 단순했다.

"기술을 배워 착실하게 철밥통 가지고 평생을 사는 게 좋아."

남학생이 우글거리는 학교와 반에서 그는 다른 사람의 주의를 크게 끌지 못했다. 어느 날 저녁 모임, 평소 사람들의 눈에 띄지 않던 그가 기타를 치며 선칭沈慶의 노래 「청춘」을 불렀다.

우레와 같은 박수가 터져 나왔다. 마오마오는 난생처음으로 자신의 존재감을 느낄 수 있었다. 흐뭇했다. 그는 집으로 달려가 자신의 이런 기분을 알리고 싶었다. 그러나 말을 꺼내려다 입을 다물었다. 아버지의 낯빛이 너무 차가워서 어떻게 말을 해야 좋을지 몰랐다. 아버지가 물었다.

"왜 뛰어와? 또 무슨 일 저질렀어? ……용접도 제대로 못 배워?"

마치 불에 뜨겁게 달궈진 용접봉이 그의 등을 내려치는 것 같았다. 그는 결심했다. 졸업증을 손에 넣을 때까지만 참자. 죽는 한이 있어도 이런 생활에 종지부를 찍고야 말겠다!

18세의 마오마오는 드디어 기술학교를 졸업했다. 졸업장을 받던 날, 그는 용접기를 멀리 내동댕이치며 크게 소리쳤다.

"이제 이 몸은 너란 놈과 사절이다!"

그는 용접기와 함께 당시 학교에서 마련해준 철밥통도 내동댕이쳐버렸다. 마오마오의 열여덟 번째 생일날 밤, 그는 손에 10위안을 쥐고 혼자서 거리에 즐비한 노점을 찾았다. 그러고는 3위안짜리 피망두부볶음 한 접시와 7위안짜리 맥주 한 병을 시킨 뒤 가로등 아래 앉아 자신의 그림자를 벗 삼아 술을 마시며 통곡했다. 가족이 그를 찾아내 등을 떠밀며 집으로 돌아갔다.

"울긴 왜 울어? 무슨 낯짝으로 울어?"

그가 발버둥을 쳤다. 술기운을 빌려 고래고래 고함을 질렀다.

"내버려둬. 집에 안 갈 거야. 난 집 같은 것 없어. 집 싫어!"

마오마오는 처음에 그 지역 술집에서 종업원 일을 하다가 나중에는 술집에서 노래도 불렀다. 추첨이 있는 날이면 임시로 진행을 맡기도 했다. 매달 300위안을 벌었다. 술집 창고에서 잠을 자고 노점에서 밥을 먹었다. 그는 자신이 이미 성년이 되었으니 집으로 돌아갈 필요가 없다고 생각했다.

노래로 이름을 조금 날리고 술집에서 진행자 경험도 조금씩 쌓이자 부업으로 무대에 선 사람의 보조 역할을 하면서, 자신도 중개인을 통해 무대에 서기도 했다.

그의 셋방은 매우 비좁았다. 빌딩이 바로 창문 앞을 가리고 있어 빛이 들지 않았다. 그때 그는 바로 그 빌딩에 출근하는 화이트칼라 여성이 8년 후 자신의 아내가 되리라는 사실을 전혀 알지 못했다.

6

1999년, 무터우는 대학을 졸업하고 샤먼의 FL국제무역수출입회사에 자리를 얻었다. 회사는 샤먼의 노른자 땅인 은행가에 위치해 있어 바다 풍경을 보며 출근했다. 디자인부가 막 설립된 터라 당시 패션 수출 무역에 전문 인재가 부족했다. 무터우는 혼자서 큰 책임을 맡았다. 패션 업무에 대한 총괄 책임자로 젊고 유능한 그녀는 전도가 유망했다.

원항선이 이제 막 출항했다. 모든 것이 순조로웠다. 게다가 그녀는 귀인을 만났다. 일본의 유명한 디자이너였다.

"중국 패션 시장이라고 해서 항상 베끼기만 해선 안 되죠. 먼저 인재를 키워서 아시아인의 인체 모형을 만들 필요가 있어요."

2002년 무터우는 그의 지도 아래 일본으로 건너가 교육을 받기로 결심했다. 비용은 모두 자신이 부담하기로 했다. 회사에서는 우수한 인재를 놓치고 싶지 않았기 때문에 윗사람들은 그녀의 사직서를 수락하지 않았다. 그녀의 재능을 아깝게 여긴 사장이 그녀에게 해결 방법을 제시했다.

회사의 무역 파트너인 일본 덴토 무역회사에서 무터우를 3년 동안 연수 프로그램에 참여시킨다는 내용이었다. 반나절은 출근하고 반나절은 일본어를 배울 수 있도록 해주는 대신 조건이 있었다. 교육이 끝난 후 회사에 돌아와 일하는 것이었다.

샤먼의 회사는 무터우를 우대하여 해외 출장 자격 급여로 샤먼에서보다 세 배나 더 되는 월급을 주겠다고 약속했다. 일본 회사에서 식사와 주거를 해결해주었고, 반나절 출근해서 하는 일은 샤먼의 회사와 일본 회사 사이의 제품 주문서, 상품 출고, 옷감 소재 색 조정 등의 업무였다.

회사는 그녀의 출국 관련 수속을 도맡아 처리했을 뿐만 아니라 출국 전에 주택 구입 선불금인 10만 위안을 무상으로 대출해주기로 했다. 사실 무터우의 근속 기간만 보면 이런 대우를 받기 위한 경력이 충분치 않았다. 그 때문에 회사 내부에서 적잖은 논쟁이 일었다. 세상에 공짜 점심은 없는 법이다. 무터우는 사장의 이런 결정에는 이후 반드시 회사로 돌아와야 한다는 약속이 깔려 있다는 것을 잘 알고 있었다.

무터우는 오사카로 떠났다. 부슬비 내리는 늦가을, 미로 같은 골목을 돌고 돌아 자신이 머물게 될 집을 찾아갔다. 그녀는 신이 나서 아빠에게 전화를 걸었다. 쓸쓸하다는 생각은 전혀 들지 않았다. 천지신명이 보우하사 모든 것이 순조로웠다.

무터우는 즐거운 마음으로 수업에 참석했다. 첫 수업 시간에 선생님이 그녀에게 물었다.

"정확하게 일을 하는 것과 정확한 일을 하는 것 중 무엇을 선택할 거예요?"

그녀가 손을 들고 되물었다.

"정확하게 일을 할 수만 있다면 그게 정확한 일이 아닌가요?"

선생님이 고개를 끄덕였다.

"그렇습니다. 그게 일을 하는 원칙이자 인생의 도리입니다."

무터우는 5년의 일본 생활을 즐겁게 보냈다. 샤먼의 회사는 무터우가 일본에 있었기 때문에 전방위적으로 업무를 확장하여 패션, 해산물, 냉동식품 및 도자기 등 수출 무역을 벌였다. 무터우는 또한 중국 기업과 일할 수 있도록 일본 팀을 이끌었다. 당시 그녀는 도쿄에서 신예 디자이너로 두각을 나타내고 있었다. 높은 연봉과 전용 차량이 주어졌고, 심지어 자신이 디자인한 패션을 제작하는 전속 일본인 직원도 생겼다. 2007년에야 그녀는 중국으로 돌아왔다.

2000년에서 2007년까지, 마오마오의 생활은 마치 거친 풍랑과 같았다. 야간 업소에서 진행자로 일했다. 처음에는 무대에 한 번서는 데 600위안이었다. 공연을 위해 장내 분위기를 이끌 소품도 자비를 들여 직접 사야 했다. 두 번째 무대에 오르기 전, 마오마오는 수중에 돈이 부족했다. 중개 회사를 통해 300위안을 가불했다. 회사의 궈 사장이 300위안을 빌려줬다.

공연이 끝나자 개런티를 주는 과정에서 이런 상황을 모르는 재무 담당자가 그에게 1800위안을 줬다. 빌린 돈도 제하지 않았을 뿐만 아니라, 오히려 보너스가 포함된 금액이었다. 돈을 돌려주려고 사무실에 들렀다. 마침 흰색 중국 의상을 차려입은 궈 사장이 직원들을 호되게 나무라고 있었다. 마오마오가 끼어들었다.

"사장님, 저 보수를 잘못 계산한 것 같아서……."

사장은 그의 말이 채 끝나기도 전에 욕을 퍼붓기 시작했다. 신인 주제에 개런티를 올려달라고 덤빈다며 비난했다. 마오마오가 상황을 설명하자, 사장은 매우 난처한 모습으로 곁에 있는 사람을 훈계하더니 마오마오를 가리키며 말했다.

"저자에게 무대 두 개 더 줘!"

밤무대에 오르는 일은 그리 쉽지 않았다. 정상급 인물 이외에는 보통 세 탕을 넘게 뛸 수가 없었다. 그런데 마오마오는 300위안의 믿음을 준 대가로 다섯 탕을 뛰게 되었다. 보기 드문 행운이었다. 고향 쭝양은 그에게 이런 행운을 준 적이 없었다. 마안산 역시 마찬가지였다. 그런데 사람도, 땅도 낯선 샤먼에서 그에게 행운이 찾아왔던 것이다.

마오마오는 한밤중에 바이청 해변으로 달려가 타이완과 바다를 사이에 둔 암초 위에 서서 소리쳤다.

"샤먼! 난 반드시 이곳에 남을 거야!"

해변에서는 메아리가 들리지 않았다. 자기 목소리에 자기 귀만 얼얼할 뿐이었다.

샤먼에 오고 나서야 마오마오는 진짜 야간 유흥업소가 어떤 곳인지를 알게 되었다. 축포가 쏟아지는 가운데 수백 명의 미녀가 꽃으로 장식된 무대 위를 오가며 화려한 옷을 입고 쇼를 했다. 무대 아래에서는 음악에 맞춰 물결치는 사람들 머리 사이로 술잔들이 한가득 어른거렸다.

그는 마치 물고기가 물을 만난 듯 자연스럽게 진행을 했다. 고향 억양이 세긴 했지만 이곳에서는 오히려 이런 그의 말투가 또 다른 매력을 선사했다. 홀쭉했던 그의 모습이 마치 천샤오춘陳小春, 홍콩 가수 겸 배우 같아 인기가 좋았다.

하지만 그렇지 않아도 시비가 많이 빚어지는 업계에서 이런 평가를 받는 사람에게 질투가 따르지 않을 수 없다. 어느 날 마오마오가 무대에 올라가 채 말을 끝내기도 전에 음향 엔지니어가 음악을 끊어버렸다. 처음에는 두세 마디 입씨름에 불과했던 싸움이 그만 수습할 수 없을 정도로 심각해졌다.

당시 상대적으로 규모가 있는 샤먼의 나이트클럽은 모두 클럽 전속의 무대 미술, 음향 담당자가 있었다. 프로그램 편성국과 같은 셈이었다. 그러나 마오마오처럼 유동성이 큰 자리의 사람들은 주로 외부 초빙에 의해 들어온 이들이었다. 두 사람이 충돌했을 때 떠날 사람은 자연히 마오마오였다.

마오마오는 공동 임대한 집에서 몇 주 동안 갇혀 지냈다. 그러다 거의 굶어 죽기 일보 직전에 새 술집을 소개받았다. 샤먼은 분명 축복의 땅이었다. 술집 사장은 열의가 넘치는 자였다. 그는 직접 그의 면접을 본 후 한 달에 7000위안을 주기로 계약했다. 7000위안이라니! 감히 생각지도 못하던 금액이었다. 사장이 말했다.

"젊은이! 자네 눈동자에 힘이 넘쳐! 좋은 사회자가 될 걸세."

그날 밤, 마오마오는 다시 전의 그 암초에 올라가 드넓은 바다를 향해 고함을 쳤다.

"샤먼! 꼭 열심히 노력해서 좋은 진행자가 될 테다!"

그 술집 이름은 '노수림老樹林'으로 당시 샤먼에서 꽤나 유명한 곳이었다. 마오마오는 후에 노수림 최고의 진행자가 되었다.

마오마오가 세 번째로 해변을 찾은 것은 2004년이었다. 마찬가지로 그 암초 위에서 그는 이렇게 외쳤다.

"뛰어난 무대 총감독이 될 거다!"

그 후 그는 '클레오파트라'라는 술집의 무대 총감독이 되었다. 그즈음, 마오마오는 이미 고액 개런티를 받는 대열에 합류한 상태여서 의식주를 걱정할 필요가 없었고, 여행을 비롯한 몇 가지 취미도 갖게 되었다.

2005년에 "나는 사장이 될 테다"라고 소리친 후, 샤먼에 있는 한 엔터테인먼트 그룹의 최연소 사업팀장이 되었다. 그를 따라 직장을 옮긴 사람들이 수백 명이었다. 그는 자가용도 생겼다. 배낭여행을 하지 않을 때는 자신의 차를 몰고 여행길에 나섰다. 마오마오는 이렇게 매년 2007년까지 해변에 가서 고함을 질렀다. 2007년은 무터우가 도쿄에서 샤먼으로 돌아온 해이기도 했다.

이게 끝이다. 무터우와 마오마오에 대해 내가 알고 있는 이야기는 여기까지다.

무터우는 왜 도쿄의 모든 것을 포기하고 돌아왔을까? 마오마오는 왜 오락 산업을 포기하고 다른 분야의 일에 뛰어든 걸까? 마오마오와 무터우는 대체 어떻게 알게 되어 서로 사랑하게 된 걸까? 그 두 사람은 어쩌면 그렇게 물 흐르듯 자연스럽게 생활과 생계를 이어갈 수 있을까? 이런 모든 궁금증에 대해 나는 하나도 아는 것이 없다.

두 사람의 이야기를 추측할 수 없다고 해서 아무렇게나 함부로 엮을 생각도 없다. 이렇게 단편적인 이야기들만으로는 한 남자와 한 여자의 인생을 빈틈없이 한데 엮을 수가 없다.

두 사람은 어떻게 함께하게 되었고, 대체 어떤 힘으로 함께하고 있는 것일까? 분명 흥미로운 계기가 있었을 것이다. 분명 그럴 것이다.

7

마안산의 노점에서 나는 마오마오와 술을 마셨다. 상대나 나나 모두 피해가 막심했다. 술 한 상자에 이어 다시 또 한 상자가 동이 났다. 내가 말했다.

"마오마오, 뭘 그렇게 뜸을 들여? 말하기 싫거나 꺼려지면 내게 한마디만 해. 제길! 안 물어보면 될 것 아냐!"

마오마오가 코웃음을 치더니 날 가리키며 무터우에게 말했다.

"저것 좀 봐, 결혼 안 한 것들은 저렇게 천방지축이야."

내가 탁자를 엎으려 하자 그가 온 힘을 다해 탁자를 눌렀다. 힘이 천하장사이지 않은가. 그가 입을 열었다.

"난리 피우지 마. 말할게, 말한다니까."

마오마오가 말했다.

"2007년 그해에 내가 무터우와 어떻게 알았느냐, 어떤 천지개벽할 일이 벌어졌느냐…… 네게 아직은 알려줄 수가 없지. 아직 때가 아니거든. 지금 말하긴…… 너무 일러."

그가 말했다.

"2009년부터 말해주지."

"왜?"

"왜냐하면 2009년이 더 의미 있으니까!"

마오마오가 무터우의 손을 잡으며 내게 말했다.

"5년 전 어느 날, 내가 무터우와 거리 산책을 하고 있는데 신발 끈이 풀렸어. 무터우가 그걸 보고 자연스럽게 무릎을 꿇고 앉아 신발 끈을 매어주는 거야. 난 깜짝 놀랐지. 사방을 둘러봤어. 그때 세상에 우리를 지켜보는 사람이 아무도 없더군. 우린 그저 가장 평범한 남자와 여자였어. 난 나 자신에게 말했지. 이 여자야, 이 여자랑 결혼해!"

무터우가 살짝 비명을 지르며 입을 삐죽거렸다.

"마오마오, 너무 아프게 잡았잖아요."

그러나 마오마오는 손을 풀어주려 하지 않았다. 이미 너무 많이 마신 상태였다. 그가 환하게 웃는 얼굴로 무터우를 가리키며 내게 말했다.

"우리 마누라야! 내 거라고!"

내가 말했다.

"그래, 네 거야. 아무도 안 뺏어가."

그가 눈을 크게 뜨더니 혀 꼬부라진 소리로 좌우를 흘겨보며 소리쳤다.

"누구든 뺏어가기만 해봐라. 다 뭉개서 죽여버릴 테다!"

"그래, 뭉개! 뭉개서 죽여버려!"

그가 물었다.

"말해봐……인생이란 여행이지?"

내가 말했다.

"그래, 그래. 네가 그렇다면 그런 거야."

그가 물었다.

"여행의 의미가 뭐야? 만남, 발견 그리고 경험?"

내가 말했다.

"네 말 그대로야."

그가 바보처럼 웃더니 입을 쭉 내밀어 무터우에게 뽀뽀하고는 다시 바보처럼 웃더니 탁자에 머리를 박고 잠이 들었다. 무터우는 아까운 듯 마오마오의 머리를 어루만졌다. 한 번 또 한 번, 마치 아기를 쓰다듬듯이 부드럽게 어루만졌다.

무터우라는 한 사람과 마오마오라는 한 사람.

무터우라는 한 사람과 마오마오라는 한 사람.

끝내 나는 2007년, 그 둘이 만났을 때 무슨 일이 벌어졌는지 알 수 없었다.

 노래를 들을 수 있어요!

마오마오, 「어떻게 하죠?」

마오마오, 「구월」

예즈 낭자 표류기

그녀와 그가 서로 기다리고, 서로 키우고,

서로 노력하고 있다는 것을 알고 있었다.

그녀와 그가 사랑하는 것은 자신들뿐만이 아니었다.

그들이 평범한 방법으로

평범한 사랑을 지키고 또 지키는 동안,

작지만 놀라운 이야기가 만들어졌다.

아마도 당신이 책을 펼쳐서 이 부분을 읽을 무렵에는

서태평양의 따뜻한 바람이 흰 눈 같은 모래와

색색의 산호초 가루를 몰고 왔을 수도,

사화산의 창포 향을 날려 보냈을 수도,

또는 이 책의 표지를 펄렁펄렁 넘긴 후……

예즈 낭자의 면사포를 향해 나부꼈을 수도 있으리라.

하얀 웨딩드레스 자락이 펄렁거리고,

그러면 그녀는 미소를 지으며 "Yes, I do!"라고

대답하고 있을지도 모를 일이다.

그렇다. 우리 모두는 평범한 사람이다.
태어나 서서히 철이 들고, 성격이 만들어지고,
자신의 꿈을 찾고, 여러 가지 고통을 겪고
운명 속의 사람을 만나 정착하며
조금씩 마음을 다듬어 운명을 따른다.
쉭, 쉭, 한평생의 삶이 그렇듯 평범하게 지나간다.
그렇다면 보통의 사람들이 전설을 만들 기회는 없을까?
우리도 한 번쯤은 보통 사람이 살아가는 방식으로
전설을 엮고 싶지 않은가?
절세 무공이라고 해서 무림 고수의 비적을
그대로 이어받진 않는다.
진실한 이야기 역시 그 자체에 거대한 힘을 가지고 있다.
나는 평범하고 진실한 이야기 하나를 당신에게 들려주려고 한다.
당신에게도 인연이 있다면, 또한 당신의 몫이 있다면
어느 날 당신 자신만의 전설을 만들 수 있게 되길 기원한다.

1

수년간 강호를 떠돌았던 내게 여성 친구들이 없을 리 만무하다. 그중 걸물들도 적지 않은데 괴짜 중의 괴짜들이 모인 '검객 3인방'이 있다. 커샤오 누이, 웨웨 마님, 예즈 낭자. 이 세 사람이다.

베이징 출신의 웨웨는 열일곱에 혼자 여행을 시작해 2년 만에 중국을 거의 다 돌았다. 1999년부터는 구미 대륙을 돌기 시작해 십수 년 동안 혼자 20여 개 나라, 100여 개 도시를 여행한 후 베이징에 돌아와 옷가게를 열고 시장 거리에서 소박하게 살고 있다.

북회귀선에서 남회귀선까지, 그녀의 이야기는 지구 곳곳에 흩어져 있다. 에피소드를 즐겨 읽는 사람이 있다면 웨웨의 이야기에 흥미를 가져도 좋다. 시리즈로 총서를 내고도 남을 테니 말이다. 만약 그녀가 펜을 들었다 하면 서가의 여행 문학 코너를 모두 휩쓸 것이다.

그러나 웨웨는 이런 글쓰기를 원하기 않았다. 다른 이들이 부러워 마지않는 오랜 여행의 흔적들이 그녀에게는 지극히 자연스러운 일상과 같았다. 그녀는 일부러 무엇인가를 선전하고 표방하려 하지 않는다. 이를테면 '무심으로 세속을 사니, 도를 깨달아도 흔적이 남지 않는다'는 정도의 경지에 들어섰기 때문일 것이다.

어쨌든 웨웨는 연기가 모락모락 피어오르는 뜨거운 물 한 잔 때문에 열정 넘치는 이공계 남자에게 시집을 갔고, 당시 결혼식 사회를 내가 맡았다.

나는 웨웨보다 성격 좋은 사람을 본 적이 없다. 그리고 웨웨보다 인간관계가 좋은 사람, 사리에 밝고 교양 넘치는 사람을 본 적도 없다.

그녀는 장원리蔣雯麗, 중국 배우와 닮았다. 스물다섯 되던 해, 청두 관항자의 룽탕 유스호스텔 입구에서 그녀를 처음 본 나는 깜짝 놀랐다. 그녀는 해마다 1년의 반은 온갖 곳을 배낭여행하고, 나머지 반은 항저우에서 말 사육장을 운영하며 말을 타거나 말을 길렀다. 아무리 거친 말도 그녀의 손만 거치면 마치 순한 노새처럼 고분고분해졌다.

내몽골에 갔을 때 말에게 걷어차여 하마터면 내 소중한 음낭이 완전히 뭉개질 뻔한 적이 있었다. 자연히 이런 재주를 가진 그녀에게 경외심이 일었다. 우리 둘은 기질적으로 서로 통하는 부분이 많았고 그렇게 세월이 흐르면서 십년지기 친구가 되었다.

구룽古龍이 써내려가는 소설 속 여인들처럼 나는 언제나 그녀가 신비롭게 느껴진다.

커샤오 누이는 사랑스러운 천사다. 나긋나긋하고 매력적이다. 오방재五芳齋, 중국 단오절 음식인 쭝즈 생산 대표 브랜드의 쭝쯔粽子, 초나라 시인 굴원을 추모하며 강에 던지는 찹쌀주먹밥. 찹쌀에 여러 가지 부재료를 넣어 대나무 잎으로 싸서 찐 주먹밥 형태와 우열을 견줄 만하다.

커샤오는 윈난 시베이 지역에서 생활하며 매년 1년의 반은 배낭 여행을 다니고 나머지 반은 객잔을 운영했다. 그녀가 운영하는 객잔 이름은 '자비어子非語'다. 자비어는 방마다 향기가 다르다. 계화를 좋아하는 나를 위해 그녀는 늘 계화 향이 나는 방을 내주었다.

계화 향이 나는 반듯한 침대 시트에 계화 향 베갯잇에는 작은 물고기 그림이 가득 그려져 있었다. 침대 머리맡에는 사쿠라기 하나미치의 「슬램덩크」에 나오는 남자 주인공 인형이 있었는데 거기에서도 계화 향기가 났다. 사쿠라기 하나미치를 좋아하는 내 성향을 알고 타오바오에서 인형을 구매한 것이다.

커샤오는 친화력이 정말 좋다. 당시 리장의 민요 술집은 노래를 듣기 위해 찾곤 하는 그녀의 돈을 절대 받으려 하지 않을 만큼 모두 그녀를 좋아했다. 점점 더 세속적이 되어가는 리장에서 그녀는 수많은 사람들의 마음속 여신이었다.

당시 나는 리장에서 밤에는 술집을 열고 낮에는 거리에서 노래를 팔았다. 하루하루가 풍요로운 날들이었다. 우리 유랑 가수들이 거리에서 노래를 팔 때면 자주 커샤오 누이가 와서 음반 판매를 도와줬다. 그녀는 전통극에 나오는 배우들의 손놀림처럼 난초 꽃 모양을 만들어 엄지와 중지로 음반을 집었다. 나머지 손가락은 자연스럽게 한들한들 거리에 있는 누군가를 향했다.

"잠깐 와볼래요?"

너무 따뜻한 모습으로 웃는 얼굴이 자신을 지적하면 사람들은 대개 바보처럼 멍하니 그녀에게 다가왔다. 그렇게 되면 음반 판매는 성공! 아파트 분양 사무실에 안성맞춤인데, 정말 아까운 인재다!

세상에 완벽한 사람은 없다. 그러나 커샤오를 안 지 거의 10년이 되어가는데도 그녀에 대한 부정적인 소문은 단 한 번도 들어본 적이 없다. 오히려 이곳저곳에 구원의 손길을 뻗쳤다는 이야기만 사람들의 입을 통해 전해질 뿐이었다. 수려한 용모에 하는 행동은 그 많은 남정네들보다 훨씬 더 의로웠다.

커샤오는 좋은 아가씨다. 외모도, 마음도 흐뭇한 여자다. 구체적인 이야기는 이쯤에서 덮기로 한다. 몇만 자를 써도 부족하기 때문이다. 좋은 사람은 좋은 보답을 받는다고 하더니, 커샤오 누이는 좋은 사람과 결혼했다.

남편은 이름이 '파스法師'로 가슴 근육이 팔 근육보다 컸다. 듣자하니 수많은 이들의 마음속에 남신男神으로 자리한 사람이라고 했다. 두 사람은 항저우 시후 호에 '라셔懶蛇'라는 일반 가정식 객잔을 열어 1년의 절반은 객잔을 운영하고, 나머지 반은 둘이 손잡고 여행을 다녔다.

당시 커샤오는 양숴에서 결혼식을 올렸다. 청첩장을 80장밖에 돌리지 않았는데 전국 각지의 친구들이 200명 넘게 몰려들었다. 남녀 한 무더기가 사회자의 신부지휘하에 모두 합심하여 신랑을 수영장에 빠뜨렸다. 수영장에서 겨우 기어 올라온 신랑을 사람들이 다시 던져버렸다.

완벽한 결혼식이었다.

그 결혼식 사회를 내가 맡았다.

웨웨는 성숙하고 능력 있는 여자의 전형이다. 독특한 개성의 소유자로, 마치 아삭한 사과 같은 느낌을 준다. 그에 비하면 커샤오는 상냥하고 매혹적인 처자로, 희고 말랑말랑한 커다란 복숭아를 연상케 한다.

여자는 모두 과일에 비유할 수 있다. 함유하고 있는 비타민도 각기 다르다. 서양배, 백살구, 체리, 람부탄, 수박, 건포도……. 그리고 야자가 있다.

야자를 본 적이 있는가. 야자는 동그란 열매가 나무 높은 곳에 매달려 있다. 단단한 야자 껍질에 맞으면 죽을 수도 있다. 껍질을 깨물었다가는 그 쌉쌀한 맛에 넌더리가 나고, 이가 나갈 것이다. 함부로 덤빌 일이 아니다. 머리를 써서 껍질에 작은 구멍을 내고

안을 들여다보면 물이 출렁거리고, 우윳빛 속살이 보인다. 빨대를 꽂아 쪽쪽 빨아 먹으면 된다.

아주 달지는 않지만 묘하게 단맛이 돌아 자꾸만 음미하고 싶고, 그러다 보면 어느새 시원하게 야자즙을 들이켠다. 아무리 마셔도 전혀 질리지 않는다.

2

예즈椰子 낭자의 고향은 쓰촨 분지 동남쪽이다. 예즈 낭자의 고향이 낳은 가장 유명한 세 가지가 있다. 바로 공룡과 정염井鹽 그리고 궈징밍郭敬明, 중국 신개념문학상 2회 연속 수상자이다.

예즈 낭자는 전형적인 촉나라 미인이다. 하얀 치아에 붉은 입술, 반짝이는 큰 눈, 당당한 걸음걸이, 어깨까지 늘어뜨린 머리를 찰랑이며 또각또각 하이힐 소리를 울리며 걷는다…… 만만치 않은 인상이다. 확실히 쉽지 않은 상대다.

웨웨는 날 '다빙비얼'이라 불렀다. 사랑스러운 베이징 말투와 가락이 살짝 중독성이 있다. 커샤오는 나를 '다빙통셰친구, 학우라는 의미로 통쉐라고 불러야 하는데 이렇게 부르다 보니 '아동화'라는 말로 들린다'라고 부르는데 오월吳越 지역의 부드러운 말투가 친근하게 느껴진다.

가장 곤란한 호칭은 예즈 낭자가 나를 부르는 발음이다. 그녀가 입만 열었다 하면 그 입을 꿰매버리고 싶을 정도다. 그녀는 대놓고 날 '다B!'성과 관련된 욕처럼 들린다'라고 불렀다. 쯔궁쓰촨 성 중부 도시 사람들은 전혀 혀를 구부리지 않기 때문에 발음을 하면 정말 욕처럼 들렸다.

B는 무슨 B! 뒤에 ing 발음은 어디로 갔지? 나는 말 대신 그냥 그녀를 흘겨봤다. 예즈는 자기 고향 말에 문제가 있다는 생각은 하지 않고, 영문을 모르겠다는 표정으로 바라보다가 다시 나를 '다B'라고 불렀다.

한번은 그녀가 나를 네 번이나 불렀는데 대답하지 않았다. 짜증이 난 그녀가 손을 비비며 내 앞으로 걸어오더니 한 손으로 내 어깨를 잡고 다른 한 손을 주먹 쥐어 내 늑골 아래를 마구 쳤다. 그후 나는 예즈가 날 어떻게 부르든 그 즉시 대답했다.

예즈 낭자는 여자 건달이 아니다. 그녀는 지명도 높은 광고인으로 영화를 이용한 광고 전략에 직잖은 성과를 거두고 있었다.

대개 추진력이 뛰어난 사람들은 일벌레다. 하루는 예즈의 회사에 가서 놀았던 적이 있는데 정말 충격적이었다. 누가 예즈를 여자로 보겠는가! 그야말로 최전선의 지휘관이었다. 군진을 짜고 병사를 배치하며 화끈하고 엄격하게 현장을 휘어잡는 그녀의 모습에서 살기가 느껴졌다.

강력한 그녀의 군단이 자리한 사무실에는 기의 모든 사람들이 파일을 끼고 종종거리며 뛰어다녔다. 걸어 다니는 사람은 하나도 없었다. 전화가 여기저기서 울리고 복사기가 끊임없이 시끄럽게 돌아갔다. 사무실에 아드레날린 냄새가 풀풀 풍겼다.

점심시간은 겨우 30분이었다. 그녀가 하이힐을 딸깍거리며 나를 데리고 후다닥 엘리베이터에 타더니 레스토랑으로 가서 달랑 우육면 하나를 시켰다. 못내 섭섭했다. 억울한 생각이 들었다.

"쏘가리대파튀김 먹을 거야! 철판구이도!"

"안 돼. 시간이 너무 걸려. 우동이 빨라."

"나 손님이거든? 손님한테 겨우 면발이나 먹으라고?"

그녀가 재빨리 고개를 돌리며 종업원을 불렀다.

"이 사람 먹는 거에다 달걀 하나 얹어줘요."

"나·안·먹·어!"

그녀가 나를 째려보더니 두 손을 비빈 후 한 손으로 내 어깨를 잡고 다른 한 손은 주먹을 쥐었다. 내가 다급하게 말했다.

"이건 우육면이지? 우육면, 그거 맛 끝내주지! 사실 나 우육면 정말 좋아해!"

전화가 울리기 시작했다. 그녀가 상냥하게 전화를 받았다.

"네…… 좋아요. 문제없어요. 15분이면 도착할 거예요."

나는 속으로 뜨끔해서 물었다.

"계속 먹어도 될까?"

그녀가 뺨을 감싸며 나를 향해 환한 웃음을 지었다. 그리고 고개를 돌려 손가락을 튕겼다.

"여기요, 우동 싸줘요."

15분 후, 예즈 낭자가 노천카페에 앉아 손님과 미팅을 시작했다. 나는 옆 탁자에 앉아 우육면을 먹었다. 좌불안석이었다. 옆 사람들은 차나 커피를 마시는데 나 혼자 후룩후룩 국수를 먹었다. 너무 후다닥 챙겨오느라 우육면에 들어 있어야 할 달걀이 없었다.

예즈 낭자 같은 직장 여성 캐릭터는 베이징, 상하이, 광저우 빌딩에서 얼마든지 찾을 수 있다. 수많은 여성 초인들은 일이 삶의 가장 중요한 중심축으로, 1년 내내 이 중심축을 에워싸고 공전한다. 의식주 및 행동, 본성까지도 상황에 따라 정도의 차이는 있지만 이를 중심으로 영향을 받는다. 그들에게 이러한 중심축은 하늘보다 높다. 업무가 지상 최고의 과제다. 예즈 낭자 역시 여성 초인이지만 여느 초인들과는 달랐다.

262

그날 낮에 불편하게 우동을 먹긴 했지만 어쨌거나 손님은 주인의 처지를 따를 수밖에 없다. 예즈의 업무가 워낙 바쁘다 보니 폐를 끼치지 않으려면 참을 수밖에. 나는 저녁 식사도 우육면을 먹으려고 맘을 먹었다. 달걀을 추가하면 그뿐이다. 그러나 저녁은 우육면을 먹지 않았다.

6시가 가까워왔지만 사무실의 열기는 여전히 뜨거웠다. 나는 소파에 기대 꾸벅꾸벅 졸았다. 예즈 낭자는 옆자리에서 면담 중이었다. 뭔가 급한 업무를 처리하는 듯 잔뜩 인상을 쓴 사람들의 머리 위로 연기가 모락모락 피어올랐다.

완전히 야근 모드였다. 언제 저녁을 먹을 수 있을지 낙심했다. 나는 눈치껏 예즈 낭자의 사무실 책상을 뒤져 비스킷을 한 봉지, 그리고 다시 한 봉지를 찾아내 구석에 쪼그리고 앉아 먹었다.

스스로 내 행동에 무척 감동했다. 친구라면 모름지기 이 정도는 되어야지. 사람이 입장을 바꿔 생각할 줄 알아야지, 번거롭게 해선 안 되지. 그런데 비스킷이 어쩌면 이렇게 맛있을까…….

맛있게 비스킷을 먹고 있을 때였다. 하이힐 소리가 갑자기 눈앞에서 멈췄다. 아름다운 포물선과 함께 하이힐 한 짝이 내 무릎으로 날아들었다. 예즈 낭자가 나를 매섭게 움켜쥐더니 들어 올렸다.

"촬영용 소품을 먹어버리면 어떡해?"

"에잇! 이게 촬영용 소품인지 아닌지 내가 어떻게 알아?"

억울해서 죽기 일보 직전이었다.

"몇 시에 퇴근하는지도 모르잖아! 내가 알아서 먹을 것 좀 찾아먹겠다는 것도 안 돼?"

흥분한 나머지 입안 가득 들어 있던 비스킷 부스러기를 발사하며 말을 퍼부었다. 예즈 낭자는 마치 황비홍처럼 비스킷 파편을 피해 요리조리 폴짝폴짝 뛰어다녔다. 그녀가 손가락으로 자기 손목시계를 가리키며 사납게 말했다.

"지금 5시 59분이야, 1분만 있으면 퇴근인데 그것도 못 기다려?"

"어? 야근을 안 한다고?"

"왜 괜한 걱정이야? 내 나름대로 업무 계획이랑 진도가 있어, 누가 그래? 야근해야 업무를 끝낼 수 있다고!"

"왜 야근이란 말에 그렇게 열을 내? 희생정신이 그렇게 없어서 되겠어?"

그녀가 운전하며 내게 되물었다.

"다B, 희생정신하고 계약 정신하고 어떤 것이 더 중요해?"

"뭐라고 답하긴 그렇지만 내 생각에 이분법적으로 이 질문을 생각하면…….."

"집어치우고, 내 이야기 들어봐."

그녀가 기어를 변속했다. 차창 밖으로 빌딩들이 쑥쑥 사라졌다.

"회사에서 월급을 주니 마땅히 월급에 부끄럽지 않게 일해야지. 그건 당연한 책임이야. 하지만 업무 시간 내에 책임을 이행하면 그걸로 된 거야. 내 개인 시간까지 저당 잡힐 필요는 없어. 그렇게 되면 나 자신에게 무책임한 거잖아? 책임 있는 행동이란 출근해서는 열심히 일하고, 퇴근해서는 열심히 생활하는 거라고 생각해. 서로 양쪽 시간을 침해해선 안 된다는 거지. 그래야 질적인 보장이 돼. 그런 이유로 이 낭자께서는 야근을 안 한다는 말씀이지."

하지만 나는 그녀의 논법이 못마땅했다.

"말 한번 쉽게 하네. 하지만 실제로 그런 직원을 좋아하는 상사가 어디 있어? 업무에 열정적이지 않잖아!"

예즈 낭자가 가볍게 액셀을 밟으며 웃는 얼굴로 나를 바라봤다.

264

"열정과 책임 중에 뭐가 더 오래갈 것 같아? 열정으로 이어가는 일은 오래가지 못해. 계약에 따라 자기 책임을 이행하는 거야말로 왕도지."

나는 그녀의 의견을 받아들일 수 없었다. 나 역시 제법 오랫동안 출근했던 사람이었다. 내 경험으로 볼 때 상사들은 열정적으로 야근하고, 모든 수고와 원망을 뒤로한 채 희생정신으로 열심히 봉사하는 부하 직원들을 좋아했다. 예외는 전혀 없었다. 예즈 낭자가 말했다.

"No, No, No, 옳지 않아. 현명한 상사들은 효율적이고 수준 높은 업무 성과를 중요하게 생각해. 겉으로 드러나는 노력이나 성실함이 아니라고."

난 박수를 보냈다. 그래도 아주 조금 이해가 안 되는 부분이 있었다. 그토록 업무 시간과 개인 시간이 서로 영향을 주면 안 된다고 주장하면서 어떻게 우동 한 그릇 먹을 점심시간도 남겨두지 않는단 말인가. 모순이 되는 행동 아닌가?

예즈 낭자가 차를 몰면서 말했다.

"문화 수준이 낮으면 정말 문제가 심각해. 점심에 먹은 걸 뭐라고 하는지 알아?"

"점심, 오찬, 영어론 lunch라고 하지."

그녀가 말했다.

"틀렸어. 우리가 점심시간에 먹은 건 영어로 working lunch, 중국어로는 공, 작, 찬工作餐이라고 하는 거야."

예즈 낭자는 선난 대로를 가로질렀다. 우럭바리와 굴구이를 먹고 주식으로 허펀河粉. 쌀국수볶음이 올라왔다. 나는 달걀을 달라고 했지만 거절당했다. 달걀이 없단다. 배 터지기 일보 직전이었지만 바람직한 만점짜리 친구가 되기 위해 그로부터 몇 시간 이후, 야식도 거절하지 않았다. 우리는 차오산의 새우죽에 피피샤딱새우의 일종, 가리비를 먹었다. 역시 달걀은 없었다.

다음 날은 주말이었다. 그녀는 아침 댓바람부터 내 호텔 객실 문을 박차고 들어와 나를 끌고 모닝 티타임을 하러 갔다. 그리고 이어진 렌룽바오달짝지근한 소를 넣은 만두, 차샤오바오중국식 바비큐 돼지고기를 넣은 만두, 마티가오마티 젤리, 샤자오새우 교자, 차이바오야채 만두, 루펑좌닭발 요리…….

점심에는 쇠고기 훠궈샤부샤부를 먹었고, 오후에 치즈 케이크와 함께 차를 마셨다. 저녁에는 차를 몰아 다펑 고성에 가서 쓰팡차이가 정식 식사를 먹었다. 문을 열고 들어서자 식탁 가득 객가족 음식이 차려 있었다. 나는 문틀을 움켜쥐고 발을 떼지 않으려고 용을 썼다.

"예즈 낭자, 용서해줘! 그냥 우동에 달걀 하나만 주면 좋은데……."

예즈 낭자가 나중에 커샤오 누이에게 나에 대한 핀잔을 늘어놓았다.

"밥도 열심히 안 먹고 말이야! 머리에 문제가 있어."

3

커샤오 누이와 예즈 낭자는 우정이 돈독했다. 예전에 한 철학자가 이르길, 여인의 최대 동성 적수는 시어머니가 아니라 '절친'이라고 했다. 그러나 이 말은 커샤오 누이와 예즈 낭자에겐 해당되지 않는 듯싶다.

수많은 여자 절친들은 스무 살이 되면 상대방의 남자 친구에 대해 생각이 많아진다. 하지만 그 둘은 서른이 되어서도 어린 소녀들처럼 서로 손을 잡고 거리를 거닐면서도 전혀 부끄러워하는 기색이 없었다.

대부분 여성들의 친한 동성 친구들은 모두 소꿉친구, 학우, 동료 관계에서 시작된 경우가 많고 이따금 고객에서 발전해 친구가 된 이들도 있다. 그러나 커샤오와 예즈는 위의 어떤 경우에도 해당되지 않았다. 예즈는 커샤오를 길거리에서 건졌다고 했다. 라싸는 복음의 땅이었다.

두 사람은 라싸에서 처음 만났다. 기이하게 여행 중에 알게 된 친구들이 종종 가장 오랫동안 친구로 이어지곤 한다. 다른 어떤 방식으로 맺어진 친구보다 더 길게 우정이 이어진다. 나 역시 예즈 낭자와 수년 전 라싸에서 처음 만났다. 당시 나는 라싸 '부유파浮游吧, 떠돌이 Bar의 뜻'의 주인이었고, 그녀는 자유 여행을 하는 손님이었다.

첫인상이 매우 상냥했던 그녀는 내게 맥주 한 병과 더불어 힘찬 따귀를 선사했다.

당시 나는 막 긴 여행을 끝낸 후였다. 어느 날 깊은 밤, 한 소녀가 술집에서 내 노래를 듣고 눈물을 터뜨렸다. 그리고 농담 한마디로 인해 그 소녀와 함께 히말라야를 향해 걷게 되었다. 출발할 때 나는 손북 하나를 등에 메고 있었고 그 소녀는 열쇠 한 꾸러미와 여권, 디지털 스틸 카메라 하나가 짐의 전부였다. 우리 둘 다 돈이라곤 한 푼도 없었다.

여비는 가면서 조달했다. 추위와 굶주림을 버티며 길거리에서 노래를 팔았다. 라싸의 북경동로에 위치한 '부유파'에서 히말라야 초모랑마까지 동행했다.

초모랑마에서 내려온 후, 나는 소녀와 딩르에서 헤어졌다. 소녀가 '안녕'이라 말하더니 혼자 네팔 방향으로 발길을 돌렸다. 나는 아직 도로 포장이 되지 않았을 당시의 중국, 네팔의 길을 따라 노래를 팔면서 라싸로 돌아왔다. 소녀는 핸드폰이 없고 나는 다시 그 소녀를 만나지 못했다.

라싸에서 출발할 때 술집 문을 닫지 않았는데 미처 사람들과 인사할 틈도 없었던 터라, 모두들 원성이 자자했다. 라싸에 돌아온 나는 사람들로부터 떼로 비난을 받았다.

사람들이 진담 반 농담 반으로 나를 벌세우며 솔직히 털어놓으면 아량을 베풀겠다고 말했다. 당시 두 테이블을 가득 메운 손님들 앞에서 벌을 선 꼴이라니, 체면이 말이 아니었다. 게다가 솔직하게 털어놓은 경과 보고는 말벌집을 쑤셔놓은 것이나 마찬가지였다. 사람들이 우르르 테이블과 허벅지를 번갈아 두드리며 나에 대한 비난을 쏟아놓기 시작했다.

"그 아가씨 무일푼이었다며! 그러다 굶어 죽기라도 하면 어떡하려고? 노래를 팔며 남의 집 처자를 초모랑마까지 끌고 가서 어떻게 혼자 돌아와? 무슨 마음 먹고 혼자 가게 내버려둬?"

내가 말했다.

"괜찮아, 괜찮아. 정말 괜찮다니까!"

사람들이 내 말꼬리를 잡으며 비난의 화살을 놓지 않았다.

조금 성가신 생각이 들었다. 당시만 해도 젊었을 때라 고집스레 딱딱하게 굳은 표정으로 말없이 문을 밀고 나와 계단에 앉아 담배를 피웠다. 담배 한 개비를 다 피우기도 전에 누군가 맥주잔을 내 앞에 들이밀었다. 고개를 들어보니…… 모르는 사람이었다. 나는 맥주를 받으며 물었다.

"누구세요?"

상대방은 쓰촨 억양이 들어간 표준어로 말했다.

"형씨! 옆에 좀 앉게 저만큼 옆으로 가줄래요?"

상대는 자리에 앉아 나랑 잔을 부딪치더니 다짜고짜 내 등을 내리치며 큰 소리로 말했다.

"잘하셨네!"

나는 깜짝 놀라 물었다.

"지금 뭐하는 겁니까?"

상대가 내 말에는 아랑곳없이 차가운 표정으로 날 바라봤다.

"그 소녀, 별일 없을 겁니다. 더 이상 죽을 생각은 하지 않게 되었으니까요."

"그 애 혼자 마음을 정리할 필요가 있을 거예요."

나는 고개를 돌려 낯선 상대방에게 눈길을 보냈다. 영특해 보이는 두 눈을 가지고 있었다. 실내에 있던 사람들은 나와 소녀의 동행을 아름다운 만남 정도로 생각했다. 그러나 유독 이 낯선 손님만이 민감하게 뭔가를 발견한 것 같았다.

268

소녀는 지나온 세상과 모든 연락을 끊고 핸드폰도 없이 그 밤에 우리 술집에 왔을 때 땡전 한 푼 없는 상태였다. 무심코 흘러나오는 옛 노래에 소녀는 둑이 터지듯 왈칵 눈물을 쏟아냈다. 마음속에 분명 커다란 슬픔이 쌓여 있었을 것이다. 많은 징후들이 하나의 결말을 향하고 있었다. 그날 밤, 그녀는 자신을 버리기로 결심했다.

소녀의 마음은 이미 축축하게 젖어 아주 작은 불씨밖에 남아 있지 않았다. 소녀가 눈물을 글썽이며 우스갯소리를 했다. 마지막 남은 불씨가 힘겹게 자신에게 반항하고 있다고. 소녀는 절벽 가장자리에 서서 내게 말했다.

"날 데리고 가줘요. 라싸보다 좀 더 먼 곳으로요."

그리고 낯선 우리의 여정이 시작되었다.

그 길고 긴 여정이 끝났을 때 그녀는 초모랑마 베이스캠프의 마

니퇴티베트인들이 거주하는 주변에 오가는 사람의 평안을 위해 쌓아 올린 돌무더기나 돌탑에서서 내게 말했다.

"라싸에서 날 울렸던 그 노래 한 번만 다시 불러줘요. 이제 울지 않을 거예요."

그래, 초모랑마에 있던 그 순간, 소녀가 그 말을 한 순간, 나는 소녀가 죽으려는 생각을 버렸음을 느낄 수 있었다. 내가 함께한 것은 여행이 아니라 수행이었고, 소녀는 강한 내면의 힘으로 자신을 구원했다.

이처럼 드넓은 세상에서 자신을 이해해줄 사람을 만나기는 참으로 드문 일이니 어찌 즐겁지 않겠는가. 나는 술집 계단에 앉아 처음 보는 사람과 라싸 맥주 한 박스를 모두 해치운 뒤 9년지기 친구가 되었다.

그 낯선 사람이 바로 예즈 낭자다.

8년 후 나는 〈핸드폰이 필요 없는 소녀〉라는 글을 썼다. 사실 이별의 과정을 적고 예즈 낭자가 했던 말들도 그대로 적었다.

"여자아이 혼자서 마음을 정리할 필요가 있었을 거예요."

나는 예즈 낭자에게 초고를 보여줬다. 예즈 낭자는 그 글의 첫 번째 독자였다. 그런데 뜻밖에도 그녀는 내 메일에 대한 답신에서 이야기 끝부분, 내가 핸드폰이 필요 없었던 소녀와 헤어지는 장면과 함께 자신이 말했던 부분을 삭제했다.

이해가 가지 않아 전화를 걸었다. 예즈 낭자가 새벽녘에 지구 반대편에서 내게 반문했다.

"다B, 당신 서른 몇 살이지?"

"서른셋이야."

"만약 지금 그 시절로 돌아간다면 예전처럼 이별을 택했을까? 아니면 그 소녀랑 계속 여행을 했을까?"

"이 이야기는 사랑과는 상관없는 거……."

"나한테 설명할 필요 없고, 당신 자신에게 설명해봐."

"그땐 그렇게 말 안 했잖아."

"그때는 나나 너나 지금보다 훨씬 젊었었잖아."

"닥쳐, 죽여버린다!"

나는 전화를 끊고 초모랑마 아래 갈림길을 떠올렸다. 핸드폰이 필요 없었던 소녀가 내 앞에 서서 미소를 지으며 말했다.

"여기서 헤어져요."

"그래, 바이바이!"

나는 혼자 걷고 또 걸었다. 눈앞 도로 위로 먼지가 흩날렸다. 돌아보지 않았다. 100미터를 간 후에도 돌아보지 않았다. 영화 속 같은 그 어떤 영상이나 배경음악도 없었다.

2013년 가을, 원고가 세상에 나왔다. 예즈 낭자가 삭제한 내용을 다시 첨가하지 않았다. 〈핸드폰이 필요 없는 소녀〉 이야기는 초모랑마에서 끝이 났다.

"내가 이곳에서 처음으로 손북을 안고 노래를 불렀던 유랑 가수라거나, 우리가 거리에서 노래를 팔며 초모랑마에 이르렀던 기이한 첫 번째 조합이라고도 확신하지 못해. 게다가 그처럼 높은 마니퇴에서 네게 어떤 노래를 바쳐야 했는지도 확실하게 정할 수가 없었어."

그녀가 말했다.

"「유랑 가수의 연인」 불러줘요. 빨리 불러줘요, 빨리!"

그녀가 펄럭이는 룽다바람의 말Wind Horse이란 뜻으로, 불경을 적어놓은 깃발 아래에서 미소를 지으며 내게 말했다.

"「겨울을 어떻게 날까」도 불러줘요."

그녀는 아이처럼 손을 등짐 지고 내게 말했다.

"이번에는 안 올 거예요."

중국과 네팔 도로가 만들어졌다. 지금은 라싸에서 호모랑미까지 가는 데 하루밖에 걸리지 않는다. 후에 여러 번 차로 그 길을 지난 적이 있었다. 매번 산 입구를 지날 때마다 바람결에 룽다가 펄럭였다.

지금도 핸드폰이 필요 없는지. 나는 아직 네 진짜 이름도 모르는데.

너랑 함께했던 순간을 떠올릴 때마다 마치 긴 꿈을 꾼 것 같아.

내가 메고 걷던 손북은 벌써 오래전에 잃어버렸어. 8년이네.

그 머리 장식은 아직 가지고 있어?

알 거야. 내가 널 사랑하지 않았다는 것을.

우리 둘은 연애를 한 건 아니야, 좋아했다고도 말할 수 없지.

너랑 나 사이는 그저 낯선 사람보다는 조금 가깝고,

좋은 친구 사이보다는 조금 멀고,

그냥 스쳐 지나간 사람보다는 조금 복잡하고,

우연히 만나 알게 된 사이보다는 조금 단순하고…….

시간이 지날수록 참 애매한 관계였다는 생각이 들 뿐이야.

가을날 떨어진 이파리 두 개가,

한순간 공중에서 서로를 스친 후,

하나는 물로 떨어져 물결을 따라 흘러가고

또 하나는 바람을 따라 세상 끝까지 날아간 것 같아.

나는 그 후로 다시는 너 같은 소녀를 만날 수 없었어.

나는 예즈 낭자에게 이 글이 담긴 책을 부쳤다. 속표지에 서명한 후 의도적으로 다음과 같은 말을 남겼다.

'얻음이 있으면 솔직하고, 잃음이 있으면 연연해하지 않는다. 자연스러움을 따를 것이니 예즈 동학과 함께하리라.'

그녀는 내 책을 〈핸드폰이 필요 없는 소녀〉의 장까지 넘긴 후 사진을 찍어 친구란에 올렸다. 그리고 한마디 덧붙였다.

'수년 전 이야기, 오늘 마침표를 찍다.'

좋아, 예즈, 내 이야기에 마침표를 찍어, 그럼 네 이야기는?

4

예즈 낭자는 13년 동안 유랑했고, 그녀의 유랑 이야기는 아직도 마침표를 찍지 못했다.

1997년 홍콩이 반환된 후 1998년 고향을 떠나 선전으로 왔다. 판매업에 종사한 지 3년, 2001년에 그녀는 우연히 그를 만났다.

그는 시베이 출신으로, 수줍음을 잘 타는 내성적인 사람이었다. 짧은 반삭에 마른 체격이었다. '반삭은 훈남을 검증하는 유일한 표준'이라고 하지 않았는가. 그가 거리를 걸어가면 지나가던 여자들이 선글라스를 벗었다.

그의 직업은 건축 설계사였다. 극도의 단순함을 숭상했기 때문에 옷은 면이나 마로 된 것, 검은색 아니면 흰색을 입었고 편안하고 편리한 것을 추구했다. 머리를 반삭으로 민 것도 편해서였다.

먹는 것도 마찬가지였다. 그는 피자를 즐겨 먹었다. 하루가 멀다 하고 화창베이의 한 피자 가게에서 식사를 해결했다.

2001년 어느 날, 피자 가게 구석 자리에 앉아 있던 그는 노란색 치마를 입은 아가씨를 발견했다. 아가씨는 피자를 주문하다가 잔돈을 떨어뜨리는 바람에 바닥에 쪼그려 앉아 돈을 줍기 시작했다.

어찌나 눈이 부신지 제대로 눈을 뜰 수가 없었다. 햇살이 커다란 유리창 너머 아가씨를 비추었다. 반짝이는 노란 치마, 하얀 팔, 하얀 다리…… 몸 전체에서 온통 빛이 나는 것 같았다. 코끝과 아래턱이 마치 유리처럼 투명해 보였다. 바닥에 가득 흩어진 동전들이 반짝거렸다. 돈을 줍는 게 아니라 분명히 별을 줍는 것이리라.

'어쩌면 저렇게 예쁠 수 있지?'

그는 피자 먹는 것도 잊은 채 멍하니 그녀를 바라봤다. 동전을 줍던 아가씨의 손길이 느려지면서 입을 삐죽거리고 점점 더 눈살을 찌푸렸다. 그러더니 갑자기 허리를 펴고 자리에서 일어나 성큼성큼 그에게 다가왔다. 그녀가 한 손을 허리에 얹으며 다른 손으로 그를 향해 삿대질했다. 그리고 매섭게 소리쳤다.

"보긴 뭘 봐요!"

그는 무의식적으로 이렇게 대답했다.

"당신이 너무 예뻐서요."

잠시 멍한 표정을 짓던 아가씨가 발끈 화를 냈다.

"예뻐도 많이 쳐다보면 안 되지! 다시 쳐다보면 당신 눈을 확 찔러버릴 거예요, 믿거나 말거나!"

그녀가 손가락 두 개를 펼쳐 앞으로 쑥 내밀었다. 뾰족하고 하얀 손톱이 마치 봄날 삐죽하게 자란 죽순 같았다.

매서운 '선녀'의 성질 덕분에 그는 자신이 얼마나 실례를 범했는지 새삼스레 깨달았다. 그는 황망히 자리에서 일어나 사죄하다가 그만 손이 접시를 집는 바람에 손바닥 가득 토마토케첩을 묻히고 말았다.

다음 날, 같은 장소에서 같은 광경이 되풀이되었다. 아가씨는 소뇌가 그리 발달하지 않았는지 또다시 동전을 와르르 바닥에 떨어뜨렸다. 오늘은 진분홍색 치마 차림이었다. 마치 막 깨끗하게 씻은 조그만 래디시 같았다. 절로 눈이 휘둥그레진 그의 마음속에서 계속 똑같은 자막이 지나갔다.

'어쩌면 저렇게 예쁠 수가, 어쩌면 저렇게 예쁠 수가……'

아가씨는 동전을 다 줍더니 무심코 주변을 훑어봤다. 그는 조건반사적으로 소리쳤다.

"나 안 봤어요."

이렇게 외치고 보니 자기도 모르게 두 손을 귓가에 올리고 있다는 사실을 깨달았다. 마치 항복하는 자세 같았다.

'어째 이 모양일까, 왜 이렇게 긴장되는 거지?'

아가씨가 실눈을 뜨더니 허리에 손을 얹고 천천히 걸어왔다. 그리고 아무렇지도 않은 듯 그의 앞에 앉아 진지하게 물었다.

"제대한 지 얼마 안 됐죠?"

"일하기 시작한 지 여러 해가 지났는데요."

그러자 아가씨는 금세 말투를 바꿔 사납게 소리쳤다.

"여자 본 적 없어요?"

그는 금방이라도 울 것 같았다. 어찌나 긴장했는지 손과 발이 덜덜 떨렸다.

'왜 이렇게 긴장되는 거야, 대체!'

아가씨가 말했다.

"정말 짜증 나서 죽겠네. 당신이 그렇게 쳐다보니까 어색해서 죽겠잖아요! 안 되겠어요. 당신 피자 조각이라도 먹어야겠어요."

그녀가 그의 접시로 손을 뻗더니 피자 두 조각을 가져갔다.

세 번째 날, 아가씨는 나타나지 않았다. 그는 접시에 피자 두 조각을 남겼다. 왜 그랬는지 자기도 알 수가 없었다.

네 번째 날, 아가씨가 문을 밀고 들어와 그를 힐끗 바라봤다. 그리고 마치 인사하듯 손을 내둘렀다.

"이상한 사람이네. 어떻게 매일 피자만 먹어요?"

그렇게 두 사람의 인연은 시작되었다. 그는 예즈 낭자의 삶에서 조금 이상한 인연으로 맺어진 인물이 되었다.

예즈 낭자는 피자 가게에 자주 가는 편이 아니었다. 그들은 이따금 우연히 만났고, 우연히 이야기를 나누었다. 그는 예즈 낭자가 생각처럼 사나운 여자가 아니라는 것과 가까이서 보니 물광 피부라고 할 정도로 완벽한 피부의 소유자라는 것을 발견했다.

그는 예즈 낭자를 만날 때면 항상 긴장됐다. 그리고 시간이 지나면서 예즈 낭자가 나타나기만 하면 두 손을 책상 위가 아닌 바지

호주머니에 넣는 습관이 생겼다. 잔을 들거나 물건을 집어야 할 때면 재빨리 한 손만 빼냈다가 다시 후다닥 호주머니에 찔러 넣었다.

당시 나이도 젊은데 다 남자처럼 씩씩했던 예즈 낭자는 보통 아가씨들처럼 민감한 편이 아니어서 상대가 그토록 긴장한다는 것도 알아차리지 못했다.

예즈 낭자가 농담 삼아 그를 놀린 적이 있었다.

"요즘 수련 중인 무술 이름이 뭐예요? 상쑹이죠?"

그가 큭, 웃으며 손을 주머니 깊숙한 곳에 찔러 넣었다. 손바닥이 온통 땀으로 축축했다.

시간이 흐르면서 둘은 친구가 되었다. 이따금 함께 식사를 하기도 하고, 오후 차를 마시며 서로의 생활을 공유했다. 그녀는 말이 정말 빨랐기 때문에 그는 될 수 있는 한 예즈 낭자의 말 리듬을 쫓아가며 간단히 의사 표현을 했다.

하지만 그에게는 결코 쉬운 일이 아니었고, 그렇게 말을 하다 보니 종종 몇 글자를 빼먹었다. 예즈 낭자는 오히려 이런 그의 모습을 좋아했다. 그녀가 그를 치켜세웠다.

"그 많은 친구들 중에서 당신처럼 교양 있게 남의 말에 귀를 잘 기울여주는 사람은 없어요. 그걸 뭐라고 하더라……. '행동은 민첩하지만 말은 어눌하다.' 이렇게 말하던가?"

그는 남몰래 쓴웃음을 지었다. 그녀는 너무 눈이 부셨고, 그는 실눈을 뜨고 그녀를 바라봤다.

예즈 낭자는 여느 여자들과 달랐다. 자신의 성별에 전혀 신경 쓰지 않았다. 천성적으로 애교라는 걸 모르는 듯했다. 매일 수다를 떠는 내용이 남녀의 사랑과는 무관한 것들이었다. 때로 흥이 오르면 작은 손을 휘두르다가 탁자를 내리치기도 했는데 그럴 때도 아픔을 느끼지 못하는 것 같았다. 그는 그런 그녀 대신 자신의 손이 아픈 것 같았지만 그렇다고 뭐라고 말하기도 난감했다.

이렇게 한 사람은 열심히 말하고, 한 사람은 열심히 들으면서 1,

2년이 흘렀다. 비록 이야기가 잘 맞는 보통 친구 사이였지만 그는 그것으로 만족했다.

그의 핸드폰에 예즈 낭자의 전화번호를 담았다. 주소록 맨 앞쪽에 저장했지만 쉽게 누르진 못했다. 새해나 명절이면 예즈 낭자에게서 축하 메시지가 왔다. 그는 예의 바르게 답을 보냈지만 형식은 단체 문자였다.

예즈 낭자는 일도 생활도 열정적이었다. 항상 커다란 가방을 메고 혼자 곳곳을 돌아다녔다. 그는 단 한 번도 배웅하지 않았고 항상 마중을 나가는 쪽이었다. 흔적을 남기지 않았다. 영원히 친한 친구처럼 함께하고, 먼 길에서 돌아오면 환영회를 열어주는 그런 친구 역할을 했다.

그는 항상 정확히 시간에 맞춰 마중을 나갔다. 늦게도, 빨리도 나가지 않았다. 그녀를 만나면 자발적으로 배낭을 들어주거나 트렁크를 들어주거나 차 문을 열어주지도 않았다. 세속적인 친절을 모르는 바 아니었다. 그냥 그런 표현을 하는 데 익숙지 않았다.

그가 자발적으로 예즈 낭자에게 전화를 건 적은 딱 한 번뿐이었다. 2003년, 사스SARS가 유행하던 때였다. 마치 재채기처럼 재난이 밀려와 손쓸 틈이 없었다. 선전은 순식간에 사스 재난 지역이 되었다. 그는 그녀에게 전화를 걸어 가장 담담한 말투로 이야기를 나누고, 자신이 알고 있던 보호 조치를 알려준 다음, 마스크 착용을 당부했다.

예즈 낭자는 기분이 이상했다. 조금 우스꽝스럽다는 생각도 들었다. 당시 그녀는 허우짱의 아리를 여행 중이었다. 사방을 둘러봐도 사람 그림자는 보이지 않았다. 그녀가 말했다.

"우리 바뀐 것 같은데요! 내가 안부를 물어봐야 맞을 것 같아요."

그가 전화에 대고 웃었다.

"아마 내가 너무 긴장했나 봐요."

예즈 낭자는 친구가 많아 항상 현실적이었던 반면, 그는 수줍고 내성적이라 자기만의 세상에 빠져 살았다. 두 사람은 서로 다른 차원에서 살고 있었다.

그는 그녀를 좋아했지만 이런 사실을 아는 사람은 아무도 없었다.

그는 그녀를 쫓아다니지 않았고, 말을 많이 하지도 않았다.

그녀는 줄곧 혼자였고, 그 역시 혼자였다.

그렇게 눈 깜빡할 사이에 6년이 흘렀다.

5

6년이란 세월은 짧다면 짧고, 길면 긴 세월이다. 대부분의 사람이 이 정도 세월이면 그른 것은 바로잡아 행복의 결실을 맺을 수 있으며, 이야기 하나를 끝내고 다시 또 다른 이야기를 시작하기에 충분한 시간이다. 하지만 그의 이야기는 여전히 첫 페이지에 머물러 있었다.

반삭이던 머리가 장발이 되면서 서른이 된 그는 생각이 더 깊어졌다. 그는 소비주의자가 아니었다. 여전히 소박한 생활을 유지했고, 친구 교제 역시 단출하면서도 깔끔하고 충실했다. 평소 복잡하고 번거로운 접대를 할 일도 없었기 때문에 일을 하고 남는 시간을 독서와 글쓰기로 보내면서 건축학과 미학 이론을 통해 철학적 사변에 몰두했다.

원천이 깨끗하면 물줄기도 맑고, 근본이 튼튼하면 나무가 무성하게 자라기 마련이다. 사람의 정신적 능력이야말로 내적 감수성과 즐거움의 원천이다. 주변 사람들의 눈에 그는 순하고 침착한 행인 A에 불과할 뿐이었다. 그들 중 그의 자성적 즐거움과 풍성한 내면세계를 이해하는 사람은 극히 드물었다.

어느 날 그는 미완성 원고를 들고 장거리 여행을 떠나기로 결심했다. 이왕 떠나는 것, 중국의 모든 도시를 돌아보기로 작정했다

곳곳을 돌며 실제를 검증하고, 수정을 가하고, 내용을 덧붙이리라. 그렇게 걸으면서 실천적 인생을 위한 새로운 환경을 개척하는 거야. 생각이 들었을 때 떠나면 그만이다. 이 도시에 연연할 일은 없었다. 그런데 유일하게 마음에 걸리는 것이 바로 예즈 낭자였다.

예즈 낭자는 나이로 보면 노처녀였지만 외모는 전혀 그렇지 않았다. 전형적인 현실추구형으로 업무도, 노는 것도 반미치광이처럼 즐겼다. 걱정도, 두려움도 없는 그녀의 모습은 6년 전의 그 모습 그대로였다.

6년 동안 성장이 정지된 것 같았다. 모르는 사람들은 그녀를 이제 갓 대학을 졸업한 문과생 정도로 생각했다. 세월은 참으로 공평치 않다. 예즈 낭자의 용모는 빛이 가시기는커녕 살짝 아기 살이 빠지면서 몸무게는 45킬로그램 고정이었다. 쇄골 미인의 반열에 오른 그녀는 가녀린 허리에 복근 덩어리마저 빠져버린 것 같았다.

20여 년 그녀의 인생에서 가장 날씬했던 시기이자 경제적으로도 가장 빈약한 시기였다. 젊은 혈기에 다짜고짜 덤벼들다 보면 몇 번씩 고비를 겪기 마련이다. 예즈 낭자는 굴곡이 조금 심했다. 우선 투자에 실패하면서 경제적으로 피해가 막심했던 데다, 업계 전체의 환경이 변하면서 사업에서도 좌절을 겪어 새로운 직종을 선택할 수밖에 없었다.

집은 새는데 연일 비는 쏟아지고, 몸은 아픈데 생리까지 하는 격이었다. 직업도 잃고, 저축도 바닥이 난 데다 등 붙일 곳마저 사라져버렸다.

올림픽 기간이 다가오자 선전의 부동산 가격이 폭등했다. 집주인은 거만한 인간으로, 그녀에게 말 한마디 없이 집을 팔고 보증금도 돌려주지 않았다. 분쟁이 해결되지 않는 사이 새 주인이 들어와 그녀를 쫓아냈다. 예즈 낭자는 비 오는 밤에 이사를 했다. 집값이 폭등하니, 보증금에 월세까지 덩달아 춤을 췄다. 5년 전의 30평 보증금으로는 20평을 얻기도 힘들었다. 소파 말고는 놓을 자리가 없어, 멀쩡한 공주 침대를 이삿짐 회사에 줘버렸다. 아마 다른 어지들 같았으면 미쳐버렸을 것이다.

하지만 그녀는 난 여자였다. 불운에 집착하는 대신 흥거운 모습으로 친구들에게 전화를 걸어 약속을 잡은 다음, 집집마다 돌아가며 밥을 얻어먹었다. 사람들은 예즈 낭자가 억지웃음을 지을까 봐 식탁에 앉아서도 적극적으로 잔을 들지 않았다. 그러다 술에 취하면 눈물 콧물 다 짜낼 수도 있기 때문이었다. 그녀는 이런 친구들 모습에 버럭 화를 내며 탁자를 내리쳤다. 이어 욕을 퍼부으며 눈을 동그랗게 뜨고 말했다.

"이렇게 활달하고 긍정적인 내 모습 안 보여? 풀 죽은 사람이 이런 것 봤어? 아무것도 아냐. 혹시 알아? 내일이면 바닥을 치고 올라갈 수 있을지도……. 자, 어서 마시자고!"

사람들은 그제야 맘 편히 술을 마시고 다시 잔을 채웠다. 예즈 낭자는 배포가 주량보다 컸다. 그 독한 술을 세 잔이나 연거푸 쏟아붓더니 얼굴이 벌겋게 달아올랐다. 누군가 술기운에 예즈 낭자더러 이사 소감을 말하라고 했다. 그녀는 한 손에 젓가락을, 다른 한 손에 술잔을 들고 의자 위에 올라서서 외쳤다.

"하·늘·이·날·버·리·면·나·도·하·늘·을·버·릴·거·야······ 내 운명은 내가 정한다!"

그때, 창밖으로 번개가 내리쳤다.

그는 낭자에게서 가장 먼 거리에 앉아 조용히 그녀를 바라봤다. 그가 긴 여행을 떠난다는 사실을 낭자도 알고 있었다. 그녀는 그에게 전화번호가 적힌 반 장짜리 A4용지를 건넸다. 전국 각지에 흩어져 있는 친구들 전화번호였다. 그녀가 말했다.

"이 도시들을 지날 때 꼭 전화해봐요. 친구가 많으면 나가서 고생 안 해요."

그녀는 그가 떠난다는 것만 알 뿐, 얼마나 오랫동안 나가 있을지는 알지 못했다.

　그는 아무 말도 하지 않고, 술도 권하지 않고 조용히 음식만 먹으며 이따금 그녀를 바라봤다. 그리고 눈길이 마주치기 전에 먼저 자리를 떴다.

　예즈 낭자가 주거지를 옮긴 지 4일째 되는 날, 그는 출발했다. 그가 아침 일찍 그녀를 찾아왔다. 예즈 낭자는 잠옷 차림으로 문을 열었다. 소파에 눌린 자국이 한쪽 뺨에 그대로 남아 있었다. 예즈 낭자가 이상하다는 듯 물었다.

　"오늘 아침 기차라고 하지 않았어요? 어떻게 여길 왔어요?"

　그가 웃으며 열쇠 꾸러미와 출입 카드 한 장을 꺼냈다.

　"급해요. 좀 도와줘요. 집에 식물들 물도 줘야 하고……."

　예즈 낭자가 시원스레 대답했다.

　"OK, 문제없어요. 그냥 물만 주면 되는 거잖아요?"

　그가 말했다.

　"매일 줘야 해요. 그러니까 귀찮겠지만, 우리 집으로 들어와서 살면 안 될지……."

　예즈 낭자는 아무런 반응도 보이지 않았다. 그는 열쇠와 출입 카드를 그녀 손에 넘기고 벌써 계단 모퉁이 쪽에 서 있었다.

　"부탁해요!"

　그가 웃으며 손을 흔들었다.

6

　단지는 녹음으로 우거져 있었다. 예즈 낭자는 호랑이 굴 깊숙이 들어섰다. 문을 연 그녀는 깜짝 놀랐다. 혼자 사는 남자의 집이라곤 믿을 수가 없었다. 어쩌면 이렇게 정갈할 수가 있지? 유리창, 바닥 그 어느 구석도 흠잡을 곳 없이 반질반질했다. 검은색 바르셀로

나 의자와 하얀 커튼, 하얀 벽에, 서재에는 천장 끝까지 책이 꽂혀 있었다. 서가 층층이 빼곡하고 가지런하게.

그럼 식물은? 예즈 낭자는 식물을 찾았다. 이곳저곳 다 찾아봤다. 창문턱에 부식토가 가득 든 화분 두 개가 있었다. 그냥 부식토만 있을 뿐, 나뭇잎 하나 보이지 않았다.

예즈 낭자는 주방으로 들어섰다. 싱크대는 기름때 하나 없이 깨끗하게 닦여 있고, 흰 바탕에 파란 꽃무늬가 있는 앞치마도 네모반듯하게 접혀 한쪽에 올려져 있었다. 여자 것이었다. 식물은 냉장고에 있었다. 동갓, 사과, 방울토마토, 양배추! 찬 맥주도 들어 있었다. 그녀가 가장 좋아하는 맥주였다.

예즈 낭자는 멍하니 식탁 옆에 앉았다. 자기 손 옆에 글씨가 가득 적힌 정사각형 쪽지가 꽂혀 있었다. 그녀는 쪽지를 들어 읽기 시작했다. 첫 구절부터 표현이 깍듯했다.

"예즈 낭자 보세요."

그녀는 싱글벙글 웃으며 계속 쪽지를 읽었다. 식물에 대한 이야기가 나왔다.

"빨간색 화분에는 안개꽃 종자가, 까만색 화분에는 삼엽초 종자가 심겨 있어요. 맘에 드는 화분에 물을 주면 돼요. 옷장 반을 비워뒀어요. 새 칫솔, 치약은 새 컵에 놓았고, 하얀 커튼이 싫으면 서랍에 노란색 커튼이 있으니 바꿔도 좋습니다. 모두 새로 세탁한 거예요. CD는 TV장 안에 있고, 리모컨은 건전지를 새로 교체해 마찬가지로 안에 두었고……"

마치 호텔의 공지 사항 같았다. 모두 손 글씨로 적혀 있었다. 그는 쪽지에 그녀가 부딪칠 수 있는 문제와 해결 방법을 조항별로 적어두었다. 방범과 가스레인지, 온수기 사용에서 인터넷 비밀번호, 스위치 위치…… 각종 보수 및 수리에 관한 연락처까지 빠짐이 없었다.

그녀가 분명하게 읽을 수 있도록 대충 흘겨 쓰던 습관을 버리고,

20센티미터 정도 되는 종이에 가지런하고 반듯하게 정사각형으로 가득 글씨를 적어놓았다. 연필로 종이에 연하게 격자를 그렸던 흔적이 보였다. 그리고 종이 하단에 몇 마디 덧붙어 있었다.

"당신을 위해 할 수 있는 일이 이 정도밖에 안 되네요. 안심하고 지내시길. 거절하지 말고요. 내 말대로 해요."

내 말대로 해요? 이 말투는……. 마지막 말이 송곳이나 된 듯 그 사이에 가려진 얇은 막을 걷어 올렸다. 예즈 낭자는 가슴이 쿵쿵 뛰기 시작했다. 그를 알고 지낸 지 6년이 흘렀다. 그냥 보통 친구라고 생각했을 뿐, 그가 이처럼 자신을 아끼리라고는 생각지 못했다. 그 어떤 연인보다 더 살가웠다. 예즈 낭자는 가슴을 부여잡고 자신에게 물었다.

'그럼 날 계속 좋아했던 거야? 그럴 리가! 그토록 내성적인 사람이 나처럼 호들갑스러운 여자를! 그가 어떻게 날 좋아할 수가 있어? 날 좋아했다면 왜 그렇게 오랫동안 한마디도 하지 않은 거야?'

예즈 낭자는 흘러간 시간을 돌이키며 단서를 찾아보려고 애썼지만, 별다른 장면이 떠오르지 않았다. 처음 만났을 때 '예쁘다'는 말을 제외하면 6년 동안 그냥 평범한 친구 관계를 조금도 넘어선 적이 없었다. 그녀는 속으로 깔깔 웃으며, 자기 생각이 너무 지나쳤다고 생각했다.

'이 세상에 운 좋은 여자가 얼마나 많은데, 나처럼 재수 옴 붙은 여자에게 드라마 여주인공이 되는 행운이 오겠어?'

그녀는 자리에서 일어나 실내를 돌아보았다. 손을 허리에 얹고 자조하듯 껄껄거리며 웃지만 심장은 계속해서 쿵쾅거렸다.

그녀는 문득 자신도 그에게 호감을 가지고 있었다는 사실을 발견했다. 어찌 없을 수 있겠는가.

'그래, 나도 처음부터 호감을 가지고 있었어. 그렇지 않았다면 그때 왜 그 피자 두 조각을 집어 들었겠어? 왜 그 후에도 계속 서로 만나 이야기를 나누고, 차를 마시고, 밥을 먹었겠어? 언제나 그

에게 아무 거리낌 없이 이야기를 늘어놓고, 매번 그가 마중 나올 때마다 속으론 얼마나 안심이 되었는데.'

6년 동안 친구로만 대하던 만남이 습관이 되어 이처럼 마음에 간직한 은근한 호감이 더 이상 발전할 기회가 없었던 것이다. 그런데 지금 종이 위에 적힌 '내 말대로 해요'라는 글자가 그녀를 찌르고 있었다. 이처럼 다정한 말투는 처음이어서 어떻게 판단을 내려야 할지 알 수가 없었다.

심장이 방망이질을 시작했다. 그녀는 냉장고를 열어 사과를 꺼내 물고 침실 입구에 이르렀다. 문이 닫혀 있었다. 손으로 문을 열었다.

2007년 그 여름날 오후, 예즈 낭자는 비명을 질렀다. 들고 있던 사과를 바닥에 떨어뜨리고 침실의 침대로 뛰어들었다. 그녀가 소리쳤다.

"공주 침대야, 내 공주 침대!"

예즈 낭자는 몸을 최대한 크게 펼쳐 침대를 껴안으며 소리쳤다.

"이삿짐 회사에 넘겼는데 이게 어떻게 여기 와 있는 거지? 이 사람, 마법사 아냐?"

기적과 다름없었다. 예즈 낭자는 한참 동안 공주 침대에 누워 있었다. 이 도시는 전쟁터와 같았다. 그녀는 줄곧 고군분투하며 지내느라 자신의 등 뒤에서 묵묵히 자신을 바라보던 눈길을 느끼지 못했다.

느낌이 이상하게 짜릿했다. 고추냉이를 바른 듯 갑자기 이마가 후끈하더니 두피가 얼얼하고, 코끝이 찡긋했다. 자기도 모르게 눈물이 주르르 흘렀다.

'억울해……. 정말 한심하네, 어쩜 이렇게 억울할 수가 있지? 누군가 날 이렇게 아끼는데 왜 억울한 생각이 드는 거지?'

그녀는 훌쩍거리며 울기 시작했다. 혼자 넘어진 아이는 울며 소리치지 않는다. 식구들이 옆에 있을 때에만 울기 마련이다. 이전까지 예즈 낭자는 재수가 없어도 그저 참고 견디면서 발가락이 부딪쳐 퉁퉁 부어도 스스로 반창고를 사다 둘둘 감았을 뿐이다. 그런데 갑자기 자기를 가려주는 그늘이 생겼다고 생각하니 마음이 포근했다.

예즈 낭자는 사내대장부 같은 기질을 가진 여자였지만 어느새 많은 것들이 변했다. 그 후 1년 동안 그녀는 문득 자신의 인내심이 약해졌다는 것을 발견하고 당황스러웠다. 기댈 곳이 생겼다는 생각 때문일까?

그에게 전화를 건 적이 있었다. 도저히 버틸 수가 없었다. 그는 광시 자치구의 베이하이 해변을 거닐고 있었다. 그녀는 점점 악화되는 현실, 점차 무력해지는 자신의 모습, 미래에 대한 공포 같은 것들에 대해 하소연을 늘어놓기 시작했다. 두서도 없고 말도 점점 더 빨라졌다. 다른 사람에게 이처럼 자신의 어려움을 털어놓은 적이 없었다.

전화기 너머로 어렴풋이 파도 소리가 들려왔다. 그녀가 말했다.

"듣고 있어요? 미안해요, 정말요. 당신을 쓰레기통으로 생각한 건 아닌데…… 나도 내가 뭘 하고 있는지 모르겠네요."

파도 소리는 더 이상 들리지 않고, 대신 그의 평온한 숨소리가 전해졌다. 그가 차분하게 말했다.

"안심해요. 내가 있잖아요."

오랫동안 생각한 말이었다. 그가 말했다.

"필요하다면 당장 갈게요."

그의 말투는 매우 진지했다. 그는 마치 길 건너편에 있는 사람처럼, 그녀가 손짓만 하면 금방 횡단보도를 건너 그녀에게 다가올 것처럼 말했다. 예즈 낭자는 갑자기 정신이 들었다.

'뭐라고 대답해야 하지? 뭐라고? 세상에! 내가 무슨 생각을 하고 있는 거지? 대체 무슨 생각을 하고 있는 거야?'

오랫동안 침묵이 흘렀다. 예즈 낭자는 점차 평정심을 되찾았다.

그녀가 말했다.

"괜찮아요. 기분이 좋아졌어요. 쓰레기 같은 말, 들어줘서 고마워요."

전화를 끊었다. 그녀는 자기 입을 뽑아버리고 싶었다. 욕실로 달려가 거울에 비친 자신을 향해 거침없이 욕을 퍼부었다.

"예즈! 너 겨우 그 정도밖에 안 됐어?"

다음 날 예즈 낭자는 다시 20평 남짓한 자신의 작은 아파트로 돌아갔다. 그녀는 그곳에서 11개월 3일을 살았다. 장미꽃이 창틀에 가득 피어났다. 공주 침대는 옮겨가지 않았다.

이야기는 다시 여기서 멈췄다.

7

실제 우리의 삶은 드라마와 다르다. 두 사람의 이야기는 거북이 걸음처럼 느릿느릿 이어졌다. 그렇게 질질 7년을 끌었지만 별다른 진전이 없었다. 그는 전과 다름없이 그녀에게 먼저 전화를 걸지 않았다. 두 사람은 그저 명절이나 되어야 서로 안부를 전했고, 그것도 역시 단체 문자를 통해서였다. 웬일인지 두 사람은 다시는 전화하지 않았다.

예즈 낭자는 1년 동안 재기하려고 애썼지만 별다른 성과를 얻지 못했다. 그녀는 선전을 떠나 트렁크를 질질 끌며 기차를 타고 항저우로 갔다. 커샤오 누이 집에 얹혀 살며 함께 밥을 먹고, 함께 여행을 가고, 함께 수출입 무역을 하며 옷 장사를 했다. 그렇게 바쁜 생활 속에 다시 1년이 흘렀고 마침내 두 번째 사업이 처음으로 성과를 거두면서 기본적인 경제생활에서 자유를 얻게 되었다.

커샤오 누이가 그녀에게 항저우에 집을 사서 정착하라고 권했다. 매물을 살핀 후 두 사람은 집이랑 상가를 돌아다녔다. 침구 전문 상가에 있는 공주 침대가 눈에 들어왔다. 흰색 기둥에 꽃무늬 장식이 새겨져 있고 분홍색 휘장이 쳐 있었다. 예즈 낭자는 다리가 떨어지지 않았다. 그렇게 침대 앞에서 한참을 서 있었다.

그녀는 핸드폰을 꺼냈다. 전화로 비행기 표를 예약하며 커샤오 누이에게 말했다.

"갈 거야, 선전으로 돌아갈 거야. 오늘 밤에 우리 송별회 하자."

커샤오 누이는 이해가 가지 않는 표정이었다.

"네 마음을 아프게 했던 곳이잖아! 왜 또다시 자신을 괴롭히려고 그래? 항저우 좋지 않아?"

그녀가 커샤오 누이를 안으며 말했다.

"사랑하는 친구야, 항저우는 미치도록 좋은 곳이야. 하지만 선전에 내 공주 침대가 있어."

바오안 공항의 비행기에서 내린 그녀는 그에게 문자를 보내 어디를 여행하고 있는지, 여행은 언제 끝나는지, 선전엔 언제 돌아오는지 물어봤다. 예즈 낭자는 매우 담담하게 친구들 사이에서 주고받는 식으로 문자를 보냈다. 뜻밖에 즉시 그의 문자가 도착했다.

'입구까지 가진 못하고요, 직접 주차장으로 갈게요.'

'그가 선전에 있다니! 날 데리러 온다고?'

예즈 낭자는 아연실색했다.

'이 사람…… 정말 신출귀몰하네. 대체 언제 돌아온 거지? 내가 어떤 비행기를 탔는지 어떻게 알고 있는 걸까?'

긴 중간 광고가 끝나고 남녀 주인공이 본편에서 다시 만났다. 차광판의 각도도, 안전벨트 조임도 적당했다. 예즈 낭자는 조수석에서 손가락 장난을 하며 이따금 그의 모습을 가만히 들여다봤다. 늙었네. 타향의 햇살에 그의 얼굴이 까맣게 그을려 있었다. 수염도 길고, 당시 수줍어만 하던 반삭의 소년은 이제 어엿한 아저씨가 되어 있었다. 예즈 낭자는 순간적으로 마음이 시큰해지나 싶더니 어느새 달달한 행복이 밀려들었다. 두 사람이 알게 된 지 9년째 되는 해였다.

　그는 자그마치 3년 동안 중국 곳곳을 돌아다녔다. 배낭족이 잘 다니는 길이 아니라 그저 자신이 가고 싶은 곳으로, 마음이 동하는 곳으로 돌아다녔다.

　아리에서 신장으로, 베이징에서 난징으로, 쭌이에서 츠수이로, 전위안에서 톄시로, 바오지에서 타이얼창 고성, 바오셰의 잔도, 루산, 쑹산, 가오리궁산, 칭톈, 원창, 평황, 장장 강과 궁장 강이 만나는 곳의 도도한 물결…….

　예즈 낭자가 가본 곳을 모두 거쳤다. 예즈 낭자가 가보지 않은 곳도 다녔다. 일반적인 가난한 여행과 달리 그의 여행은 오히려 현장 답사의 성격을 띠었다. 끝없이 기나긴 길을 걸으며 생각에 잠겼다. 그는 일기를 썼다.

287

　　모두들 여기가 궁핍하고 척박한 곳이라 하는데
　　예전부터 이런 모습이었는지 궁금하다.
　　아니면 우리의 판단 기준이 예전과 달라진 것일까?
　　단일화된 발전 과정이 유동성과 교류를 확대시켰으니
　　지역 간 그렇게 많은 격차가 벌어져서는 안 되는 일이다.
　　그러나 규모와 내실이 빈약한 소수의 무리들에게는
　　이런 변화가 새로운 탄생보다
　　문화적 단절을 가져다주었을 가능성이 훨씬 크다.
　　생활과 유리되어 박물관에 놓인 문화는
　　이미 역사가 되었을 뿐이니
　　연속적으로 이어질 가능성은 사라져버렸다.
　　종종 역사는 바로 이런 식으로 계속해서 쓰인다.
　　발전이란 당연한 진리로 생활 개선과 생활 수준의 향상을 지향

한다.

　그런데 이에 대한 선택이 반드시 내부적 수요에서

　비롯되는 것은 아니다. 오히려 대세에 이끌려 나아가는 경우

가 많다.

　예전에는 비슷한 종류의 비슷한 부분만 보았으나

　지금은 다른 부류의 차이들을 본다.

　가정도, 지역도, 국가도 모두 이러하다.

　시야가 넓어지니 자연히 국제화, 세계화를 주장한다.

　이런 것들이 재미가 있는지…….

　두 사람은 화창베이의 예전 그 피자집에 앉았다. 그는 예즈 낭자
에게 자신의 일기와 원고를 보여주었다. 너무 많았다. 배낭 한가득
이었다. 일반적인 여행 보고 문학처럼 시장을 공략한 것도 아니었
고, 풍화설월風花雪月의 감개무량함 같은 느낌도 들어 있지 않았다.

　그는 원래 매우 뛰어난 건축 설계사다. 글 역시 건축학을 토대로
민생, 민속, 역사에 대한 회고와 반성 등의 내용이 적혀 있었다. 그
는 여행에서 얻은 종교적 관념과 자신이 알고 있던 자연과학을 결
합하여 현상학적 사변을 늘어놓았다. 그의 수많은 경험은 현실에
뿌리를 두고 있으면서도 신선했다.

　그냥 평범한 일기가 아니라 초영역적 논문집이었다. 예즈 낭자
는 노련한 여행가이다. 공략적인 여행자들의 글을 많이 읽었지만
이처럼 풍성한 내용을 담고 있는 여행 일기는 처음이었다. 대부분
의 글이 이해되지 않았다. 그녀는 그의 지식이 경이로울 뿐이었다.
이 남자는 마치 영양 엑기스를 빨아들이는 스펀지…… 아니, 스펀
지라기보다는 슈퍼 용량의 하드디스크 같다는 생각이 들었다.

　지식은 남자를 매력 있게 만들어주었다. 수염이 까칠한 눈앞의
남자를 바라보며 그녀는 현기증이 일 정도였다. 그녀는 한껏 격앙
된 어조로 언제 책을 낼 건지 물어봤다. 하지만 그의 대답은 담담

했다. 책을 내고 싶은 생각은 없다고 했다.

"처음 길을 떠날 때 원고를 가지고 갔어요. 내용을 보충해서 출판하려고요. 원래 유람을 다니면서 수정하고 싶었는데 뜻밖에 시간이 갈수록 고칠 양이 늘어나다가 결국 내용을 전부 뒤집어 다시 썼어요. 서재에 앉아 자판을 두드리는 것만으론 현실을 정확하게 전달할 수가 없었어요. 글을 쓰면 쓸수록 아주 많은 것들을 보충해야 한다고 느꼈고 그럴수록 내가 쓴 글에 의구심이 늘어났어요. 세상에 어떤 것들은 그냥 쌓이는 것만으로 좋아요. 책 내는 일은 그만둘래요."

그가 피자 한 조각을 베어 물었다. 그리고 잠시 후 그녀의 눈을 바라봤다.

"너무 많이 돌아다녔더니 이젠 집에 있고 싶어요. 그냥 평범한 일상을 보내고 싶어요."

평범한 일상? 예즈 낭자는 멍하니 그의 말을 음미하다 말고 얼굴이 벌겋게 달아올랐다. 그리고 다시 순간적으로 한껏 기분이 고조되어 그의 입에 있던 피자를 낚아채며 큰 소리로 외쳤다.

"안 돼요! 책 내야 해요!"

그 순간 그녀는 9년 전 피자 가게에 만났던 매서운 아가씨로 돌아가 있었다.

"그동안 심혈을 기울여 이렇게 좋은 글을 써놓고, 왜 또 스스로 이걸 묻어버리려 해요? 반드시 출판해야 해요. 꼭요!"

그는 깜짝 놀랐다. 마치 동전 하나가 땡그랑 바닥에 떨어진 것 같았다. 과거의 모습이 그대로 재현되는 것처럼 느껴졌다. 매서운 그녀의 모습을 보지 못한 지 오래였다. 사람 마음을 철커덩 내려앉게 했다가 다시 흐뭇한 기분이 들게 하는 그런 매서움이었다. 그는 속삭이듯 작은 소리로 대답하고 있는 자신을 발견했다.

"좋아요. 피자는 돌려줘요. 당신 말대로 할게요."

8

예즈 낭자의 위협 속에 그는 집 안에 틀어박혀 글을 쓰기 시작했다. 1000일 넘게 세상을 떠돌던 자유주의자가 순식간에 슈퍼 히키코모리가 되었다. 그렇게 집에 틀어박힌 채 다시 2년이 흘렀다. 그녀가 예즈 낭자를 만난 지 10년, 11년째 되는 해였다.

그는 매일 다섯 가지 일만 했다. 식사, 수면, 배설, 단련, 글쓰기였다.

원고 정리 작업은 매우 고통스러운 일이었다. 한 단락 한 단락을 다시 수정하거나 뒤집었다. 자신이 자신의 방관자가 되면 관점이 변하고, 글을 쓰기가 더욱 어려워진다. 선전의 빌딩 숲 속 개인 공간에서 그는 자신과의 싸움을 벌였다. 일단 주먹을 불끈 쥐고 나면 거기에 빠져들어 다른 것을 돌보기가 어려웠다.

그러나 이번 싸움은 쓸쓸하지 않았다. 예즈 낭자가 곁에 있었기 때문이다. 예즈 낭자는 줄곧 그가 자신과의 싸움에 지쳐 피폐해질 때마다 그의 눈앞에 모습을 드러냈다. 매일 그가 글을 쓰다 쉬는 시간에 맞춰 전화를 했다.

그녀는 단 한 번도 "지금 어디까지 썼어요?"나 "잘돼요?"라는 식의 질문을 던진 적이 없었다. 그저 가볍게 "자, 소년! 머리 좀 쉬게 해야죠. 우리 수다나 잠시 떨어요"라고 말했다.

문장 한 편을 쓸 때마다 예즈 낭자는 항상 첫 번째 독자가 되었다. 그가 글에 대한 느낌을 물을 때마다 그녀는 어찌나 신중하게 구는지 함부로 평가를 내리지 않았다. 아마도 그의 생각 회로를 방해하지나 않을까 걱정하는 것 같았다.

힘겹게 써내려간 문장에 대해 예즈 낭자는 그저 자료를 받아두는 일만 몰두했을 뿐이다. 그녀는 크고 작은 여러 개의 USB를 구입해 그가 글 한 편을 쓸 때마다 반드시 파일을 저장해서 만일에 대비하는 한편 정기적인 검사를 게을리하지 않았다. 만약 제때 파일을 복사해두지 않은 것을 발견하면 그 즉시 얼굴을 찌푸렸다. 그러나 욕은 하지 않았다. 행여 그의 기분을 건드려 글쓰기에 영향을 주지 않을까 걱정해서였다.

두 사람은 전보다 배는 더 자주 만났다. 며칠 간격으로 그녀는 살며시 그의 집으로 들어갔다. 그녀는 살금살금 고양이 걸음으로 그가 눈치채지 못하게 크고 작은 봉투를 들여놓은 다음, 세탁물을 가지고 나갔다. 문 뒤에는 완력기와 아령이 등장했고, 의자 등받이에는 허리 받침용 쿠션이 생겼으며, 쓰레기통은 항상 깨끗이 비어 있었고 냉장고는 언제나 가득 차 있었다.

심지어 그는 담배를 사러 나갈 필요도 없었다. 탁자 위에는 항상 담배와 보온병 그리고 풍유정風油精. 중국 물약. 벌레 물린 데나 소염. 진통 및 정신을 맑게 하는 데 도움이 되는 외용 상비약이 놓여 있었다. 예즈 낭자는 그렇게 2년 동안 우렁각시로 변신했다.

예즈 낭자는 일방적으로 글 쓰는 사람들은 정신노동으로 인한 에너지 소모가 너무 크기 때문에 단백질과 비타민을 대량 보충해야 한다고 생각했다. 그래서 수시로 그를 데리고 나가 분위기를 바꿔주었다. 그녀는 그가 음식을 주문하지 못하도록 하고, 자기 혼자만 메뉴를 꺼안고 육류와 채소 배합을 한참 동안 연구했다. 불고기와 훠궈를 먹을 때는 습관적으로 고기를 굽고, 재료를 끓여 그에게 집어준 후 아무 소리도 하지 않았다. 국물도 가득 퍼주고, 밥도 한가득 담아줬다.

"많이 먹어요."

그는 많이 먹었다. 열심히 먹었다.

그녀는 차분하고 자연스럽게 한 사람을 돌봐줬다. 그는 묵묵히 그녀의 보살핌을 받아들였다. 두 사람은 마치 암묵적인 약속 아래 자연스럽게 스텝을 옮기는 댄스 파트너 같았다.

포근한 이야기가 된 것 같지만 한편으론 이상한 기분도 든다. 언뜻 사랑하는 연인의 이야기라기보다는 그냥 가족의 모습을 보는 것 같다. 그들은 서로 다정한 행동도 보이지 않았고 예전처럼 말을 많이 하지도 않았다. 마치 나쓰메 소세키일본의 셰익스피어라 불리는 일본의 국민작가가 '오늘 밤 밤빛이 정말 아름답다'라는 식으로 I love you를 풀이한 것처럼 고답적이었다.

예즈 낭자는 항저우에서 선전으로 돌아온 후 성실하게 생활했다. 그녀는 오직 두 가지, 그의 책과 자신의 업무에만 심혈을 기울였다. 패잔병으로 도주했던 그녀는 다시 고삐를 잡고 살기등등하게 재도전을 시도했다. 경쟁이 치열한 광고업을 선택해 몇 년 동안 회사 지역 책임자로 일했다. 여행 횟수가 가장 적었던 기간이었다. 친구들과의 연락도 뜸했다. 다빙이라는 친구가 그녀를 그리워하며 전화를 걸었지만 매번 쌀쌀맞게 외쳤다.

"나 업무 중이라 개인 전화 받기 힘들어. 끊어, 끊어, 빨리 끊어!"

퇴근하길 기다렸다가 전화하면 다시 목소리를 낮춰 속삭이듯 대답했다.

"옆에 누가 글을 쓰고 있어서 작은 소리로 말해야 돼. 시끄럽게 방해하면 안 돼."

커샤오 누이 역시 그녀를 그리워했지만 마찬가지 대접을 받자 아예 그녀를 보려고 선전에 나타났다. 두 사람은 그녀가 새로 임대한 큰 집에 동거하며 다다미 침대에서 함께 잠을 잤다. 커샤오 누이가 한밤중에 그녀를 껴안고 베갯머리에서 속삭였다.

"네 공주 침대는?"

예즈 낭자가 말했다.

"미워~잉……!"

그녀는 이불을 뒤집어쓰고 킥킥거리며 마치 소녀처럼 수줍게 웃었다. 커샤오 누이는 A컵 여자가 수줍어하는 모습에 닭살이 돋았다.

공주 침대는 계속 그의 집에 있었다. 예즈 낭자도, 그도 공주 침대에 대해선 언급하지 않았다. 수염 까칠한 다 큰 남자가 매일 분홍빛 공주 침대에서 자고 있다니. 그 장면을 떠올릴 때미디 예즈 낭자의 심장은 몇 배나 더 빨리 뛰었다. 서로 안 지 11년째였다. 뽀뽀는커녕 손을 잡은 적조차 없었다. 희귀종도 이런 희귀종들이 없었다.

커샤오 누이의 선전행은 수확이 풍성했다. 예즈 낭자의 남모르는 비밀을 알아냈을 뿐만 아니라, 떠날 때는 예즈 낭자도 함께 데리고 갔다. 커샤오 누이의 결혼에 예즈 낭자가 신부 들러리가 되었다.

결혼식 사회는 그들의 친구인 다빙이 맡았다. 준수한 외모에 시원시원한 사람이다. 노래도 하고, 그림도 그리고, 글도 썼다. 언변이 뛰어날 뿐만 아니라 안목도 대단했다. 결혼식에서 다빙은 하객들을 부추겨 신랑을 물에 빠뜨렸고, 미혼자들에게 줄줄이 서서 신부의 부케를 받게 했다.

293　　부케를 받은 사람이 바로 다음 결혼의 주인공이라고들 한다. 커샤오 낭자가 사람들을 향해 힘껏 부케를 던졌다. 부케가 날아오르는 순간 줄을 서 있던 십수 명의 사람들이 약속이나 한 듯 팔을 움츠리며 몸을 날렸다. 부케는 예즈 낭자의 A컵 가슴을 향해 퍽, 하고 떨어졌다. 멍하니 정신을 차리지 못하던 예즈 낭자가 미처 손을 뻗지 못하고 있을 때였다. 뜻밖에 A컵은 나름의 탄력이 있었던지 가슴에 맞은 부케가 튕겨가며 웨웨의 품으로 날아갔다.

베이징 처녀 웨웨가 미친 듯이 부케를 휘두르며 사회자인 다빙을 찾아와 악악거렸다.

"이게 뭐야? 독신 생활을 제대로 즐기지도 못했는데, 대체 누구에게 시집가란 소리야?"

반년 후 웨웨는 우연히 이공계 출신의 남자를 만났고, 그 남자의 모락모락 김이 오르는 뜨거운 물 한 잔에 마음이 사로잡혔다. 결혼은 순식간에 성사되었다.

웨웨의 결혼식 사회자 역시 다빙이었다. 사람 좋고 친절한 다빙은 적극적으로 친구들의 종신대사에 협조했다. 이처럼 수려한 청년이 지금껏 독신이라니 정말 말이 안 되는 이야기다. 웨웨의 결혼식 부케는 G컵 처녀에게 돌아갔다. 예즈 낭자는 당시 결혼식에 참석할 수가 없었다. 선전에서 2년 동안 은거하던 남자와 마지막 역주를 벌이고 있었기 때문이다.

9

마침내 글이 완성되었다. 2년 만에 두 권 분량의 원고가 완성되었다. 값진 보석은 알아보는 사람이 있기 마련이다. 순식간에 출판사와 계약이 이루어져 책이 출간되었다.

책이 시장에 나온 날은 공교롭게도 그의 생일 전날이었다. 예즈 낭자가 브랜디를 들고 나타나 그를 축하했다. 두 사람이 책상다리를 하고 나무판 위에 앉아 술잔을 나누었다. 술을 마시던 예즈 낭자가 일어나 냉장고에서 안주를 꺼냈다. 그녀가 무심코 물었다.

"뭐 먹고 싶어요? 치즈? 아니면 햄?"

그가 웃으며 말했다.

"화창베이 피자요."

두꺼운 냉장고 문이 예즈 낭자의 얼굴을 가로막고 있었다. 그녀는 냉장고 안을 이리저리 뒤지며 말했다.

"포기해요. 불가능해요. 그 가게 지난달에 문 닫았어요."

말을 마친 그녀는 갑자기 그 자리에 얼어붙었다. 눈물이 구슬처럼 또르르 떨어졌다.

두꺼운 냉장고 문 너머 예즈 낭자는 애써 눈물을 삼켰지만 자기도 모르게 다음과 같은 말이 흘러나왔다.

"세상에! 눈 깜짝할 사이에 이렇게 늙어버렸네요."

그가 일어나 그녀를 향해 천천히 다가왔다. 예즈 낭자가 말했다.

"괜찮아요. 정말요. 저리 가요. 아무 말두 하지 말아요. 제발 아무 말도 말아요."

두 사람은 멀찌감치 떨어져 서 있었다. 한참 후에 예즈 낭자가 눈물을 삼키고 숨을 골랐다. 그녀가 그를 끌어당겨 자리에 앉히더니 눈길을 피하며 혼자 중얼거렸다.

"3년 동안 떠나 있었고, 2년 동안 이 방에 박혀 있었어요. 이제 예전 생활로 돌아가야죠. 이 세계에 그냥 묻혀 실 수는 없어요, 세상과 단절되어서도 안 되고요. 잘 들어봐요. 이제 균형 잡힌 생활을 시작해야 해요."

그가 고개를 끄덕이곤 미소 띤 얼굴로 그녀를 바라보며 물었다.

"그다음에는요?"

예즈 낭자는 순간 말문이 막혔다. 그녀가 매서운 눈초리로 그를 뚫어지게 바라봤다. 익숙한 표정이었다.

"우선 균형 잡힌 생활이 먼저예요. 내일부터 다시 현실 세계로 돌아와요. 좀 더 지나면 회복하기 힘들어요."

그녀는 술잔을 바닥에 내려놓았고, 그는 손에 들고 있었다. 그가 술잔을 뻗어 부딪쳤다. 가볍게 술잔 부딪치는 소리가 들렸다. 그는 그녀와 함께 배추를 사러 시장에 가기로 약속한 후 흔쾌히 말했다.

"당신 말대로 할게요. 당신이 그렇다면 그런 거죠."

정말 강한 사람은 어떤 영역에서든 자신의 재능을 활짝 펼칠 수 있다. 그는 거의 5년 동안 건축 설계를 떠나 있었다. 업계로 다시 돌아간 그는 불과 몇 달 만에 사람들을 놀라게 했다.

3년에 걸친 유랑, 2년 동안의 깊은 사색과 글쓰기는 그에게 독특한 심미적 체계와 신비하고도 강인한 힘을 선사했다. 그 힘은 그의 설계와 작업에 그대로 드러났고, 사람들은 이런 그의 뛰어난 사유와 더욱 성숙되고 꼼꼼한 일 처리에 감탄을 금치 못했다.

사람들은 자아 세계와 현실 세계를 대립적인 시각으로 바라보면서 때로 어느 정도 전자에 원죄를 부여하기 마련이다. 지나치게 자아가 강하면 분명 외골수이거나 극단적이라고 생각한다. 5년 전, 대부분의 사람들은 그를 자아가 강한 사람이라고, 그가 지나치게 내성적이며 혼자만의 생각에 빠져 있어 생활의 지혜가 부족한 사람이라고 말했다. 어쨌거나 그땐 지나치게 젊었다.

그 뒤로 5년이란 시간이 흘렀다. 그가 자아가 강한 사람임을 부인하는 사람은 없다. 하지만 그가 자기 세계와 현실 세계를 적절히 조화시킬 줄 아는 사람이라는 데 이의를 다는 사람도 없다. 그는 곧바로 사업에 날개를 달면서 주장 삼각 지대에서 창장 삼각 지대로 업무 반경을 확대했다. 예즈 낭자는 더 이상 매일 전화를 걸지 않았고, 그가 글을 쓸 때처럼 그를 돌보지도 않았다. 그들은 과거 그들의 방식을 회복하여 한두 주에 한 번씩 만났다.

그가 예즈 낭자를 만난 지 12년째였고, 이야기는 예전처럼 달팽이가 기어가듯 느리게 전개되었다. 지켜보는 사람이 더 초조할 정도였다.

예즈 낭자의 이야기를 아는 몇 안 되는 사람으로서 커샤오 누이와 다빙이 열띠게 논쟁을 벌인 적이 있었다. 다빙은 문화예술에 조예가 뛰어났다. 그러나 문학청년은 아니고 그냥 문화 건달이었다. 그는 이 두 사람이 만난 지 12년이나 되었는데도 아직 한 침대를 쓰지 않는다는 게 이해가 가지 않았다. 너무 소극적이고 함축적인 것일까 아니면 사랑의 감정이 깊지 않아 진전이 없는 것일까?

커샤오 누이 역시 문화예술적이었다. 그녀는 문예 소녀에서 문예 처녀로 진화하면서 매우 독특한 애정관을 갖게 되었다. 커샤오 누이가 말했다.

"사람마다 사랑에 대한 이해가 다르고, 사랑의 능력도 달라. 아마 사랑에 대한 예즈의 생각이나 예즈가 줄 수 있는 사랑의 최대 표현은 상대를 성공시키고, 상대가 자신의 바람을 가장 높은 경지까지 성공시키도록 도와주는 것일지도 몰라."

다빙이 말했다.

"그건 너무 구닥다리 방식이잖아. 그 사람들이 골동품이야? 우리 젊음이 영원할 줄 알아? 잡을 수 있을 때 최대한 빨리 잡아야지, 꽃 다 떨어지고 나면 썰렁한 가지밖에 남는 게 없다는 것 알아, 몰라? 그렇게 자꾸만 굴러들어온 것을 차버리고 밀어내면 시합 끝 아니야?"

커샤오 누이가 말했다.

"그래. 사랑을 전쟁터, 시장, 경기장에 비유하는 사람들이 많지. 하지만 사랑을 천천히 심고 가꾸는 식물에 비유하는 사람도 많아. 그리고 너! 늦게 피는 꽃은 왜 아름답지 않다고 생각하는 거야?"

다빙이 말했다.

"치!"

커샤오 누이와 다빙은 팽팽하게 맞섰다. 어쨌거나 상대방의 해설은 그저 상대방의 방백에 불과했다. 예즈 낭자의 이야기는 언제나 느리고, 짜지도 않고 싱겁지도 않으며, 늘지도 줄지도 않았다. 언제 꽃이 필지 아무도 알 수가 없었다.

10

고속도로에 들어선 운전기사는 종종 자발적으로 브레이크를 밟지 못하는 법이다. 때로 몸이 마음 같지 않을 때도 있고, 때로 순간적인 질주 본능 때문에 굳이 브레이크를 밟을 필요가 없다고 생각할 때도 있다. 또 어떤 리듬에 익숙해지다 보니 관성의 법칙에 따라 다른 것은 생각지 못하는 경우도 있다.

사업이 연일 상승세에 오르면서 그의 일상은 점점 더 바빠졌다. 종종 출장으로 외지에 있을 때면 비행기를 기다리는 동안 이따금 예즈 낭자가 한 말이 떠올랐다.

"그냥 이렇게 묻힐 순 없어요, 이 세계와 단절되어서도 안 되고요…… 균형 잡힌 생활을 시작해야 한다니까요."

창문을 들어 올렸다. 건물과 거리의 모습은 아른거리기만 할 뿐, 시야에 들어오는 것이라곤 대평원 같은 구름층뿐이었다.

오랫동안 예즈를 못 만났다. 최근에 창장 강 유역을 비행기로 계속 날아다니다 보니 그녀를 못 본 지 벌써 4주째였다. 정말 이상했다. 4주 동안이나 전화가 오지 않았다. 그녀에게 보낸 소식에도 회답이 없었다. 자기도 바빴지만 예즈 역시 바쁜 모양이었다.

1만 미터 상공에서 한참을 가만히 앉아 있다가 설계도를 꺼내고 노트북을 열었다. 그런데 아무래도 마음을 가라앉힐 수가 없었다. 비행기가 상하이에 도착하고 짐을 찾는 사이, 그는 핸드폰을 켜고 안부 문자를 보냈다.

'잘 지내요? 갑자기 너무 그리워요.'

컨베이어 벨트가 요란하게 울리면서 크고 작은 트렁크들이 줄줄이 옆을 지나쳤다. 그토록 많은 시간 동안 주고받은 메시지 가운데 실로 파격적인 내용이라고 말할 수 있었다. 그들 사이에 오갔던 문자는 언제나 예의 바르고 절제가 있었다. '너무 그리워요'라는 식의 말은 거의 쓰지 않던 내용이었다.

지우고 다시 쓰고 싶었다. 그러나 이미 전송한 뒤였다. 1분도 안 돼 핸드폰에서 신호음이 울렸다. 예즈 낭자였다. 그는 잠시 주저하다가 아이콘을 클릭했다. 웃음의 아이콘에 이어 짧은 문자가 왔다.

'당신이 전에 한 말 기억해요. 필요하면 당장 나타나겠다고.'

그가 재빨리 회신했다.

'그 말은 영원히 유효해요.'

1500킬로미터 떨어진 곳에서 예즈 낭자가 문자를 보냈다.

'그럼 빨리 나타나요. 당장!'

그는 트렁크를 들고 뛰기 시작했다. 그녀가 보낸 문자는 마치 명령을 위한 총소리처럼 순식간에 눈앞에 경주로가 펼쳐졌다. 경주로 양쪽으로 늘어선 왁자지껄한 사람들의 모습은 그와는 전혀 상관없었다. 경주로 저 끝에 예즈 낭자가 있었다.

그는 예즈 낭자가 그에게 뭘 원하고 있는지 몰랐다. 예즈 낭자는 사내대장부였다. 그녀의 성격대로라면 아무리 다급한 일이라도 혼자서 모두 감당할 것이다. 이렇듯 요란하게 자신을 부른 것을 보면 분명 엄청나게 큰 일이 벌어졌을 것이다.

그는 최대한 빠른 속도로 다시 비행기 표를 사고, 검사대를 통과했다. 손바닥에 땀이 흥건했다. 아무리 닦아도 자꾸 땀이 났다. 한 번도 이렇게 긴장한 적이 없었는데.

그녀에게 무슨 일이 생긴 건 아닐까? 하지만 전화를 걸어 자세히 물어볼 수가 없었다. 상상하기도 두려웠다.

갈수록 마음이 조급해졌다. 당황스러웠다. 비행기가 네 시간이나 지연되었다. 그가 선전에 도착해 트렁크를 끌고 그녀의 집 앞에 도착했을 때는 새벽이었다. 그는 문자를 보냈다. 그러나 답이 없었다. 전화를 걸었다. 전화도 받지 않았다.

문을 두드렸다. 단단한 도난 방지 문이라 손가락 관절이 아팠다. 한참을 두드렸는데도 인기척이 없었다. 순간 그는 당황했다. 수년간 유지해온 교양 넘치는 차분함이 한순간에 달아났다. 문틈에 대고 어찌나 큰 소리로 그녀의 이름을 불러댔는지 아침 운동을 나왔던 이웃들이 모두 자지러지게 놀랄 정도였다. 오전 10시에야 예즈 낭자와 연락이 되었다.

"미안해요. 어제 너무 피곤해서 죽은 듯이 잤어요. 핸드폰 충전하는 것도 잊어버리고요."

그는 그제야 안도의 '반숨'을 내리쉬었다. 나머지 반숨은 그토록 급하게 그를 소환한 이유를 듣기 위해 남겨두었다. 당연히 의외의 상황이겠지. 확실히 의외는 의외였다. 예즈 낭자의 집 인테리어를 위해 건재상에 가자는 이야기였다.

예즈는 만나자마자 그가 무슨 일인지 물어보기도 전에 기선을 제압하며 그의 입을 막아버렸다. 그녀가 팔을 휘두르며 말했다

"나랑 쇼핑 가요!"

눈도 전혀 붙이지 못하고 1500킬로미터를 날아온 그는 그렇게 그녀를 모시고 쇼핑을 시작했다. 여행 트렁크를 질질 끌고 건축 자재 매장을 돌아다녔다.

예즈 낭자는 선전으로 돌아온 최근 몇 년 동안 열심히 노력한 결과, 드디어 3주 전에 설레는 가슴을 안고 모기지로 집을 구매했다. 추진력이 남다른 슈퍼우먼은 집을 구매한 다음 날부터 인테리어에 착수했다. 인테리어는 무척 번거로운 일이었다. 다행히 그녀가 구입한 집은 기본 인테리어가 잘되어 있었다. 괜찮은 디자이너를 불러 세부적인 인테리어만 신경 쓰면 될 일이었다.

다른 사람들은 콘크리트 벽만 덜렁 주어진 집을 꾸미다 보면 고생이 이만저만이 아니었다. 그녀는 그저 실내 세부 인테리어만 하면 그만이었다. 그런데도 하나하나 신경 쓸 때마다 디자이너 등골이 빠지게 닦달했다. 중국에서는 종종 디자이너가 고객의 혼을 빼놓는데 예즈 낭자는 예외였다. 그녀는 중국 비즈니스광고위원회인 4A광고계에서 일하던 사람이었다. 실내 디자이너가 어떻게 광고계에서 일하던 그녀의 적수가 되겠는가? 결국 디자이너는 줄행랑을 놓고 말았다.

그녀는 디자이너가 달아나도 별로 신경 쓰지 않았다. 예즈 낭자는 자신이 직접 설계하기 시작했다. 그리고 실내 디자인에 지원 요청을 하기 위해 건축 설계사인 그를 정중히 소환했다.

그가 뒤돌아 그녀를 보았다. 전과 다름없이 갸름한 얼굴에 긴 갈색 머리의 모습이었다. 여전히 아름다웠다. 그는 내심 감탄했다. 둘 다 서른이 넘은 나이였다. 그런데 어떻게 그녀는 20대의 모습을 유지하고 있을까? 좀 더 노련하고 성숙해 보이긴 했지만 생생한 분위기는 여전했다.

그는 무의식적으로 자기 허리띠를 매만졌다. 나이 들고 배가 조금 볼록해지면서 셔츠를 안에 넣어 입는다. 어느새 중년 허리가 되어 있었다. 그는 심호흡으로 배를 집어넣고 계속 그녀를 따라 쇼핑에 나섰다.

실내 인테리어는 잡다한 일이 많다. 하루 꼬박 상가를 돌았다. 시간이 지날수록 뭐라고 분명하게 말할 수 없는 물건들이 가득 쌓였다. 기분이 얼떨떨했다. 친한 친구가 아니라 결혼한 지 오래된 아내를 따라 쇼핑을 나온 것 같았다. 그야말로 남편들의 모습 그대로였다. 더더욱 이상한 기분이 드는 이유는 그런 자신이 너무도 자연스럽다는 것이었다. 마치 슬픔과 기쁨을 반평생 함께한 사람들 같았다. 이런 순간이 수도 없이 반복되었던 것처럼 전혀 새롭거나 신기하지 않았다.

몇 번이나 나란히 거닐 때마다 그는 자기도 모르게 그녀의 어깨에 손을 얹을 뻔했고, 그럴 때마다 깜짝깜짝 놀랐다. 그는 손을 주머니에 찔러 넣고 오래 산 부부 같은 느낌을 떨쳐버리려 했다. 잘못하다 우스꽝스러운 꼴로 그녀 기분을 해칠 수도 있는 일이었다.

그는 속으로 이런 상황이 우스꽝스럽게 느껴졌다. 아마도 밤새 잠을 못 자서 머리가 어떻게 되었나 봐, 나이는 속일 수가 없어.

큰 가구들은 거의 다 구매 예약을 한 다음, 마지막으로 침실 가구를 보러 갔다. 예즈 낭자는 커다란 침대 앞에 서서 자세히 물건을 들여다봤다. 공주 침대였다. 하얀 바탕에 분홍색 꽃, 가로와 세로 2미터짜리였다. 공주 침대 콤플렉스가 고개를 들었다. 그녀는 자리에서 꼼짝도 하지 않았다. 손으로 침대 기둥을 잡고 작은 소리로 감탄을 연발했다. 침대에 천천히 앉더니 다시 천천히 누워 두 팔을 뻗었다. 그러고는 침대에 엎드려 시트에 고개를 묻었다. 그녀의 목소리가 흘러나왔다.

"어때요? 안 예뻐요?"

그는 무심코 말했다.

"너무 커요, 이건 더블베드잖아요"

하루 종일 그녀는 계속 그의 의견을 물었고, 그가 부정적으로 생각하는 물건은 계속 패스pass했다. 그러나 이번은 달랐다. 그는 왠지 분위기가 이상하다는 생각에 후다닥 한마디 덧붙였다.

"공주 침대가 맘에 들면 우리 집에 있는 것 가져가요. 그건 좀 작은 편이에요."

예즈 낭자가 꼼짝도 않고 누워 있었다. 잠시 후 그녀는 단단히 결심한 사람처럼 벌겋게 달아오른 얼굴을 천천히 들어 올리며 당차게 말했다.

"더블베드 살 거예요. 꼭 사고 말 거예요!"

그 순간 13년 전의 아가씨가 다시 눈앞에 나타났다. 피자 냄새와 쨍그랑 동전 소리, 세상 가득 햇살이 쏟아졌다. 그는 눈을 뜰 수가 없었다. 가슴이 쿵쾅거렸다. 대답하는 자신의 목소리만 들릴 뿐이었다.

"당신이 사고 싶으면 사요."

그가 천천히 걸어왔다. 몇 발짝 되지 않는 그 짧은 거리가 마치 13년처럼 길게 느껴졌다. 그는 침대에 앉은 다음 그녀 옆에 엎드렸다. 부드러운 침대 시트가 그녀의 얼굴을 가렸다. 그가 손을 뻗어 그녀의 얼굴을 살짝 들어 올렸다. 그녀는 피하지 않았다. 두 사람은 서로를 마주 봤다. 그녀가 침대 시트를 잡은 채 두 눈을 동그랗게 떴다. 서로의 숨소리까지 또렷하게 들릴 정도로 가까운 거리였다. 그가 말했다.

"이 침대 반은 내게 줘요."

11

2014년 어느 날, 다빙의 핸드폰이 울렸다. 예즈 낭자로부터 문자가 와 있었다. 지도와 날짜, 사진과 글이었다.

'10월 1일, 태평양의 꿈, 여비는 자기 부담, 숙식도 자기 부담, 깨끗한 정장 차림.

사회 맡아줘. 결혼식 끝난 후 내 남편을 물에 던져선 안 돼.'

신부 측인 다빙은 기쁨을 감출 수가 없었다. 그는 지도를 확대했다. 전자 청첩장인 줄 알았는데 뜻밖에도 낭떠러지에 우뚝 선 작고 하얀 교회당 그림이었다.

나빙은 두 사람이 결혼식을 올릴 장소일 거라고 생각했다. 정말 아름답군. 하얀 교회당에 까만 야자나무, 푸른 낭떠러지, 커다란 젤리처럼 넘실대는 태평양…… 정말 그림처럼 아름다운 곳이었다. 그때 그는 예즈 낭자의 남편을 물에 빠뜨리지 않는 것은 모두에게 미안한 일이라고 생각하며 결심을 굳혔다.

그냥 사람만 바다에 던지면 이 엄청난 축복을 다 표현하지 못하리라. 다빙은 예즈와 남자가 청년에서 중년이 되기까지 13년 동안의 장거리 경주를 글로 써서 선물하기로 결정했다.

아마 독자 여러분이 책을 넘겨 이 글을 읽을 때쯤이면 서태평양의 따스한 바람이 마치 눈처럼 하얀 모래사장과 울긋불긋한 산호초, 사화산의 창포 위를 넘어 예즈 낭자의 면사포에 이르렀을지도 모를 일이다.

하얀 면사포와 드레스 자락이 나부낀다. 그녀는 아마 미소를 지으며 "Yes, I do!"라고 대답하고 있을지도…….

12

사람들은 누구나 평범한 삶에서 놀라운 기쁨과 아름다움을 얻고 싶어 하고, 이를 위해 계속 선택을 하고 끊임없이 자신을 채찍질할 것이다. 그러나 또 많은 이들이 자신이 상상 속에 꿈꾸는 환희가 그냥 불꽃처럼 순식간에 사라지는 스스로의 감동일 뿐이며,

전설 같은 이야기가 현실이 된다는 것은 그리 쉬운 일이 아님을 발견할 것이다. 이유가 무엇일까?

아마도 많은 이들이 모으기만 할 뿐, 씨를 뿌리지 않기 때문일 수 있다. 아마도 얻는 것과 이를 위해 치러야 할 대가 사이의 균형을 맞추지 못해서일 수도 있다. 어쩌면 많은 이들이 자기 자신에게만 신경을 쓰기 때문일 수도 있다. 그래서 사람들은 실의와 자조, 부정 속에 불공평한 운명을 원망하고 남이 가진 것을 자신은 가지지 못했다고 원망하기도 한다.

그러나 사람들은 스스로를 반성하는 법이 없고, 심지어 허둥지둥 이것저것 선택을 하다가 미련스러운 곰처럼 결국 아무것도 얻을 수 없었다는 사실을 인정하려 들지 않는다. 그들은 선택의 다양성을 탓하며 여러 가지 선택을 발로 짓밟고 단일한 생존 방식을 정통으로 생각하고 맹목적으로 그 뒤를 좇는다.

사람들은 발걸음이 비뚤어지면 신발 탓을 한다. 그러나 신발을 바꾼다고 변화가 있겠는가? 실망스러운 일이 다시는 일어나지 않을 거라고 믿지도 않지만, 그렇다고 사람들이 자신의 감동을 들춰내 옆 사람들에게 공감을 원하는 모습도 별로 보고 싶지 않다.

나는 세상을 떠돈다. 셀 수 없을 정도로 사람을 경험했다고 할 수는 없지만, 그래도 제법 많은 이야기들을 접했다. 그중에는 복잡한 감동 스토리도 있고, 영혼을 흔드는 놀라운 일들도 많았다.

사실 예즈 낭자의 이야기는 그중 특별한 경우에 속하는 것도 아니다. 하지만 나는 예즈 낭자처럼 단조롭고 평범한 사랑 이야기를 무척 좋아하기 때문에 기꺼이 많은 지면을 할애하고 싶다. 이유는 간단하다. 보통 사람이 만들어낸 전설이기 때문이다.

13년이라는 긴 세월을 함께하면서 그들이 만난 상대는 최상의 자기 자신이었다. 그녀와 그는 서로의 기다림과 노력, 상대가 치렀던 대가를 잘 알고 있었다. 그녀와 그가 사랑하는 것은 자신뿐만이 아니었다 아름다운 것인수록 이를 지켜줄 안정적인 힘이 필요하다. 그들은 평범한 방식으로 평범한 사랑을 지켰다. 그렇게 사랑을 지키는 동안 작은 전설이 만들어졌다.

사실 이 세상 대부분의 전설은 그저 평범한 사람들이 자신들의 마음을 행동으로 실천한 것에 불과하다.

한곳에 머물든 떠돌든, 선택이 하나든 여러 가지든 마찬가지다.

마음이 조금만 진실하면 질로 전설을 이룰 수 있다.

 노래를 들을 수 있어요!

다빙, 「눌린 비스킷(壓縮餠乾)」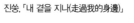

진쑹, 「내 곁을 지나(走過我的身邊)」

10

다빙의 인연   지난날의 나와 우리들, 그 청춘

우리는 산 입구 가장 높은 곳에 서서

「바다처럼 하늘처럼 드넓은」을 불렀다.

꽁꽁 언 손북은 돌덩이처럼 딱딱했고,

기타 줄은 두 가닥밖에 남지 않았다.

차들이 우리 앞을 지나쳤다.

차창을 내릴 때면 낯선 이들이 우리를 지나쳤다.

우리를 향해 엉터리 경례를 올리는 사람,

정색하며 고개를 끄덕이는 사람도 있었다.

합장을 하는 이도 있었다.

그때 누군가 소리쳤다.

"안녕, 형제들. 안녕, 낯선 이들."

룽다 소년

영원히 젊은 나의 형제들은
어둠 속에 비바람이
제 소리를 내기가 아무리 힘들고,
힘겨운 나날 속에
소리 높여 목청껏 노래를 부르거나
복잡하고 어지러운 세상에
맑게 깨어 있기가 아무리 힘들어도
전혀 개의치 않았다.
잊고 살았던 생각 하나가
번뜩이며 떠오르는 순간,
당신도 나도,
결코 버릴 수 없는
무언가가 있다는 사실을 발견할 것이다.

1

남중국에 뇌우가 몰아치면 성난 구름이 세상을 뒤엎고, 새들과 곤충들이 낮게 날고, 나지막이 우르릉 천둥소리가 울려 퍼졌다. 번개는 마치 거꾸로 자라는 나무 같아서 번뜩이며 가지를 펼칠 때면 온몸이 부르르 떨리고 잔에는 물결이 일었다.

이런 떨림은 뇌우가 몰아치는 날씨에만 국한되는 것이 아니다. 때로 이 남방 작은 도시의 낯선 거리를 천천히 걷다가 길옆 작은 가게에서 잔잔한 옛 노래가 흘러나올 때도 번개가 칠 때와 마찬가지의 전율을 느낄 수 있었다. 그 노래를 타고 불현듯 스치는 생각 역시 한 줄기 번개와 같다.

나에게 몰아친 그 우연한 번개는 '비욘드Beyond'의 옛 노래에서 시작되었다. 그때 나는 여행 가방을 끌고, 작은 이발소 앞을 지나고 있었다. 익숙한 노랫말이 내 귀를 사로잡았고, 나는 그 자리에서 발걸음을 멈췄다.

남방 작은 마을의 오후, 습하고 짭짤한 해풍이 불고 오리와 강아지들이 한가한 발걸음으로 거리를 거닐었다. 나는 그 자리에 가만히 서서 노래를 들었다.

차가운 오늘 밤 몰아치는 눈을 바라보며……
언제나 자유를 사랑하며 얽매이지 않았던 나를 용서해줘요.

노랫소리가 모래알 흩뿌린 듯 눈앞을 부옇게 만들더니 어느새 소소한 지난 일들이 눈앞에 어른거렸다. 나는 가만히 손꼽아보았다. 벌써 10년이 다 되어가는 일이다.

1990년 이후에 출생한 청춘들은 1970년대 후반에서 1980년대 초까지 유행했던 비욘드 콤플렉스를 잘 모를 것이다. 한 세대 전 남자아이들의 마음속에는 록 그룹 비욘드의 보컬이었던 황자쥐黃家駒, 홍콩의 남자 가수. 자작곡 및 기타 연주 실력이 뛰어났으며 그 시대 젊은이들의 정신세계에 큰 영향을 줌. 1993년 일본 프로그램 촬영 중 부상으로 6일 만에 사망가 단순한 가수로 인식될 수만은 없다는 것을. 「바다처럼 하늘처럼 드넓은」이라는 곡 역시 흘러간 옛 노래로 넘길 수 없다는 것도.

당시 창창한 나이의 나는 아직 기차도 다니지 않던 라싸를 떠돌았다. 낮에는 거리에서 유랑 가수 노릇을 하고, 밤에는 골목에서 작은 술집을 열었다. 철이 덜 들기는 했지만 바르지 못한 사람들을 사귀어선 안 된다는 것을 잘 알고 있었기 때문에 내 친구들은 모두 바보처럼 착했다. 그중 가장 착한 바보들이 청쯔와 얼바오였다.

어느 날 나는 청쯔, 얼바오와 함께 거리에서 노래를 팔고 있었다. 가을비가 부슬부슬 내리고 있었고, 거리에는 행인들도 별로 없었다. 당연히 청중도 많지 않았다. 그러나 우리는 「바다처럼 하늘처럼 드넓은」을 부르며 한껏 달아올랐다.

노래와 함께 물웅덩이에서 팔짝팔짝 뛰며 상대방 바짓가랑이에 물을 튀겼다. 얼음처럼 차가운 빗방울이 얼굴을 강하게 때렸지만 춥다는 생각은 들지 않았다. 옆에 맥주가 있고, 품에 기타가 있고, 곁에 형제가 있으며 마음속에 소년이 살고 있으니 아무렇게나 옛 노래를 흥얼거리는 것만으로도 서로를 따뜻하게 해줄 수 있었다. 그러나 「바다처럼 하늘처럼 드넓은」처럼 단 몇 마디로 뼛속 깊숙이 울림을 전달할 수 있는 노래는 세상 어디에도 없을 것이다.

저녁 빛이 점차 두껍게 내려앉을 무렵, 지프차 한 대가 달려와 급브레이크를 밟으며 내 앞에 멈춰 섰다. 웅덩이의 물이 온몸에 튀었다. 강르선거티베트어로 '설산의 사자'라는 뜻라는 이름의 청년이 차창을 내리고 큰 소리로 외쳤다.

"시인님들, 남초納木錯 호수에 갈래요?"

그가 자기 차를 가리키며 차에 타라는 시늉을 했다. 우리는 거의 한목소리로 말했다.

"그래요, 가요, 어떤 얼간이가 공짜로 태워준다는데 안 가겠어요?"

그러자 강르선거가 하얀 이를 드러내며 말했다.

"차 타는 시간 10초 드리겠습니다."

얼바오는 몽골족 뚱보, 청쯔는 시베이 거구, 나는 산둥 라지large 사이즈다. 그런데도 단 10초 만에 신기한 사람 셋, 기타 둘, 손북 하나가 지프차 뒷자리에 모두 착석했다.

2

차에 오른 지 한참이 지나서야 우리 모두 홑겹짜리 옷 하나씩만 달랑 입고 있다는 생각이 들었다. 그러나 아무리 생각해봐도 마찬가지였다. 남초 호수까지 공짜로 탑승할 기회가 어디 그리 쉽겠는가, 다시 돌아가 옷을 껴입는 일은 너무 비효율적이라는 생각이 들었다. 어쨌거나 우리 셋의 지방 함량도 만만치 않으니 대충 그런대로 지낼 수 있으리라. 우리는 차에서 더덩실 춤을 추며 큰 소리로 노래를 불렀다.

"오늘 나는 차가운 밤 몰아치는 눈을 바라보며……."

나중에 든 생각이지만, 만약 노래하던 그 순간에 예지적 능력이 있었다면 '차가운 밤 몰아치는 눈'을 '차가운 밤, 눈에 묻혀'로 개작해서 불렀을 것이다.

한밤까지 차를 몰아 당슝 현을 넘자 해발 5000미터에 육박하는 남초 호수가 모습을 드러냈다. 세상에서 해발이 가장 높은 염수호다. 구불구불 산길을 돌아 막 30분 정도 달렸을 때, 갑자기 하얀 눈이 온 세상을 뒤덮었다. 눈발이 무시무시했다. 와이퍼도 무용지물이었다. 근광, 원광 그 어느 것을 비춰도 모두 헛수고였다. 이처럼 눈이 많이 내리는 밤에 운전한다는 것은 죽음을 자초하는 일이었다. 잠시 머뭇거리던 우리는 차를 멈출 수밖에 없었다. 엄청난 눈보라에 차를 세운 지 얼마 되지 않아 차량 절반이 눈에 묻혔다. 창문 높이까지 눈이 쌓였다.

얼바오가 놀란 듯 내게 물었다.

"우리 폭설 한가운데 묻힌 거야?"

청쯔가 옆에서 끼어들었다.

'꾸…… 꾸룩…….'

그에게서 나는 소리를 듣고 나서야 나와 얼바오, 청쯔까지 우리 셋이 아직 저녁도 먹지 않았다는 생각이 들었다. 정말 이상했다. 오는 길에 전혀 배고프다는 생각이 들지 않았던 것이다. 청쯔의 배 속에서 소리가 나고 나서야 우리는 배가 고파지기 시작했다.

강르선거에게 먹을 게 있는지 물었다. 한참을 뒤적거리던 그가 어디서 찾아냈는지 사과 반쪽을 내밀었다. 갈색 잇자국이 남아 있는 사과였다. 사과를 베어 먹은 사람의 치열이 고르지 못했나 보다. 우리는 서로를 바라보며 깔깔 웃느라 숨도 제대로 쉬지 못했다. 지금 생각해보면 내 평생 가장 행복했던 순간 중 하나였다.

돌아가며 사과를 베어 물었다. 그리고 애들처럼 상대방이 너무 많이 먹었다고 투정을 부렸다. 우리는 사과를 베어 물고 차창을 열고 눈을 헤친 후 하나씩 창문으로 빠져나갔다. 부드러운 눈밭에 몸을 맡기고 나뒹굴다 아이들처럼 상대방 옷깃에 눈덩이를 쑤셔 넣었다.

미등에 쌓인 눈을 털어내자 불빛이 조그만 부채 모양으로 반사되었다. 미등 불빛에 뿌옇게 비친 나비만 한 크기의 눈송이들이 빽빽하게 나풀거리며 내려왔다. 송이 하나하나가 모두 살아 있는 듯했다.

우리는 창문으로 강르선거를 끌어내 함께 미등 조명 아래에서 춤을 추었다. 기타 반주에 노래를 부르며 브레이크 댄스와 모내기 춤을 췄다. 그리고 노래를 불렀다.

"숱한 모멸과 냉소 속에 단 한 번도 이상을 포기하지 않고……."

기타가 얼음 조각처럼 차가웠고, 팽창과 수축에 시달리던 기타 줄은 튕기자마자 한 줄이 끊어져버렸다. 기타 줄이 끊어질 때 피용, 피용, 소리가 청명하게 울려 퍼졌다. 줄이 하나씩 끊어질 때마다 우리는 모두 환호성을 지르며 뛰어올랐다. 그럴 때마다 눈이 신발 속으로 들어찼다. 우리는 계속 노래를 불렀다.

"여전히 자유롭게 영원히 내 노래를 부르리니…… 언제나 자유를 사랑하며 얽매이지 않았던 나를 용서해줘요."

밤새도록 「바다처럼 하늘처럼 드넓은」을 몇 번이나 불렀는지 모른다.

기타 줄이 모두 끊어지자 우리는 차 위로 올라갔다. 행복이 쌍으로 오면 하늘이 보우하시는 것이라 하지 않았는가. 지프차의 히터가 고장 났다.

우리는 새카만 차창 밖을 향해 고함을 질렀다. 하느님, 하느님, 이제 그만하면 안 되겠습니까, 좀 봐주세요! 옷자락을 열고 서로 꼭 껴안은 채 온기를 나눴다. 그리고 덜덜 떨면서 함께 노래를 흥얼거렸고, 그 사이사이에 이야기를 나누었다. 가장 좋아하는 음식, 가장 잊지 못할 여인, 가장 뜨끈뜨끈한 화제에 대해 수다를 떨었다. 이렇게 해발 5000여 미터에서 꼬박 하룻밤을 지내고도 얼어 죽지 않았다.

3

티베트에 내린 눈은 매일 오후가 되면 한꺼번에 녹아버렸다. 태양이 뜨고 나서야 우리는 차가 기막힌 곳에 멈춰 섰다는 것을 발견했다. 바퀴에서 60센티미터 떨어진 곳이 천 길 낭떠러지였다. 강르선거는 당황해서 어쩔 줄을 몰라 했다.

눈 내리던 그 밤, 나건라 고개 입구가 너무 어두웠던 탓에 몰랐던 것이다. 60센티미터만 더 갔어도 우리는 모두 저세상 사람이 될 뻔했다는 걸.

얼바오, 나, 청쯔는 모두 얼빠진 표정으로 웃었다.

얼바오, 나, 청쯔는 반 발자국만 더 뛰었어도 딴 세상 사람이 될 뻔했다. 정말 믿기지가 않았다. 모두 멋쩍은 듯 다시 차로 돌아갔다. 심장이 팔딱거렸다.

강르선거가 차에 시동을 걸고 나건라 입구를 향해 천천히 나아갔다. 그런데 설산 입구에 다다르자, 갑자기 그가 브레이크를 밟더니 고개를 돌려 얼굴을 찡그렸다. 남초 호수를 향해 더 이상 갈 수가 없었다. 전날 밤 폭설이 내려 고개 평지부터 앞길에 눈이 어마어마하게 쌓여 있었다. 수십 대의 하산 차량이 좁은 고개 입구에 막혀 오도 가도 못했다.

눈밭이 된 고개는 수많은 차바퀴에 다져져 빙판이 되어 있었다. 아무리 강력한 사륜구동이라 할지라도 단숨에 이 좁고 경사진 길을 지날 수는 없었다. 꽉 막혀 있는 차량이 크고 작은 곤충들처럼 이어져 있고, 사람들은 차 옆에서 귀를 감싸고 발을 동동 굴렀다. 일부 조급한 차들은 한사코 앞을 향해 들이대다가 결국 체증을 악화시켰다. 비좁은 길에서 차가 긁힌 차주들이 옥신각신 말다툼을 벌였고, 차가운 공기 중에 이따금 욕지거리가 날아다녔다.

어쨌거나 남초에는 들어갈 수 없었다. 강르선거가 말했다.

"형제들! 망했어, 괜히 왔어."

나도 덩달아 한숨을 쉬며 허리를 굽혀 축축하게 젖은 차가운 신발을 벗으려 했다. 밤새 신발을 벗지 못해 다리가 퉁퉁 붓는 바람에 아무리 해도 신발이 벗겨지지 않았다. 고개를 숙이고 신발과 씨름하고 있을 때, 청쯔가 내 머리를 툭툭 치며 차들이 막혀 있는 고갯길을 가리켰다. 그가 웃는 얼굴로 말했다.

"다빙, 우리 좋은 일 한번 하지!"

우리는 차에서 내려 찌걱찌걱 눈밭을 밟고 고갯길을 걸어 내려가며 줄지어 있는 차량에서 사람들을 불러냈다. 10여 분 만에 수십 명의 남자들이 모였다. 모두 어깨를 들썩거리며 첫 번째 갇힌 차량을 에워싼 후 합심하여 눈을 퍼내고 차를 밀었다.

한 대, 두 대, 세 대…… 차 한 대를 밀어 올릴 때마다 모두 함께 환호성을 질렀다. 고함 소리는 가지각색이었다. '으랏차!', '끝내준다!'라고 소리 지르는 이가 있는가 하면 티베트족 가운데 기골이 장대하고 용감무쌍하기로 유명한 강파족처럼 '아라쒺쒺'라고 고함을 치는 이도 있었다.

못된 마음들은 다 사라지고 어느새 모두들 훈훈한 정으로 달아올랐다. 해방된 차들은 고갯길을 빠져나간 후에도 서둘러 길을 떠나지 않고, 다시 돌아와 눈을 파내고 차를 밀어내는 데 일손을 보탰다. 마지막 차를 밀어 올렸을 때는 이미 오후가 반은 지나간 때였다.

사람들이 모두 지쳐 코를 찡긋거리며 거친 숨을 몰아쉬었다. 온몸의 땀이 목 언저리에서 나올 뿐, 몸은 그리 덥지 않았다. 다만 얼굴이 지나치게 화끈거렸다. 나는 허리를 굽혀 차가운 눈을 힌 줌 뭉친 다음 얼굴에 댔다. 그제야 조금 참을 만했다. 청쯔 역시 나처럼 눈을 뭉쳐 화끈거리는 얼굴에 가져다 댔다.

당시 우리는 두 사람 다 얼굴에 화상을 입어 열이 나고 있다는 사실을 몰랐다. 아무것도 모르고 무식하게 눈을 가져다 대는 바람에 라싸로 돌아온 뒤 우리의 얼굴 껍질이 홀라당 벗겨졌다.

티베트 지역은 기후가 건조해 수분이 매우 적다. 당시 화상을 입었던 얼굴 피부가 점점 오그라들더니 나중에는 동전 크기만큼 작아져 마치 발바닥 굳은살처럼 단단해졌다. 나랑 청쯔가 얼굴에 눈을 붙이는 사이, 얼바오가 기타와 손북을 가지고 다가와 말했다.

"우리, 사람들에게 노래 불러주자."

내가 말했다.

"자식! 피곤하지도 않아? 왜 사람들에게 노래를 불러줘?"

그가 주위의 낯선 사람들을 가리키며 말했다.

"이유는 간단하지. 방금 우리 모두 몇 시간 동안 전우가 되었잖아. 그러니 고갯길 가장 높은 곳에 서서 「바다처럼 하늘처럼 드넓은」을 불러야지."

손북이 얼어 돌덩이처럼 단단했고, 기타는 줄이 두 가닥밖에 남아 있지 않았다. 차들이 우리 앞을 지나쳤다. 차창을 내릴 때마다 낯선 얼굴들이 우리를 지나쳤다. 우리를 향해 엉터리 경례를 올리는 사람, 정색하며 고개를 끄덕이는 사람도 있었다. 합장하는 이도 있었다. 누군가 소리쳤다.

"안녕, 형제들. 안녕, 낯선 이들."

차들이 모두 떠나고 우리 몇 명만 조용히 고갯길 평지에 서 있었다. 마지막 후렴 부분의 노랫소리가 텅 빈 눈밭 위에 흩어졌다. 낭떠러지를 따라 우리 차를 향해 천천히 걸었다. 얼바오가 내 앞으로 걸어갔다. 그에게 물었다.

"뚱보야, 어젯밤에 정말 아슬아슬했지. 너 무서웠어?"

그는 고개도 돌리지 않고 큰 소리로 말했다.

"다빙, 어젯밤 우리 모두 함께 떨어져 죽었다 해도 나는 후회 하지 않았을 거야. 넌?"

뭔가 울컥하고 내 목구멍을 틀어막았다. 나는 애써 침을 삼켰다. 청쯔가 옆에서 끼어들었다.

'꾸⋯⋯꾸룩⋯⋯.'

청쯔가 입으로 내는 소리가 아니었다.

4

여러 해가 지났다. 이제 남초 호수로 가는 길은 예전처럼 험난하지 않다. 강르선거와는 오래전에 소식이 끊겼다. 청쯔는 윈난의 시베이 지역에 은거하고 있다. 우리가 불렀던 「바다처럼 하늘처럼 드넓은」 역시 더 이상 비욘드의 것이 아니라, 새로운 그룹의 노래가 되었다.

구걸을 하며 라싸로 향하던 시대도 막을 내렸다. 당시의 얼빠진 소년들도 이미 룽다 티베트에 작별을 고하고 콘크리트, 시멘트 속 중년이 되었다.

얼바오는 일찌감치 티베트를 떠나 내몽골 초원으로 돌아간 후 나와 두 번쯤 연락을 주고받았을 뿐이다. 한 번은 2007년 초의 일인데, 채널을 돌리다 방송에서 바보처럼 생긴 출연자가 나랑 똑같이 생겼더라고, 그 바보 같은 사람이 양복에 넥타이 차림으로 프로그램 사회를 보고 있고, 가슴이 엄청나게 큰 여자가 파트너였다고 말했다. 전화를 받을 때 나는 베이징의 녹음실 지하 분장실에 있었다. 류옌중국 연예인이 옆에서 머리를 빗고 있었다.

또 한 번은 전화번호를 잘못 걸어 그냥 인사만 나누고 바삐 전화를 끊었다. 그는 취해서 코맹맹이 소리로 내 이름을 불렀다. 나는 그가 실수로 번호를 눌렀다 생각하고 가만히 전화를 끊었다.

　그 후 다시는 소식이 없었다. 이따금 그가 몹시 그리울 때가 있지만 얼굴은 또렷하게 기억나지 않는다. 다만 그가 말 꼬리 머리를 묶은 뚱보이며 시를 쓰고, 양갈비를 뜯고, 씨름을 좋아했다는 것만 기억할 뿐이다. 저음의 허스키인 그의 목소리는 마치 첼로 연주를 듣는 것 같았다. 그가 노래를 부르면 코끝이 시큰해지고 눈이 깔깔해진다. 그의 이름은 얼바오, 뚱보다.

　정과 의리라는 것, 한때 함께 손을 잡고 동행하는 것은 쉽지만 길고 긴 날을 기약하는 것은 힘든 일이다. 인연이 있으면 만나고 인연이 다하면 흩어지니 유감스러울 것은 없다.

　비욘드 그룹은 나중에 내 프로그램에 출연한 적이 있었다. 나는 운 좋게 3미터도 되지 않는 거리에서 그들이 부르는 「바다처럼 하늘처럼 드넓은」을 들었다. 매번 나는 요동치는 가슴을 애써 추스르며 재미있는 이야기와 함께 프로그램 녹화를 마쳤다.

　그들은 잊을 수 없는 파란만장한 지난날을 부르고 있었고, 나는 하늘 가득 흩날리는 함박눈을 들었다.

　후에 나는 비욘드 그룹 세 사람 중 예스룽과 호형호제하는 사이가 되었다.

　2011년 겨울, 그가 나에게 결혼식 주례를 부탁했다. 결혼식장의 하객석이 만원이었다. 실내에 스타들이 자리를 가득 메웠지만 그룹의 나머지 두 사람은 보이지 않았다. 결혼식 시작 전에, 나는 그의 옷깃을 정리해주는 틈을 타 슬며시 물었다.

　"모두 온 건가?"

　그가 살짝 고개를 저었다.

　나는 웃으며 가만히 한숨을 내쉬었다.

5

2013년 어느 날, 나는 남방 작은 도시의 거리에 서 있었다. 한 손으로 약간 나온 배를 쓰다듬으며 다른 손으로는 여행 가방을 밀고 있었다. 작은 가게에서 흘러나오는 노랫소리에 몇 년 전 남초 호수의 눈 내리는 겨울밤이 떠올랐다. 문득 오래전, 얼바오가 했던 말이 생각났다.

"다빙, 어젯밤 우리 모두 함께 떨어져 죽었다 해도 나는 후회 하지 않았을 거야. 넌?"

나는 남방 작은 도시, 오후의 해풍 속에서 한순간 수년 전 티베트에 지냈던 눈 내리던 밤이 생각났고 그 촉촉한 미소가 떠올랐다. 나는 웃으며 가만히 한숨을 내쉬었다.

얼바오, 얼바오! 청쯔, 청쯔! 내 젊은 날, 어린 시절 강호의 형제들…… 광풍 같았던 그 시절을 떠올리며 나는 눈가가 벌게지고 코끝이 찡해졌다.

그래, 우리 모두 평범한 사람들이다. 세상 어디에 영원함이 존재하겠는가? 어깨를 나란히 한 후 그냥 그렇게 스쳐 지나갈 뿐이다.

언제나 약속이라도 한 듯, 와야 할 것은 오고 가야 할 것은 가기 마련이다. 마치 번갯불이 사라진 후 장대비가 세상천지를 모두 씻어 내리는 것처럼 말이다. 담배꽁초가 타들어가는 것처럼 1년, 또 1년씩 점점 작아지고, 점점 짧아져서 당신을 재촉해 중년으로 내몰 것이다.

그러나 영원히 젊은 나의 형제들은 어둠 속에 비바람이 제 소리를 내기가 아무리 힘들고, 힘겨운 나날 속에 소리 높여 목청껏 노래를 부르거나 복잡하고 어지러운 세상에 맑게 깨어 있기가 아무리 힘들어도 전혀 개의치 않았다.

잊고 살았던 생각 하나가 번뜩이며 떠오르는 순간, 당신은 결코 버릴 수 없는 무언가가 있다는 사실을 발견할 것이다.

내 소년 시절의 동행, 청년 시절의 형제, 중년 시절이 옛 친구. 죽기 전까지 우리는 모두 성장이 필요한 어린아이들이다. 다 자란 적이 없고 성장을 멈춘 적이 없는 우리들, 설사 세상을 변화시키지 못한다 해도 괜찮다. 우리 또한 세상에 의해 우리 본연의 모습이 바뀌는 일은 바라지 않으니 말이다.

세월은 우리에게 주름과 흰머리와 불룩한 아랫배를 가져다주겠지만, 당신과 내 마음속에 숨어 있는 오래진의 그 '룽다 소년'은 데려가지 못할 것이다.

노래를 들을 수 있어요!

다빙, 「배낭족(背包客)」

루핑, 「돌아오지 않는 차표(沒有回程的車票)」

11

다 빙 의 인 연   아 름 다 운 부 부 , 청 쯔 와 더 우 얼

소소한 인과

어른들은 차마 그들을 깨우지 못했다.
그들은 얼굴을 맞대고
곤히 잠이 들어 있었다.
마치 한 폭의 그림처럼 아름다웠다.
아홉 살 남자아이는 24년 후,
곁에 있던 그 꼬마 아가씨가
그의 아내가 되어
세상천지를 함께할 것이라고는
생각지 못했다.

인과因果. 이보다 더 큰 일이 있을까.

인연因緣과 과보果報라는 것.

연이 없으면 인은 과로 이어지지 않고,

시기가 적절하지 않아도 맺음을 만들지 못한다.

인은 모든 것의 원인이라 할 수 있고,

연은 도움의 연이라 할 수 있으며,

기機는 적積과 통하고, 과는 결과를 맺음이다.

인과 과는 서로 따르는 것이며,

기와 연은 자연적으로 발생하는 것이고,

때가 되지 않으면 인연 또한 생기지 않는다.

삶의 이치가 이러하다.

이해되는가? 이해가 된다면 왜 이러고 있단 말인가?

정말 이해했다면, 정말 깊이 깨달았다면,

굳이 그렇게 번뇌하고 집착할 필요가 없지 않을까.

하지만 괜찮아, 나도 잘 모르니까.

내가 정말 인과의 이치를 터득했다면 벌써 성불을 했지

왜 여기서 주절주절 떠들고 있겠는가?

지식을 그저 입으로만 내뱉을 뿐,

식견이나 담력으로 전환시키지 못한다면 아무런 쓸모가 없다.

지속적인 인과의 관계 역시 마찬가지다.

잘 이해되지 않고 혼란스러운가.

그렇다면 좀 더 혼란스럽게 해야겠다.

시주님, 시주님! 발걸음을 멈추십시오.

언짢다고 책을 찢지는 마십시오.

타고난 재능이 뛰어나고 기질이 범상치 않으니

부디 우리 좋은 인연을 맺지요.

아미타불 오홍!

1

어울리지 않는 직업을 가진 적이 있었다. 예를 들면 양고기 국밥집 사장 같은 것이다.

우선 사골을 커다란 솥에 끓이고, 양고기 토막은 다른 부위들과 함께 솥에 넣어 푹푹 삶는다. 삶은 양고기는 건져내 물기를 뺀 후 편육으로 자르고, 끓는 물에 데쳐 유백색의 국물과 함께 커다란 그릇에 낸다. 여기에 썬 파와 고수를 넣고 고춧가루를 좋아하는 사람은 고춧가루를 넣는다. 커민, 조미료, 산초, 소금 등을 작은 수저로 조금씩 뿌린 다음 휘휘 저으면 천지사방에 향기가 가득 퍼진다.

휘휘 국물을 젓는 사이 침이 뚝뚝 떨어진다. 빨리, 빨리! 바삭한 샤오빙燒餠. 중국식 파이 먼저 가져다 입에 넣는다. 사람들은 양고기의 누린내만 말할 뿐, 양고기가 온통 도파민투성이라는 것을 모른다. 잘 끓인 양고기 사골 육수로 인해 솟아나는 아드레날린은 사랑하는 사람과의 잠자리만큼이나 매혹적이다. 양을 넣어 끓인 곰탕 한 그릇에 온몸이 땀에 흠뻑 젖으면 그처럼 좋은 세상이 없다.

나는 북방 사람이다. 어려서부터 양곰탕을 정말 좋아했다. 그런데 대개의 양곰탕은 어찌 그리 국물만 가득하고 고기를 홀대하던지! 작은 세숫대야 같은 그릇을 숟가락으로 한참 동안 휘젓고 나서야 양고기 몇 점 겨우 건져 올렸다. 물론 국물은 충분했다. 고기가 있는 한 국물은 계속 추가할 수 있었다. 한데 이게 말이 되나? 왜 고기는 더 안 준단 말인가? 바득바득 이를 갈았었다.

그러고는 30년. 자그마치 30년 동안을 그렇게 씩씩거리다가 드디어 어느 날, 여봐란듯이 양 사골 곰탕 가게를 열었다. 드디어 맘껏 양고기를 추가할 수 있게 된 날이었다.

그런 연고로 가게를 운영하는 동안 나는 매일 반은 국물, 반은 고기를 가득 채운 커다란 국 사발을 껴안고 살았다. 이처럼 사치스러운 진수성찬을 나 혼자 즐기면 재미가 없다. 이왕 먹을 바에는 문지방에 앉아 큰길을 향해 요란하게 먹으면서 지나가는 사람들이 화들짝 놀라는 표정을 봐야 한다. 흥! 부럽지? 이런 모습 본 적 없지? 먹고 싶어 부러워 죽겠지?

가게 주방장과 종업원들은 이런 나를 도저히 말릴 수가 없자 내가 문지방에 앉기만 하면 그 즉시 마스크를 착용했다. 도저히 창피해서 못 살겠다는 의미였다. 정말 이해가 가지 않았다. 이게 뭐가 창피해? 그 친구들은 아직 젊었으니 세대 차이가 있을 수 있었다. 나는 그 사실을 청쯔에게 고자질했다.

청쯔 역시 가게의 대주주였다. 그가 전화에 대고 말했다. "굉장한데!" 그러곤 후다닥 달려와 내 옆에 앉았다. 청쯔 역시 나와 똑같은 커다란 사발이 있었다. 우리 둘은 문지방에 나란히 앉아 곰탕을 먹었다. 둘이 똑같이 지나가는 사람들을 바라보며 게걸스럽게 곰탕을 홀짝거렸고, 서로 고개를 끄덕이며 웃었다. 수없이 밀려오는 파도에도 끄떡없을 만큼 기개가 넘쳤다.

324

나는 산둥 출신, 청쯔는 시베이 출신이었다. 한 사람은 광터우창 光頭强, 중국 애니메이션 영화에 나오는 대머리 아저씨 같고, 한 사람은 '당나귀 귀 투투중국 애니메이션 주인공'처럼 생겼다.

그러는 우리 둘 때문에 종업원은 울기 일보 직전이었다. 나와 청쯔를 창피하게 생각했다. 나랑 청쯔의 엉덩이가 너무 커서 문의 절반을 막는 바람에 손님들이 들고 나는 데 불편을 준다며 싫어했다. 그녀가 답답해 죽겠다는 표정으로 말했다.

"아저씨, 이거 우리 가게잖아요."

우리 두 사람은 그녀를 향해 고개를 쳐들었다.

"얼마나 재미있어? 여기가 남의 가게면 이렇게 문지방에 앉지도 않아."

그녀가 우리를 한참 동안 바라보더니 전갈자리의 음흉한 미소를 지었다.

"더 이상 안 일어나면 더우얼에게 전화할 거예요."

더우얼은 여자 사장님으로, 청쯔의 아내다. 그 말을 들으면 청쯔
는 이내 도망쳤다. 나도 긴장되긴 마찬가지였지만 그릇을 들고 청
쯔와 함께 도망치면 너무 쪽팔리는 일 아닌가! 대신 나는 고개를
돌려 실내를 향해 소리쳤다.

"해! 전화하라니까!"

그러면 종업원은 상냥하게 말했다.

"벌써 전화했거든요?"

거대한 몸이 움찔하더니 오금이 저렸다. 하지만 이미 엎질러진
물이니 달아날 수도 없었다. 그리고 갑자기 내 그릇 위로 그림자가
드리웠다. 155센티미터의 그림자가 낮 12시 리장의 햇살을 가로막
았다. 더우얼이 등장한 것이다.

2

사실 청쯔 때문에 나는 더우얼에 대해 계속 호기심을 가지고 있
었다.

청쯔에 관한 이야기는 하지 않기로 한다. 그는 하나의 전설이다.
내 첫 번째 책 『그들은 가장 행복했네他們最幸福』에서 3만 자로 그의
이야기를 기록했어도 그의 10년 과거사를 다 쓰지 못할 정도니까.

청쯔는 오래된 강호의 형제다. 우리는 우리의 가장 행복했던 시
절을 눈 쌓인 티베트에서 보냈다. 그는 소년 시절에는 수업 거부
를, 청년 시절에는 노동 파업을 조직했고, 티베트를 유랑할 때는
조캉 사원 뜨락의 햇살을 맘껏 누리기도 했다. 야생 여행을 즐기는
그는 하마터면 늑대에게 잡아먹힐 뻔하기도 했고, 눈사태에 매몰
될 뻔한 적도 있다. 또 나와 둘이 해발 5190미터 고개에서 낭떠러
지에 떨어질 뻔하기도 했다.

그는 중국 건재그룹CNBM 영업팀장으로 일하면서 3억 7000만 위

안의 영업 실적을 달성했는가 하면 불과 한 달 만에 가산을 탕진한 적도 있었다. 어쨌거나 서른 전까지 청쯔의 자유분방하고 요란한 생활을 생각하면 어느 누구도 그보다 더 마음껏 자유를 누린 사람은 없을 것이다.

서른 이후의 생활 역시 파란만장하기는 마찬가지였다. 서른이 지난 후 그는 과거의 모든 생각을 떨쳐버리고 한 유랑 스님을 쫓아 전국 방방곡곡 절간을 돌며 기숙하고 시주를 받으며 생활했다. 그 스님은 선승으로 염불을 하며 오직 차茶로 도를 닦는 중이었다.

청쯔는 속가의 시중 제자로 그를 따랐다. 그는 차를 통해 입선하여 인연을 쫓았고, 찻잔을 들고 두세 마디 나누면서 포악한 기운을 삭이곤 했다. 스승과 제자 두 사람이 명산을 떠돌며 유명하다는 산천의 샘물을 마시고, 차 농가를 방문하고, 떠돌이 승려를 찾아다니길 여러 해 동안 함께했다.

하루는 두 사람이 쓰촨에 이르렀다. 파촉의 땅에 부슬부슬 밤비가 내렸다. 청쯔는 갑자기 옷자락을 흩날리며 온다 간다 인사도 없이 스님과 작별했다. 그러고는 비에 젖은 촉촉한 머리카락을 털어냈다. 어깨에 멘 자루에는 차가 절반이나 들어 있었다.

스님은 그에게 독경하는 것도, 법문을 행하는 것도 가르쳐주지 않았다. 오직 차 마시는 것만 가르쳤다. 차를 통해 요란하고 난폭한 건달기를 다스렸으며, 고요하고 깊이 있는 다인茶人이 되도록 만들었다.

청쯔는 여행을 계속했다. 쓰촨에서 구이저우로 들어갔고, 구이저우에서 푸얼차 생산지로 잘 알려진 차이원 남쪽으로 향했다. 산채나 사찰에 머무르며 점차 타향을 고향처럼 여기게 되면서 고향 칭하이로 돌아가겠다는 생각이 사라졌다. 그렇게 각지를 돌고 돌아 마지막으로 리장 고성에 정착했다.

청쯔는 작은 객잔의 관리 일을 맡는 한편 술집 경영도 도와주었다. 그러다가 리장 고성의 백세교 공중화장실 옆에 조그마한 찻집을 열었다. 그는 당시 차를 좋아하는 사람 가운데 대가의 반열에 오른 상태였다.

그는 요란한 간판 대신 송판 한 조각에 '다자茶莊'라는 글씨를 새겼다. 작은 그의 찻집은 골목 깊숙한 곳에 자리했다. 지나다니는 사람이 적어 장사도 한적했다. 그러나 입에 풀칠은 할 정도였다. 무엇보다 자유롭게 편안한 마음으로 차를 마시기에 적합했다. 사실, 판메히는 차보다 그가 마셔 없애는 차가 더 많았다.

세속의 사람들은 성공학에 뿌리 깊이 세뇌되어 그의 삶이 지나치게 소극적이라고 생각한다. 하지만 나는 그런 식으로 그를 이해하고 싶지 않다. 나는 예전에 블로그에 그의 삶에 대해 이렇게 기록한 적이 있다.

세상을 떠도는 아이 가운데 누군가는 천성을 풀어 성장의 동력으로 삼고, 누군가는 생사의 고비를 겪어가며 성장의 소중한 값어치를 깨닫기도 한다. 천성은 결국 인성의 틀을 벗어날 수 없다. 생사에 대한 느낌 역시 마찬가지다. 나는 어떤 측면에서 볼 때 인성을 갖추고 이를 훌륭하게 가꾸어가는 것이 성장이라고 생각한다.

이러한 생각을 하게 된 것은 청쯔가 중심이 된 제3대 라싸의 '라퍄오'들을 통해 알게 된 것이다. 광폭하고 반항적인 청쯔의 과거 반생은 한 시대의 축소판이며, 그가 여행을 시작한 이후의 반생은 전설과 같다.

청쯔의 성장 이력이 극단적인 예처럼 보이지만 사실 인성의 자아를 찾아가는 수행이라고 생각한다. 아이처럼 독특한 가치 체계에서 흥미진진하게 성장하고 있는 것이다. 그렇다면 이쯤에서 이런 남자를 대체 어떤 여자가 굴복시킬 수 있겠는가 하는 문제가 발생한다.

내 기억에 의하면 청쯔가 리장에 정착했을 때 이미 그의 곁엔 더우얼이 있었다. 하지만 그녀의 과거사에 대해 아는 이가 별로 없고, 그녀와 청쯔가 어디서 어떻게 만나 불꽃이 튀었는지에 대해 아는 사람도 없다. 나는 그와 더우얼의 이야기가 궁금했다. 그러나 청쯔는 아무리 에둘러 물어봐도 그저 "차나 마셔, 어서!"라고 말할 뿐이다. 자꾸 추궁하듯 물어보면 대충 얼버무리며 "기회 있을 때 직접 더우얼에게 물어봐!"라고 한다.

누가 감히 그녀에게 질문을 던지겠는가! 그렇게 기질이 독특해서야 원!

나는 더우얼이 조금 무섭다. 사실 그 거리에 사는 사람들 거의 모두 그녀를 조금 무서워하는 편이다. 더우얼은 화가 나면 절대 용서라는 것을 모른다. 그녀에게 대드는 사람들을 확실히 굴복시킨다. 그녀가 정말 화내는 모습을 몇 번 본 적이 있었다. 그때마다 사람들은 진심으로 그녀에게 무릎을 꿇었다.

처음은 '여강지가麗江之歌'를 개업한 지 두 달째 되던 날이었다. 여강지가는 내가 열었던 술집 이름으로, 기인들의 집합체였다. 주방 요리사는 손북 연주자였고, 청소 담당 누이는 재즈 가수, 술집의 가수는 지원 교사 일을 하던 선생님, 회계는 매우 뛰어난 산문 작가 그리고 총 매니저가 바로 더우얼이었다. 그녀가 전에 어떤 일을 했는지 아는 사람은 없었다.

더우얼은 매우 상냥하게 사람들을 대했다. 그러나 얼굴은 미소를 지으면서도 모든 일에 자기 고집을 굽히지 않았다. 그녀는 매우 질서정연하게 가게 일을 처리했다. 활발하면서도 진지하고 꼼꼼한 솜씨가 마치 대학 입시 집중반이 돌아가는 것 같았다.

여강지가 이전에도 나는 이미 술집 여러 곳을 열었었고, 그때마다 손해를 보고 폐업을 했다. 중국 서남 지역 곳곳에 전적이 화려했다. 이유는 공짜를 남발했기 때문이다. 스무 살 무렵부터 30대까지 내 성숙도는 또래에 비해 한참 뒤떨어졌다. 10년을 한결같이

치기 어린 나날을 보냈다. 술집을 연 이유도 놀고 싶어서였다. 마음 맞는 친구를 만나면 종종 돈을 받지 않았고, 예쁜 아가씨들이 오면 당연히 돈을 받을 수 없었다. 아는 친구가 와도 술값을 받지 않았다. 친구의 친구가 와도 술 몇 병 선사하는 것은 당연한 일이라고 생각했다.

사실 매달 월말이 되어 장부를 대조할 때마다 난감하기 짝이 없었다. 그래도 영업만 시작했다 하면 여전히 제 버릇을 버리지 못했다. 이런 상황은 더우얼이 나타날 때까지 계속되었다.

더우얼은 처음에 술집 재무를 맡았다. 그녀가 장부 대조를 시작하면 숙제 검사가 따로 없었다. 그녀의 손에 들어간 장부는 완전히 과제 노트로 변했다. 여기저기 빨간 줄이 죽죽 그어졌다.

재미있다는 생각이 들었다. 나는 회의를 할 때 매우 창의적인 업무 처리라고 그녀를 치켜세웠다. 그녀가 실눈을 뜨고 배시시 웃으면서 당당하고 차분한 말투로 말했다.

"지난주 우리 술집 적자가 5000위안입니다."

나는 헛기침을 하며 말꼬리를 돌리려 했다. 그러나 그녀는 이런 내 태도에 전혀 구애받지 않고 계속해서 자기 말을 이어갔다.

"이번 주에는 5700위안이 적자고요."

내가 말했다.

"그건 뭐…… 괜찮으니 회의 끝냅시다."

그녀가 씩 웃으며 말했다.

"제가 대조해보니 새로운 자금이 투입되지 않으면 우리 가게는 앞으로 5주 정도는 버틸 수 있겠더군요. 하지만 걱정하지 말아요. 계산해보니 5주 후에 여자들이 나가서 피 한 번 팔고, 남자들은 정자 한 번씩 기증하면 다시 5주는 버틸 수 있겠어요."

더우얼은 자기 말이 아직 끝나지 않았다면서 나를 다시 자리에 앉혔다. 그러고는 다리를 꼬며 나를 노려봤다.

"우리 모두를 모아 이렇게 대가족을 만들었다면 당연히 좀 진지해져야죠. 원래 성격이 그런 건 어쩔 수 없지만, 정작 중요한 순간에도 그렇게 껄렁껄렁할 거예요? 사장이 자기 성질대로 하다가 나중에 술집 문 닫으면 자신한테 체면이 서겠어요? 사장님 따르는 형제들한테는 또 어떻고요? 천성대로 행동할 때도 있긴 하지만 진지해야 할 때는 진지해야죠. 잘 생각해봐요."

사람들이 불쌍한 얼굴로 나를 바라봤다. 마치 내가 조금 전 도박을 하다가 돈을 몽땅 잃는 바람에 홀라당 옷을 벗고 있는 것 같았다. 나는 잘못했다고 말했다. 하지만 그녀는 그쯤에서 끝내지 않았다.

"그러니까 뭐가 잘못된 건데요?"

입가에는 미소를 띠고 있었지만 눈썹은 한껏 치솟아 있었고 양미간에 살기가 번뜩였다.

"나, 그러니까…… 그래 좋아, 좋아! 다 잘못했어, 그럼 됐어? 내 일부터 할인만 해주고 공짜는 절대 안 줄게. 더우얼, 대체 전에 뭐 하던 사람이야?"

그녀가 배시시 웃었다.

"훈육주임요."

나는 비틀대다 겨우 중심을 잡았다. 그 다음부터는 아무리 어여쁜 여자가 와도 나는 할인만 해줄 뿐, 절대 공짜를 주지 않았다. 하지만 그 술집은 결국 파산을 면하지 못했다.

두 번째는 '다자'에서였다. 다자는 청쯔의 작은 찻집이다. 그는 매일 안에 틀어박혀 불경을 듣거나 보이차를 마시며 혼자의 시간을 즐겼다. 장사는 완전히 뒷전으로, 오직 차 한 잔을 마시기 위해 가게를 열고 있었던 셈이다.

청쯔는 자유로운 영혼의 소유자였다. 그는 걸핏하면 차 한 주전자를 마시곤 흥에 겨워 밖으로 놀러 나갔다. 가게에 손님이 있든 없든 상관하지 않았고 문도 잠그지 않았다. 더우얼은 그런 그의 비위를 맞춰줄 뿐, 단 한 번도 이런 고상한 취미를 방해하지 않았다. 그가 잠시 나간 사이 묵묵히 차를 끓여 숱한 손님들을 그럴듯하게 접대했다.

흥미롭게도 다자의 최고 영업 시간은 바로 그녀가 찻집을 맡는 두 시간 동안이었다. 청쯔는 다도를 유랑 스님에게 배웠고, 더우얼은 청쯔로부터 배웠다. 영특하고 지혜로운 그녀는 청출어람으로 자견치柴鵑茶, 무얼차의 변종 한 주전자를 18번이나 우러내도 입안에 남는 마지막 달짝지근한 여운이 한결같은 데다 경전의 명구를 십분 잘 인용했다. 손님들은 찻잔이 여덟 순배 돌아가기도 전에 그녀가 풀어놓는 차에 관한 지식을 한껏 즐길 수 있었다.

나는 차에 대해서는 문외한이었지만 차를 즐겨 마셨기 때문에 수시로 청쯔를 찾아갔다. 호형호제한 지 10년이니 돈은 낼 필요가 없었고 그가 주는 대로 마시면 그뿐이었다. 청쯔는 내성적이라 말이 별로 없었다. 나는 그의 성격이 좋았다. 매번 그와 더불어 묵묵히 차를 마시며 탁자 위에 올려놓은 다식도 모두 해치웠다.

청쯔가 없을 때면 더우얼에게 가서 차를 마셨다. 그녀의 난화지蘭花指는 정말 멋있었다. 오르락내리락하는 눈부시게 하얀 손가락 사이로 꿀빛의 찻물이 어우러지면 자지러질 정도로 그 모습이 아름다웠다. 손만 보면 완벽한 대갓집 규수였지만, 일단 그녀의 비위를 거슬렸다 하면 그 즉시 심근경색에 걸려 죽기 일보 직전의 상황이 펼쳐졌다.

그녀의 비위를 건드리는 건 내가 아니라 장시의 손님들이었다. 단체로 몰려든 그들은 귀한 지역에서 차를 구입했다고 말해도 귀담아듣지 않을 사람들이었다. 원래 사람들은 차를 살 때, 후다닥 돈부터 지불하는 것이 아니라 차 시음을 하고 싶어 한다.

첫 잔은 세차를 위한 것이니 잎이 벌어지기 시작한 두 번째 잔이 되면 잔을 늘어놓은 후 각자 잔을 가져가 마시면 되는데 그 순간, 일이 터졌다. 좌중의 사람 하나가 "야, 야, 야"라고 말하더니 손가락으로 한 사람을 가리키며 더우얼에게 말했다.

"아무렇게나 따르지 말고 먼저 우리 원장님에게 따라야지."

그러자 다른 사람들까지 거들고 나섰다.

나는 황망히 대답했다.

"아이고! 실례했네요."

그러고 나서 계속 내 차를 마셨다.

차를 다루는 사람은 다도를 따른다. 자리한 손님의 신분이 어떻든 간에 시계 방향으로 차를 돌려 공평하게 분배한다. 신분 귀천의 차이를 두지 않는 것이 기본적인 예의다. 나라의 어떤 규칙들이 예보다 더 중요한 것이 있겠는가. 작은 다탁에서조차 신분의 귀천을 따져야 하다니. 그렇다고 해두지. 장사하는 사람에게는 손님이 왕이니까. 원장 체면에 먹칠을 하면 좋을 일은 없지 않겠는가.

사실 원장이라고는 하지만 병원인지, 법원인지, 설계원인지, 경로원인지 그것도 아니면 미용실 원장인지 모를 일이다. 힐끗 더우얼을 쳐다보니 그녀는 아무런 내색도 하지 않고 계속 차를 타고 있었다.

두 번째 물을 따랐다. 아직 채 동작이 끝나기 전 더우얼이 갑자기 눈을 들더니 사방을 훑어보며 낭랑한 목소리로 이렇게 말했다.

"차는 경의를 표하는 것이며 속세의 먼지를 털어내고 정을 드러내는 것이자, 우정을 말하는 것입니다. 검소함을 중히 여기고, 허황된 부귀영화를 버리니 깨끗한 성정을 더럽히지 않으며 이를 마심으로써 속세의 번잡함을 씻어내고요. 여러분, 이 차를 어떻게 따라야 할까요?"

사람들이 그녀의 말에 멍하니 아무 말도 하지 못했다. 더우얼은 당시 솜저고리를 입고 토시를 차고 있었다. 아무리 봐도 문자를 읊을 만한 외모로는 보이지 않았다.

새로운 인재의 발굴이로군! 그 순간 나는 그녀가 찻집 테이블 뒷자리가 아닌, 강연 무대에 서 있다는 착각이 들었다. 무대 아래에는 집단으로 잘못을 저지른 학생들이 무더기로 앉아 있고…….
기분이 짜릿했다.

감히 다시 입을 여는 사람이 없었다. 원장이라는 사람은 얼굴이 붉으락푸르락했지만 더우얼은 전혀 아랑곳하지 않았다. 그녀는 잔을 들고 잠시 기다렸다가 미소를 지으며 시계 방향으로 차를 따랐다. 이어 차를 모두 따른 후 점잖게 사람들에게 물었다.

"다식 좀 드시겠습니까?"

사람들 면전에서 더우얼에게 훈육주임을 하기 전에 혹시 국어를 가르친 적은 없는지 물어보고 싶은 충동을 꾹 참았다.

이 같은 두 번의 경험으로 인해 더우얼이 내 앞에서 뒷짐을 지고 배시시 웃으니 문지방에 움츠린 채 바짝 긴장할 수밖에 없었다. 더우얼이 말했다.

"식사 중이에요?"

내가 말했다.

"어, 그…….'"

"우리 집 그이는요? 도망갔어요?"

나는 감히 입도 열지 못하고 마치 죽은 개처럼 머리를 그릇에 묻고 열심히 국 먹는 시늉을 했다. 그녀가 피식 웃으며 말했다.

"나리가 매일 여기 문지방에 앉아서 양곰탕을 먹는다고 그러대요? 그 모습이 대단히 훌륭했겠죠? 대충 했으면 그만하고 일어나시죠, 나리!"

종업원이 구석에 숨어 몰래 시시덕거렸다. 지금 일어나면 체면이 말이 아니었다. 나는 그냥 끝까지 죽은 개 시늉을 하기로 맘먹었다. 그릇이 거의 비어갔지만 때려죽인다 해도 후루룩 소리를 멈추지 않았다. 더우얼이 다시 말했다.

"청쯔랑 당신……."

그녀가 손가락 두 개를 뻗으며 말했다.

"두 사람 모두 어린애가 따로 없다니까요!"

이렇게 말한 후 한숨을 내쉬었다. 그녀가 자리에서 일어나 가게 안으로 들어가 간이 대나무 의자를 내온 후 어깨를 부둥켜안고 내 앞에 앉았다. 오가는 행인들이 그녀와 내 품에 안긴 커다란 사발을 힐끗거렸다. 더우얼이 다시 배시시 웃었다.

"그럼 일어나지 마시고, 나랑 앉아서 이야기 좀 하죠."

큰일이다. 더우얼이 진짜 화났다. 지금 그 말은 지구전으로 들어 가자는 뜻이었다. 아주 익숙한 분위기였다. 어릴 적 교무실에서 벌 서기를 할 때 느꼈던 기분이 30년이라는 세월을 넘어 철퍼덕! 하 고 내 눈앞에 다시 등장했다. 경험상 이럴 때는 죽어라 버티는 수 밖에 달리 방법이 없다는 것을 안다. 어차피 부모님 모셔오라는 소 린 안 할 테니까…… 나는 목을 뻣뻣하게 곧추세우고 말했다.

"뭐, 이야기…… 그런데 무슨 이야길 하지?"

더우얼이 어깨를 감쌌다.

"무슨 이야기로 해드릴까요?"

나는 퍼뜩 정신이 들었다. 이 얼마나 좋은 기회인가!

"더우얼, 청쯔하고는 어떻게 만났어? 둘이 어떻게 함께 엮이게 된 거야?"

더우얼의 눈빛이 아련해지더니 부드럽게 말했다.

"우린 목욕하면서 알게 됐죠. 그이가 목욕을 시켜줬어요."

그 순간 입안 가득 들어 있던 곰탕 국물을 그대로 뿜어버렸다.

"더우얼! 어서 말해봐!"

3

광위안이 고향이에요. 대학을 졸업할 때까지 한 번도 쓰촨을 벗 어난 적이 없었죠. 대학에선 교육 전공이었고요. 그러니까 대학교 3학년 때부터 이야기를 해야겠네요. 2008년이죠.

'5.12지진2008년 쓰촨에서 일어난 리히터 규모 8.0의 대지진으로 8533명이 사망했다'

당시 기숙사에서 책을 읽고 있었어요. 지진이 일어나던 순간, 손을 부르르 떨며 바닥에 책을 떨어뜨렸어요. 일어나 앉아 멍하니 룸메이트들을 쳐다봤죠. 그 애들도 일어나 앉아 날 바라보고 있었고요.

그때 노크 소리가 들렸어요. 옆방 친구가 소리쳤어요.

"지진이야, 어서 도망가!"

우리 방은 6층이었어요. 옆 침대에 있던 룸메이드의 얼굴이 하얗게 질렸어요. 다리가 후들거려 움직이질 못하기에 우리가 끌어내려 들쳐 메고 밖으로 뛰쳐나갔죠.

당시 왜 그런 생각을 했는지 난 제일 먼저 입을 옷이랑 가방 그리고 사과 몇 개와 물 몇 병을 챙겼어요. 그 순간에도 건물이 흔들리고 있었고요. 건물을 내려가려면 시간이 많이 걸리는 데다 계단이 가장 무너지기 쉬우니까 먹을 거랑 마실 것을 준비해야겠다고 생각했어요. 설사 건물이 무너진다 해도 6층이 가장 높은 층이니까 먼저 구조될 거라 생각했고, 또 그 정도면 제법 오랫동안 버틸 수 있을 거라고 생각했어요.

건물이 흔들리는 가운데 아래로 내려가는데 친구들의 모습이 순식간에 보이지 않았어요. 복도에도 아무도 보이지 않았고요. 바닥에서는 계속 끼익 소리가 울리고, 벽이 와르르 무너져 내렸어요. 울면서 달렸죠. 라디오까지 들고요. 내가 대학 입학했을 때 할아버지가 주신 선물이었거든요.

건물을 빠져나오는 순간, 건물이 그대로 폭삭 가라앉았어요. 건물 앞 공터가 울음바다더군요. 속옷만 입은 친구, 타월로 몸을 감싼 친구, 쪼그려 앉아서 우는 친구, 이리저리 마구 달리는 아이들…… 별별 아이들이 다 있었어요.

'5·12'에 대한 기억은 더 이상 하고 싶지 않네요. 기억할 수 없는 것들도 너무 많고요. 괴로워요. 내가 말하고 싶은 건요, 그날 6층에서 울면서 계단을 내려올 때 내 남은 인생을 어떻게 살아갈 것인가에 대해 어떤 생각을 굳히게 되었다는 거예요. 산다는 것이 정말 한순간이구나. 시간을 소중히 생각하면서 살아야지.

우리 학년은 졸업식은 치르지 않았어요. 일찍 교사 자격증을 땄지만 졸업 후 1년 동안 정규직 일자리를 찾지 못한 채 몇몇 학교를 전전하며 대리 수업을 했어요. 정말 괴로웠던 한 해였어요. 내가 성인이 된 건 맞는지 모르겠더라고요. 그렇게 빨리 나 자신을 옭아매고 싶진 않았어요. 잘 살고 싶었어요. 나 자신을 위해 뭔가 하고 싶었지만 뭘 어떻게 해야 할지 감을 잡을 수가 없었어요. 이런저런 생각을 하다가 결국 지원 교사를 하기로 결심했어요. 이유는 잘 모르겠지만 가장 멀고, 가장 힘든 곳으로 가서 하고 싶었어요.

가족들이 반대할 걸 생각해 국가 지원 교사를 신청하진 않았어요. 그냥 인터넷에서 개인이 만든 지원 교사 조직을 검색해 칭하이 위수에 한 달 동안 가기로 계획했어요. 가족들이 걱정할까 봐 그냥 칭하이, 시짱, 신장을 돌며 여행할 거라고 했어요.

어릴 때 부모님이 이혼하시는 바람에 친할아버지가 절 길렀어요. 어려서부터 멀리 집을 떠나본 적이 없어서 걱정되셨는지 할아버지가 밤새도록 주소록을 뒤져 긴급연락처 번호를 여러 개 주셨어요.

이건 아니다 싶었어요. 신장과 시짱은 원래 갈 계획도 아니었거든요. 그리고 칭하이의 연락처는 별 소용도 없어 보였고요. 할아버지가 먼 친척 오빠라고 하더라고요. 어렸을 때 날 안아주기도 했대요. 당시 그 집 식구가 쓰촨에 출장 왔을 때 그 오빠를 데리고 와서 우리 집에 한 달간 머무른 적이 있었다나 봐요. 그때 그 오빠 나이가 아홉 살, 전 겨우 두 살이었고요.

"할아버지, 너무 웃긴 거 아니에요? 20년 넘게 못 본 먼 친척이잖아요. 정이 있는 것도 아니고 어떻게 폐를 끼쳐요?"

"왜 정이 없어? 너나 기억을 못하는 거지. 그때 네가 그 오빠를 얼마나 좋아했는지 알아? 매일 오빠 옷자락을 붙잡고 뛰어다니고 밤에 잠잘 때도 오빠를 껴안고 잤는데. 그 애도 널 정말 좋아했어. 널 업고, 안고, 밥 먹을 때는 먹여주고…… 나중에 헤어질 때는 너희 둘이 금방이라도 숨이 넘어갈 것처럼 울었어. 생사 이별이라도 하는 것처럼……."

할아버지가 말해주신 이야기에 대한 기억이 전혀 없었어요. 하지만 연로하신 할아버지에게 걱정을 끼쳐드릴 수는 없었어요. 그래서 할아버지 말을 따르는 척하고 쪽지를 받아 뒤로 돌아서자마자 그냥 버렸어요. 물론 연락도 안 했고요. 내 여행 목적이 밝혀지면 어떡하라고요?

모든 준비가 완료되자 지원 교사 조직 쪽 사람이 내게 시안에서 모두 회합한 후 함께 칭하이로 가자고 했어요. 할아버지, 할머니 밥을 한 끼 해드린 다음 엄마와 작별한 후 기차를 타고 시안으로 갔어요.

회민가에서 지원 교사를 동원한 사람과 만나 식사하면서 인사를 나눴어요. 성이 유 씨였어요. 그때 그 사람 말이 자기는 개인 명의로 칭하이 위수 낭첸 현의 학교 몇 곳에서 지원 교사를 하고 있다며 사진을 보여줬어요. 그러면서 자기랑 먼저 시닝으로 가서 유스호스텔에서 묵으며 정리를 하자더군요. 그곳에 준교사들이 그를 기다리고 있으니 함께 낭첸으로 들어가자고요.

유 씨란 사람은 정말 열정적이고 말도 잘했는데 이상하게 말을 하면 할수록 의심이 가더라고요. 아마 내 경험이 부족해서인지 그가 언론에 소개된 자기 이야기를 많이 알려줬는데도 산간 지역에서 그토록 힘들게 오랫동안 지원 교사를 했던 사람이라는 느낌이 들지 않았어요. 음식을 주문할 때도 왜 그렇게 까다로운지 안 먹는다는 것도 많고, 종업원에게도 무례했어요.

사람의 본성은 가장 사소한 부분에서 여지없이 드러나잖아요. 눈앞에 앉아 있는 사람과 내 머릿속에 그려왔던 지원 교사의 이미지가 들어맞지를 않는 거예요. 마음이 따뜻하고 의지가 있는 사람은 작은 것에 구애받지 않고 타인을 존중하는 사람이라고 생각했으니까요.

하지만 유 씨가 사기꾼은 아닐 거라 생각했어요. 사기꾼이라면 오히려 그렇게 사소한 일에도 당연히 주의할 테니까요. 그래서 아이들에 대한 이야기를 꺼내봤는데 사기꾼은 아닌 것 같았어요. 궁금한 아이들 이야기를 정말 자세히 늘어놓으면서 아이들은 더 좋은 교육을 받을 권리가 있다고 강조했고, 우리가 나서서 아이들에게 인생의 길을 바꿀 기회를 줘야 한다고 했거든요.

유 씨가 격앙된 어조로 늘어놓는 말을 듣고 의심이 풀렸어요. 더 이상 주저하지 않고 함께 칭하이로 가기로 결심했어요. 그래서 우리는 그날 기차를 타고 시안에서 시닝으로 출발했어요.

시닝에 도착하니 아직 날이 어둡지도 않은데 유스호스텔에 가면서 버스가 아닌 택시를 부르더군요. 기분이 찝찝했어요. 아이들이 가난하다며? 그런데 왜 돈을 함부로 써? 다시 조금씩 불안해지기 시작했어요.

택시를 타고 숙소에 도착한 뒤엔 이런 불안이 점점 더 강해졌어요. 유 씨가 친근하게 사람들과 인사를 나누는데 보아하니 그곳에 오랫동안 투숙한 것 같더라고요. 유 씨와 인사를 나눈 사람들이 의미심장한 눈길로 날 바라봤어요. 아직 어릴 때라 그런 시선들이 뭘 의미하는지 잘 알 수 없었지만 어쨌거나 굉장히 불편했어요.

그가 날 데리고 소파 옆으로 가서 짐을 살피더니 혼자 수속을 하러 갔어요. 어려서부터 제가 청력 기능이 유별나게 좋았거든요. 멀리 떨어져 있는데도 그가 카운터의 사람과 나누는 말이 어렴풋이 들렸어요.

"함께 온 지원 교사 선생인데……."

그리고 뒤에 또 뭐라고 했는데 소리가 너무 낮아서 정확히 들리지 않았어요. 잠시 후 그가 열쇠를 가지고 왔어요.

"화장실이 달려 있는 방은 하나밖에 남지 않았다는군요. 함께 쓸

수밖에 없겠어요."

말투가 정말 자연스러웠어요. 마치 남자와 여자가 함께 방을 쓰는 것이 매우 정상적이라는 듯 말했어요. 속에서 불이 났어요. 이가 바득바득 갈렸어요. 하지만 어려서부터 아무리 화가 나도 웃으라고 배웠기 때문에 억지웃음을 지으며 말했어요.

"무슨 그런 말씀을. 농담하지 마세요."

그가 내 표정을 보고 속생각을 읽었는지 껄껄 웃으며 이렇게 말했어요.

"이 정도는 괜찮은 조건이에요. 학교보다는 훨씬 낫다고요. 학교엔 선생 기숙사가 한 칸뿐이에요. 이따 가보면 선생들이 남녀 구분 없이 모두 함께 먹고 자는 모습을 볼 수 있습니다."

그가 잠시 주춤하더니 다시 입을 열었어요.

"미리 적응해두는 편이 좋을 겁니다."

내가 웃으며 말했죠.

"그렇긴 하네요. 미리미리 적응해둬야겠죠."

나는 짐을 들고 카운터로 가서 여자 다인실 침대를 요구했어요. 유 씨는 별말이 없었지만 나를 대하는 태도가 전보다 많이 차가워졌어요.

원래 계획했던 출발 날짜가 4~5일 늦어졌어요. 유 씨는 아직 도착하지 않은 사람이 있다고 했어요. 언론사 기자인데 우리와 같이 가서 체험 생활을 할 거라고 말했어요. 이에 대해서는 이의를 달지 않았어요. 어쨌거나 그가 이번 지원 교사를 계획한 사람이고, 정말 그의 말이 맞으면 홍보의 의미가 있을 테니까요.

나머지 몇몇 준지원 교사들도 만났어요. 그중 한 남자는 완전히 괴짜였어요. 온종일 침대에서 떠날 줄을 몰랐어요. 밥 먹을 때 아니면 언제나 침대에 벌렁 누워 게임만 했어요. 또 다른 여자 준교사는 책은 한 권도 가져오지 않았고 거울 한 무더기에 그 비싼 DSLR 카메라와 삼각대만 가지고 왔어요. 대체 지원 교사를 나온 건지 아니면 촬영을 나온 건지 모르겠더라고요.

그 사람들하고 이야기를 해봤어요. 그제야 알겠더군요. 모두 대학 재학생들이었어요. 그중 어떤 학생은 겨우 한 달, 길어봤자 여름방학 정도 지원을 나가려 하더라고요. 교사증이 있는 사람은 저밖에 없었고, 모두 교육대학 전공이 아니었어요. 물론 교육대학 출신이 아니라고 해서 가르칠 수 없다는 건 아니에요. 미리 준비하고 교육심리학에 대해 좀 알면 되죠. 한데 그 애들은 수업 준비를 할 생각이 전혀 없더라고요. 모두 한다는 말이 학교에 도착한 후 애들 교과서를 좀 살펴보면 된다는 거예요. 대학생이 초등학생 하나 못 가르치겠냐는 식이었어요. 완전히 남의 자식을 망쳐놓을 작정이 아니고 뭐겠어요?

난 그 유 씬가 뭔가 하는 작자에게 달려가 이야기했어요. 나서서 사람들 수업 준비도 시키고 교학 지침을 합리적으로 배분하라고요. 각자 수학이면 수학, 미술이면 미술 등 분야를 좀 나누면 좋겠다고요. 그랬더니 유 씨가 이렇게 말하더군요.

"그건 지금 걱정할 일이 아니에요. 학교에 도착한 후 상의합시다. 그리고 지원 교사에게 필요한 건 열정이오. 사람들 열정에 방해가 되지 않도록 하세요. 모두 여름방학까지 희생해가며 고생하겠다고 모인 겁니다. 누구한테 잔소리 듣자고 온 건 아니잖습니까."

난 조금 어이가 없었어요. 내가 생각하는 지원 교사와는 완전히 딴판이었어요. 지원 교사가 열정으로 일을 하는 건지 책임감으로 일을 하는 건지 제대로 판단이 안 서더라고요. 그래도 어쨌거나 교육학을 4년이나 배웠으니 교육은 어떻게 해야 하는지에 대한 최소한의 인식은 있어야 된다고 생각했어요.

"죄송한데요, 계속 이 조직에 있어야 하는 건지 다시 생각 좀 해봐야겠어요."

유 씨가 단호하게 잘라 말하더군요. 안 된다고요. 신청했으니 이대로 나가면 다른 사람들에게 영향을 줄 수 있고, 그럼 지원 교육을 망치는 셈이라고요. 그렇게 하고 싶진 않았죠. 하지만 도무지 상황이 이해가 안 되니까 답답해 미칠 것 같았어요. 아직 젊었을 때라 세상 경험도 많지 않았던 때잖아요.

눈앞이 깜깜했어요. 혼자 숙소 거실에 양반다리를 하고 앉아 울분을 삭였어요. 그러고 앉아 있으려니 눈물이 흐르더라고요. 갑자기 할아버지가 보고 싶고, 내가 너무 멍청하다는 생각도 들면서 눈물이 멈출 줄을 몰랐어요. 어울해서 죽을 것 같았죠. 그렇게 울고 있는데 한 아저씨가 다가와 내 품에 휴지를 던져줬어요.

얼굴을 본 적이 있는 사람이었어요. 말은 많지 않았지만 모두 함께 주방에서 밥을 할 때 라이터를 빌려줬거든요. 숙소 투숙객은 아닌 것 같았지만 매일 와서 잠시 앉았다가 갔어요. 때로 책을 가져오기도 하고, 노트북을 가지고 와서 요란하게 한참 두드리다가 사라졌어요.

꼭 '당나귀 귀 투투'처럼 생긴 순박하고 털털해 보이는 아저씨였어요. 고개를 들어 그를 보자 눈물이 더 줄줄 흘렀어요. 그 사람은 아무 말 없이 그냥 노트북 자판을 두드리다가 내가 한바탕 울고 나자 그제야 고개를 돌려 물었어요.

"말해봐요, 무슨 일이에요?"

나는 훌쩍거리며 상황의 전말을 시시콜콜 모두 이야기했어요.

그는 내 이야기를 다 듣고 나서 뻑뻑 담배를 피우더니 이렇게 물었어요.

"5·12지진을 겪었으니 재난 구조 자원봉사자와 재난 여행자가 어떻게 다른지 알죠?"

"알아요. 구조 자원봉사자는 사람을 도와 그들을 구하면서 사랑의 마음을 헌신하는 사람들이고, 후자는 사랑을 베푸는 겸사겸사 재난 지역을 참관하는 거예요. 차에 생수 몇 상자 싣고 허물어져가는 건물 앞이나 심지어 조난자를 만나도 사진이나 동영상을 찍고요. 시멘트 판 몇 개만 날라도 반드시 기념사진 찍는 것을 잊지 않는 사람들이죠. 자신들은 이런 행위를 재난 구조라고 말하지만 사실 번거로움만 더해주는 꼴이에요."

"일부 그런 사람들의 행위에 대한 잘잘못을 따지는 일은 우선 잠시 미뤄둡시다. 다시 물어볼게요. 지원 교사 자원봉사자와 지원 교사 여행자의 차이는 뭐라고 생각해요?"

순간적으로 지원 교사 여행자라는 말에 대해 이해가 잘 가지 않았어요. 그가 다시 담배 한 개비를 꺼내 불을 붙이더니 천천히 말을 시작했죠.

"난 말이죠. '지원 교사 자원봉사자'라는 말의 의미를 분명히 이해할 필요가 있다고 생각해요. 가슴에 손을 얹고 물어봐요. 내가 정말 그 아이들을 도우러 가는 걸까, 아니면 내 인생에 이야깃거리를 만들기 위해서 가는 걸까? 아니면 자신이 감동받을 뭔가를 찾으러 가는 걸까? 지원 교사는 일종의 책임이자 의무예요. 대가를 치러야 합니다. 그냥 무작정 찾아가서 타인을 위해 봉사하는 업무나 자기 자신을 위한 여행만도 아니에요. 진짜 책임감 있는 지원 교사 자원봉사를 하려 한다면 열정만 있는 지원 교사 여행자가 되어서는 안 되죠."

그 사람이 계속해서 말했어요.

"난 당신네들 지원 교사 활동에 반대하지 않아요. 하지만 가능하다면 마음을 가라앉히고 그 학교에서 최소한 한 학기 정도 봉사하는 건 어떨까 싶어요. 그냥 건성으로 한두 주나 방학 기간 동안만 머무른다면 당신네와 아이들 중 누구 수확이 더 크겠어요? 그쪽이야 의미 있는 일 한 가지를 한 셈이고, 그렇게 해서 인생의 가치가 승화되겠죠. 그럼 아이들은요? 그 애들은 뭘 얻는데요? 당신들이 그렇게 와르르 몰려왔다가 또 그렇게 와르르 떠나버리면 아이들 마음이 어떨까요? '지원 교사'라는 표현의 주인공은 아이들이 되어야죠. 아이들이 그쪽 사람들 인생 스토리의 조연이 될 필요는 없어요. 당신네 여정의 한 부분 경치가 될 필요도 없고요. 좀 더 심하게 말하면 그쪽은 자기를 단련시킬 권리가 있지만 이런 곳에 시는 가난한 아이들을 도구로 이용할 권리는 없다는 겁니다."

나는 변명에 나섰어요.

"이번 일을 기획한 사람 말이, 기간은 짧지만 아이들의 인생을 바꿔놓을 수 있다고 했어요."

그가 웃으며 고개를 끄덕였어요.

"그래요. 그 말이 틀리진 않아요. 하지만 좀 더 솔직히 말하면 아이들의 인생을 바꾸는 것이 당신네들 주목적인가요? 그쪽 마음속에 그들의 인생 방향을 바꾸는 것과 자신의 인생을 풍성하게 하는 것 중에 뭐가 더 앞섭니까? 그리고 또, 정말 그 애들의 인생에 좋은 영향을 끼치길 원한다면 체계적이고 엄격한 기획이 되어야 해요. 보름 남짓한 지원 교사 활동이 아이들의 인생을 바꾼다, 아마 가능할 수도 있겠죠. 하지만 이렇게 수박 겉핥기 식의 행동이 책임감 있는 행동입니까? 좀 더 신중하게 생각해볼 순 없나요?"

그가 다시 마지막으로 입을 열었어요.

"그래요. 장기 지원 교사든 지원 교사 여행이든 모두 사랑하는 마음을 보여주고자 한 거니까 긍정적이긴 해요. 하지만 진정한 지원 교사라면 맹목적으로 도덕적인 우월감만 가져서도 안 되고, 자신이 우위에 선 사람처럼 관심을 베풀어도 안 돼요. 진짜 사랑을 베풀고 싶다면 진심으로 일해야 할 뿐만 아니라 자신을 드러내거나 은혜를 베푼다는 식의 생각을 가져선 안 돼요. 내 말이 틀렸다고 생각해요?"

그 사람의 말을 듣고 나는 잠을 이룰 수가 없었어요. 다음 날 식사 시간에 나는 사람들 앞에서 그의 말을 들려주었죠.

"지금 내 상태, 심리 상태가 조금 엇나가고 있다고 생각해요. 전 준비를 다한 다음에 지원 교사로 가겠습니다."

그런데 당시 내가 지원 교사에서 빠지겠다고 말하기도 전에 유씨가 벼락처럼 화를 내며 소리를 질렀어요.

"원래 남자 셋, 여자 셋으로 계획해놓은 지원 교사 팀이에요. 내일 기자가 오면 뭐라고 말합니까! 지금 빠지겠다면 어디 가서 사람을 구해옵니까!"

그가 내 팔을 잡아채며 소리쳤어요.

"쥐새끼 똥 한 알이 국 한 솥을 모두 다 망쳐놓는군!"

유 씨는 노발대발하며 그 자리에서 내가 떠나지 못하게 짐을 압류하는 한편, 나를 끌고 그 아저씨에게 따지러 갔어요. 숙소 거실에 구경이라도 난 듯 사람들이 모여들었고요. 유 씨는 그 아저씨에게 삿대질하며 욕을 퍼부었어요.

"뭐 할 일이 없어 남의 일에 간섭이야? 우리가 지원 교사를 어떻게 하든 우리 자유야. 한가한 룸펜 주제에 어디서 함부로 주둥이를 놀려?"

남이 뭐라고 욕을 하든 그 아저씨는 화도 내지 않고 계속 평소대로 컴퓨터를 치며 고개도 들지 않은 채 말했어요.

"더우얼의 말을 들으니 낭첸 학교에 가신다더군!"

그는 자신을 향해 있는 유 씨의 손가락을 한옆으로 밀어 치우며 말했어요.

"첫째, 그 학교 건물을 짓는 데 내가 내 친구와 함께 도왔으니 괜한 일에 상관하는 건 아니야. 설사 당신네들이 우리가 세운 학교에 가지 않는다 해도 할 말은 해야겠어. 둘째, 정말 지원 교사가 되겠다는 건지 괜히 법석만 떨겠다는 건지 아마 마음속으로 생각해보면 잘 알겠지. 내가 자극을 주든 말든 말이야. 다시 분명히 생각해보고 말합시다. 셋째, 나에게 다시 한 번 소리 지르면 가만두지 않겠어."

그가 노트북을 덮고 정색하며 말했죠.

"맷집이 좋으신가?"

인상은 정말 순박해 보였는데 일단 화를 내니까 정말 무섭더라고요. 정말 싸움도 잘하는 데다 함부로 건드릴 수 없는 사람처럼 보였어요. 그에 비하면 유 씨가 많이 빠지는 쪽이었죠. 하지만 씨움은 일어나지 않았어요. 그날 바로 유 씨는 숙소를 떠났고, 나머지 사람들도 모두 흩어졌어요. 준지원 교사 한 사람만 그를 따라갔죠. 촬영 도구를 가져왔던 그 여자애만요. 나중에 그 여자애가 블로그에 올린 글을 봤는데 억울한 일이 많았던 모양이더라고요.

지원 교사 계획이 그렇게 물거품이 된 후 유스호스텔에 이틀을 더 머물렀어요. 돌아가 출근하고 싶지 않았어요. 그렇게 판에 박은 생활을 하고 싶지 않았어요. 사실대로 말하면 이제 어떻게 해야 하는 건지 판단을 내릴 수가 없어서 그 아저씨에게 의견을 물으러 갔어요. 그는 내게 쓰촨으로 돌아가 출근하라고 강력하게 말했어요.

"이렇게 어린 나이에 왜 벌써부터 포기 운운해요? 타고난 원죄 때문에 생활 방식을 바꿀 필요는 없어요. 아직 정식으로 그런 생활을 체험한 건 아니잖아요? 그렇게 쉽게 너무 빨리 포기하는 건 자신에게 책임 있는 태도가 아닙니다. 시닝에서 좀 놀아도 돼요. 칭하이 호에 갔다가 집에 가서 일을 찾아도 되고. 그렇게 몇 년 그런 생활 방식을 진지하게 체험한 후에 포기를 할 건지 안 할 건지 결정해요."

이유는 잘 모르겠지만 그의 말이 특별히 믿음직하게 들렸어요. 나는 즐거운 마음으로 칭하이에서 열흘 정도 놀다가 고향으로 돌아가 출근하기로 했어요. 떠나기 전에 아저씨에게 작별 인사를 했어요. 아저씨는 내가 자기 말대로 결정을 내리자 기뻐하며 이별주를 사주겠다고 했어요.

정확히 기억해요. 아저씨와 시닝의 한 회전 식당에서 식사했는데, 그 식당은 시닝에서 제일 높은 층이었어요. 아저씨는 스테이크랑 후식이랑 애피타이저를 시켰어요. 스테이크를 자르는 모습이 무척 섬세했어요. 정말 깔끔했고요.

날 무척 존중해줬어요. 내 나이가 어리다고 함부로 말하지도 않고 매우 예의 바르게 대해줬죠. 정말 신사 같았어요. 그가 뭐하는 사람일까 궁금했어요. 국유 기업에서 관리 업무를 맡고 있다고 했어요. 하지만 말투나 행동거지가 매우 개성 있고, 자신만의 사상도 뚜렷해 보였어요. 체제 내에 있는 사람 같지 않았어요. 경험이 매우 풍부해 보였고요. 예전에 무슨 일을 했는지 물어봤죠. 그는 시짱에서 살 때 이야기를 대충 하더니 화제를 창밖에 보이는 시닝 도시 건설로 돌리더라고요. 그렇게 그 아저씨와 식사 시간을 아주 즐겁게 보냈어요.

우스운 일도 있었어요. 난 그 사람이 마흔은 넘었다고 생각했거든요. 그래서 말끝마다 '아저씨, 아저씨'라고 불렀어요. 그런데 그 사람 표정이 이상한 것 있죠. 무슨 말을 하려다가 자꾸만 머뭇거리더라고요. 그러더니 도저히 참을 수가 없었던지 나중에 자기는 이제 막 서른이 되었다고 하더라고요. 너무 깜짝 놀랐어요. 확실히 늙어 보였거든요. 그처럼 젊은 사람이 어떻게 중년처럼 보일 수 있는지!

우린 헤어질 때 전화번호는 교환하지 않았고 그냥 QQ 메신저 주소만 교환했어요. 아저씨가 날더러 '청쯔 오빠'라고 부르라더군요. 진짜 이름은 물어보지 않았어요. 그 사람도 내 이름은 물어보지 않았고요. 그냥 우연히 만난 길동무라고 생각했어요.

쓰촨으로 돌아온 후 한 사립학교에서 일했어요. 청쯔 오빠 제안대로 열심히 일하면서 출퇴근하는 생활 방식을 진지하게 체험했어요.

4

사람은 정말 이상한 동물이에요. 함께 있을 때는 그저 그랬는데 헤어지고 나니까 도저히 못 참겠더라고요. 한 달이 지난 후에는 보고 싶어 미칠 지경이었어요. 놀랍게도 오빠를 좋아하게 된 거죠.

당나귀 귀 투투처럼 생긴 데다 그렇게 늙어 보이는 사람이 왜 좋아진 거지? 좋아진 게 아니라면 왜 머릿속에 그 사람 생각뿐일까? 잠이 들어도, 잠에서 깨도 온통 그 사람 생각뿐이었어요.

20여 년 내 인생에서 그토록 애끓는 감정은 그때가 처음이었어요. 엄마에게 물어볼 수도 없고, 그렇다고 할아버지나 할머니에게 구원 요청을 할 수도 없었어요. 연애소설이나 청춘 드라마에서도 이럴 땐 어떻게 해야 하는지 가르쳐준 적도 없고요. 그저 어안이 벙벙할 뿐이었죠. 뭔지 모르게 익숙하고 친근하게 느껴졌어요. 마치 아주 오래전에 연애를 했던 사람처럼요.

이상한 말이지만, 그를 좋아하기 시작했다는 생각이 들자 더 이상 그 사람이 그렇게 늙어 보였다는 생각이 들지 않았어요. 심지어 그 사람이 잘생겼다는 생각이 들더라고요. 도저히 참을 수가 없어서 메신저에 글을 남겼어요. 내 일에 대해 이야기했어요. 그는 꼼꼼하게 조언을 해줬고요. 나는 사회에 대한 내 의문을 낱낱이 모두 그에게 말했고 그 역시 언제나 답을 줬어요.

그런데 내가 감정적인 문제로 화제를 돌리자 그는 그 부분에 관해서는 아무 말도 안 하더라고요. 별 특별한 느낌이 없나 보다 생각했어요. 그냥 절 평범한 어린 친구로 생각하나 보다 했어요. 정말 실망스러웠어요. 어쨌든 그렇게 이따금 대화를 하기 시작해 꽤 많은 시간이 흘렀어요.

그런 식의 대화가 딱 하나 좋은 점이 있었죠. 바로 그에 대해 점점 더 많은 것을 이해하게 된 거예요. 그는 정말 많은 경험을 했더라고요. 너무 가난해 숱한 생사 고비를 넘겼고, 당시 생활도 일반 사람들과는 많이 다른 것 같았어요. 성공한 삶처럼 보이지만 업무 이외에 매일 접대하느라 술판이 끊이지 않는 생활과는 거리가 멀었어요. 그는 시간만 나면 절에 가서 머무르거나 때로 설산을 오르기도 했어요. 마치 홀로 있는 걸 즐기는 것 같았어요. 언제나 어디를 가도 혼자였거든요.

나랑 청쯔 오빠는 인생의 가치나 취향이 서로 다른 것처럼 느껴졌어요. 오빠는 자아가 강했어요. 자기가 원하는 게 무엇인지 잘 알고 있는 것 같았으니까요. 오빠의 생활 방식이 부러운 건 아니었어요. 다만 자신의 가치 체계 속에 살아가는 생활이 부러웠어요. 자기 인생의 방향을 아는 사람, 얼마나 부러운 일이에요?

한 사람을 좋아하게 되자 이래도 저래도 그저 마음이 불안하기만 하더라고요. 한동안 오빠가 우녕사를 자주 다녔어요. 언젠가 무의식중에 승려의 삶에 대해 이야기하는데 오빠의 말투가 동경으로 가득 차 있었어요. 정말 놀랐죠. 절대 출가하면 안 돼! 하지만 여전히 고백할 수가 없었어요.

또 한 번은 오빠가 설산에 갔는데 떠난 지 일주일이 다 되어가도 연락이 안 되는 거예요. 얼마나 걱정되는지 입이 다 부르틀 정도였어요. 일주일 후에야 설산에서 늑대를 만났다는 걸 알았어요. 컴퓨터 저편에서 대수롭지 않게 해주는 이야기에 나는 화가 나서 부들부들 떨었어요. 정말 바지춤에라도 묶어서 다니고 싶었어요.

정말 화가 난 건 내가 그렇게 걱정한다는 사실을 오빠가 전혀 모른다는 거였어요. 그렇다고 그런 속내를 털어놓을 수도 없었고요. 가슴에 돌덩이가 한가득 들어찬 것처럼 괴로웠어요.

그러다 결국 터지고 말았어요. 전 연차를 모아 시닝으로 갔어요. 그런데 차마 오빠를 만나러 간다고 할 수가 없어서 그냥 칭하이호에 다시 한 번 가보고 싶다고 했어요.

엄마를 보러 갔고 다시 할아버지, 할머니에게 식사를 한 끼 차려드렸어요. 그런 후에 섭씨 200도로 끓는 마음을 부둥켜안고 기차에 올랐어요. 때마침 기차 속도가 빨라졌던 때였지만 전 기차가 느리게만 느껴졌어요. 바로 다음 정거장이 시닝이었으면 하고 얼마나 바랐는데요.

아! 그런데 내가 시닝에 갔을 때 청쯔 오빠는 가산을 탕진하고 노스님 한 분과 멀리 외유를 떠나기 직전이었어요. 예전에는 스테이크를 먹었지만 그때 우육면을 먹었어요. 김이 모락모락 피어오르는 우육면을 사이에 두고 오빠가 내게 그 소식을 알렸어요. 마치 다른 사람 이야기를 하는 것처럼 담담하더군요.

나는 정신이 나갈 것 같았어요. 끝장이야! 스님이 되겠다니! 너무 초조한 나머지 탁자를 내리쳤지만 그는 껄껄 웃기만 했어요.

"당신은 너무 어려요. 말해도 모를 겁니다. 뭔가 큰 충격을 받아야 이런 길을 가는 건 아니에요. 그냥 해보고 싶었을 뿐입니다. 다른 이유는 없어요. 단순해요. 걱정하지 말아요! 잘하고 있으니까."

손이 차갑게 식고, 위경련이 일었어요. 탁자 위 사발을 오빠 머리에 엎어버리고 싶었어요. 그런데 민머리가 된 오빠 머리를 생각하니 그런 생각도 사라지더군요.

애써 아무렇지도 않은 표정을 지으며 호기심 가득한 얼굴로 그 스님을 만나게 해달라고 했어요. 오빠는 흔쾌히 내 요구대로 버스를 타고 스님을 보러 갔어요. 버스에 앉았어요. 이리저리 몸이 흔들렸어요. 정말 괴로웠어요. 자신의 미래를 완전히 엉망으로 만들어놓았잖아! 자동차도 다른 사람에게 다 줘버렸는데.

스님은 차를 마시고 있었는데 내게도 차를 따라줬어요. 그냥 평범한 노인이었어요. 신비한 분위기는 전혀 느낄 수 없었어요. 말수도 극히 적고 표정도 없었어요. 한담을 나누다 스님이 고향을 물었어요. 쓰촨이라고 하니, 참 좋은 곳이라고 말해줬어요. 그렇게 대충 이야기를 나눈 후 스님은 묵묵히 주전자에 물을 뿌렸어요. 작은 화로 위의 작은 쇠주전자가 지글거렸어요. 그는 아무 말도 하지 않았어요.

더 이상 머리가 돌아가지 않았어요. 나는 예의고 뭐고 모두 내동댕이친 채 대놓고 말했어요.

"스님, 전 불법은 모릅니다. 하지만 모든 사람이 청쯔 오빠처럼 가산과 직업을 모두 팽개친다는 건 문제가 있지 않습니까?"

스님이 묵묵히 고개를 끄덕였어요.

"음, 사람들 모두……."

정말이지 스님의 수염을 모두 뽑아버리고 싶었어요.

내가 계속해서 물었어요.

"왜 하필이면 다른 사람이 아닌 오빠를 데려가려 하세요? 사실 오빠는 자격도 없어요. 오늘 낮에도 고기를 먹었다고요!"

스님이 무심히 말했어요.

"오, 속세의 번거로운 인연이……."

청쯔 오빠는 내 말에 악의가 가득 찬 것을 알고 입을 열었어요.

"그렇게 말하면 안 돼요. 고기를 먹었다고 해서 부처를 믿을 수 없는 건 아니니까. 아주 조금씩 실천해나가야죠. 그리고 부처를 믿는 것은 억겁의 세월에 심어놓은 인因이고, 이생에 얻을 열매예요. 인이 그렇다면 담담하게 받아들여야지."

그때 말하지 않으면 후회할 것 같은 말이 많았어요. 난 차마 청쯔 오빠는 바라보지 못한 채 찻잔만 바라보며 말했어요.

"그럼 나랑의 인연은요? 우리 사이에는 인연과 그 열매가 없어요?"

차마 그를 바라볼 수가 없었어요. 표정이 어떤지 몰랐죠. 세상에! 얼마나 난처한지 숨도 제대로 쉴 수가 없었어요. 정말 쥐구멍에라도 숨고 싶은 심정이었어요. 청쯔 오빠는 아무 소리도 하지 않았어요. 제기랄, 무슨 말이든 좀 하란 말이야. 정말 나랑 아무런 인연이 없어?

스님이 갑자기 껄껄 웃기 시작했어요. 얼굴이 마치 칼로 그은 듯 온통 주름투성이였어요. 스님이 나와 청쯔 오빠를 번갈아 봤어요…… 눈이 정말 반짝거렸어요. 스님이 날 향해 고개를 끄덕였어요. 난 수염 속에 묻힌 스님의 입을 뚫어져라 바라봤고요. 하지만 스님의 입에서 나온 소리는 그저 "오……"라는 말뿐이었어요.

청쯔 오빠는 그렇게 스님과 함께 훌쩍 떠나버렸어요. 떠나기 전에 아무 말도 하지 않았고요. 난 울면서 칭하이에서 쓰촨으로 돌아왔어요. 친구나 동료들에게 하소연할 수도 없었어요. 그 사람들이 날 위해 쓰레기통이 되어줄 의무는 없으니까요. 할아버지, 할머니에게 가서 울지도 않았어요. 나이가 연로하신데 저 때문에 걱정을 끼쳐드릴 수는 없었어요. 그래서 엄마를 보러 갔어요. 하지만 만나기 전에 눈물을 삼키고 갔죠. 성인이잖아요. 한심한 애처럼 보이고 싶지 않으니까요.

그러나 정말 괴로웠어요. 배출구가 없으니까요. 그냥 모든 괴로움이 잔뜩 쌓여 꽉 막혀 있었어요. 정말 답답하고 고통스러웠죠. 이게 뭐라고! 이런 실연은 아무것도 아니야! 오빠가 날 좋아하는지 아닌지도 모르면서…… 그 많은 재산도 마다하는 사람이 난들 필요하겠어? 분명히 인연이 없는 거야! 난 나 자신에게 오빠가 별 것 아니라고 말했어요. 그렇게 잊자고 다짐한 지 2년이 흘렀어요. 그런데 2년이 지나도 잊을 수가 없었어요.

5

사람은 속물이에요. 얻지 못한다고 생각하니 더 좋아 보이는 것 있죠? 청쯔 오빠와는 연락을 끊을 수가 없었어요. 그 2년 동안 계속 메신저로 오빠랑 연락했어요. 그러나 많이 하진 않았어요. 수십 일에 한두 번 했어요. 내가 물으면 오빠가 대답하는 식이었어요.

내 스스로 자존심을 지키고 싶었어요. 감정에 대한 이야기는 단 한 마디도 하지 않았어요. 그냥 어디에 갔는지, 몸은 어떤지만 물었어요. 자주 인터넷을 하는 것 같진 않았어요. 그 즉시 대답하는 법이 없었거든요. 심지어는 한 달이 지난 뒤에야 답이 오기도 했어요. 그것도 아주 짧고 예의 바르게 몇 글자로요. 정말 잇몸이 다 근질근질할 정도로 미웠어요.

한번은 오빠가 차를 보내줬어요. 최상품 금준미金駿眉, 홍차의 일종였죠. 난 그걸로 차엽단茶葉蛋, 찻잎으로 삶은 달걀을 만들었어요. 차엽단을 만드는 내내 마음이 정말 아팠어요.

당시 2년을 오직 일에만 매달렸어요. 일에 관한 한 아무도 내게 무리한 걸 요구하지 않았어요. 새옹지마라고, 뜻밖에 당시 사립학교 훈육주임이 되었어요. 지역사회에서 가장 젊은 훈육주임이었어요. 사람들 모두 절더러 전도가 유망하다고 했어요. 모두 절 조금 두려워해서 아무도 중매를 서려고 나서지 않았어요. 사람들은 제가 어찌나 사나운지 여자답지 않다고 수군거렸어요. 내가 좋아하던 사람이 스님을 따라 도망간 걸 아는 사람은 아무도 없었어요.

어떤 사람은 슬프면 많이 먹는다지만 대신 일을 많이 하는 사람도 있어요. 전 일벌레가 되었어요. 매일 야근하고 모임이 있으면 반드시 참석하고, 행정과 교육 모두 참여했어요. 업무 일지와 수업 준비 노트가 엄청나게 쌓였어요. 아마 이렇게 업무 위주의 삶을 즐기는 사람도 많을 거예요. 하지만 사실대로 말하면 전 그런 유형은 아니에요. 때로 수업 사이 체조 시간이면 운동장의 가지런한 학생들 동작을 바라보면서 한참을 멍하니 있었어요. 내가 부지런히 일해서 그럴듯한 생활을 하면 학생 가장이나 학교 지도자들이 모두 날 좋아한다는 것을 잘 알고 있었지만 난 즐겁지 않았어요.

이미 20대 후반의 나이가 되었어요. 그런데 볼 수 있는 세계가 그저 눈앞에 보이는 그것밖에 없었어요. 한데 그게 최고라고요?

여름방학이 되면 방학이 끝난 후 학교와 재계약을 할 것인가 고민했어요. 청쯔 오빠가 맹목적으로 포기하지 말라고 가르쳐줬었죠. 먼저 열심히 일하고 대부분의 사람들처럼 일반적인 생활을 진지하게 체험해본 후에 무엇을 선택할 것인지 결정하라고요. 그 말대로 열심히 체험한 것 아닌가요? 그럼 이제 선택을 해야 하지 않나요? 그렇다면 내가 선택할 수 있는 길은 무엇일까요?

메신저에 접속해서 길게 글을 적다가 다시 지워버렸어요. 2년 동안 지속해온 점잖은 대화가 마치 장벽처럼 느껴졌어요. 수많은

352

말들을 어떤 식으로 해야 할지 알 수가 없었어요. 한참을 망설였어요. 그리고 결국 평소처럼 글을 남기기로 했어요.

'지금은 어디로 가 있나요? 뭘 하고 있어요? 모든 것이 평안한가요?'

그런데 정말 뜻밖에도 1분도 안 돼 답신이 왔어요.

'아주 좋아요. 지금은 청두예요. 술집에서 비를 피하고 있어요.'

오라! 망할 자식이 청두에 있네! 나는 그 즉시 주소를 물어 약속을 잡았어요. 키보드 위의 손가락이 마치 게 다리처럼 춤을 췄지요. 겨우 한 줄짜리 문장을 치는 데 네다섯 번이나 틀렸어요. 다시 생각할 것도 없이 글을 보냈죠. 단 1초만 늦어도 오빠가 어디론가 사라질 것만 같았어요. 빗줄기에 쓸려 하수도를 따라 창장 강으로 흘러들어가 다시는 찾을 수 없을 것 같았어요.

오빠와 스님이 2년 동안 구름처럼 세상을 떠돌다가 청두에 나타났고, 청두의 비 내리는 밤에 스님은 아무런 조짐도 없이 오빠와 작별했어요. 스님은 그렇게 떠났어요, 마치 신선처럼요.

스님은 오빠를 2년 동안 빌려갔다가 다시 내게 돌려줬어요. 그런데 내가 청두에 있는 걸 어떻게 알았을까요? 하긴, 뭐 그런 것까지 신경 쓸 필요는 없죠. 오빠는 새카만 각두기 머리에 브랜드 티셔츠를 입고 있었으니까 된 거죠. 출가하지 않은 게 분명하잖아요. 오빠는 스님을 쫓아 2년 동안 차를 마셔서 그런지 많이 젊어진 것 같았어요. 사람이 전체적으로 활기가 넘치고, 바탕은 촌스러웠지만 그래도 멋진 모습이었어요.

오빠랑 한참 동안 이야기를 나누며 다음 계획이 무엇인지 알아냈어요. 4일 후에 윈난으로 가서 몇 년 동안 다인茶人으로서의 삶을 살 거랬어요. 그날 결정을 내렸어요. 일생일대 가장 용감한 결정이었죠. 오빠를 따라가리라. 오빠가 어디를 가든 그의 옷자락을 꼭 잡고 세상을 구경하리라.

난 반나절 동안 업무 인계를 하고, 이어 꼬박 이틀 밤 동안 할아버지와 할머니를 설득했어요. 두 분은 나이가 많아서 무슨 일이든 안정을 최우선으로 생각했어요. 우여곡절 끝에 결국 두 분을 설득했죠. 두 분은 보통 가장들과는 조금 달라요. 손녀가 평생 잔잔하고 평화로운 시간을 보내길 원했지만 그보다는 즐겁게 살기를 더 원하시는 분들이에요.

그리고 마지막 남은 반나절, 엄마에게 가서 속마음을 털어놓고 작별을 했어요. 엄마는 여느 때처럼 아무 말도 하지 않았어요. 내가 어떤 결정을 내리든 열심히만 살려고 하면 언제든 이해해주는 분이니까요.

나흘 후에 짐을 메고 오빠 앞에 서서 말했어요.

"짐이 너무 무거워요. 짐칸에 좀 올려줄래요?

오빠는 잔뜩 겁먹은 표정으로 지금 뭘 하러 가냐고 물었죠.

정말 재미있었어요. 언제나 지혜롭고 차분한 모습을 보여주던 사람이 그렇게 겁을 먹고 놀라는 표정을 보고 있으려니 그야말로 '당나귀 귀 투투'하고 판박이였어요. 얼마나 귀여운지!

"오빠랑 같이 다양한 인생을 체험하고 싶어요. 아직 젊잖아요!"

말이 떨어지기 무섭게 기차가 출발했어요. 나는 속으로 쾌재를 불렀어요. 시간을 기막히게 맞췄구나!

"오빠는 오빠의 신앙이 있고, 난 내 나름대로 추구하는 삶이 있어요. 나도 내가 원하는 생활을 하고 싶어요. 교사 자격증 가져왔어요. 어딜 가든 내 능력으로 밥 먹고 살 수 있어요. 오빠에게 짐이 되진 않을게요."

한참 동안 설득해도 내가 꿈쩍하지 않자 오빠가 한 걸음 물러났어요. 우선 자기 따라 두 달 정도 다니라고요. 그냥 놀러 나왔다 생각하고, 대신 여름방학 지나면 반드시 돌아가야 한다고 했어요. 하지만 내가 학교에서 개구쟁이 학생들 훈육하면서 2000년 이후에 출생한 그 애들의 수법을 익히지 않았겠어요? 그냥 열심히 오빠 말에 따를 것처럼 말했죠. 오빠는 달리 방법이 없자 눈살을 찌푸리며 손가락으로 테이블을 두드렸어요. 맘대로 하라지. 초전 승리를 거둔 후 난 오빠에게 '행인 A'에서 '동행자'의 신분이 되었어요.

기차가 낯익은 고향에서 점점 멀어져가는 모습을 보는데 갑자기 눈물이 터졌어요. 슬퍼서가 아니었어요. 무슨 마음이었는지 모르겠지만 그냥 울고 싶었어요. 우니까 마음이 개운해지더라고요. 한 번도 느껴보지 못한 그런 홀가분한 기분이었어요.

웃긴 일이 있었어요. 내가 너무 엉엉 울었더니 기차 승무원이 나타난 거예요. 혹시 오빠가 인신매매범은 아닌지 의심했죠. 재빨리 나서서 우리 오빠라고 해명했는지만 승무원이 믿질 않는 거 있죠. 난 하얗고, 오빤 새카만데 어떻게 오누이 사이냐는 거예요. 울다가 웃다가 얼굴이 눈물로 범벅이 되었어요. 사실 오빠가 인신매매범이라고 해도 나는 오빠를 따라갔을 거예요.

6

그렇게 연인을 따라 세상을 떠돌았어요. 때로 차 농가에서 묵기도 하고 사찰에서 기식하기도 했고요. 서로 오누이처럼 예를 갖췄어요. 산간벽지 외진 여관에 들면 오빠는 가부좌를 틀고 앉아 있거나 옷을 입고 잠들었죠. 나는 이런 오빠의 등을 밤새도록 바라보며 알 수 없는 안도감을 느끼기도 했어요.

오빠는 정말 말이 없었어요. 이따금 함께 이야기를 나누긴 했어도 대부분 차에 관한 이야기였어요. 오빠랑 산천수를 엄청나게 마시고 수많은 생차와 숙차를 음미했어요. 차를 제외하면 오빠는 물질적 욕구가 거의 바닥 수준이었어요. 그러면서도 입는 거나 먹는 거나 내겐 부족할 것 없이 마련해줬어요. 처음 차를 마실 때 저혈당이었던 나를 위해 양철 케이스에 차와 함께 먹을 수 있는 갖가지 간식을 준비해줬어요.

난 때로 간식을 입에 문 채 눈으로, 마음으로 계속 오빠가 그냥 꼭 이만큼 날 좋아하는 걸까, 하고 생각했어요. 오빠는 아무 표정 없이 차를 타서 마시고 있었는데 그 모습이 자기 사부랑 똑같았어요. 내가 불렀어요.

"오빠, 나 좀 봐요……."

오빠가 고개를 들었어요.

"응?"

늙수그레한 얼굴에 상냥함이 살며시 배어났어요. 그래, 맞아, 순간적으로 스쳐 지나가는 상냥함, 수증기처럼 증발해버렸죠. 서서히 차를 마시는 습관이 들었어요. 차는 쓰지만 욕망을 삭여주고 마음을 깨끗하게 해주죠. 마실수록 중독되었어요. 검푸른 바다 같은 오빠도 점점 익숙해졌고요.

'천 갈래 강줄기를 어지럽게 흩어놓을지언정 수도자의 마음을 어지럽히진 말라'는 말이 있죠. 오빠는 속가의 불제자니 도인이라고 할 수는 없죠. 난 점점 내가 오빠의 끝나지 않은 속세 인연이라고 확신했어요. 오빠를 흔들 사람은 나밖에 없어!

오빠가 차라면 나는 끓는 물이 되어야지. 변화시킬 수 없을 거라고 생각하진 않아!

그렇게 돌고 돌다가 윈난 시베이 지역에 이르렀어요. 리장에 도착했을 때는 여름방학이 끝난 뒤였죠. 오빠가 계속 집에 돌아가야 할 때가 왔다고 말했어요. 나는 모른 체했어요. 그러면 그럴수록 마음은 괴로웠죠. 오빠가 칼로, 도끼로 아무리 갈라놓으려 해도 절대 날 떼어놓을 수 없어.

먼저 선수를 치기로 했어요. 남자들은 황혼 무렵에 마음이 가장 약해진다고 하더라고요. 그래서 황혼 무렵 격전지로 문명촌 채마밭을 골랐죠. 오빠는 무를 정말 좋아해요. 그래서 깨끗이 씻은 커다란 무 하나를 줬어요. 그리고 오빠가 무를 먹느라 정신이 팔려 있는 사이 오빠에게 물었어요.

"오빠, 내가 오빠에게 부담이 돼요?"

순간 오빠가 멍한 표정을 짓더니 고개를 저었어요.

"그럼, 내가 따라다녀서 짜증이 나요?"

오빠는 그 즉시 내 말뜻을 이해한 듯 무를 먹으며 말했어요.

"자신에게 책임을 져야 돼. 충동적으로 행동하지 말고, 자신이 원하는 생활이 무엇인지 잘 생각해보고……."

운을 걸어보기로 했어요.

"오빠 좋아해요. 오빠랑 같이 있을 거고, 오빠 같은 생활을 하고 싶어요."

이렇게 고백했어요. 석양이 지는 리장 고성 문명촌 채마밭 옆, 내 곁의 늙은 남자 손에는 무 반쪽이 들려 있었어요. 청쯔 오빠가 잔뜩 인상을 쓰고 날 바라봤어요. 인상 쓴 '당나귀 귀 투투'는 몇 번이나 무슨 말을 하려다가 입을 다물더니 얼굴이 시뻘게졌어요. 시커먼 얼굴에 꺼칠한 수염이 가득한 얼굴이 빨개지니까 완전히 장조림 같더라고요.

"내가 싫고, 내게 아무런 느낌이 없다면…… 그 무 돌려줘요."

한참 동안 아무 말이 없고, 무도 돌려주지 않았어요. 무를 쥔 손에 어찌나 힘을 줬는지 물이 뚝뚝 떨어질 것 같았어요. 넌지시 물었죠.

"……그럼 날 좋아하는 거예요?"

"당신에 대한 감정과 당신이 어떤 생활을 하는지는 관계없어요. 너무 젊잖아요. 이렇게 서둘러 선택해서는 안 돼요. 내 말대로 내일 돌아가요."

날 여전히 아이로 생각하고 있더라고요! 대체 왜 날 아이 취급하죠? 화가 났어요.

"정말 그렇게 야박하게 날 쫓아낼 거란 말이죠! 정말 그럴 거예요? ……부처를 믿는다는 사람이 나랑 누가 더 지독한지 보겠다는 거죠?"

오빠가 목을 빳빳이 들며 말했어요.

"그래요."

두 주먹을 치며 크게 한바탕 웃고 소리를 질렀죠.

"좋아요!"

온몸의 피가 거꾸로 솟는 것 같았어요. 머리카락이 다 솟구치고 온몸의 관절에서 빠지직 소리가 나는 것 같았고요. 변신하기 직전의 늑대인간 같기도 하고, 정말 당시엔 무슨 생각이었는지 모르겠어요. 바로 옆이 건축 현장이었어요. 벽돌 하나를 들어 올려 내 이마를 내리쳤어요. 오빠가 동작을 취하기도 전에 부서진 벽돌 반쪽이 발 앞으로, 다른 반쪽은 뒤로 날아갔어요.

오빠가 '악!' 소리를 지르더니 날 꼭 껴안았어요. 어찌나 꼭 껴안았는지 죄어 죽을 것 같았어요. 벽돌에 맞아 죽는 게 아니라 하마터면 죄어 죽을 뻔했다니까요!

온전했어요. 정중하게 한마디 할게요. 정말 머리로 벽돌 격파 같은 건 연습한 적이 없는데 이상하게 이마에 혹도 안 난 것 있죠? 나중에 무술하는 사람에게 물어보니 기가 순간적으로 온몸을 관통하면서 어떤 검도 상처를 입힐 수 없는 경지에 이르렀을 가능성이 있다고 했어요.

오빠가 꼭 껴안자 옷 사이로 돌덩이처럼 단단한 오빠의 몸을 느낄 수 있었어요. 얼굴을 내 태양혈에 바짝 대니 오빠 얼굴의 선을 그대로 느낄 수 있었고요. 오빠가 '헉' 하고 숨을 들이켰어요. 마치 벽돌을 맞은 사람이 내가 아니라 오빠 같았어요.

침착하라고, 신중하라고 하면서 또 나를 쫓아내려 하더군요. 고개를 돌리려 했는데 솔처럼 빳빳한 오빠 수염에 코가 쏠리는데 깔깔하게 느껴지질 않았어요. 그렇게 내 입술이 쏠려도 그렇고…….

그러고 나서…… 그러고 나서…… 그날 밤, 우리는 해야 할 것을 했지요.

7

그렇게 우리는 리장에 정착했어요. 청쯔 오빠가 항상 하는 말이 있어요.

"내 마음 편한 곳이 집이야."

난 오빠 마음이 내게서 평안을 구하라고 생각했죠. 난 오빠랑 잘 살 거고, 내가 오빠 집이야. 대개 여행자들은 리장의 아름나운 만남에 눈이 멀어 이 작은 곳에서 원나이트 스탠드One-night stand를 쌓아요. 진짜 사랑하는 것도 아니면서. 사실 리장이 그렇게 특별한가요? 이곳에 머무는 사람은 그런 식으로 낙인이 찍혀야 하나요? 고향이든 타향이든 열심히 살면 리장이나 다른 곳이나 마찬가지 아니에요?

난 이곳이 그렇게 특별하다고 생각하지 않아요. 단 하나, 특별한 점이 있다면 나랑 오빠가 이곳에 집을 만들었다는 거죠. 함께 벽도 칠하고요. 세낸 집을 마치 백설 동굴처럼 만들었어요. 베갯잇에 꽃도 수놓고, 창틀에 꽃도 놓았어요. 침대 없이 그냥 매트리스만 깔았어요. 테이블도 직접 만들고요. 의자는 두 개, 대야는 세 개 마련했어요. 하나는 밀가루 반죽용, 하나는 세숫대야, 하나는 오빠 족욕용으로요. 오빠가 발을 담그면 나도 간이 의자를 가져와 옆에 앉아 발을 집어넣어 오빠 발을 밟았어요. 오빠 발은 털이 많아요. 내가 발가락으로 털을 꼬집으면 오빠가 아파서 눈을 동그랗게 떴어요. 곰 발바닥 같은 커다란 발이 내 발을 눌렀어요. 물이 어찌나 뜨거운지 발바닥이 화끈거리면서 심장까지 다 녹을 것 같아요.

난 작은 대나무 광주리를 메고 오빠랑 충의 시장에 장을 보러 다녔어요. 오빠가 뒷짐을 진 채 앞에 가고 내가 뒤를 따라갔죠. 광주리가 등에서 흔들거리면 안에 든 감자랑 오이가 마구 굴러다녔어요. 오빠는 빨리 걷다가 이따금 멈춰 서서 뒤를 돌아 날 가만히 불렀어요.

"더우얼……."

오빠가 살며시 미소를 짓죠. 미소 짓는 당나귀 귀 투투처럼요.

나랑 함께한 후부터 오빠에게 생긴 변화가 있어요. 차분한 건 여전하지만 그래도 가끔 자기도 모르게 짓는 표정이 있어요. 정말 아이 같아요. 어느 날 아이처럼 눈을 껌뻑이며 내게 부탁하더라고요.

"우리 강아지 한 마리 기를까?"

난 속으로 웃었어요. 들통 났어! 완전히 애야! 남자는 나이 고하, 경력을 막론하고 아이 같은 부분이 있다더니. 그리고 그런 모습은 사랑하는 사람 앞에서만 살며시 나타난다고 하던데!

"좋아요, 길러요!"

우린 충의 시장에 가서 죽음 직전의 허스키 새끼를 하나 구했어요. 그리고 이름은 선장이라고 지었어요. 앞으로 아무리 요동치는 삶이 찾아온다 해도 나랑 청쯔 오빠는 같은 배를 타고 있을 거라는 생각에서요. 물론 내가 생각하는 그런 혼란은 오지 않았지만요.

리장에 안착한 후 청쯔 오빠는 객잔의 관리자 자리를 구했어요. 예전에 건재그룹 지방 업무팀장이었고, 잘나갈 때는 수십억의 성과도 달성한 사람이니 객잔 하나 운영하는 것은 누워서 식은 죽 먹기나 다름없었죠. 안정된 마음으로 사람들을 대하니 손님들도 좋아했고요. 1년 사이 헤드헌팅 회사에서 두 번이나 오빠를 찾아왔었고, 다롄의 프랜차이즈 객잔 운영자들이 앞다투어 오빠를 영입하려 했어요.

난 교사 일을 했어요. 호구 때문에 유아원밖에 갈 수 없었고 이따금 초등학교나 중학교 대리 수업을 하기도 하고 가정교사를 하면서 바쁜 생활을 보냈어요.

전동 자전거를 한 대 샀어요. 오빠가 매일 자전거로 날 데려다주고 데려왔어요. 난 키가 작아서 보통 옆으로 앉았고요, 오빠는 자전거를 타면 자주 손을 뒤로 보내 더듬으며 말했어요.

"안 떨어졌지……."

"아직 있어, 안 떨어졌어."

"응."

난 뒷자리에서 허리를 젖히며 즐거워하다가 자전거에서 떨어지기도 했어요.

그렇게 1년이 지난 후 우리는 그동안 모은 돈으로 작은 찻집을 열었어요. 오빠는 차를 잘 알고, 정말 차를 사랑하는 사람이잖아요. 백세교 화장실 근처 골목에 가게를 열었어요. 작지만 손님이 적지 않았죠. 차를 마시러 온 사람 중에 쑨몐孫猛이라는 유명한 신세대 언론인도 있었고, 천쿤陳坤이라는 연예인도 있었어요. 쑨몐이 우리 작은 찻집에 남겨준 '다자茶者'라는 글이 그대로 우리 가게 이름이 되었죠. 천쿤 같은 경우는 다른 곳에서 오빠의 놀라운 티베트 생활 이야기를 들었대요. 그래서 오빠를 '걷기 여행의 힘'이라는 프로그램에 초대했는데 오빠는 중간쯤 가다가 돌아왔어요.

"고원에선 물을 끓일 수가 없어서 차를 마실 방법이 없어."

이렇게 말하면서요.

나중에 알고 보니 오빠가 중도에 '걷기 여행의 힘'에서 하차한 데는 다른 이유가 있었더군요. 베이스캠프에 도착한 4일째 밤에 천쿤이 탈락자 명단을 결정했대요. 명단에 들어간 기자 두 사람이 그날 저녁 오빠를 찾아와서 계속 프로그램에 참가할 수 있도록 이야기해달라고 부탁했대요. 오빠는 이후 동행자들 수를 엄격하게 제한한다는 사실을 알게 되었고, 그 사람들에게 그냥 자기 자리를 내준 거예요.

천쿤은 당연히 이를 거부했고, 이런 오빠를 이상하게 생각했대요. 오빠는 이미 티베트에서 오랫동안 생활했기 때문에 예전에도 혹은 앞으로도 설산을 접할 기회가 많으니까, 다른 사람을 도와주는 편이 낫다고 생각한 거죠.

"하차 명단 대다수가 여학생들이었어. 당연히 그 애들 안전을 보장할 사람이 필요했고."

천쿤은 오빠가 빠지는 걸 애석하게 생각했지만 그래도 오빠 부탁을 들어줬대요. 세상에는 뭔가 분명히 설명하기 힘든 일들이 많죠. 그래도 오빠가 하차 명단에 들어 있던 게 천만다행이었어요.

철수 도중에 한 여자 대원이 고산병이 너무 심해서 거의 쇼크 상태가 되었다나 봐요. 오빠와 가이드 한 사람이 해발 5800미터에서 3200미터 캠프까지 그 애를 업고 왔어요. 두 사람이 돌아가며 생명이 위급한 여자 참가자를 업고 험난한 산길을 분초를 다투어가며 죽음의 신과 달리기를 했던 거죠.

정말 감격했어요. 기적과 같은 인연이죠. 만약 오빠가 자진해서 철수하겠다고 하지 않았으면 그 여학생은 정말 초모랑마 동쪽에 그대로 묻힐 수도 있는 일이었어요. 하지만 청쯔 오빠의 표현은 달랐어요.

"여학생 목숨은 기자 두 명이 살린 거야. 선한 인因의 씨가 그 기자들에게 있었던 거지."

362

"불가에서는 복을 심으면 복으로 보답받는다고 하잖아요? 선을 행하면 덕이 쌓인다고 했으니 위기에 처한 사람을 구하는 것이야말로 큰 공덕 아니에요? 인정하면 어디가 어떻게 돼요? 왜 자신이 공덕을 쌓았다고 인정 안 해요?"

"선에 뿌리를 두고 있는 공덕은 혼자 누리지 않아. 자신의 불과가 세상의 중생들에게 모두 돌아가도록 해야지. 대승불교의 제자들은 보살심을 갖기 위해서 수행해. 다라니를 수없이 외우면서도 또한 매번 그 불과가 중생에게 돌아가길 염원하는데 하물며 그깟 정도의 선행 가지고 뭘! 그리고 말이 나와서 말인데, 불법 공부가 오직 공덕을 위해서인가?"

도무지 무슨 말인지 몰라 어리둥절하는 내 모습을 보고 오빠가 다호茶壺를 가리키며 말했어요.

"차를 마시는데 마시는 것이 오직 찻잎뿐인가?"

오빠가 사부님을 모시고 사방을 떠돌던 당시 때로 돈은 떨어지고, 다호에 찻잎도 없이 그저 끓인 물밖에 없을 때에도 사부님은 정말 맛있게 물을 마셨고 오빠를 불러 함께 음미하자고 말했다고 해요. 그렇게 노인과 청년 두 사람이 정말 즐겁게 물을 마셨대요.

이왕 차 이야기가 나왔으니 우리 찻집 이야기를 해줄게요. 대부분 차를 사러 오는 사람들은 비싸고 흔하지 않은 차를 좋은 차라고 생각해요. 오빠는 차를 팔 때 항상 손님들에게 자신이 맛있다고 생각하는 차를 사면 된다고 했어요. 꼭 값비싼 차를 고집할 필요가 없다고요.

차를 마시면 사람들은 품평을 자주 해요. 때로 "음…… 난의 향기가 나는군"이라고 하죠. 겨우 두 번 우렸을 뿐인데 무슨 난의 향기가 나겠어요? 보이차는 변화무쌍한 차예요. 그래도 열 번 정도는 우린 다음에 말을 해야 전문가라고 할 수 있죠. 그래도 오빠는 그런 사이비들을 까발리지 않고 그냥 내버려둬요. 때론 고개까지 끄덕이며 응수해주고요.

한번은 사람들이 우르르 몰려와서 우리와 투차斗茶, _{차 우리기 시합}를 했어요. 당나라 때는 이걸 '명전茗戰'이라고 했어요. 경기를 치르는 것처럼 차의 우열을 두고 품평하는 아주 오래된 풍속인데요, 당대에 붐이 일기 시작해서 송대에 성행했어요. 요즘 투차 열풍이 조금씩 다시 일기 시작하면서 차 애호가들이 '차'를 두고 품질에 대해 비교하길 좋아하죠.

같은 분야에서 일하는 사람은 모두 적수라는 말이 있잖아요. 적잖은 사람들이 찻잎을 가지고 와서 우리 집에 있는 같은 종류의 차와 비교하며 차를 마셔요. 일반적으로 이런 요구를 해오는 사람이 있으면 난 만족스러워요. 아마도 아직 그렇게 마음이 평화로운 사람은 아닌가 봐요. 우리 집 차에 대해 자신하거든요. 대부분 오빠가 직접 가서 구해온 거예요. 차 생산지에 가면 비교적 오래된 것들을 가져와요. 기본적으로 시합을 걸어온 사람들이 이기질 못하죠. 그럼 난 정말 기쁘고요. 한데 그렇게 기뻐하는 내가 오빠는 못마땅한가 봐요. 대개 투차를 하러 오는 사람을 보면 오빠는 가장 평범한 차를 꺼내 우려요. 투차는 별로 재미가 없대요. 차라리 지는 편이 좋대요.

난 수긍할 수가 없었어요. 있는 그대로 나온 결과인데, 그게 뭐 나빠요? 우리가 먼저 도전한 것도 아닌데!

그럼 오빠는 "상대방을 기쁘게 해주면 좀 어때서?"라고 말하죠.

8

리장에서 오래 살다 보니 친구도 많아졌어요. 내가 항상 오빠라고 부르니까 정말 청쯔를 친오빠로 생각하는 사람이 많아요. 그래서 한 번씩 우스꽝스러운 일이 벌어지기도 하죠.

그때 정말 괜찮은 친구가 하나 있었는데 날 정말 좋아했어요. 광둥 사람이었는데 나 같은 사람과 결혼할 거라고 했어요. 그리고 당장은 떠돌아다니지만 3년 안에 분명히 안정될 거니까 그때가 되면 청혼할 거랬어요.

처음에는 그냥 농담이라 생각했는데 나중에 보니 안 되겠더라고요. 그 친구가 내게 꽃을 보내기 시작한 거예요. 완곡하게 거절했어요.

"미안해요. 난 청쯔 오빠가 있어요."

그가 말했어요.

"하지만 오빠랑 평생을 살 수는 없잖아요?"

정말 난처했어요. 그 사람, 너무 순진하거든요. 아무리 에둘러 말을 해도 못 알아들었어요. 그냥 청쯔를 친척 오빠로 생각하고 정이 돈독한 걸 보면서 부부라고는 상상조차 못 한 거예요. 그래요, 청쯔 오빠가 너무 노안이라서 문제죠. 나랑 성격도 너무 차이가 나고요. 그래서 아무도 나 같은 아가씨가 오빠를 선택할 거라고 믿지 않았던 거예요.

질질 끌면 오해가 더 커지겠더라고요. 그래서 오빠에게 이실직고, 다 알려주라고 했어요. 그랬더니 한참을 고민하다가 그 친구랑 술집에서 술 약속을 했어요.

그 친구 신바람이 나서 만나자마자 '삼촌! 삼촌!'이라고 부르면서 청쯔 오빠 허벅지를 쳤대요. 오빠는 수염을 매만지며 우물쭈물하면서 조심조심 이야기를 풀어가기 시작했어요. 난 안으로 들어가진 않고 창밖에 숨어서 지켜봤어요. 그 친구 표정이 흥분에서 놀라움으로, 그리고 실망으로 변해가는 모습을 봤어요.

며칠 후 거의 모든 친구들이 알게 되었고 모두 단체로 화들짝 놀라 자빠졌죠. 누군가를 사랑하는데 조리 있게 그 이유를 하나하나 다 열거할 수 있으면 그걸 사랑이라고 할 수 있겠어요?

난 내가 오빠의 모든 특징을 다 받아들이고, 모든 행동을 다 인정한다는 걸 알 뿐이에요. 오빠가 차 마시면 나도 따라 차를 마시고, 오빠가 참선을 하면 나도 따라서 하고, 오빠가 양곰탕집을 열면 난 가게 여주인이 되고, 오빠가 지진 현장에 가서 자원봉사를 하면 불전에서 아미타불을 외우고, 오빠가 트럭 한가득 군복을 사서 샹그릴라 난민에게 기증하면 오빠 트럭을 따라가고요.

사실 친구들 이외에 가족들도 내가 뭘 추구하는지 잘 몰라요. 어려서 할아버지가 키워주셨잖아요. 할아버지는 절 정말 사랑하셨어요. 행여 내가 억울한 일을 당할까 봐 내게 전화를 걸어 말씀하셨죠.

"얘야, 그렇게 돈 많이 버는 일을 버리고 간 건 내 뭐라 안 한다. 고향을 떠나 사는 것도 다 받아들일 수 있어. 너만 좋으면 말이다. 잘 살면 되는 거지……. 그런데 그 남자랑 살면 그 남자가 널 편안하게 해줄 것 같은 거야?"

"할아버지, 편안한 삶은 다른 사람이 일방적으로 주는 게 아니에요. 내가 정말 그 사람을 사랑하면 일방적으로 그에게 바라고, 그에게 기대고, 그에게 요구할 수 없잖아요. 그가 날 돌봐주면 나도 그이를 돌봐줘야죠. 두 사람이 진지하게 노력해야 행복한 생활을 할 수 있어요. 할아버지, 안심하세요. 지금 생활이 정말 좋아요. 제가 뭘 하고 있는지도 알겠고요. 그이와 잘 지내고 있어요. 할아버지랑 할머니도 쓰촨으로 모셔서 함께 행복하게 지내고 싶어요."

내가 전화를 걸 때 오빠는 내 옆에서 차를 타며 날 흘긋거렸어요. 귀가 쫑긋 세워져 있더군요.

내가 전화를 끊자 오빠가 입을 열었어요.

"저……."

내가 말했어요.

"오빠께옵서는 무슨 이견이라도 있으시옵니까?"

오빠가 헛기침을 했어요.

"그게…… 모든 일은 명분이 바르고 말이 사리에 맞아야 좋은 거야."

나는 오빠의 말이 이해가 안 돼서 눈을 동그랗게 뜨고 오빠를 쳐다봤죠.

오빠가 찻잔을 들어 차를 한 모금 음미하더니 말했어요.

"다음에 할아버지가 오시면 할아버지 면전에서 불법 동거를 해선 안 돼. 더우얼, 우리 혼인 신고 하러 가자."

난 가슴이 벌렁거렸어요. 세상에! 청혼하는 거야? 보이차 한잔 들고 저렇게 청혼을 해? 꿈일 거야! 약혼하고, 결혼 신고를 하고, 혼례를 치르고 그리고 아이를 낳고…… 순서대로라면 그 어떤 것도 나와는 해당 사항이 없구나!

내 약혼식은 일반 사람과는 달랐어요. 꽃과 반지, 수많은 하객들로 분위기를 만들 필요도 없었고, 발표회를 하듯 전 세계에 대고 선포하고 증명할 필요도 없었어요. 그저 친구들의 축복 한마디, 소식 한마디면 그런 형식을 갖출 필요가 없었거든요. 내 생활은 나 자신을 위한 거니까, 연출, 감독, 주연에 관객도 모두 나 자신이었어요. 다른 사람들에게 보여줄 필요가 없었죠.

청쯔 오빠 역시 마찬가지라는 걸 알았어요. 사실 사람들 누구나 이런 식이어야 되는 것 아닌가요? 오빠의 동의를 구한 후 오빠랑 같이 쓰촨으로 돌아간 다음, 차에서 내리자마자 엄마를 보러 갔어요. 증인과 축복이 정말 필요하다면 내가 원하는 사람은 엄마뿐이었으니까요.

어려서부터 좋은 일이든 슬픈 일이든 난 엄마 옆에 있었고, 엄마가 내 곁에 있었어요. 말을 많이 안 해도 마음이 평온해졌어요. 엄마가 우리 약혼식의 유일한 증인이었어요.

9

엄마는 젊었을 때 직장에서 유명한 미인이었어요. 가장 나이 어린 과장이었죠. 아빠는 가장 잘생긴 전보원이었고요. 엄마가 아빠를 엄청나게 쫓아다녔대요. 집안사람들이 그러는데 당시 아빠랑 엄마는 결혼 여행을 갔대요. 정말 파격적이었죠. 그것도 가고 싶은 곳은 어디든 갔대요. 당시 사람들은 아직 봉건적인 부분이 남아 있었는데 아빠는 엄마를 다니는 내내 계속 안고 다녔대요. 지나가는 사람들이 손가락질하며 비웃어도 엄마는 아빠 고개를 숙이게 하고 사람들 앞에서 아빠에게 뽀뽀를 했고요.

엄마는 매사에 자기 방식과 원칙이 있었어요. 아빠는 자주 출장을 갔는데 엄마가 너무 예쁜 탓에 직장 사람들이 이상한 소리를 많이 전했나 봐요. 아마 다른 사람이면 참고 그냥 지나갔을 텐데 엄마는 직접 그 사람을 찾아가 문을 열고 다짜고짜 따귀를 날렸대요. 엄마는 욕은 안 해요. 딱 한 마디 했어요.

"이 따귀는 우리 집 남편을 대신한 거야."

식구들은 내가 엄마 성격을 그대로 이어받았대요. 엄마는 매사에 열정적이어서 일단 시작하면 절대 물러나지 않았어요. 하긴 이 말을 증명할 방법은 없어요.

엄마는 나를 낳고 18일 후에 돌아가셨어요. 난 엄동설한에 태어 났어요. 엄마 친정 식구들은 워낙 깔끔해서 엄마 몸에 핏자국이 너 무 많이 있는 걸 보고 간단히 엄마 몸을 닦아줬어요. 열이 날 거라 곤 생각지 않은 거죠. 엄마는 갑자기 증상이 악화되었어요. 의사가 온갖 방법을 동원해 엄마 땀을 내리려고 했지만 헛수고였어요.

제가 감염될까 봐 엄마는 한사코 날 보려 하지 않았고요. 17일째 되는 날, 엄마는 아빠에게 마지막으로 날 보고 싶다며 안고 오라 고 했대요. 엄마는 힘이 빠질 대로 빠져 꼼짝도 할 수 없었지만 힘 겹게 단추를 풀고 내게 젖을 먹였대요. 옆 사람이 말리니까 엄마가 그랬대요.

"우리 딸에게 물려줄 게 있어서요."

엄마는 그때 내게 젖을 먹이면서 살며시 내 코를 톡톡 두드리며 말했대요.

"꼬마 아가씨, 용감해야 돼. 엄마가 복과 운을 모두 남겨줄게. 잘 커야 한다. 엄마가 지켜볼게."

엄마는 스물여섯에 떠났어요. 난 엄마 젖을 단 한 번밖에 먹을 수 없었고, 엄마는 내게 이 말밖에 하지 못했어요. 어려서부터 클 때까지 난, 침묵하고 있는 엄마가 언제든 나를 바라보도록 엄마 곁 에 앉아 있곤 했어요. 엄마가 계속 날 지켜줬어요. 엄마가 가장 날 사랑했어요.

그때도 청쯔 오빠랑 엄마 무덤 앞에 꿇어앉았어요. 난 오빠를 끌 어안고 말했어요.

"엄마, 보여? 이 사람이 내 남자야. 나 결혼할 거야."

청쯔 오빠가 손바닥으로 내 눈물을 닦아줬어요. 웬일인지 오빠 가 눈물을 닦아줄수록 자꾸만 더 눈물이 나왔어요. 난 울면서 말했 어요.

"엄마가 네게 준 복하고 운을 진부 쓰고 있어. 엄마 이세 나 나 컸어요. 엄마, 내가 원하던 삶을 찾은 것 같아. 엄마, 기뻐요?"

우린 엄마 무덤 앞에서 오랫동안 꿇어앉아 있었어요. 돌아올 때 발이 저려서 오빠가 날 업고 천천히 걸었어요. 난 오빠 목을 꺼안고 얼굴을 오빠 목에 대고 말했어요.

"다음 생애에 오빠 스님 되는 것 방해 안 할게. 다음 생애에는 오빠한테 시집 안 갈 거야. 그냥 이번에만 오빠랑 인연을 맺을 거니까. 오빠가 가는 곳에 따라갈 거야. 하늘 끝까지라도, 물속이라도 불속이라도 상관없어."

난 마음이 울컥했어요.

"이유는 모르겠지만 이 생애의 우리 인연은 운명적인 것 같아."

오빠가 웃으며 그랬어요.

"더우얼, 당신 알아? 우리 스님이 내게 말하길, 세상에 운명이란 없대. 운명이란 건 고의든 고의가 아니든 과거와 지금 당신이 선택한 길이라고. 선한 인因을 선택하면 선과를 얻게 되고 그 선과에서 다시 인이 생기고, 또 그 인이 결과를 낳는 거지. 사실 세속을 초탈하거나 세속적이거나 모든 행위는 마음이 정한 거야. 모든 선택은 운명을 결정짓는 좋은 인과이지."

10

더우얼의 이야기는 오후 내내 계속되었다. 문지방에 걸터앉은 내 엉덩이의 감각은 완전히 사라져버렸다. 더우얼은 일어나지도 못하게 했다.

"더우얼, 내가 졌어. 정말 지독하다! 너보다 더 열정적인 여자는 본 적이 없어. 내가 잘못했어. 앞으로 다시는 문지방에 앉지 않을게 용서해줘, 제발 나 좀 일어나게 해줘."

더우얼이 히득거렸다.

"다빙, 얌전히 앉아 있어요. 서두르지 말고요. 이제 막 약혼까지 이야기했잖아요. 아직 청쯔 오빠와 100위안짜리 결혼식 파티 이야기도 안 했고, 복권 당첨 같았던 우리 신혼여행 이야기도, 결혼 후 생활도 이야기 안 했는데……."

엉덩이가 아파서 금방이라도 눈물이 터질 것 같았다. 내가 중간에 끼어들었다.

"이야기에 허점이 있어! 처음 이야기 시작할 때는 청쯔가 처음 만났을 때 목욕 시켜줬다며!"

더우얼은 웃기만 할 뿐 말을 하지 않았다. 그리고 핸드폰을 꺼내 청쯔에게 전화를 걸었다.

"어디로 달아났어요? 어서 와요. 집에 가서 밥 해야죠."

사실 더우얼은 나긋나긋해지기 시작하면 마치 뜨거운 양곰탕 같다. 더우얼이 전화를 끊더니 빙그레 웃으며 내 질문에 대답했다.

"약혼한 후에 청쯔 오빠를 데리고 할아버지를 보러 집에 갔어요. 그런데 둘이 만나 이야기를 나눈 지 채 10분도 안 돼 펄쩍 뛰는 거예요. 할아버지가 청쯔의 소매를 붙잡고 얼마나 흥분하시는지 금방 혈압이 올라 쓰러질 것 같았어요. 그리고 끊임없이 중얼거렸어요. 하늘의 뜻이야, 하늘의 뜻! 하면서."

더우얼이 두 살 되던 어느 날, 할아버지가 커다란 나무 대야에 물을 받아 놓고 목욕을 시켰다. 그날 햇살이 좋아서 할아버지는 대야째 밖에 내놓고 일광욕을 즐기게 했다. 그때 집에 손님이 찾아왔다. 시베이에서 온 먼 친척으로, 아홉 살 난 어린 오빠를 데리고 왔다.

어른들은 차를 마시며 옛 이야기를 나누면서 어린 오빠에게 더우얼을 돌보도록 했다. 어린 오빠는 착하게 더우얼을 목욕시켜준 후 수건으로 더우얼을 잘 감싸 소파에 올려놓았다. 아이는 더우얼이 무척 마음에 드는지 더우얼을 안고 재웠다. 그렇게 아이를 재우

먼시 자기도 꿈이 들었다.

　어른들은 차마 아이들을 깨울 수가 없었다. 아이 둘이 얼굴을 맞대고 달게 잠을 자고 있었기 때문이다. 그 모습이 마치 그림처럼 아름다웠다.

　당시 아홉 살 난 그 아이는 24년 후 곁에 있던 꼬마 아가씨가 자기 아내가 되어 세상을 유랑할 거라곤 생각지 못했다.

🎧 노래를 들을 수 있어요!

진쑹, 「가장 아름다운 햇살(最美的陽光)」

다친, 「엄마」

12

다빙의 인연 　　　 창바오라는 개

난 정말 답답했다.

"개가 어떻게 출가를 해요?"

스님이 내게 반문했다.

"개는 작은 생명 아닌가?"

"아, 네."

스님이 계속 물었다.

"그럼 넌 작은 생명인가, 아닌가?"

"저…… 스님의 말뜻이 무엇인지!"

스님이 껄껄 웃었다.

"그래. 너도 작은 생명,

나도 작은 생명, 개도 작은 생명이지.

OK, 답이 끝나면 스스로 깨쳐봐."

내 사제는 사람이 아니랍니다

사람들은 누구나 어진 사랑, 선함을 추종한다.
그러나 생명의 가치가 불평등하다면
제아무리 선하고 어진 사랑을 한다 해도
차별이 있는 사랑이며, 끊임없이 득과 실을 따지는 선함이다.
물질세계가 발달할수록 분별심이 더욱 기승을 부리고,
사람의 마음은 자꾸 간교해져서 평시平視,
그러니까 바르게 보고, 곧게 보고,
평등하게 바라보는 일이 점점 더 어려워진다.
평시가 줄어들면 진정한 인문적 관심 역시 결핍된다.
평시가 드문 시대이다. 사람들은 말로는
만인이 평등하다고 하지만 현실에서는 자꾸 분별심이 일어난다.
명성과 재부, 자원에 대한 권한, 사회적 속성에 따라……
자신과 같은 이들을 멀리하거나 가까이하고, 우러르거나 하대한다.
아니, 이런 것들을 말하는 것이 썩 좋은 방법은 아닌 듯싶다.
그저 내가 하는 이야기들을
내려다보고俯視,
우러러보고仰視,

흘겨보고斜視,
냉대하고漠視,
무시無視 하고
바로 보고平視…….
저마다의 시각으로 보면서 해석하기 바란다.

1

전 세계에 7억 9000만 명의 불교도가 있다고 한다.

나는 그중 하나다.

나는 선종 임제종의 제자로 집에서 수행하니 거사라 할 수 있다. 그러나 옛 습관을 고칠 수가 없어 차가운 맥주, 나긋나긋한 아가씨들을 지독히도 사랑하고, 또한 누차 입으로 죄를 범한다. 살생, 투도偸盜, 사음邪淫, 망어妄語, 음주 등을 금지하는 오계五戒 가운데 겨우 두 개를 가까스로 지킬 뿐이다.

일찍 불가에 귀의했기 때문에 밑으로 사제가 많다. 그들은 습관적으로 날 '대사형'이라 부르는데 그건 마치 원숭이를 부르는 것 같다. 그들 모두 금강 형제가 되었고, 나는 아주 유쾌하게 그들과 농담을 주고받는다.

때로 길거리에서 만난 그들이 나를 놀린다.

"대사형, 뭐하러 가요?"

"사부가 요괴를 잡아가서 구하러 가지."

그들이 소리쳤다.

"여의봉은 가지고 가요?"

"빌어먹을!"

이렇게 말하고 고개를 돌리니 사부님이 처마 밑에 서서 뒷짐을 지고 나를 향해 빙그레 웃었다.

"그 입 좀 잘 단속해라. 으이그…… 네 사제가 너보다 한결 낫다."

바오샹 큰스님은 엄숙한 분으로 위엄이 넘쳤다. 큰스님이 항상 두려웠다. 사제들은 힐끗거렸다. 나는 스님 말이 서운해 목을 뻣뻣이 세우며 물었다.

"누구 말씀하시는 겁니까?"

스님이 내게 눈을 부릅떴다.

"창바오 말하는 거다!"

"네, 그래요. 사부님 아주 잘나셨어요. 꼭 그렇게 창바오까지 동원해야 합니까? 이제 그럼 창바오도 놀리지 못하는 겁니까?"

창바오는 내 사제로 시베리안 허스키다.

먹도 그 농담에 따라 다섯 단계로 나뉘고, 사람은 모두 아홉 부류가 있다고 했다. 하지만 고양이나 개는 두 종류밖에 없다. 그냥 반려동물 아니면 떠돌이 개뿐이다. 그러나 창바오는 예외다. 창바오는 반려견도 떠돌이 개도 아닌 어엿한 불문 거사다.

창바오는 생후 6개월에 리장에 왔다. 출신에 대해서는 아는 바가 없다. 누가 주워온 건지 아니면 선물로 준 건지, 그것도 아니면 시장 개 판매장에서 죽기 직전에 중이 구출해낸 건지 아는 바가 없다. 한마디로 창바오의 출신은 수수께끼다. 내막을 아는 사람은 큰스님뿐이지만 스님은 말을 아끼셨고, 우리도 물어보기가 쉽지 않았다.

처음 만났을 때 창바오는 귀의식을 하고 있었다. 사부님이 가사를 걸치고 귀의문을 읽고 있었고, 창바오는 뒷다리 사이에 꼬리를 끼고 좌복에 엎드려 있었다. 작은 불당에 촛불이 흐느적거리는데 모락모락 피어오르는 연기 너머로 자비로운 미소를 띤 준제보살准提菩薩, 모성과 자비를 상징하는 보살이 보였다. 사부님이 근엄하게 말씀하셨다.

"과거에 쌓은 죄업은 모두 시작도 없는 탐진치貪嗔痴, 욕심, 노여움, 어리석음에서 시작해 자신의 몸과 말로 비롯되는 것이니, 이제 불전에서 참회하며……."

답답한 일이었다. 나는 마음속으로 노인네가 저렇게 한참 동안 고생하며 귀의식을 해주시는데 저놈이 과연 알아듣기나 할지 의심하고 있었다.

아직 어린 창바오는 단향나무 연기가 커다란 자기 코를 스치고 지나가자 '에취' 하고 재채기를 했다. 그 모습이 마치 스님과 일문일답을 나누는 것 같았다. 어찌나 답답한지 사부에게 이런 내 의혹이 대해 여쭈었다.

"스님, 저건 개라고요."

큰스님이 웃으며 날 바라봤다.

"당연히 개지, 그럼 뭐야? 탁자가?"

난 정말 답답했다.

"개가 어떻게 출가를 해요?"

스님이 내게 반문했다.

"개는 작은 생명 아닌가?"

"아, 네."

스님이 계속 물었다.

"그럼 넌 작은 생명인가, 아닌가?"

"저…… 스님의 말뜻이 무엇인지!"

스님이 껄껄 웃었다.

"그래. 너도 작은 생명, 나도 작은 생명, 개도 작은 생명이지. OK, 이게 답이니 스스로 깨쳐봐."

큰스님은 걸핏하면 날더러 스스로 깨치라고 했다. 아무리 모든 감각을 동원해서 생각해도 알 수가 없었던 나는 창바오에게 달려 갔다. 창바오에게 물어도 괜한 짓임을 알고 있었지만, 이런 상황 자체가 짜증이 났다. 막대기를 들고 개를 쿡쿡 찔렀다.

"야, 멍청아! 넌 뭐가 그렇게 특별해?"

창바오는 내가 저랑 놀자는 줄 알고 그 즉시 벌러덩 뒤로 나자 빠져 커다란 땅콩같이 생긴 찌찌를 드러내놓고 꼬리를 흔들며 막 대기 끝을 핥았다. 침이 뚝뚝 떨어졌다.

"정말 멍청이 개구나. 하지만 생긴 건 참 재밌게 생겼어."

사부님이 화분 받침대 아래에서 차를 마시다가 정원 반대쪽을 향해 소리쳤다.

"멍청아, 멍청아 하지 마! 다른 사람이 널더러 바보 다빙, 바보 다빙이라고 부르면 좋겠어?"

창바오의 외모가 그런대로 봐줄 만하다는 것은 인정한다. 외모로 치면 고성 그 어느 시베리안 허스키보다 훨씬 잘생겼다. 진한 눈썹과 긴 혀, 곧추선 귀, 얼룩무늬 털이 튼실하면서도 윤기가 흘렀다. 캐시미어 담요처럼 느껴졌다. 마치 뜀박질이 가능한 커다란 오레오 비스킷 생명체를 보는 것 같았다.

2

나는 창바오 사제와 함께 큰스님네서 설을 지냈다. 그해 섣달 그믐, 사부님이 만두를 빚으라고 해서 열심히 수염도 밀고 손톱도 깎고 승복같이 생긴 낡은 솜저고리를 입었다. 사부님은 내 모습에 싱글벙글하며 날 놀려먹었다.

"정말 스님 같네. 그냥 머리 밀고 출가하면 되겠네."

나는 용서를 빌었다.

"사부님, 속세에서 굴러다닌 이 게으름뱅이는 살생, 투도, 사음, 망어, 음주 등 오계를 지키지 못할 것 같은데 어찌 출가할 자격이 있단 말입니까?"

큰스님이 웃는 얼굴로 만두를 빚으며 삼거스님 이야기를 들려주었다.

당시 현장법사가 서천으로 불경을 가지러 갔다가 돌아온 후, 한 관리 자제를 사문에 들이려 했는데 그가 한사코 이를 따르지 않았으니 다루기가 손오공보다 더 힘들었다. 이에 현장은 황제로부터 조서 한 장을 얻어 이를 긴고주緊箍呪, 현장법사가 손오공을 제압할 때 쓰던 무기. 이마에 금고라는 테를 두른 후 현장법사가 주문을 외우면 금고가 손오공의 머리를 옥죄었다 삼아 출가하라는 칙명을 내렸다. 그러자 그는 술 한 수레, 고기 한 수레, 미녀 한 수레를 가지고 사찰로 들어가야 한다며 생떼를 썼다. 사람들이 웅성거렸지만 현장은 이를 흔쾌히 수락했다.

그런데 그가 산문 앞에 이르렀을 때 갑자기 종소리가 울리더니 누 겁劫의 아뢰야식阿賴耶識, 인간의 가장 근원적인 심층 의식이 마음에 일었다. 지난 일들이 마치 구름처럼 그의 눈앞으로 몰려들면서 순간 깨달음을 얻은 그는 시종을 모두 물리치고 겸손한 마음으로 출가했다. 그리고 오직 한마음으로 부처를 받들었다.

이는 당대의 명장 위지공尉遲恭의 친조카로 이름은 위지홍尉遲洪, 법호는 규기窺基이나. 사람들은 그를 사은법사慈恩法師 또는 삼서三車 스님이라 불렀다. 이후 대성 불교 유식종의 시조가 되었다.

사부가 말했다.

"중생에게는 모두 불성과 불법이 있지 않느냐. 지혜를 추구하는 길뿐이다. 문지방이 없고, 인연이 오면 되는 것이다."

"알겠습니다. 사부님. 그렇다면 제가 가타伽陀. 부처의 공덕이나 가르침을 찬탄하는 노랫말 하나를 지어보겠습니다."

나는 즉흥적으로 다음과 같은 가타를 불렀다.

이 몸은 원래 산골 소나무로 벼랑에서 태어나 자랐습니다.

팔방의 바람이 제 몸의 가시를 일으키니, 서리와 눈보라를 세 끼 삼아 엄동설한 꼿꼿하게 서 있습니다.

성겁과 주겁, 괴겁, 공겁도 개의치 않고 번뇌나 청정 다툴 바 없으니

이따금 아침 이슬 두세 방울 어느새 이슬이 내 거죽이 되었습니다.

바람 불어 나무 흔들려도 뿌리는 흔들리지 않으니

복덕과 지혜는 대기를 가르고, 고공을 거쳐, 산마루 언덕을 지나 서북풍으로 몰아쳐 결국 또다시 공허만 남았습니다.

이제 가만히 세속을 떨치려 하니 슬프지도 기쁘지도 않으며 소리조차 없습니다.

커다란 톱 내 허리를 자르니 인연 다하여 이제 외로운 봉우리

떠납니다.

겁劫은 우주론적 시간이다. 겁을 소, 중, 대로 나누어 이 세계는 성겁成劫, 주겁住劫, 괴겁壞劫, 공겁空劫의 네 개의 시간을 영구히 반복한다고 한다. 성겁은 우주 생성의 시기, 주겁은 생성한 우주가 지속되는 시기, 괴겁은 우주가 소멸해가는 시기, 공겁은 아무것도 없는 상태가 계속되는 시기이다.

사부가 말했다.

"훌륭해. 훌륭한 경지야. 한데 정말 깨달은 거냐? 입으로만 지껄이지 말고 진짜 그 경지에 이르러야 OK지."

"OK, OK, 아미타불."

우리는 웃고 떠들며 커다란 찜통 세 개를 채울 만큼의 만두를 빚었다. 온갖 형상의 만두가 다 모였다. 만두를 솥에 넣었다. 보글보글 끓어오르는 국물에서 수증기가 피어올랐다. 하얗고 먹음직스러운 만두가 익어갔다. 만두를 그릇에 담았다. 사부 한 그릇, 나 한 그릇. 그런데 사부가 탁자를 사이에 두고 내게 고함을 질렀다.

"창바오 만두는?"

"개도 만두를 먹어요? 배추 속 넣은 만두를요?"

설날부터 욕을 먹고 싶지 않아 만두 한 그릇을 창바오에게 가져다줬다. 섣달 그믐, 달이 모습을 드러내지 않아 마당이 컴컴했다. 나는 큰 소리로 말했다.

"창바오, 새해 맞이하려면 만두 먹어야지!"

창바오가 애교를 떨며 달려와 머리로 내 사타구니를 들이받더니 고개를 흔들면서 맛있게 만두를 먹었다. 나는 사타구니를 움켜쥐고 한옆에 앉아 말했다.

"사제, 너 좀 점잖게 먹어. 쩝쩝거리지 말고!"

창바오에게 마늘을 먹였다. 창바오가 와드득 마늘을 씹었다. 한 누 번 그렇게 씹너니 눈이 휘둥그레져시 나를 쳐다보고는 미른기침을 해댔다. 켁켁거리며 마늘 부스러기를 내 발에 뱉었다.

나는 키득거리며 말했다.

"멍청한 사제, 새해 축하해."

창바오는 보통 개보다 멍청하다. 사부는 식사를 마치면 산책하는 습관이 있는데 매번 창바오를 데리고 나갔다. 몸집만 컸지 길가의 작은 개들이 으르렁대면 그 즉시 줄행랑을 놓았다.

고성에는 사람이 많다. 창바오가 달려가느라 사람들의 종아리에 마구 부딪치다 보면 여행객들이 혼비백산하며 소리를 질렀다. 여행객들이 소리 지르면 창바오는 더 무서워하며 갈피를 잡지 못하고 사람들 다리 사이를 뚫고 지나갔다. 여자 여행객의 긴 꽃무늬 치마를 뒤집어쓴 채 반 미터 정도 달아났다. 창바오가 달리기 시작하자 사부도 그 뒤를 쫓아갔다.

사부는 체중이 200근에 육박하는 미륵불처럼 생긴 뚱보 스님이었다. 사부가 달리면 온 땅이 진동했다. 사부가 달려가며 고함을 쳤다.

"창바오…… 바오…….'

사부는 고성 사람들과 사이가 좋았다. 모두 기꺼이 사부를 도와주었다. 거리의 사람들이 자기 장사는 내팽개친 채 창바오 잡기 대열에 합류했다. 모두 사부보다 빨리 달렸지만 창바오보다 빨리 달리는 사람은 없었다. 모두 같이 소리를 지르면서 달려갔다. 온갖 고함 소리가 터져 나왔다. 남녀노소, 뚱뚱이, 홀쭉이 등 다양한 체격의 사람들이 기세등등하게 오일가에서 소석교까지, 다시 사방까지 뛰어가면 여행객들이 놀라서 아무 소리도 못하고 재빨리 한옆으로 몸을 피했다.

아마 상황을 모르는 사람들은 패싸움이 벌어진 줄 알고 어리둥절했을 것이다. 저 속의 뚱보 스님은 뭘까?

나도 언젠가 그 대열에 합류해 맨 앞에 선 적이 있었다. 달려가며 고함을 질렀다.

"창바오, 창바오! stop!"

창바오는 나를 거들떠보지도 않고 이리저리 지그재그로 도망쳤다. 내가 다시 소리를 질렀다.

"창바오, 창바오! 만두…… 만두!"

순간, 창바오가 갑자기 급브레이크를 밟더니 홱 방향을 틀어 기대에 가득 찬 표정으로 날 바라봤다. 너무 급작스러워 멈출 수가 없었던 나는 그만 '꽝' 하고 창바오와 부딪쳤다. 또다시 정통으로 창바오와 내 사타구니가 부딪쳤다.

뒤쫓아오던 사람이 말했다.

"아미타불, 대사형, 역시 사형께서는 단수가 높으시군요."

나는 바닥에 쪼그리고 앉았다. 머리가 어지럽고 그곳도 너무 아팠다. 창바오는 바보같이 킁킁거리며 다가와 내 손을 핥으며 만두를 찾았다.

382

3

사실 고성에는 총기 넘치는 개들이 많았다.

오일가 왕가장 골목에는 긴 나무 의자가 하나 있는데 그곳에 항상 커다란 개 한 마리가 묶여 있었다. 금색 털을 가진 플랫코티드 레트리버종이었다. 개 옆에 작은 까만색 팻말과 소쿠리 하나가 놓여 있었는데 팻말에는 '전 다 컸으니까 제 먹을 건 제가 돈을 벌어서 마련해야 해요'라고 적혀 있었다.

그 개는 하루 종일 웃는 얼굴로 혀를 빼물고 사람들이 목을 쓰다듬으며 사진을 찍어도 전혀 귀찮아 하지 않았다. 여행객들이 줄지어 찰칵찰칵 사진을 찍었다. 새벽부터 황혼이 질 때까지, 연초부터 연말까지 사진 촬영은 계속되었고, 그곳은 어엿한 관광 명소가 되었다.

나는 그동안 영화, TV, 스포츠, 정치 등 꽤 여러 분야의 숱한 스타들을 만났다. 그중에는 홍보용 문구가 막강한 사람도 있고, 개 런티 요구가 만만치 않은 사람도 있지만 이 개보다 참을성이 많은 사람은 본 적이 없다.

하긴 사람과 개를 비교할 수는 없다. 사람이 기분 좋은 한, 개도 희희낙락이다.

어느 날 과음한 탓에 비틀비틀 그 개를 찾아가서는 옆에 앉아 한참을 중얼댔다. 개는 해맑은 표정으로 꼬리를 흔들며 고개를 갸우뚱 기울이고 나를 바라봤다.

날이 어두워지자 개 주인이 끈을 풀어 집으로 데리고 갔다. 그런데 개가 경중경중 다시 돌아왔다. 힘이 워낙 센 개라 주인이 휘청거리며 끌려왔다. 개는 내 무릎 쪽으로 고개를 힘껏 뻗으며 입을 길게 빼고 내 손을 훑었다. 그때 다시 끈이 빳빳하게 당겨졌다. 결국 주인에게 이끌려 그 자리를 떠났다. 순간 나는 술이 확 깼다. 정말 행복했다.

황금빛 털의 레트리버도 개고, 시베리안 허스키도 개다.

그다음 술에 취했을 때 사부님 계신 곳으로 창바오를 찾아갔다. 개 옆에 앉아 중얼대며 창바오가 내 손을 핥아주길 기다렸다. 술기운에 한참 동안 온갖 속이야기를 털어놓았다. 고개를 숙이고서…….

"내가 작년에 배낭을 새로 샀거든……."

그런데 이놈이 잠이 들었다. 뱃가죽이 오르락내리락 넘실거렸다. 화가 치밀었다. 창바오를 흔들어 깨웠다.

"의리도 없는 놈! 금강 형제가 되어 가지고 이렇게 정이 없을 수 있어?"

개가 고개를 삐딱하게 들어 나를 잠시 바라보더니 하품을 늘어지게 하고는 다시 고개를 파묻은 채 잠이 들었다.

다음 날 사제들과 한담을 나누다 바보 같은 창바오 이야기를 해주었다. 한 사제가 말했다.

"모든 번뇌는 망상과 집착에서 오는 거예요. 바보스럽다는 것, 정말 좋잖아요. 감각이 너무 발달해서 영특한 것보다 좋아요."

또 다른 사제가 말했다.

"분별심이 있으면 안 돼요. 바보다, 바보가 아니다, 똑똑하다, 그렇지 않다, 라고 하는 것들은 모두 피상적인 거예요. 이원적으로 대립되는 개념은 좋지 않죠. 잘 생각해봐요. 중생들의 자성自性과 뭐가 다르겠어요?"

또다시 '분별심'이란 세 글자를 두고 토론이 벌어졌다.

"분별심이란 중생 윤회에 있어 가장 큰 도움이 되는 연이 되지만, 또한 해탈에 방해가 됩니다. 수많은 수행 법문들이 이런 분별심을 멈추게 하기 위한 것 아닙니까? 분별심이 줄어들면 마음이 평안해지고, 마음이 평안해지면 깨달음을 얻는 체험의 경지인 견성見性을 하게 되고 해탈이 바로 눈앞에 다가오는 거죠."

내가 말했다.

"그래, 그래. 니체가 말하길, 모든 말은 편견이라고 했어. 편견에 엉기지 말아야지."

조금 전 분별심에 대해 말하던 사제가 고개를 치켜 올리며 물었다.

"대사형, 우리가 지금 같은 것에 대해 말하고 있나요?"

"우리가 같은 것 말하는 거 아니었어? 그거, 사제가 말한 게 뭐였지?"

"분별심요……."

큰스님은 전형적인 선종 스님으로, 묻지 않으면 대답도 하지 않고 물어도 잘 말씀해주지 않으시니 그저 날더러 죽이나 시주하고 가라고 하셨다.

"사부님, 제가 아둔하니 예리한 기봉機鋒의 수준을 좀 낮춰주시지 않겠어요? 그냥 질문 하나 한 건데 왜 귀찮게 죽을 시주하라고 그러세요? 죽을 시주하는 것과 분별심이 무슨 관계가 있어요?"

큰스님이 웃으시더니 설명 대신 그냥 계속 죽을 시주하라고 하면서 가타 하나 써보라는 말과 함께 다음과 같은 숙제를 주었다.

《효문제본기》기록에 의하면 북위 태화太和 7년, 기주 지역에 흉년이 드니 어느 지방의 현자가 길거리에서 죽을 베풀어 단번에 수십만 명의 복숨을 구했다. 선한 일인고, 선한 행동인고?"

거리에서 굶어 죽어가는 사람들을 구할 능력이 없으니 나는 그저 죽이나 한 냄비 끓여 다빙의 소옥 문 앞에 두었다. 사부님이 동부와 땅콩을 사서 끓인 죽이었다.

냄비 뚜껑을 열고 일회용 컵을 한쪽에 놓은 뒤 작은 칠판에 '시죽施粥'이라고 썼다. 팔보죽 냄새가 향긋했다. 다양한 곡물 맛이 조화를 이루니 먼저 후룩후룩 한 컵을 마시고 나서 옆에 쪼그려 앉아 사람들을 기다렸다.

385

시주는 일종의 공덕을 쌓는 것이니 받을 복을 저축하는 셈이다. 공양 대상이 지나가는 보살이면 그 공덕은 더 크다. 잠시 생각을 정리한 후 분필을 들고 이렇게 썼다.

사바세계에 고통과 번민이 가득하다.
고통의 바다에 스스로를 건널 배 한 척 있으니,
흰옷 입은 이들 성쇠와 부침의 세월을 지날 때,
보살 와서 죽 들고 가세요.

정오부터 한밤중까지 죽을 먹은 사람은 몇 명 되지 않았다. 한여름이라 냄비 가득한 죽에서 쉰내가 났다. 우울하고 답답한 마음에 큰스님에게 달려가 왜 사람들이 죽을 먹으러 오지 않는지 물었다.

"아마 네가 죽을 태워서 때깔이 좋지 않은가 보구나."

"사부님이 저 혼자 끓인 것도 아니잖아요. 말씀은 똑바로 하셔야죠."

스님이 히죽거렸다.

"가타를 너무 거창하게 쓰지 않았더냐? 어찌 이 죽을 흰옷 입은 육도중생은 거부하고 보살에게만 공양한다고 하였더냐? 그렇게 쓰면 육도중생이 감히 와서 시주를 받겠느냐?"

"앗, 그게 분별심이로군요. 어찌 저도 모르게 그런 분별심이 일었을까요?"

나는 뼈저리게 깊이 반성한 후 다음 날 새로 죽을 한 냄비 끓였다. 그런데 지나치게 깊이 생각하다 보니 또 죽을 태우고 말았다. 나는 태운 죽을 들고 다빙의 소옥 문 앞에 가서 한참을 생각하다 다음과 같이 가타를 썼다.

> 쌀을 일고 콩을 씻어 물 3리터를 얹었어요.
> 불을 지피고 한 냄비 가득 물을 끓입니다.
> 오로지 청정한 생각으로 냄비 뚜껑을 열었습니다.
> 안이 비었는지 찼는지 뚜껑을 열었습니다.

그런데 이게 웬일인가, 분명 죽이 눌어붙어 있었는데 반나절도 안 되어 죽 냄비가 바닥이 났다. 마지막으로 달려와 냄비 바닥을 긁은 사람은 강호 술집의 샤오쑹이었다.

"어제 또 엄청나게 마셨지? 눌어붙은 죽 냄비 바닥은 왜 박박 긁고 있어?"

그가 곤드레만드레 취한 얼굴로 대답했다.

"눌어붙었거나 안 붙었거나 무슨 상관이야? 어쨌거나 공짠데 와서 한 그릇 해야지……."

그래, 좋은 일이야! 그는 분별심이 없다는 얘기일 테니.

며칠 동안 연이어 죽을 먹고, 가타를 쓰고 지우고 또 쓰고, 팔보죽을 끓이고 또 끓였다. 죽을 먹으러 온 사람 중에는 여행객도, 주민도, 리장의 개들도 있었다. 칭바오 사제도 딜러와 죽을 먹었다. 대단한 녀석! 거의 냄비의 반을 먹어 치웠다.

마지막 날, 죽을 시주할 때 나는 큰스님에게 어렴풋이 깨달은 바가 있다고 했다. 그러자 큰스님이 뭘 깨달았는지 물었다. 나는 눈을 감고 이렇게 되뇌었다.

"과거의 마음도 품어서는 안 되고, 현재의 마음도 품어서는 안 되며, 미래의 마음도 품어서는 안 됩니다. 분별심도 품어서는 안 됩니다. 분별심이 없다고 해서 모든 것을 볼 때 분별하지 못하게 된다는 건 아닙니다. 모든 것을 다 똑똑히 분별해서 볼 수 있지만, 자신은 영향받지 않음을 이르는 말입니다."

큰스님이 탄식했다.

"정말 깨달은 것이냐? 정말 깨달았다면 말을 할 수 없어야지."

"좋아요, 좋아…… 사부님, 오늘은 죽이 조금 남았습니다. 우리 둘이 나눠 먹지요."

나는 마당 깊숙한 곳을 향해 소리쳤다.

"창바오! 어서 와 죽 먹어. 하!"

4

나를 불문으로 이끈 건 사부님이지만, 수행은 개인에게 달려 있다. 나는 조바심을 내지 않았다. 수행할 마음이 있으니 천천히 하면 그만이었다. 어쨌거나 아직 젊으니 조금 헤맨다 해도 걱정은 없었다. 아마 창바오 사제도 이런 심경일 것이다.

한동안 나는 창바오가 바람을 피우는 것은 아닌지 의심했다. 창바오는 서너 살이 되자 단계적으로 집을 떠나기 시작했다. 창바오가 집에서 나가 싸돌아다니던 시기에 큰스님은 마당에 종자를 심느라 분주했다. 거의 100제곱미터에 이르는 청석판을 모두 뒤집고 직접 광주리로 흙을 실어 나른 다음, 마당 가득 해바라기와 감자를 심었다. 해바라기는 다식용, 감자는 주식용이었다.

큰스님은 백장청청百丈淸規, 중국 당대 승려 백장이 처음으로 정한 선종의 의식과 규율를 철저히 지켜 스스로 밭을 갈아 자급자족을 실천에 옮겼다. 농사에 깨달음이 그대로 적용되었다. 예로부터 불문에서는 이러한 모습이 그대로 전승되었다. 운문雲門선사는 쌀을 실어 나르고, 현사玄沙선사는 땔감을 했으며, 운엄雲嚴선사는 신발을 만들었고, 임제臨濟선사는 소나무를 심고 밭을 갈았고, 앙산仰山선사는 소를 치고 황무지를 개간하고, 황벽黃檗선사는 밭을 갈고 채소를 키웠고……

5대 선종의 하나인 위앙종潙仰宗의 조사 앙산스님은 이렇게 말했다.

"계속 계율을 지키지 않고 점잖게 좌선을 하지 않으며, 진한 차 두세 잔을 마심은 그 뜻이 곡괭이 옆에 있기 때문일세."

우리 큰스님 역시 마음이 곡괭이 옆에 있어 그 기간 동안 마당 문을 꼭 닫지 않았고 창바오는 이런 문틈을 비집고 나가서는 '개 그림자'도 보여주지 않다가 4~5일이 지난 후에야 돌아왔다. 길게는 1~2주가 지나서 돌아올 때도 있었다. 돌아올 때 배가 홀쭉하지 않고 털도 더럽지 않은데 오직 발만 심하게 더러웠으니 사방을 떠도는 행각에 뜻이 있는 게 분명해 보였다.

창바오에게 가서 이야기를 나눴다.

"바오야, 어딜 다녔어? 색계를 범하진 않았겠지?"

창바오가 바보처럼 꼬리를 흔들며 맹한 표정을 지었다.

"괜히 바보 같은 표정 짓지 말고 사실대로 말해봐. 똑바로 말 안하면 돌아다니지 못하게 묶어버릴 거다!"

큰스님이 옆에서 삽을 꽂아놓고 말했다.

"창바오 데리고 시시덕거릴 시간 있으면 가서 '농가보農家寶, 분뇨'나 좀 가져와."

농가보는 '미전공米田共, 糞이라는 한자를 하나씩 풀어놓은 것'이라고도 한다. 그 정도 상식은 있는 나인 터라 화장실 핑계를 대고 도망을 쳐버렸다.

후에 나는 창바오가 저렇게 함부로 돌아다니다 누군가에게 잡아먹히면 어떻게 하냐고 물었다.

"그래도 묶어두는 편이 좋지 않습니까?"

큰스님이 차를 우리면서 차분하게 말씀하셨다.

"중생 모두 그들이 사는 세계의 인과가 있게 마련이거늘 뭘 그리 걱정하느냐?"

큰스님은 창바오가 오계를 잘 지키고 있어 천룡天龍, 불법을 수호하는 여덟 신장 중 하나의 보호를 받으니 잡아먹힐 걱정은 하지 않아도 된다고 했다.

"이상하네요. 몇 해 전만 해도 산책하다가 창바오가 달아나면 그놈 잡느라 거리에서 난리가 났었잖아요. 왜 지금은 도망갈까 봐 걱정하지 않으세요?"

큰스님이 창바오를 가리키며 말했다.

"너만 나이를 먹느냐, 창바오도 나이를 먹어. 창바오가 많이 자랐으니 스스로 좋고 나쁜 것을 안다."

좋아, 그래! 나만 괜히 걱정한 거야. 각자의 인과가 있으니 차분하게 받아들여야지. 바보 인간에게 바보 인간의 복이 있다면 바보 개에게는 바보 개의 복이 있겠지. 창바오가 만나는 사람마다 좋은 사람이길 바라야지.

마지막으로 창바오를 본 건 다빙의 소옥 입구에서였다. 큰 소리로 부르자 창바오가 고개를 돌려 날 바라보더니 트림을 했다. 나는 마침 채소 만두를 먹고 있던 중이라 그중 두세 개를 주었다. 창바오가 만두를 먹으며 트림을 했다. 나는 물을 먹이며 식탐이 많다고 욕을 했다. 창바오가 물을 마시며 애타는 눈으로 만두 그릇을 힐끗거렸다.

"또 먹고 싶어서? 싫어, 안 줘!"

신기하게도 창바오는 채소만 먹는 개였다. 그렇게 돌아다니면서 무엇으로 배를 불리는 걸까?

창바오가 사라지는 기간이 점점 더 길어졌다. 수허束河 하에서 창바오를 봤다는 사람은 창바오가 시냇가 돌 위에서 꼼짝도 하지 않고 마치 열반에 든 것처럼 흐르는 물을 바라봤다고 했다. 금탑사에서 창바오를 봤다는 이도 있었다. 향불이 아련히 피어오르는 대전 옆에서 햇빛을 쬐며 해가 떠서 질 때까지 거나하게 잠이 들어 있었다고 했다. 원하이에서 봤다는 이도 있었다. 창바오가 원하이 인근, 꽃이 한가득 핀 아무도 없는 들판을 한가로이 걸어 다녔다고 했다. 사제가 말했다.

"언젠가 창바오가 돌아와 마당을 빙빙 돌다가 큰스님 옆에 가만히 앉아 있더니 몸을 일으켜 여유롭게 마당을 떠났어요."

큰스님은 크게 걱정하지 않았다. 밭 갈 사람은 밭을 갈고, 차 마실 사람은 차를 마실 뿐이지. 그저 창바오가 떠날 때 점잖게 창바오를 향해 '가나?'라고 인사를 건넸을 뿐이다.

390

떠났다. 그렇게 창바오는 아주 멀리멀리 리장을 떠났다. 창바오를 보지 못한 지 오랜 시간이 흘렀다. 다리大理에 있다는 말을 들었다. 개장수가 3만 위안을 받고 그쪽에 팔았다는 이야기도 있었고, 혼자 어슬렁어슬렁 걷다가 그곳에 이르렀다는 말도 있었다. 정말 놀라운 일이었다. 200킬로미터를 어떻게 어슬렁어슬렁 갈 수 있을까. 발을 들어 히치하이크를 했을까?

어쨌거나 창바오 사제는 지금 다리에 있다. 인민로에서 사제를 봤다는 사람들이 많다.

한결같이 모두 살이 붙었다고 했다.

큰스님에게 이런 소문들을 전하자 스님이 말했다.

"잘됐네. 창바오는 나름대로 인因이 있어 복을 받는 거지. 그 정도면 잘 사는 것 아닌가!"

그래. 걱정할 일이 뭐 있어? 연이 있으면 길이 달라도 같이 모이게 되고, 연이 없으면 내세에 다시 만나지.

마당이 채바라기가 피었다가 다시 졌다. 헤비리기씨도 벌써 몇 줄기를 먹었는지 모른다.

바보 같은 사제! 그렇게 오랫동안 떠나 있다니! 한 번쯤 돌아와 보긴 할까.

여기까지 쓰고 나니 창바오 사제가 조금 그립다. 많이는 아니고, 아주 조금.

다리에 가본 적이 있는가? 혹시 나리를 지나는 길에 우연히라도 바보 같은 시베리안 허스키를 만나면 귀찮겠지만 나 대신 악수? 아니, 악발을 해주기 바란다. 그 사제가 좋아하면 먹을 것을 주어도 좋다. 참고로 우리 사제는 만두를 즐겨 먹는다.

이 글은 문학과 관련이 없으니 심각하게 이해하려 들 필요는 없다. 이 글은 불법과도 관련이 없으니 그냥 헛소리를 지껄였다고 생각하면 된다. 내 기록이 그저 말이 많이 필요 없는 상식, 당연한 자연현상이길 바라고 또 바랄 뿐이다. 마치 머리 꼭대기에 떠 있는 별이나 구름이 영원히 빙빙 돌아가듯이.

자, 이렇게 이야기는 끝이 났다. 어서 각자 할 일들로 돌아가자.

무량천존, 할렐루야, 아미타불, 오홍!

괜찮아, 괜찮아!

노래를 들을 수 있어요!

다빙, 「선음심경(蟬音心經)」

당신이
행복했으면 좋겠다

내 두 번째 책이다.

첫 번째 책을 쓰기 전, 글쓰기 계획을 세웠었다. 인명 순으로 내가 강호를 떠돌 때 내 인생 궤적에 들었던 옛 친구들을 하나씩 열거해 쓰기로 했다.

당시 우당탕 콰당 굴러가는 초록빛 기차에 앉아 있었다. 여명이 서서히 밝아올 무렵, 가는 곳마다 드르렁 코 고는 소리가 들렸다. 공책을 꺼내 이어폰을 끼고 노래를 들으며 이름들을 적었다. 살아있는 자, 죽은 자, 그렇게 쓰다 보니 7~8페이지가 되었다. 이야기가 이렇게 많아서야!

불과 십수 년 사이에 이야기가 이처럼 많이 쌓이다니, 책 한 권에 어찌 다 쓴단 말인가. 골치가 아팠다. 누굴 쓰고 누굴 버린단 말인가. 그냥 느낌 가는 대로 22개의 이름에 동그라미를 쳤다. 당시 동그라미를 친 순서가 출판할 때 구성되었다.

동그라미를 치고 나서 고개를 들어보니 차창 밖으로 굴곡이 보이지 않았다. 교목 하나 보이지 않는 화베이 평원에 들어왔다. 녹색 기차에서 썼던 공책은 아직도 가지고 있다. 당시에 기록했던 200여 명 가운데 두 권의 책에 나온 사람은 10분의 1도 되지 않는다. 동그라미 속 이름들 가운데 첫 번째 책『그들은 가장 행복했네』속에 겨우 절반의 이야기가 담겼고, 그 후 1년 동안 계속해서 기록한 남은 이들의 이야기가 바로 나의 두 번째 책『괜찮아 괜찮아摸摸頭』속에 들어 있다.

강호를 무대로 암체어에 앉아 방송권에서 허명을 얻고 그 실을 맛봤으니 못된 습성 고치기 힘들고, 글솜씨도 졸렬한 데다 툭하면 질 낮은 표현이 튀어나온다. 이 때문에 간혹 글을 읽다가 눈살을 찌푸리기도 하겠지만 여기 기록은 모두 진실된 이야기이며, 실제 대화임을 생각해 널리 이해해주시기 바란다.

문학에 대한 식견이 모자라고, 문화에 대해서도 미천하기 그지 없으니 작가라는 신분이 황공하고 두려울 뿐이다.

누군가 문화란 내심의 수양에 뿌리를 두어, 깨침의 자각도 필요 없으며, 구속을 전제로 한 자유이자 타인을 위한 서량함이라는 말로 표현할 수 있다고 했다.

　문학 역시 마찬가지라고 생각한다. 좁은 소견으로 보면, 소위 문학이란 결국 인성과 관련이 있지 않을까 싶다. 인성을 발견하고, 인성을 발굴하고, 인성을 말하고, 인성을 해석하고, 인성을 해부하는 것…… 그리고 인성의 승화로 나아가는 것이다.

　백인백색, 인성은 그토록 복잡하니 논증의 대상이 될 수 없다. 지금의 내 나이와 경력, 수양으로 보면 실로 '인성'이란 두 글자를 가지고 강단에 올라 이야기할 자격이 없다. 그렇다면 그냥 편안하게 양반다리를 하고 앉아 여러분과 편하게 이야기함이 좋으리라.

　『삼혜경三惠經』에 이르길, "선의 뜻은 번개와 같아 다가온즉 밝고, 떠나간즉 다시 어두워진다"라고 했다.

　내 미천한 생각으로, 선의는 인성 가운데 언제나 밝은 세상을 향해 있는 마음이다. 이 책에 담긴 이야기들은 모두 어느 정도 '선의'와 관련이 있다. 나는 그 이야기들이 별빛이나 반딧불처럼 아주 잠시라도 힘들고 막막한 독자들의 현재를 환히 비춰줬으면 한다.

선량함은 타고나는 것이며, 선의는 일종의 선택이다.

선의를 선택함은 행복을 선택함이다.

나는 '세상에 메시지를 주는 통달한 이야기', '세상에 알리는 영원한 진리' 같은 이야기는 쓰지 못한다. 그저 이 작은 불빛을 통해 독자가 자신의 인성에 숨어 있는 선의를 발견하고, 그것으로 자신의 행복한 이야기에 불을 밝혀주길 바랄 뿐이다.

이미 행복한 사람이라고 한다면 더 행복하길 바란다.

언제나 구름 한 점 없이 쾌청할 필요는 없다. 눈앞이, 하늘이 게슴츠레할 수도 있으니.

이 세상에 누군가는 당신이 원하는 삶을 살고 있음을 믿었으면 한다. 나는 그저 그들의 이야기를 들려주고 싶다.

내 능력에는 한계가 있다. 나의 글은 그저 허공을 가로질러 내미는 손, 그저 당신을 쓰다듬는 손길에 불과하다.

그래, 괜찮아! 괜찮아!

진짜 티베트,
진짜 사람을 만났다

저자 다빙大冰은 명함의 이력이 매우 다양하다. 그는 중국 산둥 위성TV의 사회자이자 작가, 가수, 지원 교사, 배낭족, 은세공, 가죽 공예의 장인이면서 특이하게도 선종 임제종의 제자이기도 하다.

『괜찮아, 괜찮아乖, 摸摸頭』는 2013년 그의 첫 번째 작품인『그들은 가장 행복했네他们最幸福』에 이은 두 번째 유람기다. '乖, 摸摸頭'를 직역하면 '착하지, 머리를 쓰다듬어줄게' 정도로 해석할 수 있겠지만, 이 제목을 보고 있으면 말보다는 동작이 먼저 떠오르고, 이 동작을 취할 때 마음 깊은 곳에서 올라오는 감정이 동작을 훨씬 앞선다. 이런 감성을 가지고 머리를 쓰다듬어 줄 대상은 상황에 따라 타인이 될 수도, 때론 자기 자신이 될 수도 있겠다는 생각이 든다. 어쨌거나 손길의 대상이 누구든 이 말을 되뇌다 보면 어느새 마음이 따뜻해진다.

TV 사회자로 활약하는 다빙은 프로그램 계약이 끝나면 여행을 떠난다. TV 사회자 이외에 앞서 그에 대한 소개에서 붙은 명함들은 이런 여행, 유람을 하는 도중 붙여진 이력이 대부분이다. 이 책은 2013년 첫 작품에 이은 다빙의 10여 년 유람기이자, 여행길에서 만난 그의 친구들의 이야기다.

이 책에는 모두 열두 개의 이야기가 나온다. 그 이야기의 주인공들은 성격이나 살아온 환경, 삶의 방식이 모두 다르다. 그러나 이들이 다빙의 이야기를 통해 특별할 수 있는 것은 모두 자신이 택한 자신만의 삶을 통해 특별한 사랑을 실천하는 주인공들이기 때문이다. 세상이 만들어놓은 틀에 순종하며 획일화된 가치를 받아들이는 삶이 사람들을 평온하게 해주거나 행복을 가져다주진 않는다는 것을 알 수 있다.

물론 일반적인 삶의 방식을 무조건 부인하는 것은 아니다. 그러나 세상의 틀에서 자신의 가치를 실현하는 방법, 기본적인 상식이 모두의 상식이 될 수 있는 사랑법이 다빙과 그의 친구들 사이에 존재한다.

사람들은 자신의 운명을 탓하고, 무기력해지거나 자신이 가진 것에 내심 우월감을 가지며 다른 방식의 삶에 부정적이기도 하고, 아니면 아무 생각 없이 만들어진 길에 보폭을 맞춰 걸어가기도 한다.

다빙이 자신의 책에 사람들의 이야기를 싣는 이유는 그들이 불굴의 의지로 성공을 거두었다가 틀을 깨고 나가 특이한 삶을 살고 있어 흥미롭다거나, 예기치 못한 사람들의 불행을 소개하며 독자

들에게 위안의 시간을 선사하기 위해서도 아니다. 운명이란 어떤
노력과 그 노력에 대한 필연의 결과라는 틀로 고정되어 있는 것이
아니라는 것, 세상을 살아가는 사람들의 평범치 않은 내공과 이런
내공으로 보여주는 삶의 가치가 존재한다는 것, 다양한 삶의 방식
이 존재하며 비록 함께하진 못해도 같은 이상을 꿈꾸는 사람이 결
코 적지 않다는 것 등의 메시지를 전하고 싶기 때문이다.

책 표지에 적힌 저자의 지나치게 화려한 이력을 보았을 때, 그리
고 중국 포털 사이트를 통해 사진을 본 후 그에 대한 첫 인상은 이
랬다. 그저 방송 사회자가 주업이지만 재능이 많아 끼를 많이 펼칠
수 있고, 그래서 좀 더 자신의 인생을 자유롭게 살아가는 사람이라
고 생각했다. 분명히 저자 다빙은 마냥 평범한 사람은 아니다. 그
러나 또한 그렇고 그런 유형의 사람으로 일반화시킬 수 있다는 생
각을 했기 때문에 저자에 대한 내 나름의 선입견을 가지고 번역을
시작했다. 오히려 책 표지와 그의 기록이 닿아 있는 곳이 티베트와
리장이라는 사실에 더 구미가 당겼다.

그러나 번역이 끝난 지금은 작가 다빙이 유랑 시인처럼 노래를

부르며 티베트와 리장으로 향했던 이유, 그리고 지인들을 주인공으로 이 책을 쓴 이유에는 자신이 못다한 이야기를 길에서 만난 친구들을 통해 하고 싶었기 때문이리라, 생각한다. 그의 이력 못지않게 그 안에 자신의 이력을 통해서만은 표현할 수 없는 이야기가 무궁무진할 것이라고 생각한다. 다빙을 비롯한 열두 명의 주인공과 사제 창바오, 이미 세상을 떠난 차우차우까지 비록 직접 만날 수는 없다 해도 우리 인생의 친구가 될 수 있을 것 같다.

번번이 티베트, 리장과의 인연이 이어지지 않았다. 행복하게 번역을 했지만 '시장'을 이유로 출간되지 못한 티베트 관련 번역서도 있었고, 그곳으로의 여행도 무산되었다. 날이 갈수록 달라지는 티베트와 리장의 모습에 한숨짓는 이야기도 들린다. 10년 전 다빙이 만난 리장과 티베트 역시 지금은 존재하지 않는 부분도 많다. 물론 안타깝고, 아쉽다. 그러나 이 책은 리장과 티베트에 앞서 다빙이 만난 사람들의 이야기가 먼저다. 이미 사라져버린 당시 리장과 티베트의 모습은 다빙의 책과 다빙 책 속의 사람들과, 그리고 우리 인생에서 또 다른 방식으로 만나길 바란다.

괜찮아, 괜찮아

초판 1쇄 발행 2016년 8월 1일

지은이 | 다빙(大冰)
옮긴이 | 유소영
펴낸이 | 김우연, 계명훈
기획 · 진행 | fbook
          김수경, 김연, 박혜숙, 김진경, 최윤정

마케팅 | 함송이
경영지원 | 이보혜
디자인 | design group ALL(02-776-9862)
펴낸 곳 | for book 서울시 마포구 공덕동 105-219 정화빌딩 3층
          02-753-2700(판매) 02-335-3012(편집)
출판 등록 | 2005년 8월 5일 제 2-4209호

값 15,000원
ISBN 979-11-5900-018-8   03820